« BEST-SELLERS »

DU MÊME AUTEUR

*Les Dames de Hollywood*, Presses de la Cité, 1985
*Le Grand Boss*, Presses de la Cité, 1986.
*Lucky*, Presses de la Cité, 1987.
*Rock Star*, Presses de la Cité, 1989.
*Les Amants de Beverly Hills*, Presses de la Cité, 1990
*Lady Boss*, Fixot, 1991.
*Ne dis jamais jamais*, Robert Laffont, 1994.
*Les Enfants oubliés*, Fixot, 1996.
*Vendetta*, Robert Laffont, 1998.
*Frissons*, Robert Laffont, 1999.
*Hollywood Connections*, Robert Laffont, 2000.

JACKIE COLLINS

# FATAL KISS

*Roman*

Traduit de l'américain par Jérôme Harraps

ROBERT LAFFONT

Titre original : DANGEROUS KISS


---

ISBN 2-221-09263-5
(édition originale : ISBN 0-333-76592-3 Macmillan Publishers Ltd, Londres)

# LIVRE UN

## Los Angeles

# 1.

*— Prends ça, dit la fille en lui tendant le pistolet.*

*Il recula aussitôt.*

*— Non ! dit-il, affolé. Mon paternel me botterait le cul.*

*La fille, en minijupe et débardeur, avait de longues jambes, de gros seins, un menton pointu, des yeux noisette lourdement soulignés de rimmel et des cheveux bruns coupés à la diable. Elle jeta au garçon un regard méprisant.*

*— Trouillard ! ricana-t-elle. On est le petit trouillard à son papa.*

*— Pas du tout ! grommela-t-il, vexé.*

*C'était un jeune Black de seize ans, grand, dégingandé, avec des oreilles décollées à la Mickey et de grands yeux bruns.*

*— Mais si, siffla-t-elle, railleuse. On y va !*

*Brusquement, il lui arracha le pistolet, et le fourra dans la ceinture de son pantalon avec des airs de macho.*

*— Contente ?*

*La fille hocha la tête ; ses yeux noisette étincelaient. Elle avait dix-huit ans, mais en paraissait plus.*

*— Allons-y, déclara-t-elle d'un ton autoritaire.*

*On savait tout de suite qui commandait.*

*— Où va-t-on ? demanda-t-il.*

*— S'éclater, répondit-elle d'un ton désinvolte. On va faire la tournée des bars et se bourrer la gueule. Viens, on prend ta bagnole.*

*Son père venait de lui offrir une jeep noire pour fêter ses seize ans et son retour à Los Angeles après une année passée à New York.*

*— J'sais pas... dit-il d'un ton hésitant.*

*Ce soir-là, il était censé dîner de bonne heure avec son paternel. Mais l'idée de se beurrer la gueule avec la fille était beaucoup plus séduisante.*

*— Pourquoi a-t-on besoin d'un feu ? ajouta-t-il.*

*La fille se contenta de glousser tout en se dirigeant tranquillement vers la porte.*

*Le garçon la suivit, le regard braqué sur ses jambes – il sentait déjà venir l'érection. S'il la jouait intelligemment, il pourrait sans doute se la taper, ce soir.*

# 2.

Lucky Santangelo-Golden se leva de son bureau et s'étira en bâillant. La journée avait été rude. Elle était morte de fatigue. Pourtant, elle n'en avait pas terminé : ce même soir, au Beverly Hilton, on donnait une fête en son honneur, pour la remercier de ses collectes de dons en faveur de la recherche sur le sida.

En tant que propriétaire et directrice des studios Panther, Lucky avait une position très en vue ; elle était donc obligée d'accepter avec grâce de se trouver sous le feu des projecteurs.

L'ennui, c'était qu'elle avait horreur de cela. Elle n'avait pas *demandé* à être récompensée ; on lui avait imposé cette soirée, qu'elle n'avait pu refuser. Pour calmer sa faim, elle grignota une tablette de chocolat.

Mince et élancée, Lucky avait de longs cheveux bouclés, d'un noir de jais, qui lui tombaient sur les épaules, des yeux d'un bleu soutenu, des lèvres sensuelles et un teint très mat. Une beauté, alliée à une redoutable intelligence. Depuis huit ans qu'elle dirigeait Panther, Lucky en avait fait un des plus prestigieux studios d'Hollywood. Lucky avait le don de produire les films qu'il fallait, ceux qui marchaient. « Lucky la Chance ! » ne cessait de répéter Lennie.

Lennie Golden était son mari. Chaque fois qu'elle pensait à lui, son visage s'éclairait. Après deux mariages ratés, elle avait enfin trouvé le bonheur : sexy et drôle, Lennie était le grand l'amour de sa vie, l'âme sœur. Son mari et ses enfants – Gino, sept ans, ainsi prénommé en mémoire du père de Lucky, et l'adorable petite Maria – suffisaient pleinement à son bonheur.

Il y avait aussi Bobby, le fils de quinze ans qu'elle avait eu de son mariage avec Dimitri Stanislopoulos, le grand armateur disparu. Un beau garçon d'un mètre quatre-vingts, à l'air adulte, extrêmement athlétique. Et puis il y avait Brigette, la nièce de Bobby, que Lucky considérait comme sa filleule. Brigette vivait à New York où elle était top model. Pas par nécessité : c'était une des jeunes femmes les plus riches du monde, propriétaire d'une flotte importante héritée de son grand-père Dimitri et d'Olympia, sa mère, morte tragiquement d'une overdose.

Ce soir, c'était Steven Berkeley, le demi-frère de Lucky, qui devait passer la prendre, car Lennie tournait en extérieur. Il dirigeait Mary Lou, la femme de Steven, dans une comédie romantique.

Lennie avait jadis été une grande star du cinéma américain, mais, après son enlèvement, quelques années plus tôt, il avait renoncé à jouer pour se consacrer à l'écriture et à la mise en scène. Le film qu'il tournait avec Mary Lou – une excellente comédienne – n'était ni produit ni distribué par Panther. Lucky et lui avaient d'un commun accord décidé de ne jamais se mettre en situation d'être accusés de népotisme.

Ce soir, elle allait faire une annonce choc. Elle n'en avait parlé à personne, pas même à Lennie. Il serait donc aussi surpris que les autres et, elle l'espérait, ravi. Seul son père, Gino, connaissait ses intentions. Sacré vieux Gino, quatre-vingt-sept ans, mais quelqu'un qu'on admirait, avec qui il fallait encore compter.

Lucky adorait Gino ; ils en avaient tant vu, tous les deux, y compris une rupture, suivie par des années de silence. À présent, l'affection qui les liait était légendaire, et Lucky consultait toujours son père avant chaque décision importante. Gino était l'homme le plus malin qu'elle connaissait, même si elle n'avait pas toujours été de son avis.

Quel passé agité ils partageaient depuis l'époque où il l'avait mariée à l'âge de seize ans, jusqu'à celle où des poursuites fiscales l'avaient contraint à fuir le pays, la laissant reprendre son empire hôtelier de Las Vegas !

Gino Santangelo était un self-made-man de grand charme et de grand pouvoir, adoré des femmes. Même à présent, il conservait le don de les envoûter. Costa, oncle d'adoption de Lucky, évoquait souvent les frasques de jeunesse de Gino. « On le surnommait Gino le tombeur, lui avait-il confié avec un petit rire d'envie. Il pouvait avoir toutes les femmes qu'il voulait, et ne s'en privait pas. Enfin, jusqu'à ce qu'il rencontre ta chère mère, que Dieu ait son âme. »

Maria. La mère de Lucky. Si belle, si pure. Le destin la lui avait arrachée quand elle était encore enfant. Brutalement assassinée par la famille Bonnatti.

Jamais Lucky n'oublierait le jour où elle avait découvert le meurtre. Elle avait cinq ans, et ce souvenir était resté gravé dans sa mémoire. Assise au bord de la piscine, elle avait contemplé sa ravissante mère allongée sur le matelas gonflable, au milieu du bassin. « Maman », avait-elle murmuré. Et puis, devinant le pire, elle s'était mise à hurler : « MAMAN ! MAMAN ! MAMAN ! »

Cette image avait marqué toute sa vie. Après la tragédie, Gino les avaient enfermés, son frère Dario et elle, dans une existence si protégée que la maison de Bel Air avait pris l'aspect d'une prison de haute sécurité. Lorsqu'on l'avait envoyée dans un pensionnat suisse, elle s'était aussitôt enfuie avec sa meilleure amie, Olympia Stanislopoulos, dans le midi de la France, où elles avaient fait les quatre cents coups. Quelle folle époque ! Elle savourait sa liberté toute neuve quand Gino, hors de lui, l'avait retrouvée. Il avait alors jugé prudent de marier cette fille au tempérament de feu. C'est ainsi qu'à la suite d'un accord passé avec le sénateur Peter Richmond, elle avait dû épouser son fils, le particulièrement peu séduisant Craven.

Lucky se rendait compte que sa vie avait été une incroyable succession de réussites et de drames. Les réussites étaient immenses : trois magnifiques enfants ; son mariage avec Lennie ; la création d'un des plus grands studios d'Hollywood ; sans compter ses exploits à Las Vegas et Atlantic City, où elle avait dirigé et agrandi un empire hôtelier.

Les drames étaient de ceux qui ne s'oublient pas. D'abord, le meurtre de sa mère ; puis ceux de son frère Dario et de son bien-aimé Marco, à Las Vegas. Trois crimes dont elle avait su se venger.

Heureusement, elle avait survécu. Gino lui avait enseigné l'art de tenir bon, et elle avait bien appris la leçon.

L'interphone sonna : son assistant lui annonça que Venus Maria était en ligne. Elle prit aussitôt l'appel. Venus Maria était non seulement une superstar autant adulée que controversée mais aussi sa meilleure amie.

— Quoi de neuf ? demanda Lucky en se laissant tomber dans le fauteuil de cuir.

— Bonne question, répondit Venus. Un gros problème : je n'ai rien à me mettre pour ce soir.

— Bah...

— Je sais, nous ne partageons pas les mêmes passions. Mais rends-toi compte : on va me photographier sous toutes les coutures ! Je ne peux pas avoir l'air d'être n'importe qui !

Lucky éclata de rire.

— Toi ? N'importe qui ? Jamais !

— Personne ne me comprend, marmonna Venus. On attend tellement de moi.

— On attend quoi ? demanda Lucky en crayonnant distraitement.

— Je suis une superstar, ma chérie, annonça Venus sans aucune ironie. Une superstar chaque jour différente. Enfin, bon sang, combien de fois crois-tu que je puisse changer de couleur de cheveux ?

— De quelle couleur sont-ils maintenant ?

— Platine.

— Alors, porte une perruque noire. Nous aurons l'air de jumelles.

— Tu n'es vraiment d'aucun secours, gémit Venus. J'ai besoin qu'on m'aide.

La dernière chose dont Venus avait besoin, c'était qu'on l'aide. C'était une des femmes les plus équilibrées que Lucky eût jamais rencontrées. À trente-trois ans, elle n'était pas seulement une immense vedette de cinéma, elle était aussi une superstar du disque et de la télévision, avec des légions de fans à l'affût de chacun de ses gestes.

Quelques années plus tôt, elle avait épousé Cooper Turner, acteur vieillissant mais homme séduisant. Après des débuts chaotiques, leur mariage s'était stabilisé ; ils avaient une fille de cinq ans prénommée Chyna. Aux joies de la maternité, Venus Maria avait ajouté la satisfaction d'une carrière fabuleuse. Depuis sa nomination aux oscars pour son apparition dans *Gangsters*, d'Alex Wood, elle avait toujours pu choisir ses rôles.

Lucky écouta Venus avec patience. Elle savait que son amie avait déjà prévu tous les détails de sa tenue, mais elle aimait être rassurée.

— Et toi, demanda Venus quand elle eut enfin cessé de parler d'elle, que vas-tu mettre ?

— Du Valentino, dit Lucky. Rouge. C'est la couleur que Lennie préfère me voir porter.

— Hmmm... fit Venus. C'est sexy.

Un silence, puis...

— Alex vient ?

— Bien sûr, répondit Lucky d'un ton détaché. Nous sommes tous à la même table.

— Et qu'en pense Lennie ?

— Tu vas arrêter à la fin ?

Lucky était agacée par les allusions de Venus au sujet d'Alex, alors qu'il n'y avait absolument rien entre eux.

— Tu sais bien qu'Alex et Lennie sont bons amis.

— Oui, mais...

— Pas de mais, lança sèchement Lucky. Va donc mettre à profit ton imagination féconde pour écrire une nouvelle chanson !

Après avoir raccroché, Lucky ouvrit le tiroir de son bureau pour y prendre le texte du discours qu'elle devait prononcer. Elle l'examina quelques minutes, changeant un mot par-ci, un mot par-là. Une dernière lecture et elle fut satisfaite.

Ce soir, elle scandaliserait tout Hollywood.

Mais, bah – scandaliser les gens – est-ce que ce n'était pas sa vie, après tout ?

## 3.

— Fantastique ! Incroyable ! Tes lèvres ! Oh ! ces lèvres !

Fredo Carbanado roucoulait ses encouragements avec des yeux brillant de concupiscence.

— Je prends mon pied avec ces lèvres-là. Encore ! *Bellissima !* Encore !

Devant les photographes, Brigette trouvait toujours les attitudes les plus sensuelles, adoptant exactement les poses qu'on attendait d'elle. Elle était blonde, voluptueuse, avec une peau lumineuse, d'immenses yeux bleus bordés de cils interminables et des lèvres boudeuses. Son charme immense devait beaucoup à son allure de vulnérable femme-enfant.

— Fredo, arrête ton char, lui lança-t-elle en ajustant le haut d'une affriolante combinaison de dentelle. Combien de fois dois-je te le dire ? Pas besoin de me faire du gringue. Garde ça pour une poulette toute neuve qui se pâmera en écoutant tes fadaises.

Fredo se rembrunit : il ne comprenait pas pourquoi Brigette, seule parmi tous les mannequins, ne lui tombait pas dans les bras.

— Brigette ! fit-il tristement en posant son appareil, pourquoi es-tu toujours si dure avec moi ?

— Je ne suis pas dure, répliqua-t-elle. Mais franche.

— Non, tu es méchante, reprit Fredo, boudeur. Méchante et désagréable.

— Merci !

— Mais Fredo sait ce qu'il te faut, reprit l'Italien en hochant la tête d'un air entendu.

— Et qu'est-ce que ça pourrait bien être ?

— Un homme !

— Ah ! dit Brigette en prenant une attitude provocante. Pourquoi crois-tu que ce sont les hommes qui m'intéressent ? Et si c'étaient les femmes ?

— Alléluia ! s'exclama Fanny, la maquilleuse noire, qui était lesbienne. Me voilà ! Tu n'as qu'un mot à dire !

Brigette éclata de rire.

— Je m'adressais à notre séducteur universel, dit-elle à voix basse.

— Je m'en doutais... répliqua Fanny en passant sur les lèvres de Brigette un pinceau en poil de zibeline. Tu ne sais pas ce que tu manques.

— Alerte aux gouines ! clama Masters le coiffeur, un homme squelettique dont les cheveux jaunes étaient assortis à la couleur de son survêtement.

— Hors d'ici ! hurla Brigette s'étouffant de rire.

Elle aimait l'atmosphère de camaraderie de ces séances photo. Ces gens-là formaient sa famille – même Fredo. Celui-ci était un photographe réputé qui pouvait avoir toutes les plus belles filles de la terre et qui ne s'en privait pas. Brigette l'observa tandis qu'il dansait derrière son appareil. Il ne passait pas pour un bel homme – son nez était exceptionnellement gros, ses yeux petits et ses sourcils exagérément broussailleux. En outre, il était petit, ce qui ne le gênait guère, car la plupart de ses conquêtes avaient une tête de plus que lui. Lina, la meilleure amie de Brigette, l'avait mise en garde : « Évite Fredo, avait-elle dit d'un air entendu en roulant ses beaux yeux couleur ambre. Il baise trop et il parle trop – c'est une vraie concierge. Par-dessus le marché, c'est un vantard : il a une toute petite quéquette ! Alors, ma fille, garde tes distances. »

Lina était une exotique beauté noire originaire des quartiers pauvres de Londres. Elle avait vingt-six ans – un an de plus que Brigette – et malgré leurs origines très différentes, les deux modèles étaient devenues de grandes amies au cours des dix-huit derniers mois. Récemment, Brigette avait acheté un appartement dans l'immeuble de Lina, sur Central Park South.

Dans les milieux de la mode, on les considérait toutes deux comme de vrais top models. Et ce seul mot les faisait pouffer de rire.

— Top model, tu parles ! s'exclamait Lina. S'ils me voyaient le matin avec mes bigoudis ! Ce n'est vraiment pas beau à voir.

— Oh ! non, renchérissait Brigette.

— Et toi, reprenait Lina, toi sans maquillage ? Tu ressembles à un lapin albinos surpris dans les faisceaux des phares !

Contrairement à Brigette, Lina accumulait les conquêtes et les hommes se succédaient dans son lit à un rythme soutenu. Ses préférences allaient aux stars du rock, mais elle n'avait pas d'a priori ; il suffisait que l'homme soit très riche et la couvre de cadeaux.

Elle avait une autre marotte : caser Brigette. Mais celle-ci se dérobait. Elle avait eu un passé amoureux mouvementé ; à ses yeux, les hommes étaient tous synonymes de problème. Elle était une innocente de seize ans lorsqu'elle avait succombé aux charmes de Tim Wealth, un jeune comédien ambitieux et compliqué qui avait fini assassiné. Sans doute à cause de sa liaison avec elle.

Et puis il y avait eu cette terrifiante rencontre avec Santino Bonnatti, l'ennemi juré des Santangelo. Elle l'avait abattu avec son propre pistolet après qu'il eut tenté de la violer, elle et aussi Bobby, le jeune fils de Lucky. Elle avait tenu à assumer son acte, malgré la tentative de Lucky d'en prendre toute la responsabilité. Le juge, concluant à la légitime défense, avait infligé une peine légère : la jeune fille avait dû se présenter une fois par semaine pendant un an devant un officier chargé du contrôle des « libertés surveillées ». Ensuite, elle avait rencontré Paul Webster. Elle en avait été longtemps amoureuse, avant de se fiancer au fils d'un des riches concurrents de son grand-père. C'est alors qu'elle avait décidé d'avoir un métier. Elle avait donc rompu ses fiançailles pour devenir mannequin. Malheureusement, sa route avait croisé celle de Marcel Guy. Celui-ci était un agent très coté mais un homme pervers ; il l'avait convaincue de participer à des mises en scène douteuses pour ensuite la faire chanter, photos à l'appui. Une fois de plus, Lucky était venue à son secours. C'est pourquoi Brigette adorait et admirait celle qui était devenue pour elle une seconde mère, et une véritable amie.

Depuis sa désastreuse expérience avec Marcel Guy, Brigette avait renoncé aux hommes. À part une brève histoire avec Isaac, un copain mannequin, on ne lui connaissait pas de liaisons.

Cependant, elle acceptait parfois de sortir. Mais sans enthousiasme : les manœuvres étaient toujours les mêmes. Dîner dans un restaurant à la mode ; siroter quelques verres dans une boîte branchée ; puis commençait l'inévitable partie de pelotage. Et finalement, lorsqu'on s'apprêtait à lui sauter dessus, *elle* sautait dans un taxi. Indemne et sans regret, Brigette se félicitait alors de ne pas être allée plus loin.

— Qu'est-ce que vous faites ce soir, toi et Lina ? demanda soudain Fredo.

— Pourquoi ? répliqua Brigette tout en changeant de pose aussi vite qu'il actionnait son obturateur.

— Parce que j'ai un cousin...

— Non ! répliqua-t-elle d'un ton ferme.

— D'Angleterre.

— Un cousin *anglais* ? fit-elle en haussant un sourcil.

— Carlo est italien, comme moi, mais il travaille à Londres.

— Et tu lui as promis d'organiser une soirée avec deux jeunes et fringants mannequins, c'est ça ?

— Pas du tout, *cara*.

— Tu parles !

— Carlo est fiancé.

— C'est encore mieux, dit Brigette en secouant énergiquement la tête. Il veut enterrer sa vie de garçon. Non, merci.

— Tu es vraiment trop méfiante, marmonna Fredo. Je pensais que nous pourrions gentiment dîner tous les quatre. Juste un dîner entre amis.

— Ton seul ami, c'est ton chat, répliqua Brigette d'un ton mordant. D'ailleurs, il y a des bruits qui courent...

Fanny et Masters se mirent à rire. Ils s'amusaient de voir Fredo repoussé. C'était tellement inhabituel.

Au moment où Brigette allait partir, Fredo l'arrêta :

— Je t'en prie ! Il faut que j'impressionne mon cousin. Il est, ce que vous autres Américains appelez un snob.

— Magnifique ! lança Brigette. Maintenant tu veux nous faire dîner avec un emmerdeur !

— Brigette, insista Fredo. Fais-le pour moi. Je te le demande comme un service.

Elle soupira. Voilà tout d'un coup que Fredo, ce tombeur, se faisait suppliant, et, parce qu'elle était un peu poire, elle se sentit apitoyée.

— Bon, je vais demander à Lina.

Elle était certaine que Lina avait des projets ; *elle-même* n'avait rendez-vous qu'avec une pizza au fromage et la télé.

Fredo lui baisa la main. Bien que vivant depuis longtemps aux États-Unis, il avait conservé sa courtoisie à l'italienne.

– Tu es une femme exceptionnelle, roucoula-t-il. Ma petite rose américaine.

— Je suis ta rien-du-tout, riposta-t-elle en s'engouffrant dans l'escalier.

— Non ! ordonna Lina.

— Quoi donc ? demanda Flick Fonda, star du rock, marié mais amateur de Noires superbes.

— Ne me touche pas les pieds ! déclara Lina, en s'écartant.

— Pourquoi ? demanda-t-il en rampant jusqu'à elle à travers le lit. Tu es chatouilleuse ?

— Non, répliqua-t-elle sèchement. J'ai les pieds très sensibles... ne les touche pas !

— S'il n'y a que ça que je ne peux pas toucher, ricana-t-il.

Lina rejeta en arrière ses longs cheveux noirs et raides, hérités d'une grand-mère espagnole, et se mit à plat ventre. Elle avait espéré superman. Elle découvrait une star vieillissante qui manquait de technique. Flick l'ennuyait. Elle s'étira langoureusement.

— Il faut que j'y aille, dit-elle.

— Pourquoi ? demanda-t-il en promenant un regard lubrique sur sa peau noire satinée. J'ai toute la nuit. Ma femme me croit à Cleveland.

— Alors, c'est une idiote, dit Linda en bondissant du lit sur la moquette de la somptueuse suite que Flick avait réservée.

Elle n'avait rencontré qu'une seule fois Pamela Fonda, la femme de Flick, à un défilé de mode. Cet ex-mannequin, dans un effort pathétique pour garder son mari à la maison, lui avait donné trois enfants – mais personne ne pouvait garder Flick à la maison.

— Où vas-tu ? gémit Flick, peu habitué à voir les femmes partir avant qu'il ne leur en donne l'ordre.

— Je dois retrouver une copine, répondit Lina en glissant son corps svelte dans une minuscule robe signée Azzedine Alaïa.

— Si je vous emmenais dîner toutes les deux ? proposa Flick en la regardant s'habiller.

— Désolée, dit Lina, déjà chaussée d'escarpins vertigineusement hauts. Nous avons déjà pris nos dispositions.

Flick étira son corps nerveux en travers du lit. Il était très blanc de peau, presque glabre, à part une belle toison pubienne qui tirait sur le roux flamboyant. Il avait de nouveau une érection. Plutôt impressionnant, pour un noceur presque quinquagénaire, se dit Lina. Dommage qu'il ne sache pas quoi en faire.

Il surprit le regard de Lina.

— Tu ne vois rien qui te donnerait envie de rester ici ? demanda-t-il avec un sourire satisfait.

— Non. Je ne peux vraiment pas faire attendre ma meilleure amie.

Et sans lui laisser le temps de la retenir, elle s'enfuit.

Dans l'ascenseur, elle décida d'ignorer une femme qui s'évertuait à faire comprendre à son mari, avec force coups de coude, qu'ils avaient en face d'eux un célèbre top model. Lina était habituée à ces manèges et les appréciait. Mais, ce soir-là, son humeur laissait à désirer. Elle fixa l'homme droit dans les yeux et passa d'un air suggestif sa langue sur ses lèvres pleines. Sa victime devint cramoisie.

Elle était loin la vie qu'elle menait dans un taudis londonien. Apprentie coiffeuse, elle était alors traitée avec mépris. Sa mère était serveuse. Son père, un Jamaïcain, avait décampé peu après sa venue au monde. Quel salaud, celui-là ! Elle ne l'avait jamais rencontré, mais peut-être qu'un de ces jours, il découvrirait qu'elle était sa fille ; il viendrait sans doute alors se traîner à ses genoux pour quémander un peu de sa gloire et de son argent. Qu'il essaie ! Elle l'enverrait se faire voir. Elle n'avait nul besoin d'un père. Elle s'était très bien débrouillée sans lui.

Lina avait dix-sept ans lorsqu'elle avait été remarquée par une femme dont la nièce dirigeait une agence de mannequins. Celle-ci lui avait aussitôt signé un contrat et sa vie en avait été bouleversée. Une grisante cavalcade parsemée d'aventures.

Cinq ans plus tôt, elle avait décidé de s'installer en Amérique. Paris, Milan, les Bahamas, Lina était toujours demandée.

Arrivée dans le hall de l'hôtel, elle glissa un billet de dix dollars au portier pour qu'il lui trouve un taxi et sortit de son sac Prada un minuscule téléphone portable.

— Brig, dit-elle, quand son amie lui répondit, que fait-on ce soir ? Figure-toi que je suis libre.

# 4.

La pause du déjeuner se prolongeait. Installé dans sa caravane, Lennie Golden sortit une bouteille de bière de son frigo portable. Grand et filiforme, il était extrêmement séduisant avec ses cheveux blond cendré et ses yeux verts. Vieillir lui seyait bien : à quarante-cinq ans, les femmes le trouvaient plus beau que jamais.

Lennie aimait se retrouver seul. Face à son ordinateur, il pouvait alors se concentrer sur son travail. L'idée d'avoir à passer un smoking l'agaçait. Les grandes fiestas d'Hollywood, ce n'était pas son truc. Mais ce soir-là, c'était Lucky que l'on fêtait – pas moyen d'y échapper.

Lucky Santangelo-Golden, son épouse, était la plus belle femme du monde *et* la plus intelligente. Il se disait souvent qu'il avait eu beaucoup de chance. Quelques années plus tôt, victime d'un enlèvement, il avait passé plusieurs mois affreux, enfermé, menottes aux mains, dans une grotte de Sicile. Durant ces mois interminables il n'avait eu qu'une idée : s'évader pour retrouver Lucky et ses enfants. Il avait été exaucé. Claudia, une petite Sicilienne, l'avait aidé à s'enfuir...

Un assistant interrompit ses méditations.

— Tout est prêt sur le plateau, monsieur G.

— J'arrive, répondit-il, chassant de son esprit l'image de Claudia, avec ses grands yeux mélancoliques, ses longues jambes hâlées et sa peau si douce.

Une peau comme de la soie...

Il n'avait jamais raconté à Lucky. Il ne lui avait jamais dit et ne le lui dirait jamais. Lucky ne croirait pas qu'il n'avait pas eu le choix. C'était son secret, et il entendait bien le garder.

Il éteignit son ordinateur, sortit de la caravane et se dirigea vers le lieu du tournage. En chemin, il croisa Buddy, son opérateur.

— Qu'est-ce qui se passe, mon vieux ? Tu jeûnes aujourd'hui ?

— Je me réserve pour le poulet plastique de ce soir, répondit-il avec un sourire ironique.

— T'as raison ! fit Buddy. Je connais.

Ils éclatèrent de rire.

Mary Lou Berkeley était d'humeur nostalgique. Dans une semaine, ce serait son neuvième anniversaire de mariage, et elle ne pouvait s'empêcher d'évoquer sa rencontre avec Steven. Bien sûr, c'était à son rôle qu'elle aurait dû penser, mais Steven était irrésistible. Elle l'aimait comme au premier jour.

Mary Lou était une Noire de trente et un ans, d'une beauté éclatante. Elle avait une silhouette de vamp, de grands yeux bruns, des cheveux noirs et bouclés, un sourire fascinant. Elle avait dix-huit ans quand elle avait rencontré Steven, et ce n'avait pas été le coup de foudre. Elle était alors une jeune vedette de la télévision tout imbue de son importance. Elle était entrée dans le bureau qu'occupait Steven dans la prestigieuse firme d'avocats new-yorkais Myerson, Laker and Brandon. Elle était accompagnée d'un vrai cortège : sa mère, sa tante qui s'occupait de ses affaires, et son petit ami blanc, très nerveux.

Steven s'était montré à la fois charmant et rassurant. Il avait persuadé l'escorte d'attendre au-dehors pendant qu'elle racontait son histoire. Une histoire banale et sordide. À quinze ans, elle avait laissé son petit ami du moment prendre d'elle des photos de nu. Rien de bien méchant, des photos pour s'amuser. Mais, récemment, l'ex-petit ami, auquel le succès de Mary Lou avait donné des idées, avait vendu les clichés à un magazine porno, qui les avait publiées. Mary Lou voulait entamer des poursuites. Steven la mit en garde sur les difficultés qu'elle rencontrerait. La procédure supposait maintes dépositions, des interrogatoires sans fin et la pression d'une publicité négative.

Mary Lou avait tenu bon et s'en était félicitée : le tribunal lui avait accordé les seize millions de dollars de dommages et intérêts qu'elle réclamait.

Mary Lou et Steven étaient aux anges. Ils fêtèrent leur succès au restaurant. Or, si Steven savait Mary Lou têtue, il n'avait pas compris qu'elle le voulait, lui, plus encore qu'elle ne voulait ses dommages et intérêts. Quand, cette nuit-là, ils se retrouvèrent dans le même lit, il fut pris de remords. Elle était trop jeune. Il était trop vieux avec ses vingt ans de plus qu'elle.

— Ça ne nous mènera nulle part, avait-il dit d'un ton sévère.

— Tu crois ça ? avait-elle répondu avec entrain.

Elle n'eut qu'à sourire et il fut perdu. Une semaine plus tard, elle s'installait chez lui.

Mary Lou lui apportait le bonheur qui lui avait si longtemps manqué. La vie de Steven, en effet, s'était brutalement écroulée lorsque sa mère, Carrie, lui avait révélé être incapable de dire qui était son père. Mary Lou l'avait aidé à cesser de ruminer son passé, à se tourner vers l'avenir.

Survint un second incident. Le directeur du magazine que Mary Lou avait poursuivi publia dix pages de photos extrêmement déshabillées en prétendant que Mary Lou avait posé pour elles. C'était faux. Son visage avait été habilement monté sur le corps d'une star du porno et le magazine avait été mis en place avant qu'on ait pu le faire saisir. Mary Lou en fut si choquée qu'elle fit une tentative de suicide. Steven parvint de justesse à la transporter à l'hôpital.

Lorsque Mary Lou sortit, une semaine plus tard, Steven avait compris qu'il ne pouvait pas vivre sans elle. Ils se marièrent et, quelques mois plus tard, une petite fille naquit, qu'ils prénommèrent Carioca Jade. Carioca avait aujourd'hui huit ans. C'était le portrait de sa mère. Elle voulait être avocate, comme son père.

C'était Steven qui avait voulu s'installer à L A. Ils rentraient d'un séjour de deux ans en Angleterre, où il avait étudié le droit britannique, joué au golf et profité de la vie avec sa femme et sa petite fille.

— À L A, tu pourras plus facilement te remettre dans le métier, avait-il dit à Mary Lou.

Il n'avait plus envie de vivre à New York ; il voulait passer du temps avec son père, Gino, et sa demi-sœur, Lucky. Cette famille, il lui avait fallu toute une vie pour la retrouver. Ça n'avait pas été facile : si Lucky l'avait aussitôt accepté, Gino avait été long à admettre qu'il avait un fils noir, fruit d'une lointaine et éphémère aventure. À présent que les choses allaient mieux, il voulait profiter de son père déjà âgé.

Steven avait vu juste. L A avait réussi à la carrière de Mary Lou. Elle commençait à obtenir au cinéma les rôles qui lui avaient échappé quand ils vivaient en Europe. Et, après l'arrivée de deux jeunes associés, le cabinet de Steven avait prospéré.

— On vous attend sur le plateau, mademoiselle Berkeley, dit un assistant en frappant à la porte ouverte de sa caravane.

— Oui. J'arrive, répondit Mary Lou, revenant d'un bond au présent. J'arrive.

# 5.

D'excellente humeur, Lucky fonçait sur la Pacific Coast Highway au volant de sa Ferrari rouge. Elle espérait avoir pris la bonne décision. Gino semblait le penser.

— Fais les choses comme tu les sens, avait-il dit. Et vas-y !

Elle saurait bientôt à quoi s'en tenir. Peut-être aurait-elle dû parler à Lennie de sa décision. Mais Lennie voulait toujours analyser longuement les situations, et, cette fois, elle voulait foncer.

Ils étaient réunis dans la grande cuisine de la villa : Gino et Maria, avec leur nounou noire, Si-Si, d'humeur joyeuse, et Bobby – beau garçon, le portrait de son grand-père Gino en plus jeune et plus costaud.

— Salut, maman, dit Bobby. Attends un peu de voir mon smoking de chez Armani. Tu vas tomber raide.

— Je n'en doute pas, répliqua sèchement Lucky. Qui t'a permis d'aller chez Armani ?

— Grand-père.

— Décidément, il te pourrit.

— Eh oui. Et j'aime ça !

Lucky avait autorisé Bobby à venir à la soirée, mais pas Gino et Maria. Ils étaient trop jeunes. Elle ne voulait pas qu'ils ressemblent à ces gosses qui roulent en Porsche à seize ans.

Elle laissa Si-Si préparer le dîner des enfants pour monter dans sa chambre où Ned, son coiffeur, l'attendait sans cacher son inquiétude.

— Qu'y a-t-il ? demanda Lucky.

— Vous me rendez nerveux, gémit-il. Vous êtes toujours si pressée.

— Surtout aujourd'hui. Je dois être coiffée, habillée, maquillée, et dans la limo à cinq heures et demie.

— Bon. Vite, dans le fauteuil, s'impatienta Ned en claquant des mains.

Il la coiffa en un temps record. À peine eut-il terminé qu'elle était déjà douchée, parfumée, maquillée. Puis elle se glissa dans un long fourreau de chez Valentino, profondément décolleté et fendu jusqu'en haut de la cuisse.

Elle se regarda dans la glace. *Maintenant, j'ai vraiment l'air d'une grande personne*, se dit-elle avec un sourire.

Elle prit dans son coffre les boucles d'oreilles en diamant que Lennie lui avait offertes pour son quarantième anniversaire et accrocha à son poignet un gros bracelet de diamants et d'émeraudes – encore un cadeau de Gino. Elle était prête. Il était exactement cinq heures vingt.

En bas, Bobby paradait en smoking devant son frère et sa sœur.

— Pourquoi est-ce qu'on ne vient pas avec vous ? protesta Maria.

— Parce que ce n'est pas une soirée pour les enfants, expliqua calmement Lucky.

— Alors pourquoi Bobby y va ? demanda le petit Gino.

— Parce qu'il est plus grand que nous tous, répondit Lucky, jugeant la réponse plutôt bonne. La limo est là ? demanda-t-elle à Bobby.

Une interminable voiture noire s'était arrêtée devant le perron.

— Oui, maman, elle vient d'arriver.

— Alors, en route, dit-elle en embrassant Maria et Gino.

Steven, le téléphone coincé contre son épaule, interrogeait Mary Lou en continuant à fouiller dans son tiroir :

— Chérie, je n'arrive pas à retrouver mon nœud de smoking.

— Steven, comment peux-tu m'appeler en plein tournage ? Tu viens de nous faire louper une prise.

Mary Lou parlait dans son portable, devant un partenaire ahuri qu'elle ait conservé son téléphone branché en plein tournage.

— Pardonne-moi, mon chou, expliqua Steven, mais c'est une urgence. Lucky doit arriver d'un moment à l'autre.

— Ton nœud est dans ta commode où je l'ai rangé ce matin. Je te l'ai dit avant de partir.

— Oh ! c'est vrai, excuse-moi.

— Steven, tu me rends folle.

— Vraiment ? roucoula Steven avec des intonations de chanteur de charme. Attends un peu ce soir.

Ils rirent tous les deux ; ils étaient toujours aussi fous l'un de l'autre.

— Mary Lou, cria Lennie derrière la caméra, nous aimerions terminer ce film avant la fin de l'année. Est-ce possible ?

— Pardon, Lennie, dit-elle d'un ton contrit.

Puis elle murmura dans son téléphone :

— À bientôt, trésor. J'aurai une grande nouvelle à t'annoncer.

— Quoi donc ? demanda-t-il, en espérant qu'elle n'avait pas signé pour un autre film.

À son avis, ils avaient tous les deux besoin de longues vacances.

— Tu verras, lança-t-elle d'un ton provocant, avant de raccrocher.

— Est-ce qu'on peut se remettre au travail maintenant ? demanda Lennie.

— Bien sûr, répondit Mary Lou, avec son sourire irrésistible.

## 6.

*Il s'était imaginé la sautant à l'arrière de la jeep. Mais non : elle avait d'autres projets.*

*Depuis qu'ils étaient gosses, elle l'avait toujours mené par le bout du nez. C'était toujours : « Fais ci, fais ça », et, en général, comme elle l'impressionnait et qu'elle avait deux ans de plus que lui, il obéissait.*

*Mais, tout en ayant envie de se la taper, il ne pouvait s'empêcher de lui en vouloir. Il était persuadé que s'il parvenait à se l'envoyer juste une fois, elle n'aurait plus sur lui aucune emprise. En attendant, elle n'arrêtait pas de lui donner des ordres.*

*Ils allèrent jusqu'au supermarché où elle acheta facilement deux packs de six boîtes de bière – elle paraissait nettement plus âgée que ses dix-huit ans, et, d'ailleurs, elle connaissait le type qui était à la caisse. Ce connard était trop occupé à lorgner ses seins pour lui demander sa carte d'identité.*

*Dans le parking, elle ouvrit deux boîtes de bière et lui en lança une.*

*— Le dernier à terminer est une chochotte, dit-elle, portant la boîte à ses lèvres.*

*Il releva le défi, oubliant ce que son père lui avait recommandé en lui donnant les clefs de la jeep : « Maintenant, promets-moi, fiston, de ne jamais boire et conduire en même temps. »*

*— Oui, papa, avait-il répondu. Tu as ma parole.*

*La bière était glacée, mais il se paya le petit triomphe de finir sa boîte avant elle.*

*— Qu'est-ce qu'on fait maintenant ? interrogea-t-il.*

*— Sais pas.*

*— Si on se faisait une toile ?*

*— Perte de temps, répondit-elle avec dédain. Le ciné, c'est pour les connards qui n'ont rien de mieux à faire. On va tirer un truc, proposa-t-elle le plus*

*naturellement du monde. On n'a qu'à aller au magasin de CD voir ce qu'on peut piquer.*

*— Je pourrais payer ? Mon paternel me donne de l'argent.*

*— Et alors ? fit-elle d'un ton railleur. Le bon petit garçon à son papa ne veut pas d'histoire ?*

*— Déconne pas, dit-il, s'énervant tout d'un coup. D'ailleurs, tu ne sais rien de moi.*

*— Je sais, répliqua-t-elle. J' parie que t'es puceau.*

*Elle avait deviné. Cela l'agaça.*

*— Tu dis des conneries, dit-il en buvant une autre lampée de bière. Bon, allons-y, j' parie que je peux voler plus de CD que toi.*

*— C'est à voir. Tu veux que je conduise ?*

*— Non, je suis cool.*

*Et ils partirent.*

# 7.

Les choses avançaient plus lentement que Lennie ne l'avait prévu. Il avait promis d'aller à la soirée de Lucky dès qu'il le pourrait, mais, au train où ils allaient, Mary Lou et lui seraient certainement en retard.

Heureusement, Mary Lou était formidable. Jolie comme un cœur, bourrée de talent, et adorée de l'équipe. Buddy, le chef opérateur, avait le béguin pour elle, ce que Lennie trouvait comique – Buddy avait la réputation d'être un tombeur.

— Elle est mariée, tu sais, observa Lennie.

— Ça, mon vieux, je le sais, dit Buddy, incapable de détacher ses yeux de Mary Lou qui, assise dans son fauteuil, bavardait avec un des machinos. Je sais aussi que si elle ne l'était pas...

— Eh, eh, l'interrompit Lennie. C'est à mon beau-frère qu'elle est mariée.

— Heureux coquin.

— C'est vrai. On a de la chance, dans la famille. Ma femme...

— Je l'ai vue, dit Buddy. Pas la peine d'en dire plus... Mais, je voudrais te demander, est-ce que ça n'est pas difficile d'être marié à une femme comme Lucky ?

— Pourquoi difficile ?

— Parce qu'elle dirige un studio, mon vieux. C'est une vraie puissance à Hollywood et...

— Tu crois, fit Lennie en riant, que je me sens menacé dans mon ego parce que ma femme dirige un studio ?

— Non, je ne voulais pas dire ça, mais je crois que moi, je ne pourrais pas.

— Tu ne pourrais pas quoi ?

— Être avec une femme qui est le centre de l'attention.

— J'ai connu ça, dit Lennie. Quand j'étais acteur, on ne regardait que moi. Mais, crois-moi, je suis plus heureux aujourd'hui.

— Tant mieux, fit Buddy.

— C'est vrai, renchérit Lennie. Maintenant, cesse de lorgner Mme Berkeley et au boulot.

Gino Santangelo était habillé et prêt à partir. Il n'en fallait pas beaucoup pour se préparer, à quatre-vingt-sept ans. Seigneur ! Il regarda dans la glace, vit un vieil homme aux cheveux gris. *Putain, quand est-ce que c'est arrivé ?*

Gino regrettait ses quarante ans. Il n'avait rien perdu de son énergie. Mais il avait perdu de sa souplesse... Il se dirigea vers le bar pour se verser une bonne rasade de Jack Daniels. *Deux doigts de bourbon par jour, ça évite le médecin.* C'était sa devise.

Il songea à Lucky, sa folle de fille. Si forte, si intelligente, elle savait mener sa barque. À vrai dire, c'était lui, en femme. Et quelle femme !

Il était fier d'elle, et c'est pour assister à cette soirée qu'il était venu de Palm Springs en avion. Sa femme, Paige, avait renoncé à l'accompagner en raison d'un mauvais rhume. Paige était une femme épatante. Malgré leurs trente années de différence, ils s'entendaient à merveille. Mais Gino n'avait jamais réussi à oublier Maria, sa première femme, le grand amour de sa vie. Ce meurtre l'avait brisé. Encore aujourd'hui, après toutes ces années, il vivait entouré de gardes du corps. Il suppliait Lucky d'en faire autant, en vain. Pourtant, une vendetta opposait depuis plusieurs décennies les Santangelo à la famille Bonnatti. Certes, la disparition de Donatella Bonnatti, dernière du clan, avait mis fin à la guerre, mais Lucky ne voulait pas admettre qu'il pouvait exister d'autres ennemis.

Gino s'inquiétait. Bien sûr, Lucky était indépendante, bagarreuse, mais c'était une femme, et une femme ne pourrait jamais être aussi forte qu'un homme. Une chose qu'il ne lui dirait jamais, bien sûr. Il imaginait sa réaction.

La sonnerie de l'interphone retentit et le concierge lui annonça qu'une limo l'attendait.

Quel dommage que sa chère Maria ne soit pas là pour assister à cette soirée mémorable !

Dans sa maison de Sunset Plaza Drive, Steven avait retrouvé son nœud de smoking. Vérifiant devant la glace la perfection de sa mise, il constata avec satisfaction qu'il portait bien ses cinquante ans et, c'est en souriant, qu'il pensa à sa brève conversation avec Mary Lou.

Steven ne réalisait pas à quel point il était bel homme. Un mètre quatre-vingt-huit, un corps d'athlète, un teint café au lait, les cheveux noirs et bouclés parsemés de fils gris, des yeux d'un vert infiniment profond. Mary Lou lui répétait sans se lasser qu'il était l'homme le plus séduisant qu'elle eût jamais vu.

Steven estimait qu'il avait de la chance. Sa femme l'adorait et il l'adorait, sa fille était la plus jolie petite fille du monde, et il avait trouvé une famille. Lucky était formidable ; elle lui donnait l'impression qu'ils avaient grandi ensemble ; et Gino avait fini par l'accepter :

— Il faut que je te dise, avait-il grommelé un jour, je n'aurais jamais imaginé me retrouver avec un gosse noir.

— Pas plus que je n'aurais jamais imaginé me retrouver avec un père italien.

— C'est bien notre chance, avait conclu Gino.

Steven ne pensait jamais à son passé – aux jours sombres de son mariage avec Zizi, une danseuse nue un peu cinglée ; à sa mère, Carrie, qui avait travaillé dans un bordel ; ni à toutes ces années pendant lesquelles il avait même ignoré le nom de son vrai père.

Mais, aujourd'hui, son bonheur était total, tous ses souhaits s'étaient réalisés.

Sa fille entra dans la pièce. Elle grandissait vite ; à huit ans, elle était déjà le portrait de Mary Lou. Ils devaient peut-être songer à avoir un autre enfant ? Il aimerait bien un fils. Un garçon, qui l'accompagnerait au stade, à qui il apprendrait une foule de choses...

— Où est maman ? demanda Carioca Jade.

— Elle tourne en extérieur, ma chérie. Elle m'a demandé de te dire d'être sage et de bien faire tes devoirs.

Jennifer, leur jeune Anglaise au pair, apparut :

— Tout va bien, monsieur Berkeley ?

— Tout va bien, Jen, dit-il. Si vous avez besoin de moi, vous avez mon numéro de portable. Je pense que nous rentrerons vers minuit.

— Ne vous inquiétez pas, monsieur Berkeley. Viens, Carrie, allons faire tes devoirs.

— Papa, est-ce que je peux regarder la télé et faire mes devoirs plus tard ? implora Carioca.

— Pas question.

— Pourquoi ?

— Parce que l'instruction, c'est essentiel. Surtout ne l'oublie jamais.

— D'accord, papa, fit Carioca sans conviction.

— À demain matin, ma chérie, dit-il en l'embrassant.

Il franchit la porte au moment où la voiture s'arrêtait devant la maison. Le chauffeur bondit à terre pour lui ouvrir la portière.

— Salut, dit Steven en se penchant à l'intérieur.

— Salut, répondit Lucky.

— Bonsoir Steven, dit Gino.

— Bonsoir... Gino, Bobby. Fichtre, vous êtes tous superbes. Ce doit être une grande occasion.

— Allons-y, fit Lucky avec impatience. Maintenant que je suis lancee, je ne veux pas perdre un instant de cette soirée.

# 8.

— Alerte, ma jolie.

— Quoi ? fit Brigette.

— Regarde-le, dit Lina d'un ton admiratif.

Elles regagnaient leur table après une pause maquillage dans les toilettes. Lina s'était arrêtée pour montrer le cousin de Fredo. Sacré beau mec !

Brigette observa avec plus d'attention. Exact. Carlo Vittorio Vitti était vraiment un bel homme ; grand, sans une once de graisse, il avait des cheveux blond foncé, des yeux d'un bleu de glace, un regard pénétrant et, sacrifiant à la mode, une barbe de quelques jours très soigneusement entretenue. Il devait avoir la trentaine.

Malgré son après-midi avec Flick, Lina était tout excitée.

— C'est un noble, dit-elle très impressionnée. Fredo m'a dit qu'il était comte.

Brigette n'écoutait pas vraiment. Elle regrettait sa pizza et sa soirée télé. Fredo en faisait trop et son arrogant cousin avait à peine dit un mot. Elle aurait voulu rentrer.

— Je vais me le taper ce soir ! annonça Lina en se passant la langue sur les lèvres d'un air gourmand.

— Il est fiancé, fit observer Brigette en se demandant vaguement à qui.

— Bah ! Fiancé, ça ne veut rien dire. Rien qu'à le regarder, je me sens fondre. Tu vois ce que je veux dire ?

Brigette acquiesça bien que ne voyant rien du tout. Il y avait plusieurs années qu'elle n'avait pas couché avec un homme. Parfois, elle craignait même que sa libido ait disparu : elle n'éprouvait plus aucun désir. Comment Lina et elle pouvaient-elles être amies ? Elles étaient si différentes. Pourtant, elles aimaient être ensemble, parcourir le monde au gré des défilés et des séances photo. Brigette adorait les reportages en extérieur ; elle attendait avec impatience de s'envoler pour les Bahamas, où elle devait faire une série de photos pour le magazine *Sports World International*. L'année précédente, elle avait fait la couverture. Elle savait que Lina mourait d'envie de l'accompagner, et elle se démenait pour qu'elle soit du voyage.

Fredo avait commandé une bouteille de champagne. Ravi du dîner, il rayonnait.

— Eh bien, mes beautés, dit-il avec enthousiasme, dans quelle boîte voulez-vous aller maintenant ?

— Je te laisse le choix, dit Lina, décochant un sourire ensorcelant à Carlo qui, à son vif regret, ne réagit pas.

— J'ai envie de rentrer, annonça Brigette.

Lina et Fredo lui lancèrent des regards noirs.

— Il est bien trop tôt, répliqua Lina en secouant la tête d'un air exaspéré. C'est l'heure de danser, dit-elle en se tournant vers Fredo.

Résignée, Brigette se pencha vers Carlo.

— Fredo m'a dit que vous habitiez Londres. Ce doit être intéressant.

Il la fixa de ses yeux bleus au regard perçant.

— Vous êtes très belle, murmura-t-il très bas, si bas qu'aucun des deux autres n'entendit.

— Pardon ? fit Brigette, prise au dépourvu.

— Je crois que vous me comprenez.

Elle jeta un rapide coup d'œil à Lina, qui, elle en était certaine, apprécierait peu que Carlo puisse faire la cour à quelqu'un d'autre qu'elle.

— Oh !... merci, fit-elle, déconcertée. C'est mon métier d'essayer d'être parfaite.

— Je ne parle nullement de votre métier.

Ce regard qui la déshabillait la mit mal à l'aise.

— Eh bien, je voudrais proposer un toast, dit-elle en levant sa coupe, comme pour appeler à la rescousse. À Carlo et à sa fiancée. Dommage qu'elle ne soit pas ici.

— Quelle fiancée ? demanda Carlo.

— Fredo nous a dit que vous étiez fiancé, dit Lina.

— Moi, absolument pas. C'est terminé.

— Tu ne me l'avais pas dit, lui reprocha Fredo.

— Tu ne me l'as pas demandé, répliqua Carlo glacial.

Lina en profita pour se blottir contre Carlo.

— Pas fiancé ? fit-elle ravie. Quelle chance, n'est-ce pas ?

Carlo eut un sourire poli, mais son regard restait fixé sur Brigette.

# 9.

— Bon sang, murmura Lucky en remontant la manche de la veste de Steven pour jeter un coup d'œil à sa montre, qu'est-ce qu'ils foutent ?

— Il n'est que huit heures, dit Steven, toujours calme. Ils seront là à l'heure pour ton speech.

— Mais oui, mon chou, renchérit Gino. Apprends à te détendre. Regarde-moi.

— Ce doit être plus facile quand on a quatre-vingt-sept ans, murmura-t-elle.

Ils venaient de s'asseoir, après un interminable cocktail. À la table voisine, Bobby s'efforçait désespérément d'engager la conversation avec la piquante jeune vedette d'un feuilleton télé. Lucky donna un coup de coude à Gino.

— Est-ce que ce n'est pas toi à quinze ans ? demanda-t-elle.

Gino examina son petit-fils et éclata d'un grand rire.

— Moi, quand j'avais son âge, dit-il, je sautais tout ce qui bougeait.

*Et moi aussi*, faillit ajouter Lucky ; mais Gino n'aimait pas trop qu'on lui rappelle la folle jeunesse de sa fille.

— J'ai toujours su m'y prendre, reprit-il. Il faut traiter une dame comme une putain et une putain comme une dame. Ça marche à tous les coups.

— Ne t'avise pas d'enseigner à mon fils tes foutaises sexistes, lança Lucky.

On ne pouvait pas dire que leur relation était traditionnelle.

Steven revenait à la table, après un tour de salle.

— Qu'est-ce que vous fricotez, tous les deux ? demanda-t-il.

— J'écoute Gino débloquer, dit Lucky en feignant de bâiller à se décrocher la mâchoire.

— Tiens, reprit Steven. Voilà Alex, bien accompagné.

Lucky jeta un coup d'œil au couple qui approchait.

— Quel petit oiseau des îles nous a-t-il trouvé, ce soir ? demanda-t-elle d'un ton nonchalant.

— Qu'est-ce que ça peut faire ? demanda Steven à son tour. C'est toi qu'il veut.

— Foutaises, dit Lucky, sachant pertinemment que Steven, tout comme Venus, avait absolument raison.

Alex Wood était bel et bien attiré par elle, et elle n'était pas insensible à son charme mais pas au point de trahir Lennie. À une exception près... Lennie avait alors disparu depuis des mois ; elle le croyait mort. C'est pourquoi elle avait cédé à Alex. L'affaire, très brève, était restée secrète ; l'avouer à Lennie aurait été inutile et cruel. Depuis, Alex et elle s'étaient contentés d'être amis, les meilleurs amis du monde.

Alex Wood. Auteur. Metteur en scène. Un homme qui n'en faisait jamais qu'à sa tête mais qui, généralement, s'en tirait bien parce qu'il était un de ces personnages inclassables qu'Hollywood tolère de temps à autre. Un authentique talent, comme Martin Scorsese, Woody Allen ou Oliver Stone.

— Lucky, dit Alex en se précipitant sur elle.

À cinquante et un ans, c'était encore un séducteur redoutable. Le genre ténébreux, avec un regard irrésistible, de gros sourcils et une mâchoire énergique. Il était en excellente forme grâce à de vigoureux exercices quotidiens. Les cheveux un peu longs, il ne portait que du noir. Ce soir-là, il portait une chemise noire sous son smoking, sans cravate.

La femme qui l'accompagnait était asiatique. *Pas de surprise...* pensa Lucky. Vingt ans et des poussières. Celle-là, Lucky ne l'avait jamais vue – il était rare qu'elles durent plus de six semaines. Pour se moquer d'Alex, elle l'accusait volontiers de cacher un atelier qui lui fabriquait des Asiatiques à la chaîne.

— Bonsoir, Alex, dit-elle en se levant pour l'accueillir.

Il eut un sifflement admiratif.

— Spectaculaire ! dit-il en détaillant avec complaisance son long et suggestif fourreau Valentino. J'oublie parfois votre éblouissante beauté.

— Tiens, dit-elle en souriant. Des compliments. Vous devez vouloir quelque chose.

— Mais oui, répondit-il en lui rendant son sourire. Ça ne devrait pas vous étonner.

— Ça suffit, Alex. Lucky n'était pas d'humeur à supporter le badinage un peu lourd qu'il pratiquait chaque fois que Lennie était absent. Présentez-moi donc votre amie.

— Pia, dit-il en tirant la fille en avant.

— Bonsoir, Pia, dit Lucky en observant la nouvelle venue.

— Bonsoir, Lucky, répondit Pia, dont le regard laissait penser qu'elle n'était pas aussi docile que celles qui l'avaient précédée au bras d'Alex.

*Dieu merci !* songea Lucky. Elle était fatiguée de s'occuper des innombrables petites amies d'Alex. Récemment, elle s'était révoltée.

— Contre quoi ? avait-il demandé d'un ton innocent.

— Quand nous allons dîner tous les quatre, vous et Lennie discutez du bon vieux temps en parlant de tout et de tout le monde, et moi je suis coincée à faire la conversation à votre petite amie du moment.

— Et alors ? avait-il dit.

— Alors, avait-elle répondu, vous, vous les sautez. Et moi, il faut que je leur tienne le crachoir.

Alex avait éclaté de rire. Lucky sourit à ce souvenir.

— Et Lennie ? demanda Alex en regardant autour de lui.

— Il travaille, expliqua Lucky. Il sera bientôt ici.

— Dommage ! fit Alex.

— Vous allez cesser ?

— Jamais.

Une certaine agitation se fit dans la salle, les têtes se tournèrent : Venus Maria approchait de leur table, accompagnée de son mari, la vedette de cinéma Cooper Turner.

Venus était encore tout essoufflée.

— Seigneur ! s'exclama-t-elle. Vingt-cinq minutes pour franchir la ligne des journalistes. Qu'est-ce qu'on ne fait pas pour des copains !

— Qu'est-ce qu'on t'a demandé ? fit Lucky.

— Qu'est-ce qu'on ne m'a *pas* demandé ? répliqua Venus. Est-ce que je suis de nouveau enceinte ? Comment marche mon mariage ? Est-ce que Madonna est une concurrente ? Si j'étais célibataire, est-ce que je sortirais avec Brad Pitt ? Les conneries habituelles.

Lucky eut un sourire et embrassa Cooper, impassible, comme

d'habitude. Avant d'épouser Venus, il avait été le plus grand play-boy d'Hollywood. À présent, il jouait les hommes mariés et se plaisait dans ce rôle. La paternité lui convenait ; elle l'avait calmé.

— Bonsoir, Alex, dit Venus en embrassant le metteur en scène sur les deux joues. Quand serai-je la vedette de votre prochain film ?

C'était devenu une plaisanterie entre eux : depuis qu'elle avait eu une nomination aux oscars pour son petit rôle dans *Gangsters*, Alex ne lui avait jamais redemandé de travailler pour lui.

— Je ne sais pas... fit-il d'un ton hésitant. Est-ce que tu peux jouer une psychopathe sans poitrine qui adore châtrer les hommes ?

— Mon rêve !

— Eh bien... fit Alex, serais-tu préparée à tourner un bout d'essai ?

— Hmm... fit-elle en simulant une profonde réflexion. Je crois que ça dépendrait de qui tu voudrais me faire châtrer !

Le rire fut général.

Lucky regarda autour d'elle. *Au moins*, songea-t-elle. *Je suis entourée d'amis. De gens qui m'aiment. C'est une vraie chance, étant donné que l'annonce que je vais faire les concerne tous, d'une façon ou d'une autre.*

Elle voulait que Lennie arrive. Il ne manquait plus que lui.

# 10.

Lennie prononça les mots magiques :

— Coupez. On la tire. Bonsoir tout le monde.

— Dieu soit loué, dit Mary Lou en se précipitant vers sa caravane, tout en déboutonnant son costume.

Terry, une des habilleuses, se précipitait derrière elle.

— J'peux vous aider ? demanda-t-elle.

Elle était noire, obèse et hors d'haleine mais débordante d'enthousiasme. Comme tout le monde sur le plateau, elle adorait Mary Lou.

— Oui ! fit Mary Lou. Je devrais être prête depuis une heure !

— Pas de problème, fit Terry.

— Comment va ton petit frère ? demanda Mary Lou, comme elles arrivaient dans la caravane.

— Bien, merci, répondit Terry, stupéfaite que Mary Lou se rappelle leur conversation sur ce frère de seize ans, récemment arrêté pour vandalisme. Il a écopé de trois mois de liberté surveillée.

— Tu sais, dit Mary Lou en ouvrant le petit frigo où elle avait caché ses boucles d'oreilles en diamant et son collier – des cadeaux d'anniversaire de Steven – si tu veux, je peux demander à mon mari de le voir, de lui donner des conseils sur la façon de *ne pas* avoir d'ennui.

— Vraiment ? fit Terry, l'air tout ragaillardi.

— Steven est formidable avec les gosses. Il sait vraiment s'y prendre. Je vais arranger ça, dit Mary Lou en dégrafant son soutien-gorge.

— Que vous êtes mince, fit Terry d'un ton d'envie en regardant Mary Lou se glisser dans sa robe du soir blanche.

— Mais quelles privations ! fit Mary Lou d'un ton mélancolique. Dans mon métier, il faut être mince. J'aimerais bien mieux m'empiffrer de poulets frits et de petits gâteaux. Un de ces jours – dans longtemps, longtemps – c'est ce que je ferai. Pour l'instant, il faut que je conserve ma silhouette.

— Regardez-moi, fit Terry avec un haussement d'épaules désemparé. J'ai trente-cinq kilos de trop.

— Fixe-toi un objectif, dit Mary Lou. Promets-toi de perdre deux kilos par mois. Vas-y doucement et en moins de deux ans tu seras redescendue au poids que tu veux.

— J'en suis bien incapable, fit Terry en riant.

— Mais si, protesta Mary Lou. On peut tout faire quand on le décide. Bon, est-ce que je suis bien ? demanda-t-elle.

— Superbe, soupira Terry en remontant la fermeture Éclair de sa robe.

— Merci, dit Mary Lou. Je te promets que je n'oublierai pas pour ton frère. Je vais en parler à Steven ce soir.

— Vous êtes formidable, dit Terry.

— Pas du tout, dit Mary Lou. Je sais reconnaître ceux qui ont besoin d'un coup de main. Un jour je te raconterai comment Steven et moi on s'est rencontrés. Je dois te dire qu'à ce moment-là j'avais besoin d'un coup de main ! En fait, c'est toute une histoire.

— Racontez-moi, implora Terry.

— J'ai pas le temps maintenant, dit Mary Lou en riant. Viens me tenir compagnie au déjeuner et je te dirai tout. Oh ! et demain, tu commences ton régime... d'accord ?

On frappa à la porte de la caravane.

— Prête ? cria Lennie.

— Presque, dit-elle en chaussant précipitamment ses talons aiguilles.

— Allons-y, dit Lennie. Si je n'arrive pas à temps pour son speech, Lucky va me tuer.

Il lui prit le bras et l'aida à descendre les marches.

— Tu es magnifique ! observa Lennie en se dirigeant vers sa voiture.

— Tu aimes ma robe ? demanda Mary Lou en exécutant une petite pirouette.

— J'adore, dit-il. Mais fais attention : Steven va avoir une crise cardiaque. Il est trop vieux pour avoir une femme aussi belle que toi. Oh ! au fait, dit-il, comme ils descendaient la rue. Je n'ai pas retenu de limo pour ce soir. Maintenant, je le regrette : belle comme tu es, il te faudrait un moyen de locomotion digne de toi.

— Ne dis pas de bêtises, fit Mary Lou. C'est parfait, dès l'instant que nous arrivons là-bas. Et le plus tôt sera le mieux, ajouta-t-elle avec un doux sourire. C'est drôle, tu sais : Steven et moi sommes mariés depuis près de neuf ans et pourtant, quand je suis loin de lui, il me manque. Même si ça n'est que pour une journée.

— Je te comprends, dit Lennie. De temps en temps, je regarde tous les mariages malheureux de cette ville, tous ces divorces – et je pense combien je suis heureux avec Lucky. Elle est tout, pour moi. C'est vrai, je travaille dur, mais la retrouver tous les soirs est ma plus belle récompense.

— J'éprouve exactement la même chose, dit Mary Lou en ouvrant de grands yeux.

Buddy les rattrapa comme ils arrivaient à la voiture de Lennie.

— Eh bien, dit-il à Mary Lou avec un regard admiratif, on peut dire que vous êtes chouette !

— Oh ! merci, Buddy, dit-elle. Venant de vous, c'est un vrai compliment.

— Comment ça, venant de moi ?

— Oh ! reprit Mary Lou, tout le monde sait bien que vous êtes le Don Juan du tournage.

— Ah oui ? fit-il en se rengorgeant. J'ai cette réputation-là ?

— Voyons Buddy, répondit-elle en faisant mine de réfléchir. Depuis le début du tournage, j'ai noté que trois filles différentes sont venues vous voir sur le plateau.

— Mes sœurs, fit Buddy en souriant.

— Vos sœurs, mais comment donc !

— Allons, fit Lennie en ouvrant à Mary Lou la portière de sa Porsche. Demain, vous aurez tout le temps pour flirter. Maintenant, il faut qu'on file.

Il s'installa, boucla sa ceinture et fit un petit salut à Buddy.

— Est-ce que votre mari sait la chance qu'il a ? fit Buddy tandis que Lennie démarrait.

— J'espère bien, lança-t-elle en lui envoyant un baiser.

La Porsche démarra. Mary Lou ferma la vitre avec un grand sourire.

— J'espère qu'il me photographiera bien.

— Buddy est le meilleur, dit Lennie. Et, étant donné qu'il a un penchant pour toi, tu seras sensationnelle.

— C'est si rigolo de faire un film avec toi, dit-elle. Tu sais... c'est un plaisir de travailler avec toi.

— Venant de ta part, c'est un sacré compliment. Il changea de sujet tout en ajustant son rétroviseur. Ça m'embête que nous soyons tellement à la bourre, ce soir, dit Lennie. Tu crois que Lucky va être furieuse ?

— Lucky n'est jamais furieuse après toi.

— Ah oui ? répondit-il dubitatif, car il connaissait sa femme. Il est presque huit heures et demie. Le temps qu'on y soit, il sera neuf heures passées. Crois-moi, ce soir elle sera furieuse.

## 11.

*Gonflé à bloc, la vue un peu trouble, le garçon se précipita dans la jeep. La fille le suivait en riant comme une folle.*

*— Combien t'en as piqués ? demanda-t-elle en s'écroulant à la place du passager.*

*— Quatre, dit-il, le cœur battant.*

*— Trouillard. J'en ai piqué six. On ferait mieux de se tailler avant d'avoir un garde aux fesses.*

*Le garçon n'eut pas besoin de se le faire dire deux fois. Ils sortirent en trombe du parking, manquant de peu une Toyota dont le conducteur brandit le poing dans leur direction.*

*— Voyons un peu ce que tu as, dit la fille en fouillant dans les poches du garçon.*

*— Je ne savais pas ce qu'il fallait choisir. J'ai piqué n'importe quoi.*

*— Céline Dion ! s'exclama-t-elle en tirant un CD de son blouson. Qui est-ce qui écoute ça ?*

*— J't'ai dit que je ne regardais pas.*

*— C'est malin ! fit la fille en prenant sous son chandail un CD de Ice T. Mets donc ça.*

*Il glissa le disque dans le lecteur ; les vibrations du rap emplirent la jeep. La fille commença à s'agiter au rythme de la musique, puis elle prit une cigarette, l'alluma, en tira une bouffée et la lui tendit.*

*— Je ne fume pas, murmura-t-il.*

*— Eh bien, on peut dire que New York ne t'a pas dégourdi.*

*— Là-bas, protesta-t-il, j'ai fumé de l'herbe.*

*— Oh, oh, oh ! fit-elle d'un ton moqueur. Le vilain garçon. Et la coke... t'as essayé ?*

*Il secoua la tête. Son père, qui avait tâté d'à peu près tout ce qu'on pouvait trouver dans le genre, était très vigilant.*

*— Ça ne te dit rien ? proposa-t-elle. J'en ai, tu sais.*

*— Où est-ce que t'en trouves ? demanda-t-il.*

*— T'occupe ! Je me débrouille.*

## 12.

— Où est donc ton mari ? demanda Gino.

— Je voudrais bien le savoir.

— A-t-il quitté le tournage ? demanda Venus.

— Oui, dit Lucky. J'ai appelé la caravane de la production. Ils tournaient en ville. Mary Lou et lui sont partis il y a dix minutes. Il leur faudra au moins une demi-heure pour arriver ici.

— Pas si c'est Lennie qui conduit, remarqua Steven. J'espère que Mary Lou n'a pas oublié de boucler sa ceinture.

— Accuserais-tu Lennie d'être mauvais conducteur ? protesta Lucky.

— Il a toujours le pied au plancher !

— En tout cas, il conduit indiscutablement mieux que toi. Tu es comme une vieille dame, agrippée à son volant !

— Quoi ?

— Sérieusement, dit Lucky. Qu'est-ce que je dois faire ? J'ai déjà une demi-heure de retard, mais je refuse de prononcer mon discours tant que Lennie n'est pas là.

— Pourquoi ? demanda Steven.

— Parce que je ne peux pas, voilà tout.

— Il l'a certainement entendu ! Tu as dû répéter ?

— Non. C'est une surprise.

Elle était furieuse contre Lennie. Bien sûr, il était en plein tournage ; mais c'était lui le metteur en scène, il pouvait prendre ses dispositions.

Elle alla discuter avec les organisateurs de la soirée, saluant en chemin des amis et des connaissances, tous issus des milieux du cinéma. Bien sûr, ils étaient charmants avec elle parce qu'elle possédait et dirigeait un studio. Mais qu'en serait-il quand elle aurait abandonné le métier ? Ne disait-on pas qu'à Hollywood, on ne pardonnait pas l'échec ?

Les organisateurs commençaient à s'énerver, mais elle refusa de commencer son discours.

Alex la rejoignit alors qu'elle regagnait sa table.

— Alors votre mari est en retard ? dit-il en lui prenant le bras.

— Personne ne sait mieux que vous ce que c'est qu'un tournage.

— Exact. Mais si c'était moi, sachant que c'était votre soirée, j'aurais bouclé tôt.

Alex exprimait tout haut ce qu'elle pensait tout bas ; elle en fut irritée.

— Comment va votre mère ? demanda-t-elle. Elle savait que le sujet était sensible. Alex avait une mère d'origine française, Dominique, extrêmement dominatrice, qui avait une propension marquée à intervenir à tout propos dans la vie de son fils.

— Elle va très bien, répondit-il d'un ton vague.

— Se mêle-t-elle toujours de vos affaires ?

— Vous n'y êtes pas du tout, répondit tranquillement Alex. Ça fait un bail qu'elle y a renoncé.

— De toute façon, cela ne me regarde pas. Je n'ai aucune remarque à vous faire. Alors peut-être me ferez-vous la grâce d'en faire autant à mon égard.

— J'aime bien Lennie, protesta-t-il. On ne peut pas lui en vouloir juste parce que ce soir il se conduit comme un goujat.

— Il ne se conduit pas comme un goujat, répliqua Lucky, furieuse. Il sera là d'un instant à l'autre.

— D'accord, d'accord. En attendant, permettez-moi de vous raccompagner à votre table pour vous éviter de faire la conversation à chaque abruti qui vous agrippera au passage.

— Merci, Alex. Je suis certaine que ça fera la joie des chroniqueurs.

— Comment ça ?

— Lucky Santangelo-Golden au bras d'Alex Wood, le sulfureux réalisateur...

— Et alors ? fit Alex en riant.

— Où est Pia ? demanda Lucky. Et où donc l'avez-vous dénichée ?

— Vous semblez croire que je ne sors qu'avec des imbéciles ou des actrices, dit Alex. Eh bien, laissez-moi vous dire que Pia est une excellente avocate.

— Vraiment ? fit Lucky, en essayant de ne pas prendre un ton moqueur.

— Qu'est-ce que vous avez ? demanda Alex avec agacement. Vous ne croyez pas qu'une jolie femme puisse être aussi avocate ?

— Bien sûr que si. Et si elle est si maligne, peut-être durera-t-elle plus de cinq minutes.

— Ce que vous pouvez être garce.

— Je peux aussi être une amie fidèle. Ne l'oubliez jamais, Alex.

— Il y a une chose que je n'oublierai jamais.

— Quoi donc ? dit-elle trop imprudemment.

— Cette fameuse nuit, souvenez-vous, il y a bien longtemps ?

— Non, Alex, je ne veux pas m'en souvenir. Nous nous sommes tous les deux juré de l'oublier. Et si jamais vous en parlez à Lennie, je vous découperai personnellement les couilles avec un couteau émoussé. Vous pigez ?

— Oui, madame, répondit-il, en appréciant la formule que seule Lucky était capable de prononcer sans rien perdre de son élégance.

— Je ne plaisante pas, dit-elle sévèrement. Alors laissez tomber ce grand sourire et retournons à notre table où j'essaierai d'être aimable avec Lia, Pia, ou Dieu sait comment elle s'appelle.

# 13.

*La fille entraîna le garçon dans les toilettes d'une station-service. Elle ferma la porte à clef, étala la poudre blanche à côté du lavabo puis la renifla avec un billet d'un dollar roulé en cornet. Puis elle lui montra comment s'y prendre.*

*Il était suffisamment ivre pour suivre ses instructions. Ivre et excité. Ce soir, c'était son jour de chance. Elle avait vraiment l'air contente d'être avec lui.*

*La coke lui chatouilla le nez. Il éternua.*

*— Bon sang, fais attention quand tu éternues, fit-elle d'un ton irrité. Tout va s'envoler.*

*Au bout de quelques minutes, il commença à se sentir drôlement bien. Putain ! il pouvait faire n'importe quoi. N'importe quoi, si elle le lui demandait.*

*Ils quittèrent les toilettes et remontèrent dans la jeep.*

*— Je conduis, dit-elle en l'écartant. T'es trop dans les vaps.*

*— Pas du tout, protesta-t-il.*

*— Mais si, assura-t-elle en se glissant derrière le volant. T'es vraiment à côté de tes pompes.*

*Elle avait sans doute raison. Tout tournait devant ses yeux. Il avait l'impression d'être sur des montagnes russes.*

## 14.

— Tu sais ce qui me plaît ? fit Mary Lou en posant doucement la main sur le bras de Lennie.

— Non, quoi donc ? demanda Lennie sans quitter la chaussée des yeux.

— Le fait que, toi et moi, on soit beau-frère et belle-sœur. C'est agréable de travailler en famille.

— Oui, reconnut Lennie. C'est vrai.

— Et puis, poursuivit Mary Lou, le fait que Carioca et Maria soient cousines et qu'elles aient le même âge. Elles sont si mignonnes toutes les deux. Tu ne les as jamais observées ? Elles jouent à la poupée pendant des heures. Carioca avec sa Barbie noire, et Maria avec sa Barbie blanche. C'est formidable qu'elles soient si proches.

— Je sais, dit Lennie. Je suis surtout heureux qu'elles grandissent sans préjugés, qu'elles comprennent que la couleur de la peau ne doit jamais nous séparer.

— Très profond, Lennie.

— Tu sais, dit-il d'un ton songeur, ma mère était, sans le savoir, foncièrement raciste. Je ne m'en suis rendu compte qu'assez tard.

— Ta mère vit en Floride ?

— Elle a fini par quitter la Californie. Elle a rencontré un escroc de quatre-vingt-dix ans, à la retraite, qui l'a emmenée à Miami. Je la vois une fois par an quand elle vient ici passer Noël avec les enfants.

— Ce doit être une corvée, non ?

— Pas vraiment, répondit Lennie. Alice s'est arrangée avec l'âge. Il y a des années, mon père était comédien à Vegas et ma mère, stripteaseuse. Tu vois la famille !

— Fichtre ! s'exclama Mary Lou. Ta mère stripteaseuse. Et tu n'as pas eu de blocages avec les femmes ?

— Pas vraiment. C'est vrai que j'aurais pu. Je n'y ai jamais pensé.

— J'adore la façon dont Lucky et toi vous êtes rencontrés, fit Mary Lou en soupirant. C'est tellement romanesque : chacun marié de son côté...

— Bah, tu connais l'histoire. Les choses ont fini par s'arranger. Elle a quitté son mari et je me suis séparé de ma femme. On s'est retrouvés et aucun de nous n'a plus jamais regardé en arrière.

— Vous êtes un couple formidable, déclara Mary Lou.

— On peut en dire autant de toi et Steven.

— Je sais, fit Mary Lou avec un sourire radieux.

## 15.

Brigette aurait aimé rentrer chez elle, mais Lina la persuada d'aller en boîte. Fredo continuait à lui faire du gringue, sans succès. Elle songeait, perdue dans ses pensées, aux hommes de sa vie, à tous ces échecs. Elle se rappelait Tim Wells qui s'était fait tuer à cause d'elle. Certes, il avait profité de sa naïveté, mais il n'avait pas mérité de mourir. Tim Wells. Un cauchemar.

Pendant ce temps, Lina essayait d'entraîner Carlo sur la piste.

— Je ne danse pas, répondait poliment l'Italien.

— Alors, il va falloir que je me rabatte sur toi, Fredo. On va leur montrer ce qu'on sait faire, dit Lina en se levant.

Brigette regardait droit devant elle, obsédée par le souvenir de Tim.

— À quoi pensez-vous ? demanda Carlo en se glissant auprès d'elle – un peu trop près à son goût.

Elle remarqua son anglais presque pur. Lina avait raison, il était vraiment beau garçon, mais elle le trouvait sans intérêt.

— Oh... à des choses, répondit-elle d'un ton vague.

Elle but une gorgée de champagne pour se donner une contenance.

— Vous êtes différente des autres filles, observa-t-il.

— De quelles « autres filles » voulez-vous parler ?

— Chaque fois que je viens à New York, Fredo cherche à m'impressionner avec ses copines mannequins. En général, elles sont assez sottes. Belles mais idiotes.

— C'est un mythe, déclara Brigette, agacée. Elles ne sont pas toutes idiotes.

— Je m'en rends compte maintenant, reprit Carlo en la fixant de ses yeux d'un bleu de glace.

Son malaise augmentait. Encore une gorgée de champagne.

— Je suis vraiment vannée. Ça vous ennuierait si j'appelais un taxi ?

— Il est encore tôt, lui fit remarquer Carlo. Et puis je tiens à vous raccompagner, je ne peux pas vous laisser rentrer seule. Ce serait indigne d'un gentleman.

— Je peux très bien prendre un taxi, répliqua-t-elle, se sentant soudain le feu aux joues.

— Pas question.

Il avait posé une main sur son bras. De plus en plus nerveuse, elle se leva, chancelant sous l'effet de l'alcool auquel elle n'était pas habituée.

— Il faut vraiment que j'y aille, dit-elle. Pouvez-vous m'excuser auprès de tout le monde ?

Il se leva à son tour. Il était beaucoup plus grand qu'elle, avec des épaules très larges. Il émanait de lui un parfum masculin qu'elle trouva agréable.

— Je vous raccompagne et je reviendrai ici, déclara-t-il.

— Je vous l'ai dit, ça n'est pas la peine, assura-t-elle un peu affolée car la pièce commençait à tourner.

— Je considérerais ça comme une insulte. Venez, dit-il en lui prenant le bras. Je vais demander au maître d'hôtel de prévenir nos amis que je reviens tout de suite.

Que pouvait-elle faire ? Lina et Fredo tourbillonnaient sur la piste de danse. Elle savait que si elle ne sortait pas rapidement, elle s'évanouirait.

— Bon, fit-elle enfin, tout en sachant qu'elle avait tort.

Ils prirent un taxi et roulèrent sans parler jusqu'à l'appartement de Brigette. Les yeux fermés, elle s'endormait presque. Quand ils furent arrivés, elle se pencha et voulut lui serrer la main.

— Merci de m'avoir raccompagnée. Bonne nuit.

— Un gentilhomme italien se fait un devoir d'accompagner les demoiselles jusqu'à leur porte, dit-il. Je vous accompagne jusqu'à votre porte.

— Mais non, je vous en prie, protesta-t-elle en descendant du taxi. Je suis parfaitement en sécurité.

Mais il était déjà sur ses talons.

Ils s'engouffrèrent dans l'immeuble, passèrent devant le veilleur de nuit, prirent l'ascenseur et s'arrêtèrent devant sa porte. Elle chercha sa clef dans son sac. Elle la trouva, mais ne put l'introduire dans le trou de la serrure. Très doucement, il lui prit la clef des mains et ouvrit la porte. Elle n'avait pas eu le temps de réagir qu'il était déjà dans l'appartement.

*Pourquoi ai-je les mains qui tremblent ?* se dit-elle, furieuse.

Elle toucha un commutateur. Son appartement apparut, baigné de lumière douce. Il était décoré de beige, avec de gros coussins marocains éparpillés sur le sol, d'immenses tables basses et des lampes Tiffany.

— Vous avez un sens de la décoration très intéressant, Brigette, dit-il. Est-ce que je peux nous préparer un verre ?

— Pardonnez-moi, s'empressa-t-elle de répondre, de plus en plus étourdie. Vous ne pouvez pas rester. Lina et Fredo vous attendent. Il faut que vous alliez les rejoindre.

Et elle tourna les talons.

Fatale erreur. Il la saisit par-derrière, la prenant complètement au dépourvu, puis la retourna vers lui et écrasa ses lèvres sur les siennes avec une telle force que c'était à peine si elle pouvait respirer.

Elle essaya de se libérer, mais un phénomène étrange se produisit alors : son corps ne cherchait plus à résister.

— Pourquoi faites-vous ça ? parvint-elle à murmurer.

— Parce que nous en avons envie tous les deux, dit-il en la couvrant de baisers.

C'était fou. Elle avait résisté tout ce temps et voilà soudain que débarquait un étranger, un Italien installé à Londres, il l'embrassait et elle était incapable de le repousser.

*Trop de champagne. Il faut arrêter de boire, jeune fille.*

— Carlo, vous devez partir, dit-elle,

— Pourquoi ? Vous êtes mariée ?

— Non, bien sûr que non.

— Fiancée ?

— Non.

— Vous avez un petit ami ?

— Absolument pas.

— Alors qu'est-ce qui nous arrête ? Vous êtes lesbienne ?

— C'est ridicule...

Glissant les mains sous ses longs cheveux blonds, il se concentra sur sa bouche. Elle essaya de se dégager, mais son corps n'obéissait plus. La tête lui tournait plus que jamais.

— Brigette, murmura-t-il entre deux baisers. Ah ! ma douce, adorable Brigette...

# 16.

Il était neuf heures passées, le dîner était terminé.

— Il faut que tu fasses ton speech, insista Steven. Tu ne peux plus attendre Lennie.

— Mais où sont-ils ? demanda Lucky, pianotant sur la table avec impatience. Ils ont quitté le tournage il y a une heure. À ce moment de la journée, il ne faut pas si longtemps pour venir.

— Je n'en sais rien, Lucky, mais il faut vraiment que tu fasses ton discours. Tu ne peux pas attendre la fin des attractions : la moitié des gens seront partis.

— D'accord, Steven, ne me harcèle pas, dit-elle en faisant signe à un des organisateurs. Je suis prête, annonça-t-elle. Allons-y.

— Bon, fit l'homme, soulagé. Je vais voir si je peux trouver M. Dollar. C'est lui qui va vous annoncer.

Elle ne parvint pas à dissimuler son amusement.

— C'est Charlie Dollar qui m'annonce ? Qui a eu cette brillante idée ?

— C'était censé être une surprise, mais... étant donné le retard, nous avons dû le garder en coulisse. J'espère qu'il est toujours là.

— Vous voulez dire que vous avez laissé ce vieux Charlie en tête à tête avec une bouteille de scotch ? C'est risqué.

— Si vous voulez bien attendre quelques instants, je vais essayer de le retrouver.

Charlie Dollar était un des amis préférés de Lucky, une grande vedette de cinquante et quelques années, à l'air toujours un peu défoncé. Les femmes l'adoraient malgré son imposante brioche, son début de calvitie et son faible pour les reines de beauté de dix-huit ans. Son dernier film lui avait valu un oscar qu'il gardait exposé dans les toilettes.

Quand on le retrouva il était ivre. État presque naturel pour Charlie. Il monta sur l'estrade en tanguant, arborant son éternel sourire et ses légendaires lunettes teintées, la main crispée sur un verre de scotch que personne n'avait réussi à lui arracher. Il commença aussitôt à parler.

Lucky l'écouta en souriant faire un panégyrique qu'il conclut ainsi :

— Et maintenant... je voudrais laisser la parole à une des plus formidables nanas de cette ville. C'est une amie. C'est une beauté. Et je l'adore. Permettez-moi de vous présenter... Lucky Santangelo.

L'assistance réagit avec enthousiasme, les applaudissements crépitèrent. Lucky prit une profonde inspiration et se dirigea vers l'estrade. Elle avait appris son speech par cœur ; malheureusement Lennie n'était pas là pour l'entendre.

L'auditoire attendait. Elle respira à fond et commença. Elle expliqua combien elle était ravie d'être là et quelle satisfaction c'était pour elle d'avoir aidé la lutte contre le sida. Puis elle raconta l'histoire de deux très jeunes frères atteints par le virus, que leur avait transmis leur mère, elle-même infectée par une transfusion sanguine.

— Marc et Matthew ne sont plus avec nous, poursuivit-elle, mais je sais qu'ils seraient heureux de voir les progrès réalisés pour découvrir un traitement.

Applaudissements.

— Sur un plan plus personnel, continua-t-elle après un silence, je veux annoncer ma décision, prise au terme d'une longue réflexion de démissionner de mon poste de présidente des studios Panther.

L'assistance était bouche bée.

— Après avoir beaucoup produit, après m'être beaucoup amusée, j'ai le sentiment que le moment est venu de passer à autre chose. Je ne doute pas que l'activité frénétique d'Hollywood va me manquer, mais j'ai décidé de me consacrer à mon mari et à ma famille. Peut-être aussi écrirai-je un livre sur vous tous.

Frémissements dans l'assistance.

— Plus sérieusement, si je me sens capable d'écrire un livre, ce sera sur les femmes et les moyens dont elles disposent pour réussir dans ce qui est encore essentiellement un monde d'hommes. Si j'y suis arrivée, c'est que nous pouvons toutes y arriver. Alors voilà... je crois qu'il n'y a rien à ajouter sinon pour vous demander de continuer à lutter contre le sida. Bonne nuit et merci à tous. Je vous laisse à vos pensées, et que le meilleur studio gagne.

Charlie l'attendait au pied de l'estrade.

— Tu sais que tu n'es pas croyable ! murmura-t-il.

— Tu trouves ?

— Quitter un studio quand ça marche le feu de Dieu.

— Ça m'assomme.

— Quoi donc ?

— Les vedettes m'assomment.

— C'est de moi que tu parles ?

— Non, toi, Venus et Cooper, vous êtes les seules exceptions.

— Tu es encore plus folle que moi. Et ça n'est pas peu dire.

Assaillie par la presse, elle se montra calme et courtoise.

— J'ai dit tout ce que j'avais à dire, murmura-t-elle en se frayant un chemin jusqu'à sa table, où ses proches attendaient une explication.

— Pourquoi ? demanda Venus.

— Quand ? précisa Cooper.

— Maman, gémit Bobby, en pensant à tout ce qu'il allait manquer, c'est con, ta décision.

— Merci beaucoup, Bobby. Mais sache bien que c'est *ma* décision, pas la tienne.

— Félicitations, mon petit, fit Gino, radieux. Tu fais la fierté d'un vieil homme.

— Lennie est-il arrivé ? demanda-t-elle, inquiète.

— Pas encore.

— Dire qu'il ne sait rien, dit-elle, déçue.

À présent, elle regrettait de ne pas en avoir discuté avec lui, car elle devinait que la nouvelle, s'il l'apprenait par un tiers, le vexerait, le blesserait, même.

Elle avait mûri sa décision pendant des mois. Être à la tête d'un studio demandait beaucoup de temps et beaucoup d'énergie. Elle avait repris Panther avec l'intention de remonter l'affaire, d'en faire un studio florissant. Elle avait réussi. Elle avait produit plusieurs films dont elle était fière, des films dont les héroïnes étaient des femmes fortes, indépendantes, bref, des femmes modernes.

À présent, elle voulait s'arrêter quelque temps. Peut-être, en effet, écrirait-elle un livre. Cela serait un nouveau défi – elle avait toujours aimé les défis. Peut-être Lennie l'aiderait-il. Non. Mauvaise idée. Elle n'avait nul besoin qu'on l'aide.

Elle jeta un coup d'œil à travers la table pour guetter la réaction d'Alex. Il semblait en grande conversation avec Pia, ce qui signifiait, Lucky le savait, qu'il faisait semblant de l'ignorer, sans doute parce qu'il était vexé de ne pas avoir été mis dans la confidence.

Seigneur ! Combien de personnes devait-elle prévenir avant de faire un geste ?

Le spectacle commençait. Lucky s'installa dans son fauteuil pour profiter des attractions.

# 17.

*Putain, qu'elle roulait vite ! Le garçon avait une violente envie de vomir mais il parvint à se maîtriser. Pas devant elle ! Depuis dix jours qu'il était rentré à New York, c'était la première fois qu'elle semblait remarquer sa présence. La garce ! Ce soir elle allait le remarquer. Oh ! que oui !*

*— Où va-t-on maintenant ? demanda-t-il.*

*— On glande, répondit-elle d'un ton vague. On attend l'occase.*

*— L'occasion de quoi ?*

*— Qu'il se passe quelque chose, connard, dit-elle en lui lançant un regard méprisant.*

*Il ne savait absolument pas de quoi elle parlait. Mais quelle importance ? Il était heureux. Il était avec elle. Il ne pensait plus à son père, trop autoritaire à son goût, qui devait tirer une drôle de tronche parce qu'il n'était pas rentré pour le dîner. Et alors ? On ne l'obligerait plus à faire ce qui ne lui plaisait pas, et surtout le lycée, les exams, la fac... Son père n'avait jamais mis les pieds à l'université, alors pourquoi lui ? Il voulait sortir, s'amuser, ne pas rester coincé dans une salle de classe à apprendre des foutaises sans intérêt.*

*La fille était au volant. Elle accéléra pour franchir un feu, puis appuya à fond sur la pédale de frein quand le signal passa au rouge. Il pensa un instant à boucler sa ceinture de sécurité, et renonça aussitôt ; elle le prendrait pour un con. Un con et un trouillard.*

*— Putain, fit la fille, tout excitée. Vise un peu les diams de cette salope dans la voiture d'à côté.*

*Il se pencha pour regarder dans la voiture voisine, une Porsche gris métallisé. À la place du passager, il y avait une jolie Noire en robe décolletée. Son collier de diamants et ses boucles d'oreilles étincelaient.*

*— Et alors ? fit-il.*

*— Alors, dit la fille en s'assurant qu'il n'y avait personne d'autre dans la rue. On va y aller.*

*— Aller où ?*

*— Mais qu'est-ce que tu traînes ! s'écria-t-elle. On va lui taxer son collier et ses boucles d'oreilles.*

*— Ben voyons, fit-il, persuadé qu'elle plaisantait.*

*— Tu veux qu'on baise ?*

*Il ouvrit des yeux exorbités.*

*— Hein ?*

*— T'as entendu. Parce que si tu te dégonfles, tintin.*

*Seigneur ! Elle parlait sérieusement.*

*— Alors tout ce que t'as à faire, c'est les braquer avec le pistolet et dire à cette pute de te donner les pierres.*

*— T'es folle, dit-il, la gorge serrée. Je ne peux pas faire ça.*

*— Bon, très bien, on le fait tous les deux. Il n'y a personne. Viens donc, trou-duc, on ne retrouvera pas de sitôt une occasion pareille.*

*Brusquement, la fille écrasa l'accélérateur, dépassant la Porsche pour venir lui bloquer le passage.*

*— Magne-toi ! cria-t-elle en ouvrant la portière. Donne-moi ce putain de flingue.*

*Il chercha à tâtons le pistolet coincé dans sa ceinture et le lui lança. Elle sauta à terre et se précipita vers la Porsche en brandissant l'arme. Il lui emboîta le pas.*

# 18.

— Oh ! doux Jésus ! s'écria Mary Lou. Lennie... regarde !

Il n'avait pas besoin de regarder, il avait déjà vu. Une fille maigrelette aux cheveux noirs coupés court venait d'ouvrir la portière de Mary Lou et lui pointait un pistolet sous le nez. Derrière elle, se tenait un petit Noir d'une quinzaine d'années, qui semblait avoir du mal à garder son équilibre.

— Passe-moi ton putain de collier ! cria la fille à Mary Lou. Et puis tes boucles d'oreilles et tes bagouses. *Tout de suite*, salope... ou je te fais sauter la cervelle !

— Donne-lui tes bijoux, dit Lennie d'un ton calme, tout en cherchant désespérément comment se tirer de là.

— Non ! protesta Mary Lou. C'est Steven qui me les a offerts. Pas question.

— File-moi tes putains de bijoux, salope ! hurlait la fille.

Lennie réfléchissait rapidement. Il avait une arme dans la boîte à gants de sa voiture, mais pas moyen de passer le bras devant Mary Lou pour le prendre. Le mieux était d'obéir.

— Tu ferais mieux de te remuer, connasse, dit la fille d'une voix sourde. Parce que je commence à m'impatienter.

— Au nom du ciel, donne-les-lui, insista Lennie.

À contrecœur, les mains tremblantes, Mary Lou essaya maladroitement de dégrafer le fermoir de son collier. Lennie entendit au loin le hurlement d'une sirène de police.

La fille l'entendit aussi et commença à s'affoler. Saisissant le collier de Mary Lou, elle le lui arracha. Derrière elle, le garçon n'avait toujours pas bougé.

— Prends ça, trou-duc ! cria la fille en lui lançant le collier.

Il le fourra dans sa poche.

— Maintenant, les boucles d'oreilles.

— Non, dit Mary Lou. Ça suffit comme ça.

— Pauvre conne ! cria la fille en frappant Mary Lou en plein visage avec la crosse de son pistolet.

C'en était trop pour Lennie. Il se jeta devant Mary Lou pour ouvrir la boîte à gants.

La fille comprit et perdit la tête.

— Putain ! rugit-elle. Allez vous faire foutre !

Là-dessus, elle braqua son pistolet, recula d'un pas et fit feu, atteignant Mary Lou en pleine poitrine.

Lennie était sous le choc. Il avait l'impression de vivre un cauchemar au ralenti ; d'un instant à l'autre, il se réveillerait et tout s'effacerait. Puis il vit le sang de Mary Lou sur la robe blanche et comprit avec horreur qu'il ne dormait pas.

— Tu lui as tiré dessus, hurla le garçon, affolé. Putain, tu lui as tiré dessus.

— *Nous* lui avons tiré dessus, répliqua la fille. Elle l'a cherché, cette salope.

Elle se pencha, arracha les boucles d'oreilles de Mary Lou et essaya de lui retirer ses bagues.

Lennie poussa un cri et empoigna la fille. Alors, calmement, elle tira encore une fois. Il ressentit une violente brûlure à l'épaule et retomba en arrière avec un gémissement de douleur.

— Foutons le camp, cria la fille.

Ils repartirent en courant jusqu'à la jeep.

Lennie parvint à se redresser, cherchant désespérément à lire le numéro du véhicule. Les chiffres dansaient devant ses yeux. Puis il retomba sur son siège et s'évanouit.

# 19.

Brigette s'agita : elle n'était pas encore tout à fait réveillée. Elle avait rêvé. Un rêve vibrant de sensualité, d'amour et de passion. Elle roula sur le côté et ouvrit brusquement les yeux. La pièce était plongée dans l'obscurité. Elle tendit le bras pour éclairer le cadran de son réveil : une heure du matin.

Elle essaya de remettre de l'ordre dans ses pensées. Les dernières heures se fondaient dans une sorte de brume. Il y avait eu le dîner avec Lina, Fredo et son cousin. Une boîte ou deux et, après... plus rien.

*Hmm...* se dit-elle. *Un début d'Alzheimer ?*

Elle se leva et se dirigea vers la cuisine pour boire un verre d'eau. Tout à coup, elle réalisa qu'elle était complètement nue. *Jamais* elle ne dormait nue. Avait-elle bu ?

Impossible de se rappeler.

*Oh ! mon Dieu ! Est-ce que je deviens folle ?*

Elle but encore un verre d'eau – elle avait incroyablement soif. Puis elle revint dans sa chambre, passa un peignoir et s'assit au bord du lit en s'efforçant désespérément de rassembler ses souvenirs. C'était ridicule. Elle n'en avait aucun. *Quelqu'un a dû me ramener à la maison*, songea-t-elle. *Peut-être Lina.*

Elle se demanda si Lina était chez elle. C'était peu probable. Lorsque Lina ne travaillait pas le lendemain, elle était capable de faire la fête toute la nuit et de dormir jusqu'à midi.

Brigette composa le numéro. Pas de réponse. Elle essaya encore jusqu'au moment où le répondeur se déclencha. Elle laissa alors un message qui suppliait Lina de la rappeler.

Elle se sentait... bizarre. Elle avait les seins endoloris et, en écartant son peignoir, elle constata qu'elle avait des bleus à l'intérieur des cuisses.

*Pour un peu, je croirais que j'ai fait l'amour...* se dit-elle. C'était impossible. Pourtant... elle en avait bien l'impression.

Elle avait la bouche si sèche... Elle retourna dans la cuisine, angoissée. Il lui était arrivé quelque chose mais elle ignorait quoi.

Fredo saurait. Elle l'appela. Il marmonna un bonjour pâteux.

— Je dors.

— Désolée, mais il faut que je te parle.

— Carlo et toi, vous nous avez plaqués, dit-il entre deux bâillements. Lina était furieuse.

— Je... je suis partie avec Carlo ? interrogea-t-elle, l'estomac noué.

— On va danser, et quand on revient, vous aviez tous les deux disparu. Pourquoi me réveilles-tu à cette heure-ci ? Appelle Lina.

— Elle n'est pas chez elle.

— Peut-être qu'elle a retrouvé Carlo, insinua-t-il. Si tu l'as plaqué, je suis certain qu'il s'est retrouvé dans son lit.

— Tu sais, Fredo, fit Brigette, exaspérée. Tout ne se ramène pas toujours à une histoire de sexe.

— Ah ! mon doux petit ange. Toujours naïve.

Et il raccrocha.

Fredo semblait donc penser que Carlo l'avait raccompagnée. En tout cas, c'était facile à vérifier. Elle téléphona au concierge de nuit.

— À quelle heure suis-je rentrée ? demanda-t-elle.

— Aux environs de onze heures, miss Brigette.

— Et j'étais... euh... est-ce que j'étais avec quelqu'un ?

— Un monsieur.

— Combien de temps est-il resté chez moi ?

— Environ une heure.

Oh ! mon Dieu ! Elle devait être ivre, elle avait dû faire l'amour avec Carlo et ne parvenait pas à s'en souvenir. Quelle humiliation.

Mais comment était-ce possible ? Cela lui était déjà arrivé de trop boire, mais jamais au point de perdre conscience.

Une idée effrayante lui vint à l'esprit : il l'avait peut-être droguée. Récemment, un mannequin lui avait parlé d'une nouvelle pilule, très dangereuse. Incolore et inodore. Les types en mettaient sournoisement dans le verre des filles pour pouvoir abuser d'elles. La drogue avait notamment pour effet de faire perdre la mémoire.

Carlo lui aurait-il fait ça ?

Elle rappela le concierge pour voir si Lina était chez elle. Non, toujours pas rentrée.

Elle ne savait plus quoi faire. Elle n'avait aucune preuve. À moins qu'un médecin ne lui prescrive une prise de sang, pour rechercher les traces éventuelles d'une drogue.

Non, c'était trop humiliant.

Elle fit couler un bain, plongea dans la mousse et se laissa aller à ses pensées. Elle était riche, jolie, elle avait réussi... et pourtant dès qu'elle abaissait sa garde, il lui arrivait une catastrophe.

*Je suis maudite*, songea-t-elle. *Exactement comme ma mère.* La célèbre héritière, Olympia Stanislopoulos, était morte dans une chambre d'hôtel minable, avec Flash, son amant du moment, une rock star complètement camée.

Elle mourait d'envie de téléphoner à Lucky. Puis elle se rappela qu'elle assistait à une soirée donnée en son honneur. Elle ne pouvait tout de même pas faire appel à sa marraine chaque fois qu'elle avait un problème.

*Tu n'es plus une enfant*, se dit-elle sévèrement. *Il faut que tu apprennes à te débrouiller.* Mais comment le pouvait-elle quand elle ignorait la nature même du problème ?

Elle regagna son lit, se blottit sous les couvertures et finit par sombrer dans un sommeil agité.

# 20.

Le hurlement d'une sirène d'ambulance tira Lennie de sa torpeur. Il s'apprêtait à se lever pour fermer la fenêtre de la chambre lorsqu'il se rendit compte qu'il n'était pas dans son lit mais *dans* une ambulance.

*Seigneur !* se dit-il. *Qu'est-ce que je fous là ?*

Il avait dû pousser un gémissement car un infirmier surgit et lui souleva la tête avec précaution pour lui faire boire quelques gorgées d'eau.

— Qu'est-ce qui s'est passé ? parvint-il à articuler.

— On vous a tiré dessus. Une balle dans l'épaule.

— Bon sang ! murmura-t-il. Comment est-ce arrivé ?

— Une agression. Vous n'avez pas dû vous laisser faire.

*Une agression.* Lentement, la mémoire lui revenait. Une fille qui vociférait en brandissant un pistolet. Mary Lou qui se cramponnait à son collier. Un jeune Noir qui attendait sans rien dire, à l'arrière-plan.

*Merde alors ! La fille lui avait tiré dessus. Incroyable.*

— Où est Mary Lou ? murmura-t-il.

— C'est votre femme ? interrogea l'infirmier.

— Non... ma belle-sœur. Soudain, il se rappela. Oh ! mon Dieu, elle a été blessée aussi. Comment va-t-elle ?

— Il va falloir que la police vous parle.

— Pourquoi ?

— Pour savoir ce qui s'est passé.

— Laissez-moi voir Mary Lou, dit-il en pensant à la fureur de Lucky.

Elle lui répétait tout le temps qu'il conduisait comme un fou.

— Il faut que j'appelle ma femme. Il faut que je lui dise...

Brusquement, tout se mit à tourner et il s'évanouit de nouveau.

— Il est arrivé quelque chose, déclara Lucky en se redressant dans son fauteuil.

— Arrête... dit Gino d'un ton bourru en lui donnant un coup de coude.

— Je le sens. Je vais appeler à la maison.

— Tu ne peux pas t'en aller pendant que ce type chante.

— Je peux faire ce que je veux, Gino, répliqua-t-elle en se dirigeant vers le fond de la salle.

Steven se précipita derrière elle.

— Qu'est-ce qui se passe ? demanda-t-il.

— Je... je ne sais pas, Steven. J'ai un pressentiment.

— Toi et tes pressentiments.

— Il faut que j'appelle la maison, pour voir si tout va bien avec les enfants.

— Tu t'inquiètes pour rien, dit-il, tout en sortant son mobile. Tu n'aurais pas dû te lever. C'est ta soirée, Lucky, tout le monde a les yeux braqués sur toi.

— Pour qui te prends-tu ? Pour mon ange gardien ? lança-t-elle, furieuse de s'entendre dicter sa conduite.

— On peut vraiment dire que tu es d'une humeur massacrante.

— Il faut que je sache où sont Lennie et Mary Lou. Ça n'est pas son genre ni celui de ta femme : elle est toujours à l'heure.

— Je vais téléphoner chez moi, dit-il en composant le numéro.

Jennifer l'assura aussitôt que tout était calme.

Il tendit l'appareil à Lucky.

— À toi.

Elle prit le petit téléphone et Si-Si lui répondit.

— Tout va bien ?

— Évidemment. Pourquoi ?

— Il est tard et Lennie n'est toujours pas là. Je pensais qu'il avait peut-être appelé.

— Je suis sûre qu'il aurait téléphoné s'il était arrivé quelque chose.

— Alors, il ne t'a pas donné signe de vie ? demanda Lucky.

— Attendez, dit Si-Si. On appelle sur l'autre ligne. Voulez-vous que je réponde ?

— Oui.

Lucky était parfois sujette à des impressions inexplicables. C'était le cas maintenant : une sorte de nuage sombre planait au-dessus de sa tête.

Quelques instants plus tard, Si-Si était de nouveau en ligne.

— C'est... c'est à propos de Lennie, dit-elle, bouleversée.

Lucky sentit un frisson la parcourir.

— Oui ? murmura-t-elle, redoutant le pire.

— Il... il a été agressé, il est blessé. On l'a emmené au Cedars Hospital.

— Oh ! mon Dieu ! s'exclama Lucky.

Steven lui saisit le bras.

— Quoi ? demanda-t-il.

— Lennie a été blessé. Il est au Cedars.

— Et Mary Lou ? Était-elle avec lui ?

— Si-Si, demanda Lucky en s'efforçant de garder son calme. Est-ce que Mary Lou était avec lui ?

— On... on ne me l'a pas dit.

— Qu'est-ce qu'on vous a dit ? C'est grave ?

— On le transporte aux urgences.

— Reste avec les enfants, dit Lucky. Surtout ne leur dis rien. Je file à l'hôpital. Elle coupa la communication. Je savais qu'il était arrivé quelque chose, dit-elle en secouant la tête. Bon sang, je le savais.

— Où est Mary Lou ? s'inquiéta Steven.

— Probablement à s'occuper de lui, tu sais comment elle est.

Steven acquiesça, priant le ciel que Lucky ait vu juste.

— Allons là-bas.

— Et Gino ?

— Retourne à la table, dis que je ne me sens pas bien et demande à Gino de raccompagner Bobby à la maison après le spectacle. Dépêche-toi. Je fais venir la limo et je te retrouve devant le perron.

Mon Dieu, cette sensation au creux de l'estomac ne mentait jamais. Combien de fois avait-elle supplié Lennie de ne pas prendre la Porsche pour traverser les quartiers à risque ? Il lui avait ri au nez. « Il faut toujours que tu t'inquiètes. Tu sais que je suis prudent. – Mais non, tu es enfermé dans ton univers – tu penses toujours au script sur lequel tu travailles, à ton film... »

Ils avaient eu une discussion interminable. Et voilà, maintenant, c'était arrivé.

Elle dévala les marches et s'engouffra dans la limo. Quelques instants plus tard, Steven la rejoignait.

— Chauffeur, dit Lucky, pulvérisez tous les records. Nous devrions déjà être arrivés !

# 21.

— Tu es une vraie garce ! s'écria Lina, en rage.

Brigette, sans maquillage, vêtue d'un caleçon et d'un gros chandail, se tenait devant la porte de Lina, avec l'air d'un chien battu.

Lina avait la gueule de bois du siècle. Avec son court peignoir rouge et ses cheveux en bataille, elle avait l'air d'une femme sauvage, sans rien du top model à l'allure féline dont la photo s'affichait dans tous les magazines de mode.

— Laisse-moi entrer, insista Brigette en la poussant. Il m'est arrivé quelque chose.

— Et comment. Tu savais parfaitement que je flashais sur Carlo et tu t'es barrée avec lui. On ne fait pas ça à une copine.

Brigette entra dans la cuisine en secouant la tête.

— Tu ne comprends pas.

— Oh ! si, protesta Lina en lui emboîtant le pas. Je comprends parfaitement. Maintenant je n'ai qu'une envie, me coucher et dormir. Alors casse-toi.

— Tu ne comprends pas, lui répéta Brigette en s'asseyant à la table, la tête dans ses mains. J'ai été droguée.

Lina s'arrêta net.

— Tu as été quoi ?

— Je crois que Carlo a glissé un comprimé dans mon verre.

— Quel genre de comprimé ? demanda Lina d'un ton méfiant.

— Tu sais, une de ces drogues que les types font prendre aux filles pour pouvoir les violer.

— Allons donc, déclara Lina d'un ton incrédule. Carlo n'a besoin de droguer personne. Tu l'as vu ? Il peut avoir toutes les filles qu'il veut. Moi, par exemple, si tu ne l'avais pas dragué.

— Mais non, arrête, dit Brigette en frappant du poing sur la table. Je ne l'ai pas dragué. Je ne me souviens de rien.

— Absolument de rien ?

— Je ne me rappelle ni avoir quitté la boîte ni être rentrée à la maison... rien. Je me réveille à l'instant, et je m'aperçois que je suis couverte de bleus. Un long silence... puis : Je sais que quelqu'un m'a fait l'amour.

— Merde alors !

— Et pas question que je te pique un mec. Tu sais bien que j'ai renoncé au sexe depuis une éternité. Ça ne m'amuse plus.

Lina hocha la tête sans rien dire.

— Je vais nous servir un cognac et demander à Fredo de passer.

— Je ne veux pas lui en parler. Personne ne doit le savoir, déclara Brigette, affolée.

— Si Carlo a fait ce que tu crois qu'il a fait, alors c'est un vrai salaud et je me charge personnellement de le renvoyer en Italie à coups de pied dans les couilles ! Mais il faut d'abord le retrouver et c'est là où Fredo va se rendre utile.

— Il ne m'est jamais rien arrivé d'aussi embarrassant, gémit Brigette.

— Mais si, déclara Lina d'un ton ferme. Tu ne te souviens plus de Marcel Guy ? Cette fois-là, c'était vraiment gênant. Aujourd'hui, il s'agit d'une affaire que tu peux régler toi-même.

— Comment ? demanda Brigette, désemparée. Je ne sais même pas où il est descendu.

— Je te l'ai dit, reprit Lina en étouffant un bâillement. Fredo saura.

Le temps que Fredo arrive, Lina avait passé un T-shirt et des jeans artistement déchirés. Sa chevelure en désordre était enfouie sous une casquette de base-ball et ses yeux dissimulés derrière des lunettes de soleil.

— Où est ton foutu cousin ? interrogea-t-elle sans même le laisser franchir le seuil.

— Pardon ? fit Fredo, en se demandant ce que le cousin en question avait encore fait.

— Où est descendu ce salaud ? cria Lina.

Fredo eut un haussement d'épaules.

— Je ne sais pas. Il repart ce matin. Pourquoi m'as-tu tiré du lit ?

— Et où va-t-il ? s'écria Lina, scandalisée.

— Pourquoi es-tu furieuse ? reprit Fredo. Bon Dieu, que se passe-t-il ? ajouta-t-il en jetant un coup d'œil à Brigette.

— Je vais te dire ce qui se passe, déclara Lina d'une voix vibrante de colère. Ce fils de pute l'a violée, voilà.

— Ne sois pas ridicule.

— Ça n'a rien de ridicule, riposta Brigette. Je suis convaincue que Carlo a glissé un comprimé dans mon verre.

— Je ne peux pas le croire, dit Fredo.

En fait, il ne le croyait que trop.

— Tu as tort, assura Lina, parce qu'elle va le traîner en justice. Et...

— Absolument pas, interrompit Brigette.

— Mais si, répliqua Lina, la faisant taire d'un regard impérieux.

Fredo ne savait pas quoi dire. Il garda donc un silence prudent. Il voulait rentrer chez lui et se recoucher. Quand elle était en colère, Lina faisait peur.

— Alors... cet enfant de salaud repart pour l'Angleterre retrouver sa fiancée, j'imagine, ricana Lina. Car il y a bien une fiancée, n'est-ce pas ?

— Pour autant que je sache, dit Fredo avec un geste vague.

— D'ailleurs, demanda Lina, qui est-ce, ce mec ?

— Carlo et moi, nous avons grandi ensemble à Rome. Quand ma mère est morte, j'ai été recueilli par sa famille. Son père est le frère de ma mère. Carlo était le beau gosse. Moi, on me considérait comme le canard boiteux. Mais j'ai fini par l'impressionner quand je me suis installé en Amérique. Chaque fois qu'il débarque, je lui présente des mannequins. C'est lui qui compte sur moi, maintenant.

— Putain, c'est un salaud, il l'a violée, déclara Lina. Tu ferais mieux de te remuer.

— Je te l'ai dit, il part demain et je ne sais pas où le joindre.

— Oh ! oublions ça, déclara Brigette en sautant soudain sur ses pieds. Je ne veux plus jamais le revoir ni en entendre parler. D'accord ?

— Tu vas laisser tomber ? demanda Lina, écœurée.

— Oui, fit Brigette d'un ton décidé. En ce qui me concerne, c'est une affaire classée.

Quand Fredo fut parti, Brigette se sentit beaucoup plus calme. Elle regagna son appartement, prit une douche et se frictionna frénétiquement en se demandant ce que Carlo lui avait fait pendant qu'elle était évanouie.

Puis elle décida que mieux valait ne pas le savoir. Elle se recoucha et essaya de dormir. Le lendemain matin de bonne heure, Lina et elle partaient aux Bahamas pour faire des photos. Elle allait se gorger de soleil, poser et oublier cette horrible soirée.

Lucky lui avait enseigné une chose : toujours aller de l'avant sans jamais se laisser rattraper par le passé.

Et c'est exactement ce qu'elle avait l'intention de faire. Aller de l'avant.

# 22.

L'inspecteur Johnson, environ la quarantaine, grand, un peu gauche, les cheveux coupés en brosse et le nez chaussé de lunettes à grosse monture d'acier, était assis près du lit de Lennie. Il le dévisageait, un peu gêné, sachant que sa célébrité compliquerait le dossier. La presse ne tarderait pas à déferler sur l'hôpital, surtout si Mary Lou Berkeley mourait – éventualité qu'on ne pouvait exclure. À ce moment, précis, une équipe de médecins s'affairait autour d'elle dans la salle d'opération, mais le pronostic était réservé.

— Ils sont descendus d'une jeep de couleur foncée, dit Lennie. Ils étaient deux, une fille et un garçon.

— Quel âge ? demanda l'inspecteur Johnson en prenant des notes.

— Des adolescents. Dix-sept, dix-huit ans. Je ne sais pas, dit Lennie en s'agitant dans son lit. Ma femme a-t-elle été prévenue ?

— Elle est en route.

— Comment va Mary Lou ?

— Elle tient le coup.

— Merde ! C'est grave ?

— Nous avons... bon espoir, dit l'inspecteur en s'éclaircissant la gorge. Euh... monsieur Golden, je sais que ça n'est pas le meilleur moment, mais plus tôt je recueillerai votre déposition...

— Mais oui, bien sûr, fit Lennie encore groggy.

— Deux adolescents, reprit l'inspecteur Johnson. Blancs ? Noirs ? Asiatiques ?

— Hmm... la fille était blanche. C'est elle qui brandissait le pistolet. D'ailleurs, c'est elle qui a parlé.

— Parlé ?

— Oui, elle réclamait les bijoux de Mary Lou, en menaçant de lui faire sauter la cervelle. Ce genre de mauvais dialogues de cinéma. Il eut un rire amer. Même en y mettant du mien, je n'aurais jamais osé écrire de pareilles répliques.

— Le garçon était... ?

— Noir. Il n'a pas dit un mot. Il restait en retrait, derrière elle, comme s'il n'était pas dans le coup. On sentait vraiment qu'elle dirigeait les opérations.

— Et alors ?

— Alors, Mary Lou a voulu détacher son collier, mais le fermoir, apparemment, s'est coincé. C'est à ce moment-là que la fille s'est penchée pour l'arracher.

— Oui ?

— Après ça... c'est un peu flou. Nous avons entendu une sirène de police au loin. La fille voulait les boucles d'oreilles de Mary Lou, mais elle refusait de les lui donner. Elle devait se sentir plus courageuse parce qu'on avait l'impression que la sirène se rapprochait.

— Et c'est là que la fille a tiré ?

— Non. Elle a frappé Mary Lou au visage avec son arme et j'ai perdu la tête...

— Comment ça ?

— J'ai voulu prendre *mon* pistolet qui était dans la boîte à gants. Mais elle a tiré sur Mary Lou. Comme ça. De sang-froid. Et puis elle lui a arraché ses boucles d'oreilles, et alors je me suis jeté sur elle. C'est là qu'elle m'a blessé. Après le coup de feu, ils se sont enfuis en courant...

— Ils sont remontés dans la jeep ?

— Oui...

— Avez-vous relevé le numéro ?

— Oui, mais je ne m'en souviens pas, murmura Lennie.

— Excusez-moi, inspecteur, dit une infirmière au visage sévère en s'approchant pour prendre le pouls de Lennie. Il est temps que vous partiez.

L'inspecteur acquiesça.

— Essayez de vous reposer, dit-il à Lennie. Je reviendrai dans la matinée. J'aimerais que vous regardiez certaines photos et que vous parliez à notre dessinateur.

— D'accord, fit Lennie. Quand puis-je voir Mary Lou ?

— On vous préviendra.

— Seigneur ! soupira Lennie. Ça paraît irréel. J'ai l'impression d'être dans un rêve.

Lucky s'engouffra dans l'hôpital, Steven sur ses talons. À la réception, on leur indiqua le service des soins intensifs.

Ils sortirent de l'ascenseur et se précipitèrent dans le couloir jusqu'au bureau des infirmières.

— Lennie Golden, demanda Lucky à une infirmière noire, grande et mince.

— Il a été transféré dans une chambre particulière. Il va bien. Elle se leva et contourna le bureau. Si vous voulez bien me suivre.

Steven lui posa une main sur le bras.

— Où est Mary Lou Berkeley ? demanda-t-il. Elle était avec M. Golden quand il a été blessé.

— Et vous êtes... ?

— Son mari.

— Oh... monsieur Berkeley, il faudrait que vous parliez au Dr Feldman.

— Qui est le Dr Feldman ?

— Il s'occupe de votre femme.

Il sentit son estomac se serrer.

— Alors, elle est blessée ?

— Attendez ici, je vais appeler le docteur, dit l'infirmière. Madame Golden, vous pouvez venir avec moi.

Lucky posa un baiser rapide sur la joue de Steven.

— Je suis sûre qu'elle va bien, dit-elle d'un ton encourageant. Je file voir Lennie et je viens te retrouver.

Lucky se pencha sur le lit. Lennie paraissait pâle mais bien en vie. Il lui fit un clin d'œil.

— Oh ! mon Dieu, Lennie ! soupira-t-elle en lui serrant très fort la main. Il faut vraiment que tu cesses de faire ce genre de cascades. Je ne le supporte plus.

— On s'est fait attaquer par deux gosses, répondit-il avec une petite grimace. Sortis de nulle part.

— Je me répète sans doute, mais, pour l'amour du ciel, débarrasse-toi de cette saloperie de Porsche.

— Mon enquiquineuse de femme adorée, dit-il avec un pâle sourire.

— Qu'est-ce qui est arrivé à Mary Lou ? interrogea Lucky. Où est-elle ? À voir le visage de Lennie, elle comprit que les nouvelles n'étaient pas bonnes. Mon Dieu, gémit-elle. C'est grave ?

— Je ne sais pas. Je n'arrive pas à avoir de renseignements.

— Bon sang. Maintenant que je sais que tu vas bien, je ferais mieux d'aller voir.

Le Dr Feldman regarda Steven droit dans les yeux et dit :

— Je ne vais pas vous mentir, monsieur Berkeley. La balle est logée extrêmement près du cœur et a provoqué chez votre femme de graves lésions. Elle a perdu beaucoup de sang et je suis désolé de vous dire qu'elle a également perdu le bébé.

— Quoi ? fit Steven abasourdi.

L'air mal à l'aise, le Dr Feldman s'éclaircit la voix.

— Vous saviez que votre femme était enceinte ?

— Je... non

— Elle était en début de grossesse... pas plus de deux mois.

— Je peux la voir ? demanda-t-il.

— Elle est très faible, monsieur Berkeley.

— Je peux la voir ? insista-t-il. Je veux la voir tout de suite.

— Certainement.

Steven le suivit dans le couloir jusqu'au service des soins intensifs. Le médecin expliquait que la balle était logée à un endroit qu'ils n'avaient pas réussi à atteindre. Et, étant donné son état de faiblesse, on ne ferait de nouvelle tentative qu'après avoir procédé à une transfusion. Il ne faudrait pourtant pas tarder car la balle paralysait certaines fonctions. Il fallait absolument l'extraire, sinon...

Mary Lou était semi-consciente. Elle tressaillit en apercevant Steven et fit un vain effort pour sourire.

— Mon amour, murmura-t-il en se penchant sur elle. Mon doux bébé.

— Je suis désolée... murmura-t-elle. Ce n'était pas ma faute...

— Personne n'a dit ça, répliqua Steven en écartant une mèche de cheveux qui lui pendait sur le front.

— Tu sais que je t'aime, murmura-t-elle dans un souffle.

— Oui. Je sais, bébé.

— Si seulement...

— Si seulement quoi ? fit-il en approchant plus encore son visage du sien.

Elle ouvrit tout grands ses yeux.

— Occupe-toi... bien... de... Carioca.

Elle fut prise de convulsions et, tandis que Steven appelait à l'aide, commença à s'en aller.

Quand Lucky arriva, Mary Lou était morte.

## 23.

Au petit matin, Brigette et Lina prirent ensemble une limo qui les conduisit à l'aéroport, bien à l'abri derrière d'énormes lunettes noires – comme tout top model qui se respecte. Lina essaya d'aborder le sujet de Carlo, mais Brigette coupa court.

— Je n'ai aucune envie d'en discuter, rappela-t-elle à son amie. C'est du passé. Je t'en prie, ne me fais pas regretter de t'en avoir parlé. Promets-le-moi : plus jamais un mot là-dessus.

Brigette se sentait beaucoup plus calme. Elle avait décidé que l'épisode Carlo était une affaire classée.

— J'ai hâte de voir enfin un peu de soleil, dit Lina en regardant par la vitre de la voiture le ciel gris de New York. J'ai grandi en Angleterre où il pleut tous les jours. Ça me rendait dingue.

— Tu n'as jamais pensé t'installer à L A ? suggéra Brigette.

— Oh ! non, avec toutes ces tentations, tu n'y penses pas ! fit Lina éclatant de rire. Tu sais que je n'ai aucune volonté !

— Parce qu'il n'y a pas de tentations à New York ?

— À L A, je perds la tête. Bien sûr, je devrai y passer plus de temps quand je serai devenue une vedette de cinéma.

— Je dois absolument te présenter à Lucky. Je suis sûre qu'elle te plairait. Je voudrais bien lui ressembler soupira Brigette. Elle a tout : carrière, mari, enfants.

— Qui est son mari ?

— Lennie Golden, mon... ex-beau-père.

— Comment ça ?

— Eh bien, il a été un bref moment marié à ma mère... qui était la meilleure amie de Lucky

La limo s'engagea dans la partie privée de l'aéroport. Elles voyageaient à bord d'un avion affrété par *Sports World International* qui organisait la séance de photos pour le numéro spécial consacré chaque année aux tenues de sport. Cette année, elles étaient six à partir pour les Bahamas, chaperonnées par Sheila Margolis, la mère poule du magazine. Chris Marshall, leur photographe préféré, était aussi du voyage.

— J'ai une passion pour Chris, soupira Lina. Dommage qu'il soit marié.

— Depuis quand y vois-tu un inconvénient ?

— Depuis jamais... Sauf si sa femme vient, répondit Lina en allumant une cigarette. Te rappelles-tu que cette vieille peau l'avait accompagné l'année dernière ? Tu sais, il me plaît vraiment. On vient de la même banlieue pourrie ; il est né à cinq minutes de chez moi.

La voiture s'arrêta au pied de l'avion où Sheila Margolis les attendait. C'était elle qui organisait les séances photo, veillant au moindre détail et gardant le cheptel à l'œil. Elle était rondelette, gentille et aimée de tous. Jamais les filles ne la contrariaient – en fait, elles ne l'auraient pas osé. Pendant six jours, Sheila les obligeait à se coucher tôt et, le dernier soir, elle faisait la fête avec les autres ; on l'avait surprise l'année précédente à sept heures du matin sortant de la chambre d'un champion de basket-ball.

— Salut, Sheil, dit Brigette en embrassant Sheila sur les deux joues.

— Bonjour, mes chéries.

Lina l'embrassa à son tour.

— Où est Chris ? demanda-t-elle négligemment.

— Il a déjà embarqué, dit Sheila avant d'ajouter aussitôt : Du calme Lina. Sa femme ne l'accompagne pas, cette fois.

— Oh, oh ! fit Lina avec un petit rire. Il y a vraiment une providence.

Pendant qu'elles bavardaient, une voiture arriva, amenant Annik Verderfon, le célèbre mannequin hollandais : grande, large d'épaules avec de magnifiques cheveux blonds et un sourire superbe.

— Bonjour, les filles, dit-elle.

— Bonjour, Annik, répondirent-elles en chœur.

Annik se lança dans une discussion avec son chauffeur qui déchargeait sa collection de bagages Vuitton.

— Elle a à peu près autant de personnalité qu'un saumon fraîchement pêché ! marmonna Lina.

— Allons, allons, protesta Brigette en étouffant un rire.

— Bon, fit Lina. Prenons vite les meilleurs fauteuils.

Chris se leva en les voyant arriver. Il était anglais, avec un accent cockney aussi épais que celui de Lina.

— Bonjour, chéri, dit celle-ci se jetant dans ses bras. Il paraît qu'on a laissé sa petite femme à la maison.

— La mignonne est enceinte, annonça Chris, arrêtant Lina dans son élan.

— Alors, toutes mes félicitations !

— Qui vient aujourd'hui ? demanda Brigette.

— Toi, fit Chris. Lina, Annik, Suzi et... oh, oui, Kyra.

— Tant mieux, je l'aime bien, déclara Lina. Elle a des couilles... comme moi !

— Où les caches-tu ? demanda Chris avec un clin d'œil égrillard.

— Tu voudrais bien le savoir, hein ?

Et nous voilà repartis, se dit Brigette.

— Oh ! reprit Chris, j'oubliais. Didi Hamilton est aussi du voyage.

— Merde ! fit Lina, l'air écœuré. C'est mon portrait mais en moche.

— Ne sois pas comme ça, mon chou. Didi ne te ressemble absolument pas.

— Elle est black, non ?

— Tu insinues que toutes les Blacks se ressemblent ?

— Seulement dans le noir, répliqua Lina.

Elle était jalouse de Didi, âgée de dix-neuf ans – sept ans de moins qu'elle, très mince avec de gros seins magnifiques. Lina assurait à qui voulait l'entendre qu'ils étaient en silicone.

Kyra Kattleman les rejoignit alors qu'elles s'installaient. Australienne, elle mesurait un mètre quatre-vingts et possédait un corps de surfer. Avec sa crinière brune aux reflets roux, ses grandes dents très blanches et sa voix haut perchée, elle ne passait pas inaperçue. Elle avait récemment épousé un mannequin.

— Je suis vannée ! dit-elle en s'effondrant dans un fauteuil. Avez-vous un peu de came ? J'ai besoin d'un coup de fouet.

— Tu n'es pas la seule, marmonna Lina.

Sheila Margolis s'inquiétait.

— Il manque quelqu'un, remarqua-t-elle en promenant autour d'elle un regard anxieux.

— Didi, elle est en retard, déclara Chris.

— Comme d'habitude, murmura Lina entre ses dents.

— Non, pas Didi, quelqu'un d'autre.

— Suzi, dit Kyra. Je lui ai parlé hier soir.

— Suzi est toujours à l'heure, assura Sheila.

La plupart des filles enviaient secrètement Suzi. Elle venait de décrocher un premier rôle au cinéma et de se fiancer à un séduisant comédien. Elle arriva deux minutes plus tard, confuse. Elle apportait des fleurs pour Sheila, un livre de photos d'art pour Chris et pour tout le monde des gâteaux qu'elle avait préparés elle-même.

— Si je ne la connaissais pas mieux, je jurerais qu'elle fait du lèche-cul, chuchota Lina.

— Pas du tout, rétorqua Brigette. Elle est simplement attentionnée.

— Salope ! siffla Lina entre ses dents.

Didi arriva vingt minutes plus tard, l'air dégagé. Comme d'habitude, elle avait deux fois plus de bagages que les autres, ce qui retarda encore le décollage.

— Tu es en retard, lança Lina. Ça ne te gêne pas de nous faire poireauter ?

— Tu ne changes pas. Toujours de mauvaise humeur, répliqua Didi en envoyant des baisers à Chris. C'est sans doute la ménopause ?

— Quoi ? Mais j'ai vingt-six ans, bon Dieu !

— Oh... pardon, fit Didi d'un ton innocent. Tu parais tellement plus.

*Ça s'annonce bien*, pensa Brigette.

Lina boucla sa ceinture en grommelant :

— C'est la dernière fois que je pars avec cette pute ! J'en ai ras le bol.

L'avion commença à rouler sur la piste.

Brigette se renversa dans son fauteuil et ferma les yeux. Chaque jour, elle pensait la même chose : une nouvelle vie commence. Mais laquelle ? Elle avait l'impression de n'exister que devant l'objectif. Mais un press-book, ça ne tient pas chaud la nuit...

Trouverait-elle un jour un homme à qui elle pourrait se fier ? qui la traiterait gentiment ? Aucun ne s'était montré digne de confiance. Elle aurait tant aimé rencontrer l'homme de sa vie, construire un foyer, créer une famille, avoir une vie normale.

Bah... elle avait sa carrière et, pour l'instant, elle devait s'en contenter.

Brigette adorait travailler en extérieur. Elle se trouvait totalement prise en charge : le matin, elle se levait l'esprit libre, on la maquillait, on la coiffait, on lui préparait les tenues qu'elle devait porter. On organisait tout pour elle.

Il y avait aussi la camaraderie avec les autres filles. Brigette entretenait de bons rapports avec tout le monde. Elle démarrait la journée de bonne heure en allant faire du jogging sur la plage avec Lina. Elle enchaînait par une photo de groupe. Naturellement, Lina avait décidé d'éclipser les autres au moyen – déloyal – d'un microscopique bikini léopard avec pagne assorti.

— Tu crois que ça ira ? dit-elle en ôtant son short pour passer le slip minuscule. Tu crois que Chris me trouvera bien là-dedans ?

— Je n'en sais rien, fit Brigette en haussant les épaules et, franchement, je m'en fiche.

— Merci de ton soutien.

— Tu sais bien que tu peux compter sur moi. Mais décidément je n'arrive pas à comprendre ce désir morbide que tu as de coucher avec des hommes mariés. Qu'y a-t-il de vraiment excitant là-dedans ?

— De savoir qu'ils me désirent plus que n'importe qui, fit Lina en passant sa langue sur ses lèvres. Et de me dire que, tantôt ils peuvent m'avoir, et tantôt pas.

— Jamais tu ne penses à leur femme ?

— Où serait le plaisir si leur femme n'était pas au courant ?

— Qu'est-ce que tu dirais si c'était ton mari ? demanda Brigette, cherchant en vain à la raisonner.

— Voyons, Brig, je m'en foutrais complètement. Il faut être idiote pour espérer qu'un homme soit fidèle !

— Tu le penses sincèrement ?

— Mais oui. Et si tu ne le penses pas, alors tu es bien naïve. Mais c'est vrai, j'oubliais : tu es naïve. Pour une riche héritière, tu marches vraiment à côté de tes pompes. Au fait, quand vas-tu palper tout ce pognon ?

— Ce que j'ai pour l'instant me suffit largement, répondit Brigette, qui avait horreur de parler argent.

— Peut-être, mais ce sont des milliards de dollars qui vont te tomber dessus, insista Lina.

— Seulement lorsque j'aurai trente ans.

Pour un tas de raisons, elle n'attendait pas ce jour-là avec impatience : beaucoup d'argent apportait toujours beaucoup de problèmes.

— En attendant, tu ferais mieux de ne pas en parler, lui conseilla Lina. Sinon tous les hommes te courront après.

— Tu penses que c'est la seule raison pour laquelle ils me courraient après ? répliqua Brigette, agacée.

— Ne te fâche pas. Tu sais bien ce que je veux dire. De toute façon, tu es superbe. Tu peux avoir qui tu veux. Avec ou sans fric.

— Le drame, reprit Brigette d'un ton mélancolique, c'est que je ne tombe amoureuse de personne.

— Ah ! c'est vrai, j'oubliais, tu fais toujours la difficile, dit Lina occupée à poser devant la glace. C'est super que toi et moi on s'entende si bien ; on attire des types d'hommes différents. Tu es blonde et pétillante, et moi... je suis une panthère noire prête à fondre sur sa proie. Tu crois, demanda-t-elle en riant, que les hommes me trouvent... dangereuse ?

— Tu leur fous la trouille, Lina.

À ce moment précis, Sheila arriva en trombe, Didi et Annik sur ses talons.

— Brigette, ma chérie, dit-elle, est-ce que je peux te parler ? C'est... personnel.

Brigette la suivit.

— Que se passe-t-il, Sheil ? demanda-t-elle.

— On... on vient d'avoir un coup de fil de ta marraine, Lucky Santangelo.

— Ah ! oui ? fit Brigette, étonnée.

— Elle a essayé de te joindre chez toi, mais tu étais déjà partie. Alors elle a contacté l'agence et le bureau vient d'appeler. Ma chérie, il y a eu un accident, et Lucky voulait que tu sois prévenue avant de le lire dans les journaux.

— Lucky n'a rien ? demanda Brigette, l'estomac serré.

— Non, rien du tout, répondit Sheila. Elle marqua un temps. Mais... Lennie Golden et sa belle-sœur, Mary Lou, ont été victimes d'une agression.

— Oh ! mon Dieu ! fit Brigette, haletante. Ils vont bien ?

— Lucky aimerait que tu l'appelles.

*Une agression*, se dit Brigette. *Encore une raison de plus pour ne pas vivre en Californie.*

Elle retourna en hâte dans sa chambre pour appeler Lucky.

— Sois ici lundi, dit Lucky d'une voix éteinte. Je suis désolée de t'annoncer ça.

— Quoi donc ? demanda Brigette d'une voix étranglée.

— Eh bien... Mary Lou est morte. Il y a les funérailles. Je pense qu'elle aurait voulu que tu sois là.

Bouleversée, Brigette raccrocha, trop secouée pour pleurer.

*Pauvre Steven. Pauvre petite Carioca.*

Et dire qu'elle ne pouvait rien faire.

# LIVRE DEUX

## Six semaines plus tard

## 24.

— Monsieur Washington, le dîner est servi.

— Merci, Irena. Avez-vous appelé Teddy ?

Price Washington entra dans la salle à manger de son hôtel particulier et prit place à la longue table où deux couverts étaient dressés.

— Il descend, annonça Irena en dépliant une serviette d'une blancheur éblouissante qu'elle déposa sur ses genoux.

Price Washington n'était pas à proprement parler un homme beau : noir, grand et élancé, son crâne luisait comme une boule de billard, mais ses yeux aux paupières lourdes et ses lèvres pleines charmaient bien des femmes.

Trente-huit ans, célibataire, Price était une superstar. Quand il donnait ses one-man shows, c'était toujours à guichet fermé. Récemment, il avait joué dans une série télévisée qui avait battu des records d'audience et il s'apprêtait à faire ses débuts au cinéma, où on lui prédisait un succès fou.

Irena Kopistani était à son service depuis dix-neuf ans. D'origine russe, c'était une femme de quarante-huit ans – dix ans de plus que lui – mince et encore séduisante ; de taille moyenne, elle avait des traits fins, des cheveux bruns le plus souvent coiffés en un chignon qui lui donnait un air sévère. Quand elle s'était présentée pour se faire embaucher, Price était âgé de dix-neuf ans et complètement camé. Il l'avait engagée sur-le-champ sans savoir très bien ce qu'il faisait ni à qui il s'adressait.

Fraîchement débarquée de sa Russie natale, Irena était soulagée de trouver un emploi, d'autant plus qu'elle n'avait aucune référence. Elle s'installa au-dessus du garage, dans la chambre de bonne, et s'efforça aussitôt de mettre un peu d'ordre dans l'existence chaotique de Price.

Avec les années, elle y était parvenue. À présent, Price ne pouvait plus se passer d'elle. Toujours aux aguets, Irena le maintenait dans le droit chemin. Elle était sans cesse à son côté, prête à le défendre, à le protéger.

Souvent, Price s'émerveillait de sa bonne fortune. Né dans le quartier de Watts, à L A, il était le benjamin d'une famille de trois enfants que sa mère avait eus avec trois hommes différents. Il avait grandi dans le plus total dénuement et n'avait jamais connu son père. Sa mère était une sacrée bonne femme qui l'avait empêché de sombrer dans la délinquance. Comment ? En le frappant si fort qu'il en gardait encore des marques.

Malheureusement, elle était morte avant de pouvoir assister au succès de son fils. Abattue en pleine rue par un tireur fou.

Ne plus avoir sa mère était le regret de sa vie : elle aurait été si heureuse de partager sa gloire.

Oh ! bien sûr, il en profitait quand même. Passé les années de drogue, tout avait défilé comme dans un rêve. Marié trop vite, il s'était retrouvé père à vingt-deux ans. Il adorait Teddy, mais élever un garçon de seize ans n'était pas une mince affaire.

Teddy donnait l'impression que tout lui était dû. Il n'avait jamais souffert d'un quelconque manque d'argent ou de confort. Sans doute était-il trop jeune pour apprécier sa chance.

Price savait que Dieu l'avait comblé : argent, célébrité et bonheur – enfin, pas tout à fait le paradis. Il se trouvait très seul le soir dans cette grande baraque, sans personne pour partager son lit. Mais il était convaincu de rencontrer un jour la femme de sa vie.

Il avait été marié deux fois. Ses deux épouses, Ginee et Olivia, deux sorcières, étaient venues successivement habiter l'hôtel particulier. Chacune d'entre elles avait essayé de lui faire congédier Irena. Il avait toujours résisté.

Il avait vécu plusieurs années avec Ginee, une superbe Noire souvent défoncée, avant de commettre la folie de l'épouser lorsqu'elle était tombée enceinte de Teddy.

Ensuite, il avait rencontré Olivia : blanche, blonde, roulée comme une déesse. Le mariage avait duré dix mois et le divorce lui avait coûté une fortune.

Depuis, il essayait de mieux résister à son penchant pour les jolies femmes.

Vêtu d'un pantalon informe qui lui arrivait aux chevilles et d'un chandail trop grand, Teddy déboucha d'un pas traînant dans la salle à manger. Price examina son fils. Depuis quelque temps, il lui trouvait l'air tracassé, sans comprendre par quoi. Six semaines plus tôt, Teddy était rentré au milieu de la nuit, camé jusqu'aux trous de nez. Price l'avait privé de sorties pendant une semaine. Depuis ce jour, le gamin se montrait déprimé et agressif.

Irena avait approuvé la punition. Elle avait une fille, Mila, et savait ce qu'il fallait déployer d'énergie pour élever un adolescent. Price ne voyait pas souvent Mila. Il ne l'appréciait pas, la jugeait trop renfermée. Mila vivait dans la maison comme un membre de la famille, mais chaque fois qu'il la rencontrait il avait l'impression de croiser une étrangère. Il faisait tout son possible pour empêcher son fils de traîner avec elle. Price connaissait bien ce genre de fille.

Teddy se laissa tomber sur une chaise.

— Comment ça a marché en classe aujourd'hui ? demanda Price.

— Très bien, répondit Teddy.

Price se reprochait de consacrer trop peu de temps à son fils. Il travaillait sans relâche. Il fallait bien payer les factures ! C'était également une sorte de thérapie. Irena, aidée par son psy, lui avait fait comprendre que l'exaltation qu'il éprouvait sur scène ou devant une caméra était comparable – en moins nocif – à celle qu'il recherchait dans la drogue.

— Tu sais, reprit Price s'efforçant de poursuivre le dialogue, de nos jours, il est important d'être instruit et bien élevé.

— Tu te répètes sans arrêt, marmonna Teddy. Seulement tu ne piges pas. Je ne veux pas aller à la fac.

— C'est toi qui piges mal, riposta Price. Que tu le veuilles ou non, tu iras. Moi, si j'avais pu faire des études, j'aurais saisi ma chance.

Il maîtrisa son envie de gifler ce petit morveux ; son psy lui avait conseillé de ne jamais frapper Teddy : il fallait surtout éviter de reproduire les erreurs passées.

— Écoute-moi, fiston, dit-il en s'exhortant à la patience. L'instruction, c'est important dans la vie ; cela t'ouvre toutes les portes.

— Est-ce qu'il t'a fallu de l'instruction, à toi, pour monter sur une scène et dire « oh ! putain ! », cinquante fois par soirée ?

— Tu n'as donc aucun respect, petit crétin ? cria Price en frappant du poing sur la table. Je suis ton père, bon sang ! C'est mon métier de monter sur scène. Je gagne de l'argent et c'est grâce à ça qu'il y a de quoi manger sur cette table.

— Je m'en contrefous, grommela Teddy.

Seigneur, qu'il aurait voulu flanquer une beigne à ce gamin !

— Je pensais que cela t'aurait fait du bien de venir avec moi à New York. Mais, depuis notre retour, tu es pire que jamais.

— C'est parce que tu es toujours sur mon dos. Tu m'empêches de faire ce que je veux.

— Ah oui, et peux-tu me dire ce que tu veux ? Traîner toute la journée dans la maison à regarder des cassettes vidéo ? Ou peut-être faire partie d'une bande de voyous pour te faire descendre un de ces jours au coin d'une rue ?

Écœuré, il poussa un grand soupir.

— Pourquoi ne me laisses-tu pas voir ma mère ? demanda Teddy.

— Parce que c'est une pute qui se tapait la terre entière dans mon lit, dit Price qui n'était plus d'humeur à discuter.

— Elle disait la même chose de toi.

— Elle a un certain culot. Quand nous avons divorcé, elle a refusé de te garder. Tu entends ? Elle a même écrit noir sur blanc qu'elle renonçait à ta garde.

— Tu l'avais payée.

— Elle a empoché l'argent et s'est taillée.

Price ne savait plus quoi dire. Il était désarmé devant ce gamin de seize ans en pleine révolte. Il s'était juré de ne jamais le frapper, il ne pouvait qu'essayer de guider ce petit abruti. Et maintenant cette histoire d'aller voir sa mère... Où avait-il pêché cette idée ? En douze ans, Ginee n'avait jamais tenté une seule fois de rencontrer Teddy. Telle qu'il la connaissait, elle se fichait éperdument de lui.

Irena entra. Elle n'intervenait plus dans leurs discussions depuis le jour où il lui avait ordonné de ne pas se mêler de leurs affaires de famille. Elle était la gouvernante : elle dirigeait la maison, conduisait la voiture, faisait les courses et restait à sa place.

Ses deux ex-épouses, qui la détestaient, reprochaient à Price de l'avoir laissée élever sa fille dans la propriété. Irena et Mila habitaient une aile située au-dessus du garage – Price trouvait pratique qu'il y ait toujours quelqu'un pour veiller sur la maison quand il était absent. De plus, Irena était une excellente cuisinière et ses recettes russes forts appréciées.

— N'oublie pas, dit-il à Irena, que demain soir mes amis viennent faire un poker. Achète donc quelques plats juifs, tu sais, du saumon fumé, des pirojki, plein de trucs comme ça. Ils adorent.

— D'accord, monsieur Washington, dit-elle en lui présentant des côtes d'agneau grillées accompagnées de haricots verts et de purée.

Quand elle arriva auprès de Teddy, il repoussa son assiette en marmonnant :

— Pas faim.

— Ma parole, on croirait que tu as pris de la came, s'inquiéta son père en lui lançant un regard soupçonneux.

— Tu t'en serais aperçu, riposta Teddy, qui se rappelait les années noires où son père se droguait.

— J'en ai vraiment marre de ton insolence.

— Et moi, j'en ai marre que tu me dictes ce que je dois faire, répliqua Teddy.

— Si tu n'as pas faim, rugit Price en se levant de table, monte dans ta chambre et restes-y jusqu'à ce soir.

Teddy repoussa son siège et sortit de la salle à manger en traînant les pieds.

Découragé, Price se tourna vers Irena.

— Décidément, les enfants ! s'exclama-t-il en haussant les épaules, puis il se rassit.

— Je vous comprends, monsieur Washington, acquiesça-t-elle.

Il lui tendit la main.

— Viens par ici une minute.

Elle s'approcha.

— Est-ce que je t'ai manqué ? demanda-t-il, d'une voix douce.

— Oui, monsieur Washington. La maison était bien vide.

— Ah oui ? dit-il en levant la main pour lui caresser le sein J'ai vraiment dû te manquer, hein ?

Elle recula d'un pas ; son visage n'exprimait rien.

— Oui, monsieur Washington.

— Alors, ma jolie, tu auras tout à l'heure l'occasion de m'expliquer combien je t'ai manqué.

— Oui, monsieur Washington, répondit Irena, toujours impassible.

Au premier étage, Teddy arpentait sa chambre comme un ours en cage. Six semaines s'étaient maintenant écoulées depuis cet horrible soir. Il ne parvenait pas à chasser de son esprit l'image d'un couple assis dans une voiture. Un couple qui ne faisait de mal à personne.

Et Mila. Mila qui flinguait la femme, lui arrachait ses bijoux et puis se barrait.

Du sang. Teddy garderait toujours en mémoire la vision de la tache de sang qui s'agrandissait lentement sur la robe blanche d'une belle Noire.

Mila lui avait recommandé de tout oublier. En remontant dans la jeep, elle avait voulu se justifier : c'était un accident et personne n'était coupable. Mais la vérité était que Mila avait tiré de sang-froid et que la femme en était morte.

Le lendemain, toute la presse en parlait. Les deux victimes faisaient partie de la jet-set. Peut-être même étaient-elles en relation avec son père. Il en avait froid dans le dos.

— Ils vont nous pincer avait-il dit à Mila. On nous retrouvera.

— Impossible, avait-elle répondu en le regardant droit dans les yeux. Il n'y avait aucun témoin.

— Je te dis qu'on nous retrouvera. Le pistolet... d'où vient-il ? Ils pourraient le savoir.

— Je ne vois pas comment ? Ils ne l'ont pas.

— Où l'as-tu caché ?

— Tu me prends pour une idiote ? Je m'en suis débarrassée.

— Et les bijoux ?

— Te bile pas, le moment venu, tu auras ta part. Elle lui avait lancé un regard terrible. Ne t'avise pas d'ouvrir ta gueule, Teddy Washington. Parce que si tu fais ça, je le jure, je te tuerai.

Il vivait dans la peur. Peur que son père découvre la vérité, peur de Mila et de ses menaces.

Si elle était capable de tirer de sang-froid sur deux inconnus, elle n'aurait aucun scrupule à le descendre.

Il était coincé.

# 25.

Ce cauchemar les avait tous bouleversés. Les jours puis les semaines s'écoulèrent. Lucky se félicitait d'avoir abandonné les studios Panther : elle pouvait ainsi consacrer tout son temps à Lennie et Steven, terriblement secoués – surtout Steven, qui n'arrivait pas à surmonter la mort de sa femme.

Elle avait placé des gens de confiance aux postes clefs des studios. Depuis son départ, ce n'était pas une personne qui dirigeait, mais trois. Aucune décision ne pouvait être prise sans leur accord et, comme elle était membre du comité de gestion, cela signifiait qu'elle restait maîtresse du jeu. Elle ne voulait pas voir l'affaire décliner. Après tout, elle n'avait pas vendu Panther ; elle avait simplement donné sa démission de directeur des studios, ce qui lui laissait les mains libres pour éventuellement reprendre le contrôle de l'entreprise.

Carioca Jade vivait à la maison, consolée par la présence de sa cousine Maria. Les deux fillettes étaient inséparables : elles dormaient dans la même chambre et ne se quittaient pas. Tout comme jadis Lucky et son frère Dario s'étaient cramponnés l'un à l'autre, après le meurtre de leur mère.

Physiquement, Lennie s'était vite rétabli. Mais il semblait incapable de se remettre de la mort de Mary Lou.

— Tu ne pouvais rien faire, lui répétait Lucky.

— Je n'aurais pas dû chercher à prendre mon pistolet, ne cessait-il de dire. C'est une erreur qui lui a coûté la vie.

Les studios Orpheus avaient arrêté le tournage du film en attendant de pouvoir redistribuer le rôle de Mary Lou. Peut-être même ne le reprendraient-ils pas, par crainte d'un dépassement de budget trop important. De toute façon, Lennie avait juré de ne pas en reprendre la mise en scène. « Je refuse de diriger une autre comédienne. On n'a qu'à me remplacer. »

La démission de Lucky avait été à peine évoquée. « Je voulais t'en parler, avait-elle expliqué, puis j'ai préféré te faire la surprise. – En effet, ça a été une surprise, avait-il répondu », sans autre commentaire.

Elle savait qu'il était blessé.

Maintenant qu'elle était tous les jours avec lui, pour la première fois depuis leur mariage, une certaine tension les séparait. Ils ne faisaient même plus l'amour. Elle se sentait impuissante : elle comprenait ses remords, mais pas son apathie.

Steven était dans un état de profonde déprime. Lui aussi se faisait des reproches : « J'aurais dû aller la chercher sur le tournage. »

L'un comme l'autre appelaient tous les jours l'inspecteur Johnson, qui faisait de son mieux. Il avait interrogé Lennie à plusieurs reprises, dans l'espoir d'obtenir de nouveaux détails. Malheureusement, celui-ci n'avait que peu de souvenirs. Malgré tous ses efforts, il n'arrivait pas à se rappeler le numéro de la jeep.

— Nous avons environ six mille jeeps noires immatriculées en Californie, expliqua l'inspecteur. Enfin, si elle est bien noire. Elle pourrait être vert foncé, bleu marine, ou même marron.

— Voilà qui est encourageant, dit Lucky. Comment comptez-vous retrouver la bonne ?

— Nous y travaillons.

Lennie passa des heures avec un dessinateur de la police pour tenter d'établir des portraits-robots.

— Elle n'avait pas l'air plus âgée que Bobby, remarqua Lucky. Dire que des gamins pareils peuvent être armés... Il devrait y avoir une loi contre ça.

— Il y en a une, déclara Lennie. Si tu as un pistolet sur toi, tu es censé avoir un permis de port d'armes.

Lucky imagina qu'un voyage ferait du bien à Lennie.

— Si on allait à New York ? proposa-t-elle.

Comme il ne manifestait guère d'enthousiasme, elle se confia :

— Tu sais, Lennie. Je n'arrête pas de penser à cette nuit... Je me revois à la soirée, toi qui n'arrivais pas, et puis cette nouvelle qui m'est tombée dessus. C'est déjà dur d'avoir perdu Mary Lou, mais si je t'avais perdu toi... je n'aurais pas tenu le coup.

— Mais si. Tu as l'étoffe d'une survivante.

— Toi aussi, Lennie et, crois-moi, on va survivre tous les deux.

C'est comme s'ils nous avaient arraché une part de nous-mêmes. Si on les retrouvait, tu te sentirais fichtrement mieux.

Quelques jours plus tard, elle contacta l'inspecteur Johnson.

— J'ai bien réfléchi. Si nous engagions un détective privé pour vous aider ? Je suis sûre que vous êtes à court d'effectifs.

— Je n'y verrais pas d'inconvénient.

— Vous accepteriez de coopérer ?

— Bien sûr.

— Alors, je vais le faire. Oh, et puis je veux offrir une récompense pour tout renseignement qu'on pourrait nous fournir.

— Quelquefois, ça aide. Quelquefois pas.

— Essayons toujours, dit Lucky.

# 26.

Brigette était rentrée de L A depuis un mois lorsqu'elle annonça :

— Je vais partir quelques semaines.

— Où vas-tu ? interrogea Lina.

Assise en tailleur sur la moquette, elle était occupée à se peindre les ongles de pieds.

Elles passaient la soirée entre filles avec un CD d'Alanis Morissette et une grande pizza.

— J'ai promis à Lucky d'aller en Europe avec elle, dit Brigette sans donner plus de détails.

— Bon plan. Comment va Lucky ?

— Elle, bien. Mais Steven est au trente-sixième dessous.

— Ça doit être terrible pour lui, dit Lina en buvant une gorgée de Coca.

— Oh, oui. Si tu voyais, il est vraiment sonné. Et Lennie ne vaut guère mieux.

— Et les agresseurs ? Toujours aucune piste ?

— Lennie ne se rappelle pas grand-chose. Le plus triste, reprit Brigette en soupirant, c'est que Steven et Mary Lou étaient tellement heureux ensemble. Et puis, il y a la petite Carioca, elle n'a que huit ans et maintenant elle n'a plus de mère. Quelle tragédie !

— Épouvantable, renchérit Lina. Quel âge avais-tu, toi quand ta mère est morte ?

— Quinze ans. Lucky, elle, n'avait que cinq ans quand elle a trouvé la sienne assassinée, dans la piscine familiale.

— Toi, au moins, observa Lina, tu as pu passer un peu de temps avec la tienne.

— Pas vraiment, murmura Brigette. Olympia n'était jamais là quand j'avais besoin d'elle.

— Où était-elle ?

— Où elle était ? Bonne question. À Londres, Paris, Rome, Buenos Aires. Olympia, c'était la vraie jet-set : toujours prête à sauter dans un avion pour aller à une fête ou retrouver un nouvel amant. Elle avait des petits amis, des maris, et trop d'argent. Moi, on m'avait expédiée dans un pensionnat du Connecticut que je détestais.

— Si tu veux, lança Lina en plaisantant, je peux te prêter ma mère à moi. La vieille menace tout le temps de débarquer.

— Quel mal y a-t-il à cela ?

— Elle est dure à traîner.

— Je ne comprends pas. Comment peux-tu avoir un problème avec ta mère alors qu'elle n'habite même pas ici ?

— Elle m'a eue quand elle avait quinze ans, expliqua Lina. Elle en a quarante maintenant et elle est encore pas mal.

— Alors, tu devrais en être fière.

— Tu n'y es pas, protesta Lina. Ce qui m'exaspère, c'est qu'elle se prend pour moi !

— Comment ça ?

— Eh bien, elle pose pour des magazines de mode, pour des quotidiens anglais. La légende précise toujours : la mère de Lina par-ci, la mère de Lina par-là, et quelle femme ravissante elle est – tout comme sa célèbre fille. Ce genre de connerie, ça me rend dingue.

— Tu ne devrais pas lui en vouloir, dit Brigette, qui aurait bien voulu avoir une mère à qui se confier. Elle essaie simplement de te ressembler. C'est plutôt flatteur.

— Tu trouves ?

— En tout cas, dit Brigette en se coupant une tranche de pizza, j'ai appelé l'agence pour me libérer des présentations à Milan.

— Quoi ? gémit Lina. Mais Milan c'est super. Tous ces Italiens qui bavent devant toi !

— Je préfère passer un peu de temps avec Lucky.

— Tu veux dire qu'elle laisse Lennie tout seul ?

— Il n'est vraiment pas d'humeur à voyager.

— Le pauvre.

— Alors, reprit Brigette, je vais partir pour l'Europe avec Lucky et au retour sans doute passer un moment à L A.

— Quand moi, j'irai à L A, ce sera pour tourner. Peut-être

plus tôt qu'on pense, d'ailleurs, parce que je dois passer une audition pour le nouveau film de Charlie Dollar.

— Pas possible ?

— Oh ! s'empressa d'ajouter Lina, en général je ne passe pas d'auditions. Mais, d'après mon agent, le studio cherche une actrice qui a déjà un nom et c'est moi que Charlie veut. Alors, si ça marche, j'irai passer deux jours à L A pour rencontrer le grand homme en personne.

— Je l'ai vu chez Lucky quand j'étais là-bas, dit Brigette. Un peu bizarre, mais c'est un personnage.

— Oh, oh ! fit Lina en s'humectant les lèvres. Les types bizarres, ça me branche !

— Tu ne vas tout de même pas coucher avec lui, protesta Brigette. Il a près de soixante ans.

— Et alors ? dit Lina avec un sourire malicieux. Je m'en suis déjà fait de plus vieux.

— Tu es incorrigible.

— Je prends ça pour un compliment.

— Bon, fit Brigette en se levant d'un bond. Il faut que j'y aille.

— Quand pars-tu ? demanda Lina en la raccompagnant.

— Demain.

— Tu n'es pas croyable ! Pour un peu, tu filais sans me prévenir.

— Qu'est-ce que je viens de faire ?

Elles s'embrassèrent en se promettant de rester en contact. Toutes les deux savaient qu'elles n'en feraient rien. Le monde de la mode était bien trop frénétique. Mais elles se retrouveraient bientôt.

Brigette rentra chez elle et commença à faire ses bagages, jetant distraitement quelques vêtements dans une valise, l'esprit ailleurs.

Elle n'avait pas dit la vérité à Lina.

Lucky n'avait absolument pas l'intention de se rendre en Europe, mais *elle* si.

À Londres.

Pour avoir une explication avec Carlo.

Et peut-être – peut-être seulement – lui annoncer qu'elle était enceinte.

# 27.

Les amis de Lucky venaient à la rescousse. Surtout Venus.

— Tu es certaine de savoir ce que tu fais ? dit-elle tandis qu'elles déjeunaient au Dôme.

— Absolument certaine.

— Mais tu as renoncé à ton pouvoir dans cette ville.

Lucky contempla son amie, moulée dans une robe en peau de serpent.

— Qui a besoin de pouvoir ? Sûrement pas moi.

— Mais si, protesta Venus. Tu ne t'en rends pas compte mais tu étais Superwoman ici. Tu pouvais avoir qui tu voulais à une soirée, rencontrer qui tu souhaitais. Être propriétaire d'un studio à Hollywood, c'est comme si tu étais le président des États-Unis.

— Pas tout à fait. Et tu oublies que ces studios m'appartiennent toujours.

— As-tu parlé à Alex ? demanda Venus en reprenant ses lunettes de soleil.

— Non. J'aurais dû ?

— Je croyais que vous étiez très bon amis.

— Toi et moi sommes très bonnes amies, dit Lucky qui savait pertinemment où Venus voulait en venir. Alex est juste un copain.

— Ah non ! s'exclama Venus. Pas à moi. Il te plaît, je le sais.

— Je suis mariée à Lennie, dit Lucky sans se démonter. Aucun homme ne m'intéresse même vaguement.

— Tu es formidable. Tu as même réussi à t'en persuader.

— Qu'est-ce que tu racontes ?

Venus hocha la tête d'un air entendu.

— Tout le monde sait que le courant passe bien entre toi et Alex.

— Pour Alex, il n'y a qu'avec sa kyrielle de beautés asiatiques que le courant passe, comme tu dis. Il n'aime pas les Américaines. Tu n'as pas remarqué ?

— C'est vrai, reconnut Venus. Tu es la seule exception.

— On arrête, tu veux ? dit Lucky qui commençait à s'énerver. Il n'a pas donné de nouvelles. Il n'a sans doute pas apprécié de ne pas avoir été dans la confidence. Mais, dis donc, depuis quand faut-il que je consulte un comité avant de prendre une décision ?

— D'habitude, tu parles à tes amis. De préférence avant qu'on leur annonce les choses au cours d'un petit dîner de cinq cents personnes.

— Tu crois qu'il m'en veut ?

— À vrai dire, oui.

— Tu te trompes, Venus. Il est venu voir Lennie deux ou trois fois.

— Et alors ?

— Et alors quoi ? fit-elle, exaspérée. Vas-tu cesser d'en faire tout un plat ?

— Au fait, dit Venus, qui savait quand il fallait changer de sujet, Cooper et moi allons donner une fête pour notre anniversaire. Nous comptons sur vous.

— Quand ça ?

— La semaine prochaine.

— Nous serons peut-être à New York.

— Qu'est-ce que vous allez faire là-bas ?

— J'ai pensé qu'un changement de décor ferait du bien à Lennie. Il est toujours en pleine déprime. J'aimerais qu'il consulte un psy. Je ne crois pas à ces gens-là, mais il faut bien que quelqu'un l'aide à sortir de là.

— J'en connais une formidable, dit aussitôt Venus.

— Je n'en doute pas.

— Tu sais, elle m'a aidée à traverser une crise, il y a quelques années. Je te donnerai son téléphone.

— Ça m'a l'air d'un bon plan.

Un peu plus tard, Lucky emmenait goûter Maria, Carioca et le petit Gino. Très excités, les enfants bavardaient bruyamment tout en s'empiffrant. Lucky les observait. Jouer les mères à temps complet était pour elle une expérience toute nouvelle mais peu concluante. Même si elle adorait ses enfants, elle était incapable de considérer ces sorties familiales comme une distraction quotidienne. Il lui fallait de l'action, de l'excitation ; elle avait besoin d'une activité créatrice. Pour la première fois, elle se demanda si elle avait bien fait de quitter les studios.

Elle observait la foule qui emplissait le restaurant. *Dire qu'il y a quelque part dans cette ville la personne qui a tiré sur Mary Lou et sur Lennie,* songea-t-elle. *Un jour, bientôt j'espère, on les retrouvera.*

Et, à ce moment-là, elle obtiendrait justice.

Sinon...

Eh bien, il y avait toujours la justice des Santangelo.

# 28.

Brigette était installée en première classe sur un vol de la British Airways à destination de Londres. Elle aurait pu regarder un film ou feuilleter un magazine, mais elle ne pensait qu'à sa confrontation avec Carlo.

Sa grossesse confirmait ses pires appréhensions. Il était impossible qu'elle ait oublié d'avoir fait l'amour. Or, malgré ses efforts, aucun souvenir ne lui revenait ; c'était bien la preuve que Carlo l'avait droguée.

Pour Brigette, l'avortement n'était pas une solution. Des années plus tôt, un jour qu'elle se disputait avec sa mère, celle-ci avait avoué : elle avait essayé d'avorter, elle voulait se débarrasser de son bébé. C'était la raison pour laquelle Brigette voulait garder le sien. Si elle se précipitait chez Carlo, ce n'était pas pour lui dire : « Figure-toi que je suis enceinte ; je t'en prie, donne-moi l'argent pour arranger ça. » Sa fortune l'en dispensait. Ce qu'elle voulait, c'était mettre le salaud face à ses responsabilités.

Quelques jours auparavant, au studio de Fredo, elle avait trouvé dans un fichier l'adresse et le numéro de téléphone de Carlo à Londres. Lina n'était pas dans le secret – elle aurait tenu à l'accompagner, tout en se délectant des détails de l'histoire.

Que vais-je dire à Carlo ? Bah, qui sait ? L'inspiration viendra.

Soudain, elle se rappela la nuit où Santino Bonnatti les avait kidnappés et violés, elle et Bobby. Comment avait-elle réagi ? Elle avait pris un pistolet et lui avait fait sauter la cervelle.

Elle frémit à ce souvenir.

*La vengeance est douce.* Voilà ce que lui avait enseigné Lucky. Elle avait retenu la leçon.

Elle se renversa dans son fauteuil et ferma les yeux. Elle arriverait bientôt, prête à tout affronter.

Comme d'habitude, c'était la bousculade dans l'aéroport d'Heathrow. Un représentant de l'agence de voyages l'accueillit à sa descente d'avion et la guida jusqu'à la voiture qui l'attendait pour la mener au Dorchester, son hôtel préféré. Là, elle appela le service en chambre, dîna devant la télévision puis se mit au lit et dormit quatorze heures – Brigette possédait l'art d'anéantir le décalage horaire.

Elle s'éveilla à huit heures du matin, reposée et déterminée.

Son premier geste fut d'appeler Lucky à L A. Lucky voulut savoir ce qu'elle faisait à Londres.

— Je travaille, dit-elle sans donner de précisions. Je vais peut-être pousser jusqu'à Milan.

— Ne te fatigue pas trop, dit Lucky. Et n'oublie pas de t'amuser.

— Je n'oublie jamais.

Carlo Vittorio Vitti allait soit chez Langan soit au Caprice. Il avait sa table dans les deux restaurants, dont les serveurs le bichonnaient, car il avait le pourboire généreux.

D'habitude il déjeunait seul, préférant sa propre compagnie à celle des Londoniens. C'était suffisant d'avoir été exilé à Londres et d'être astreint à un emploi assommant par une famille soucieuse de mettre fin au scandale. Inutile, par-dessus le marché, de s'imposer la fréquentation de gens plus assommants encore.

Ah ! le scandale ! Était-ce si terrible de coucher avec l'épouse d'un homme politique – octogénaire fortuné dont la jeune femme était l'héritière ? Il avait été gênant, certes, que le mari soit mort dans des circonstances douteuses ; tous les regards s'étaient alors braqués sur lui. Peu importait que sa culpabilité fût impossible à prouver : il avait attiré l'attention sur le nom de sa famille, lui, le comte Carlo Vittorio Vitti, un des plus beaux partis de Rome. Après le scandale, il était devenu un paria. Son père s'était empressé de l'expédier à Londres, où il lui avait trouvé un poste dans la banque.

Entre-temps, la jeune veuve s'était enfuie pour se remarier avec un chanteur d'opéra obèse et Carlo s'était retrouvé sur le sable.

Il était arrivé à Londres de fort méchante humeur. Il n'avait jamais eu à gagner sa vie auparavant, quoique sa famille fût complètement fauchée. Carlo avait en horreur la vie de bureau ; pour y échapper, il n'avait qu'une solution : trouver une femme très riche. Bien sûr, il ne choisirait pas n'importe qui. Le comte Carlo Vittorio Vitti avait un arbre généalogique des plus nobles.

Pour l'instant, il était fiancé à la fille d'un capitaine d'industrie. Il n'était pas amoureux d'elle – elle était laide –, mais elle l'aimait et devait hériter d'une énorme fortune. Si rien de mieux ne se présentait, il faudrait bien qu'il l'épouse, car son maigre salaire, même augmenté de l'aumône mensuelle qu'il recevait de son père, était largement insuffisant.

Lors de son dernier voyage à New York, son assommant cousin, ce Fredo si vulgaire, avait tenté de l'impressionner en montant un coup avec deux mannequins. Une des filles s'appelait Brigette. Il y avait chez elle quelque chose qui avait aussitôt fait tinter la caisse enregistreuse que Carlo possédait à la place du cerveau. Il avait demandé à Fredo :

— Qui est la blonde ? Ce n'est pas un simple mannequin, hein ?

Fredo se pencha vers lui pour lui murmurer d'un ton de conspirateur :

— Brigette n'aime pas que ça se sache. Mais en vérité, c'est une Stanislopoulos.

— L'armateur ? demanda Carlo, soudain passionné.

— Oui. C'est elle qui héritera de tout. Mais n'aie pas l'air de le savoir.

— Bien sûr que non.

Carlo n'était pas stupide. À trente et un ans, il avait roulé pas mal sa bosse et connaissait les femmes. Grâce à son titre et à son élégance, il les faisait toutes craquer – la petite Black qui accompagnait Brigette ne demandait d'ailleurs qu'à sauter dans son lit. Mais il les considérait pour la plupart comme de banales putains.

Dès qu'il eut appris qui était Brigette, il conçut un plan. Comme il n'était à New York que pour deux jours, il ne pouvait pas perdre de temps. Il avait toujours dans sa poche quelques petites pilules blanches qu'il utilisait pour s'éviter la peine de faire sa cour toute la nuit. Il suffisait d'en laisser tomber une dans le verre d'une fille... Cela faisait gagner du temps : pas de longues conversations, pas de fausses déclarations d'amour.

Il avait compris d'instinct que Brigette ne lui tomberait pas dans les bras à la première rencontre. C'est pourquoi, peu avant de quitter la boîte, il avait glissé la moitié d'un comprimé dans son champagne. Quand ils furent arrivés chez elle, elle était à sa merci.

Il était parti avant son réveil. Il savait parfaitement ce qu'il faisait en n'utilisant qu'un demi-comprimé. Il voulait qu'elle garde un vague souvenir de ce qui s'était passé. Il voulait qu'elle s'inquiète en se demandant pourquoi il n'avait pas donné de nouvelles.

Si elle était comme toutes les autres, elle devait attendre fébrilement auprès du téléphone.

Sa mission accomplie, il était reparti pour Londres rejoindre sa fiancée. Mais Brigette occupait toutes ses pensées.

Il décida de lui laisser trois mois, après quoi, il reviendrait à New York la reprendre dans ses bras, en conquérant victorieux.

En attendant, il lui fallait un capital. Il persuada donc sa fiancée d'acheter un diamant dont elle n'avait aucun besoin, et empocha la coquette commission que lui versa le bijoutier. Puis il lui emprunta un peu d'argent en invoquant le retard d'un virement envoyé d'Italie.

Elle était prête à tout pour lui, cette héritière de trente-trois ans qui habitait encore chez ses parents.

Malheureusement, elle n'était pas encore assez riche pour lui. Pourquoi s'en contenter alors qu'il pouvait avoir une beauté qui recevrait le monde en héritage ?

## 29.

Au fond, Teddy vivait dans la peur. Il avait toujours été craintif depuis ce jour de ses quatre ans où sa mère était partie.

— Adieu, Teddy, avait-elle dit, ivre de rage, ses bagages entassés dans le vestibule. Vois donc si tu peux t'entendre avec ce fils de pute qui se prend pour ton père !

Tel était le charmant souvenir que sa mère lui avait laissé.

Ensuite, les nurses s'étaient succédé. Poussées à bout par Irena, elles démissionnaient toutes, les unes après les autres. Lorsque Teddy eut huit ans, arriva la deuxième épouse de son père. Une blonde avec de gros seins, qui le serrait dans ses bras à l'étouffer. Elle lui chuchotait sans cesse à l'oreille qu'il devait vivre comme un jeune Blanc, oublier qu'il était noir, se faire décolorer la peau, comme Michael Jackson. Quand Price avait découvert les foutaises dont elle emplissait la tête de son fils, il s'était mis dans une rage folle ; quelques mois plus tard, elle était sortie de sa vie.

Comme son père était perpétuellement en tournée, Teddy ne trouvait de compagnie qu'auprès de Mila. Elle l'impressionnait. Elle avait deux ans de plus que lui et c'était une dure. Depuis toujours, elle le traitait avec un mélange de mépris et d'indifférence. Et voilà que cet horrible drame était survenu, qui les liait à jamais. Et il était terrorisé.

Il hésitait à utiliser sa jeep, ne la sortait du garage qu'en cas d'absolue nécessité. Tous les jours, il s'attendait à entendre les flics sonner à la porte.

— Qu'a-t-elle donc, ta voiture ? demanda Irena.

Rien n'échappait à cette garce.

— Elle fait un drôle de bruit.

Elle prévint aussitôt le gardien, qui annonça à Teddy, devant son père, qu'il avait trouvé la jeep en parfait état.

— Je t'ai acheté cette foutue bagnole il y a deux mois, remarqua Price. Si quelque chose ne va pas, pourquoi ne pas me l'avoir dit ? On aurait pu la renvoyer au garage.

— J'ai cru entendre un bruit, marmonna Teddy. Rien de grave.

— Assez pour que tu te mettes à prendre le bus.

— J'aime prendre le bus, protesta Teddy. C'est la seule façon pour moi de rencontrer des gens.

— Tu sais, Teddy, méfie-toi. Si jamais je te pince à prendre de la came, je te botterai le cul si fort que tu ne pourras pas t'asseoir pendant une semaine. Tu m'écoutes, espèce de crétin ?

— Oui, papa, j'ai entendu.

— J'espère, fit Price d'un ton menaçant.

Mais, surtout, Teddy tenait à éviter Mila. C'était plus facile depuis qu'elle avait cessé d'aller en classe pour travailler au MacDo local. Chaque fois qu'ils se croisaient, elle le regardait d'un air mauvais. Il avait été témoin du meurtre, elle savait qu'il savait qu'elle était coupable.

— N'oublie pas ce que je t'ai dit, tête de nœud. Si tu parles, je te tue.

Il ne savait pas quoi faire. Il aurait aimé aller trouver les flics, tout avouer. Mais alors, si Mila ne le devançait pas, son père très certainement le tuerait.

Chaque jour, il se plongeait dans les journaux. Il était sûr d'une chose : Lennie Golden s'était rétabli, mais Mary Lou Berkeley était morte.

Ses notes à l'école en pâtirent. La nuit, il n'arrivait pas à dormir et, dans la journée, il était incapable de se concentrer. Il savait qu'à tout moment son père risquait de lui tomber dessus. Alors, pour se calmer, il se mit à fumer un peu d'herbe que lui procurait un copain de classe.

Price ne fut pas long à s'en apercevoir. Un jour, au retour de l'école, Teddy le trouva dans sa chambre.

— Putain, qu'est-ce que c'est que ça ? interrogea Price en brandissant deux joints à moitié fumés que Teddy avait cachés dans sa penderie.

— Voyons, papa, gémit Teddy. Ça vaut mieux que de sniffer de la blanche ou du crack, comme tu le faisais.

— Ce que je faisais ne te regarde pas, hurla Price, les yeux hors de la tête. Ne me prends pas comme exemple, je ne suis pas un modèle.

— Je n'ai jamais dit ça... murmura Teddy.

Il aperçut Mila qui passait dans le couloir, toujours à l'affût. Il savait qu'elle l'espionnait.

Il avait un plan : il allait filer.

C'était la seule solution.

Mila Kopistani ignorait qui était son père. Irena refusait d'en parler. Mila avait seulement pu lui arracher que son père était un Russe, un ex-boyfriend en visite qui l'avait engrossée avant de regagner son pays natal. Mila n'en avait pas cru un mot.

Petite, elle y pensait peu. Mais plus tard, lorsque ses copines de classe avaient commencé à poser des questions, sa curiosité s'était éveillée. Elle avait d'abord pensé à Price Washington, le patron d'Irena. Mais non : il était noir, elle était blanche, elle avait donc écarté l'idée. Puis elle avait soupçonné le père MacBain, le prêtre de l'église locale. Sa mère et lui semblaient très copains. « Impossible, lui avait dit une de ses amies, les prêtres n'ont pas le droit de faire ça. Il ne peut pas être ton père. » Mila s'acharnait à découvrir la vérité. Chaque fois qu'Irena quittait la maison, Mila fouillait ses affaires, sans succès.

Entre la mère et la fille, ce n'était pas le grand amour. Irena était une femme froide qui menait la maison d'une main de fer. Personne ne la supportait sauf Price, et encore... Mila était certaine qu'il ne la tolérait que parce qu'elle se comportait en esclave. Couchaient-ils ensemble ? Mila n'aurait pu l'affirmer : ils étaient d'une discrétion à toute épreuve.

Mila avait détesté les deux épouses de Price. Ginee, la première, était aussi camée que lui, autrefois. La seconde, une blonde stupide, fière de ses seins siliconés, avait posé pour *Playboy*. Un jour, Mila s'était amusée à épingler dans toute l'école des photos d'elle à poil, ce qui avait profondément humilié Teddy.

Mila avait toujours détesté Teddy. Il avait un père et pas elle. C'était injuste. À l'école, tout le monde savait qu'elle était la fille de la gouvernante, une rien-du-tout, alors que Teddy avait un père célèbre.

La nuit où elle avait entraîné Teddy, elle avait eu l'intention de le faire boire, de l'affoler, mais pas de commettre un meurtre. Pourtant, à présent, elle devait admettre avoir éprouvé un sacré sentiment de puissance. Elle n'avait eu qu'à brandir un pistolet pour gommer une vie.

Cela ne la gênerait pas de buter Price. De le buter ou de se l'envoyer. Elle se demandait ce qui serait le pire.

Elle n'avait jamais cherché à exciter le patron de sa mère, mais elle ne doutait pas d'y arriver si elle essayait. Les hommes lui couraient tous après. Quelques-uns avaient même fini par la rattraper. Elle s'en foutait d'ailleurs : elle se gardait pour celui qui parviendrait à l'arracher à son sort de fille de gouvernante.

Elle ne voulait pas finir comme sa mère, esclave d'un trou-du-cul riche et célèbre. Quelquefois, elle regardait Teddy et se disait : Voilà l'avenir qui m'attend. Enfin, si rien de mieux ne se présentait, en dernier ressort, parce qu'il ne changerait jamais. Il serait toujours un perdant.

Pour l'instant, il devait fermer sa gueule. Il était capable de cracher le morceau, elle le savait, surtout si elle continuait à se montrer désagréable avec lui. C'est pourquoi elle songeait à changer de tactique : un peu de sexe le maintiendrait dans le droit chemin. Peut-être même allait-elle lui offrir un avant-goût de ce qu'il avait toujours désiré. De cette façon, il serait totalement accro.

C'était ça ou le faire taire définitivement.

Mila se demandait ce qui était préférable.

## 30.

Lucky prit une pleine page dans le *LA Times*, pour annoncer qu'elle offrait une récompense de cent mille dollars à toute personne susceptible de donner une information sur le meurtre de Mary Lou. Elle fit également placarder des affiches dans toute la ville et, plus particulièrement à Wilshire, où le crime avait eu lieu. Sur l'appel à témoins figuraient les portraits-robots informatisés des deux suspects.

L'inspecteur Johnson la prévint que l'initiative allait faire le régal d'un tas de dingues.

— Les gens sortent des égouts comme des rats quand ils sentent l'odeur de l'argent, dit l'inspecteur Johnson.

— Eh bien, tant pis. Qu'ils viennent. J'ai le sentiment que, pour cent bâtons, nous aurons quelques réactions utiles.

— En général, je n'aime pas ces procédés. Cela attise l'avidité des gens et nous donne pas mal de boulot supplémentaire.

— Bah, quelle importance si nous obtenons des résultats ?

Elle rentra retrouver Lennie, aussi cafardeux qu'à l'accoutumée ; installé devant le téléviseur de leur chambre, il zappait sans relâche.

— Heureusement que je t'aime, dit-elle en se laissant tomber sur le canapé auprès de lui.

Elle se demandait quand il sortirait enfin de sa déprime.

— Qu'est-ce que tu veux dire ? dit-il le regard toujours fixé sur l'écran. Tu en as assez ?

— Assez de quoi ?

— De moi.

— Je veux retrouver le vrai Lennie, murmura-t-elle. Est-ce un crime ?

— Ce n'est pas ma faute si je suis dans cet état.
— Tu devrais voir quelqu'un.
— Qui ça ?
— Il y a cette femme... une psy... ce serait peut-être une bonne idée de parler à quelqu'un pour évacuer tout ça.
— Allons donc ! fit-il en se levant. Tu sais très bien que je ne crois pas à ces foutaises.
— Moi non plus, mais je pense que cela te ferait du bien de consulter un spécialiste.
— Et pas toi ? fit-il d'un ton agressif.
— Moi, je ne reste pas cloîtrer à faire la tête, répondit-elle, ennuyée de la tournure que prenait la conversation.
— Je fais la tête ? répéta-t-il, furieux. Une femme s'est fait descendre auprès de moi et tu trouves que je fais la tête ? Ça alors ! lança-t-il en sortant de la pièce.

Tout cela devenait ridicule. Elle se sentit accablée par son sentiment d'impuissance. En bas, elle trouva les enfants très excités à l'idée de passer le week-end à Palm Springs, auprès de Gino et de Paige. Carioca les accompagnait, tandis que Bobby partait le lendemain pour la Grèce, où il séjournerait dans la famille de Dimitri.

Après avoir embarqué son petit monde, elle chercha Lennie. L'ayant aperçu sur la terrasse qui dominait l'océan, elle fit coulisser les lourdes portes-fenêtres pour le rejoindre.

— Ne nous disputons pas, dit-elle en lui posant une main sur le bras. Ça ne sert à rien... et surtout pas à Steven. Il vient dîner ce soir.
— Oh ! non, fit Lennie, affolé, je ne peux pas le voir. Je me sens un peu plus mal, chaque fois.
— Tu es fichtrement égoïste. Steven est seul... Tu te souviens... il a perdu sa femme ?
— Merde ! Je n'en peux plus. Je vais faire un tour.

Elle résista à la tentation de l'arrêter. Non, elle n'était pas du genre à s'accrocher. Et elle n'attendrait pas qu'il revienne lui crier d'autres horreurs. Elle appela Steven à son bureau.

— Cela t'ennuierait si on allait plutôt au restaurant ce soir ? proposa-t-elle. Rien que nous deux.
— Pas du tout. Mais pourquoi ?
— Les gosses sont partis pour Palm Springs, Lennie ne se sent pas très bien. Alors si toi et moi nous allions à la Scala pour parler de nos problèmes.

— Des problèmes, Lucky ?

— Pas aussi graves que les tiens, Steven. Je passerai te prendre au bureau.

Une heure plus tard, ils étaient assis dans une niche d'angle, devant un plat de spaghettis.

— Steven, dit Lucky en posant une main sur la sienne. Je tiens à ce que tu saches combien je t'aime et à quel point je partage ta douleur. Je voudrais bien pouvoir t'aider mais, apparemment, il n'y a rien à faire.

— Je t'aime aussi, dit Steven. Mais cela ne ramènera pas Mary Lou.

— Si Lennie n'est pas venu, reprit Lucky, c'est parce qu'il est rongé de remords. Je fais tout ce que je peux pour le tirer de là, mais ce n'est pas facile.

— Lennie n'a aucun reproche à se faire.

— Je n'arrête pas de le lui dire.

— Tu veux que je lui parle ?

— Non. C'est un grand garçon, il vaut mieux le laisser se débrouiller tout seul.

— Si tu changes d'avis, préviens-moi.

— Je verrai bien. L'important, c'est comment tu vas, toi.

— La journée est supportable. Les nuits sont plus dures. Mais je vais m'en sortir. Dis-moi, fit-il en émiettant un morceau de pain, comment va Carioca ?

— Elle est formidable. Quand veux-tu la reprendre ?

— Elle est mieux chez toi, Lucky. Avec tes enfants, elle peut s'amuser. Que voudrais-tu qu'elle fasse avec moi, toute seule à la maison ?

— Tu es son père. Elle t'aime.

— Je le sais. Mais si tu pouvais la garder encore un peu...

— Bien sûr. Rappelle-toi quand même que c'est dur pour elle aussi. Il ne faut surtout pas qu'elle se sente abandonnée. Crois-moi, je sais ce que c'est. Elle s'interrompit pendant que le serveur leur versait du vin. Je n'oublierai jamais le jour où ma mère... Son regard s'assombrit. Tout s'est arrêté. Tu ne peux pas t'imaginer... Elle me manque encore, murmura Lucky.

Steven lui pressa la main.

— Tu sais, je t'aime, petite sœur.

— Moi aussi, dit-elle avec un pâle sourire.

Lorsqu'elle rentra, Lennie était couché. Elle s'attarda un moment auprès du lit en se demandant s'il dormait vraiment.

*C'est ça le mariage*, se dit-elle. *Pour le meilleur et pour le pire.* Maintenant, c'était pour le pire. Il fallait remettre Lennie sur pied. S'ils retrouvaient les agresseurs, cela l'aiderait, elle en était certaine.

Demain, elle harcèlerait l'inspecteur Johnson. Il en avait l'habitude : elle le faisait tous les jours. Elle passa dans la salle de bains et enfila un pyjama de soie noire. Ce soir, elle avait envie de faire l'amour avec son mari. Pourquoi pas ?

Elle se glissa dans le lit et se blottit contre lui.

Il gémit dans son sommeil et s'écarta. Cela n'était jamais arrivé.

Lucky avait toujours eu l'impression d'avoir fait le mariage idéal. Peut-être se trompait-elle.

Elle ferma les yeux et essaya de dormir, mais le sommeil fut long à venir. Elle était furieuse et blessée. Lenny devait réagir, sinon, ils allaient au-devant de sérieux problèmes.

# 31.

À l'hôtel, dans le salon de sa suite, Brigette prenait le petit déjeuner avec Horace Otley, un petit homme d'une quarantaine d'années qui avait l'air d'un policier au chômage. Ce n'était pourtant pas du tout le cas. Bien au contraire, Horace était sans doute le meilleur détective privé d'Angleterre.

Brigette l'avait engagé deux semaines plus tôt.

— Je suis cher, lui avait-il dit au téléphone.

— Ça m'est égal. Mon souci, c'est la discrétion. Je veux que vous vous engagiez par écrit à ne jamais rien révéler de cette enquête.

Horace avait accepté. Brigette lui avait fait envoyer un contrat par un de ses avocats, et il s'était mis en chasse. À présent, ils se rencontraient enfin.

— Je suis ravie de vous connaître, monsieur Otley.

Celui-ci, muet de stupéfaction, ne put que hocher la tête.

— Je n'avais pas compris qui vous étiez, parvint-il à dire enfin.

Il avait hâte de le raconter à son copain Will. Will en baverait...

— Vous comprenez maintenant pourquoi je tiens à la plus grande discrétion.

— Je protège la vie de *tous* mes clients, affirma pompeusement Horace. Chacun d'eux a pour moi la même importance.

— Je suis ravie de l'entendre, monsieur Otley. Si nous commandions ?

Quelques instants plus tard, elle picorait dans son assiette tandis qu'Horace s'empiffrait avec la voracité d'un homme qui n'a pas mangé depuis des semaines.

— J'ai tous les renseignements dont vous pourriez avoir besoin, dit-il entre deux bouchées.

— Parfait.

— Carlo Vittorio Vitti. Comte Carlo Vittorio Vitti : vous saviez qu'il avait un titre ?

Elle acquiesça.

— Il est comte, reprit Horace, mais la famille n'a pas un sou.

— Vous êtes sûr ?

— Ses parents habitent un palais délabré du côté de Rome. Ils en sont réduits à deux domestiques et un chauffeur. Le père et la mère sont alcooliques.

— Charmante famille.

— Voilà dix-huit mois, on a envoyé Carlo à Londres.

— Pourquoi ?

— À cause d'un scandale. En Italie, Carlo voyait beaucoup une femme mariée d'une vingtaine d'années dont le mari octogénaire a été retrouvé asphyxié dans son garage. Les soupçons se sont portés sur lui.

— Pourquoi ? C'était lui qui avait fait le coup ?

— Il y a eu des rumeurs... un scandale. Bref, son père l'a expédié à Londres, une ville qu'il déteste, à ce qu'on m'a dit. Il est à l'affût d'une femme riche. Il en a trouvé une, mais pas l'idéal. Ils sont quand même fiancés.

— Donc, il est fiancé ?

— Elle est très moche, déclara Horace en mastiquant un morceau de bacon. Dois-je en dire plus ?

— Ce n'est pas très gentil, monsieur Otley, dit Brigette d'un ton de reproche. Une femme peut avoir du charme sans être une reine de beauté.

— Ce n'est pas son cas.

— Comment le savez-vous ?

— J'ai mes sources, répondit-il d'un air entendu.

— Des photos ?

— Oui. J'en ai apporté.

Il se pencha, et sortit d'une serviette en cuir fatigué une grande enveloppe beige d'où il fit glisser quelques clichés.

Brigette examina les photos. On voyait Carlo, bel homme incontestablement, en blazer bleu marine et pantalon gris, debout et tenant par la taille une petite femme boulotte sans rien de sexy.

— C'est sa fiancée ? demanda-t-elle, dissimulant mal son étonnement.

— Eh oui.

— Ma foi... je pense qu'il aurait pu faire mieux.

— Pas sur le plan financier, répliqua Horace avec un petit rire. Les belles héritières ne courent pas les rues.

— Que pouvez-vous me dire d'autre sur lui ?

— C'est un solitaire, son père règle ses factures et lui tient la bride serrée. Comme je vous le disais, ils n'ont pas beaucoup d'argent. D'après ce que je sais, Carlo attend que le scandale s'apaise pour retourner à Rome. Ou alors il épousera cette Anglaise, surtout si le père de la jeune fille lui propose d'entrer dans l'affaire familiale.

— Comment s'appelle-t-elle ?

— Fiona Lewyllen Wharton. Elle est héritière d'un empire de papeterie.

— Cela représente beaucoup d'argent ?

— Assez pour faire le bonheur de Carlo même si, à ce qu'on dit, il ne compte pas sur elle pour cela.

— Pourquoi donc ?

— Fiona ne passe jamais la nuit chez lui, pas plus qu'il n'est reçu dans sa famille. Elle habite toujours chez ses parents, dans une maison d'Eaton Square. De plus, on raconte qu'il fait venir des call-girls de luxe. Elles passent une heure chez lui, vers minuit, et repartent.

— Vraiment ? fit Brigette.

Dans son esprit, un plan s'esquissait.

# 32.

— Nous sommes inondés d'appels, annonça l'inspecteur Johnson.

— Rien d'intéressant ? demanda Lucky.

— Nous trions.

Pendant qu'il triait, Lucky avait envoyé sa propre équipe d'enquêteurs faire du porte-à-porte pour interroger tous les propriétaires de jeep dans un rayon de huit kilomètres autour du lieu de l'agression et leur montrer les portraits-robots des deux suspects.

Si seulement Lennie se rappelait au moins un des chiffres de la plaque minéralogique ! Mais toujours rien.

Depuis le départ des enfants, Lucky s'efforçait de passer plus de temps avec lui dans l'espoir de le convaincre de consulter la psy de Venus. Mais il ne voulait pas en entendre parler. Elle se maîtrisait donc et supportait tant bien que mal ses crises d'humeur en attendant qu'il redevienne l'homme qu'elle aimait.

— Je te remercie, Lucky, dit-il un jour où elle proposait de l'accompagner dans une de ses longues marches sur la plage. À vrai dire, je préfère être seul.

— Vraiment ? fit-elle en luttant contre l'impatience qui la gagnait. Si tu préfères, l'impatience commençant à la gagner. Tu peux être seul de façon permanente...

— C'est ce que tu veux ? répliqua-t-il. Si c'est le cas, ça peut facilement s'arranger.

La scène que voulait éviter Lucky, Lenny était de toute évidence déterminé à la faire.

— Tu te conduis comme un idiot, dit-elle. Plus rien ne te fait plaisir.

— Qu'est-ce que j'y peux si j'ai envie d'être seul ?

*Non*, pensa-t-elle en le dévisageant. *Je ne vais pas me disputer avec cet homme que j'aime. Je refuse.*

— Que dirais-tu de passer quelques jours à New York ? demanda-t-elle en s'efforçant de prendre un ton détaché. Nous pourrions y aller un week-end pour nous changer les idées, et nous amuser un peu ?

— Nous amuser ? fit-il en secouant la tête d'un air incrédule. Mary Lou est six pieds sous terre, et toi, tu as envie de t'amuser ?

— Bon sang, Lennie. Tu pousses vraiment le bouchon trop loin. Il faut que tu cesses de t'apitoyer ainsi sur ton sort. Combien de temps crois-tu qu'on pourra le supporter ?

— Qui ça, on ?

— Moi, les enfants, tous ceux qui essaient de t'approcher. Tu t'es renfermé dans ta coquille, Lennie. Comme après ton enlèvement.

— Je suis désolé si le meurtre de Mary Lou dérange tout le monde, dit-il sèchement. Elle a mal choisi son moment, n'est-ce pas ? Tu avais décidé de laisser tomber les studios pour te distraire un peu, malheureusement les choses n'ont pas évolué comme prévu.

— Ne nous disputons pas, Lennie.

— Pourtant ça fait six semaines que tu tournes autour de moi en cherchant la bagarre.

— Et merde ! riposta-t-elle, scandalisée qu'il puisse se montrer aussi injuste. C'est toi qui cherches la bagarre.

— Pas du tout. Moi, j'ai simplement envie qu'on me foute la paix. Est-ce trop demander ?

— Mais oui, Lennie, s'écria-t-elle, laissant éclater sa colère. Tu as une famille, une femme. Sais-tu que nous n'avons pas fait l'amour depuis presque deux mois ?

— Ah ! voilà donc à quoi tout cela se ramène... au sexe.

— Ce n'est pas une question de sexe, Lennie. Il s'agit de s'aimer et d'affronter ensemble les difficultés. Si tu pouvais te rappeler ce foutu numéro minéralogique, on pourrait peut-être arrêter les meurtriers et reprendre une vie normale.

— Tu t'imagines que je fais exprès d'oublier ?

— Non. Tu crois l'avoir vu et pourtant tu n'arrives même pas à te souvenir de la première lettre.

— Qu'est-ce que j'y peux ?

— Décidément, Lennie... J'aimerais mieux ne pas être là quand tu es comme ça.

— Puisque je te rends si malheureuse il serait préférable que je parte deux ou trois jours.

— Partir et faire quoi ?

— Baiser, me soûler. Est-ce que je sais ? J'en ai marre de te voir guetter chacun de mes mouvements. J'ai sans doute besoin d'un peu de liberté.

— Liberté, mon cul, cria-t-elle. Nous sommes mariés. Être mariés, ça veut dire vivre ensemble. Si c'est la liberté que tu veux, alors divorçons.

Elle avait du mal à croire que ces mots étaient sortis de ses lèvres. Elle adorait Lennie, ils avaient traversé ensemble bien des crises, mais, s'il devait se comporter d'une façon aussi conne, elle ne le supporterait pas.

— D'accord, je m'en vais. Je te téléphonerai dans quelques jours quand tu seras calmée.

— Quand je serai calmée ? lança-t-elle. Tu ne t'entends pas, Lennie.

— J'étouffe ici. Je suis pris au piège. Je n'en peux plus.

— C'est toi qui restes toute la journée assis à la maison. C'est toi qui t'emprisonnes. Moi, je suis toute prête à sortir.

— C'est donc ce que tu veux, Lucky ? Que je sorte avec tes copains d'Hollywood : Venus, Charlie Dollar et toute la bande ? Ce sont tes amis, pas les miens.

— Depuis quand ? Tu adores Venus et tu t'es toujours bien entendu avec Charlie.

— Et pourquoi donc ne mentionnes-tu pas ton cher ami, Alex, qui me supporte parce qu'il a le béguin pour toi ? Tout le monde le sait, d'ailleurs.

— Tu dis vraiment n'importe quoi.

— Tu sais bien que c'est vrai. D'ailleurs, conclut-il brusquement, je n'ai plus envie de discuter, je pars.

— Eh bien, pars.

Ce qu'il fit. Il monta dans sa chambre, jeta quelques affaires dans un sac de voyage, redescendit l'escalier et sortit en claquant la porte.

Lucky secoua la tête, incrédule. Elle aimait cet homme. Elle l'aimait depuis l'instant où ils s'étaient rencontrés à Las Vegas. Quand ils s'étaient revus, un an plus tard, elle était mariée à Dimitri et lui à Olympia, la fille de Dimitri. Quel imbroglio ! Ils s'étaient aimés... passionnément. Ils avaient eu deux enfants ensemble et voilà qu'il claquait la porte. Impossible.

Qu'allait-elle faire maintenant ? Se mettre à pleurer ? Pas question. Elle était une Santangelo. Les Santangelo ne pleurent jamais.

D'ailleurs, Lennie reviendrait en courant dès qu'il aurait repris ses esprits.

Et s'il ne revenait pas ?

Eh bien... malgré tout l'amour qu'elle avait pour lui, Lucky Santangelo était une survivante. Elle continuerait son chemin... avec ou sans Lennie à son côté.

# 33.

Au gymnase du Dorchester, Brigette tomba par hasard sur Kyra Kattleman. C'était une bénédiction : alors que Brigette se demandait qui emmener au restaurant, elle croisait l'athlétique top model, moulée dans un collant orange vif, occupée à soulever des poids sans le moindre effort.

— Que fais-tu ici ? dirent-elles en chœur.

— Je suis en route pour Milan, répondit Kyra de sa voix enfantine. Et toi ?

— J'ai des choses à régler ici, expliqua Brigette. Cette année, je fais l'impasse sur Milan.

— J'y vais pour le défilé Valentino. Ce cher Val dit qu'il ne peut pas se passer de moi.

— Je croirais entendre Lina, fit Brigette en riant. Dis-moi, es-tu libre pour déjeuner ?

— Oui. Je comptais juste faire un peu de shopping parce que je pars demain matin.

— Alors, allons au Caprice. Il paraît que c'est drôle.

— J'adore le Caprice, s'exclama Kyra. Et on pourra faire des courses après.

Brigette n'en avait aucune envie, mais elle avait besoin de Kyra ; elle accepta donc.

— Je vais réserver une table. Retrouvons-nous dans le hall à midi.

Tout s'organisait. Déjeuner au Caprice avec Kyra... À en croire Horace, Carlo serait sûrement là.

Parfait. Elle ne voulait pas perdre un moment.

À New York Lina fonçait sous la pluie vers l'aéroport. Son agent lui avait téléphoné de bonne heure pour lui signaler qu'elle ne disposait que de vingt-quatre heures pour voir Charlie Dollar à L A, avant son départ pour un tournage en Afrique. « Ne t'inquiète pas, avait-elle répondu. J'y arriverai. »

Dans le taxi qui l'emmenait vers Kennedy, elle ouvrit le script que son agent lui avait fait envoyer. Elle devait jeter un coup d'œil au rôle pour lequel elle était censée passer une audition, mais le chauffeur passa dans un nid-de-poule ; elle abandonna aussitôt l'idée de lire.

Une heure plus tard, installée dans l'avion, elle reprit le document. Le rôle en question était celui de Zoé, superbe et sensuel mannequin, voisine de palier de Teal – le personnage joué par Charlie. *Hum, ça ne devrait pas être trop dur*, songea-t-elle en poursuivant sa lecture. Dans les premières scènes, Zoé sortait de son appartement pour aller à la laverie, rencontrait Teal et entamait un flirt. Un peu plus tard, ils se retrouvaient au lit. *Ça veut dire des scènes de nu.* Et alors ? Elle avait tant arpenté de podiums à peine voilée de tenues transparentes : tout le monde savait de quoi elle avait l'air sans vêtements – et personne ne se plaignait du spectacle. Pas de doublure pour Lina : elle était prête à aller jusqu'au bout, surtout au lit avec Charlie Dollar. Il avait ce côté Sean Connery-Jack Nicholson extrêmement séduisant, avec des kilomètres au compteur mais encore pas mal !

Bien sûr, ce n'était qu'un petit rôle. Mais son agent lui avait conseillé de ne pas laisser passer l'occasion.

Elle songea à téléphoner à Lucky en arrivant, avant de se rappeler que Lucky était à Londres avec Brigette. Dommage. Elle aurait bien aimé la rencontrer.

L'homme d'affaires assis à côté d'elle lui lançait des regards appuyés tout en cherchant à engager la conversation. Elle se réfugia derrière un Stephen King qu'elle n'avait aucune intention de lire, par simple mesure de protection.

Elle avait oublié de retenir une limo. Ce fut donc en taxi qu'elle rejoignit le Bel Air Hotel, où elle fut accueillie par son compatriote, le directeur Frank Bowling, dont elle était la cliente préférée. Il lui trouva une chambre avec vue sur la piscine et elle commença à déballer ses quelques affaires.

À peine installée, elle appela le bureau de son agence à L A.

— Je suis là, annonça-t-elle à Max Steele, son agent, qu'elle n'avait jamais rencontré.

— Bravo, Lina. Vous voulez qu'on dîne ensemble ?

— Non, merci, répondit-elle sèchement. Mais j'aimerais savoir quand je suis censée voir Charlie Dollar.

— Je vais arranger un rendez-vous. Je pourrais même décider ce bon vieux Charlie à venir dîner.

— Qu'est-ce que c'est vraiment ? demanda-t-elle, un peu agacée. Une rencontre mondaine ou une putain d'audition ?

— Ne vous inquiétez pas, fit Max en riant. C'est une audition. Je vous rappellerai.

Elle raccrocha. Tout le monde voulait se faire voir avec un top model mondialement connu. Surtout les agents. Ils croyaient que ça faisait monter leur cote. *Et ce n'est pas la seule chose que ça fait monter,* songea-t-elle avec un petit rire paillard.

Bien sûr, Max Steele pouvait être incroyablement séduisant ; dans ce cas, elle raterait quelque chose. En supposant qu'elle le trouve à son goût, ils pourraient bien se retrouver dans un lit – le sexe était le passe-temps préféré de Lina ; or, depuis quelque temps, elle était en manque. Pas d'homme depuis Flick Fonda, et celui-là, ç'avait été à peine un homme.

Kyra parlait trop, et d'une voix criarde. Brigette aurait aimé qu'elle se taise lorsqu'elles entrèrent dans l'élégant restaurant londonien. Jeremy, le directeur, les accueillit chaleureusement et les installa. Brigette prit garde de ne pas regarder autour d'elle. Elle ne voulait pas croiser le regard de Carlo : elle voulait que ce soit lui qui vienne.

Kyra commanda un Martini et commença à parler de son mari, un mannequin lui aussi, qu'elle avait épousé quelques mois plus tôt.

— Il me retrouve à Milan, poursuivit-elle. Je me suis arrangée pour lui décrocher un contrat. Il m'aurait trop manqué. Je voudrais avoir un enfant dans deux ans ; j'irai accoucher en Australie pour faire plaisir à ma mère.

— Elle doit être fière de toi.

— Oh ! oui. Toute ma famille. Je fais partie du patrimoine national là-bas. Moi et Elle MacPherson, nous sommes des gloires historiques.

Brigette ne l'écoutait plus : du coin de l'œil elle observait Carlo, qui venait d'entrer dans le restaurant.

*Parfait. Que la partie commence.*

## 34.

Ce fut Teddy qui, le premier, repéra les affiches. Comment aurait-il pu les manquer ? Il y en avait partout. Des putains d'affiches avec « cent mille dollars de récompense » imprimé en caractères énormes. Évidemment, tout le monde s'arrêtait pour lire le texte qui suivait :

QUICONQUE DONNANT DES INFORMATIONS
CONCERNANT L'AGRESSION CONTRE UNE VOITURE
LE PREMIER SEPTEMBRE
AU COIN DE WILSHIRE
ET DE LANGTON AURA DROIT
À UNE RÉCOMPENSE DE
CENT MILLE DOLLARS

Teddy sentit son estomac se contracter. C'était déjà terrifiant qu'on offre une récompense, mais, en plus, on avait imprimé des portraits de lui et de Mila. Les dessins étaient peu ressemblants, mais les yeux étroits et le nez saillant de Mila s'y retrouvaient plus ou moins, ainsi que son front à lui, large, et ses cheveux en brosse.

Il se précipita au MacDo où travaillait Mila et lui annonça la nouvelle.

— Boucle-la, répondit-elle. Personne ne sait qu'on a fait le coup. Pas de témoin. Ils n'ont pas le numéro de la jeep. On ne risque rien. Alors surtout, Teddy, ferme ta gueule.

Tout en parlant, elle réfléchissait tous azimuts. Cent mille dollars. Bon sang, elle pourrait en faire des choses avec une somme pareille !

De son côté, Teddy tirait des plans. Le moment était venu de filer : cela commençait à sentir le roussi. D'un instant à l'autre, les flics pouvaient débarquer et, quand son père découvrirait qu'il était impliqué dans un meurtre... Il préférait ne pas être là.

Teddy décida d'aller chez sa mère. Il savait qu'elle habitait un appartement sur Wilshire et, même s'il n'avait plus aucun contact avec elle, il était convaincu qu'en le voyant, elle craquerait. Il raconterait que Price avait recommencé à se camer, qu'il lui flanquait des trempes. Elle serait bien obligée de l'accueillir.

Le samedi après-midi, il revêtit sa tenue de rappeur – pantalon trop large serré aux hanches, sweatshirt à capuche et Nike montantes – puis il tenta de s'esquiver en évitant Price, qui suivait une rencontre de football à la télé.

— Tu regardes le match avec moi ? demanda-t-il à Teddy qui passait en longeant discrètement le mur.

— Faut que j'aille voir des amis, papa.

— À quelle heure rentres-tu ?

— Plus tard.

— Ne t'amuse pas à fumer de l'herbe avec un de tes copains. Parce que je le saurai. Compris, mon garçon ?

— Oui, papa, dit Teddy en se dirigeant vers la porte.

Au moment où il sortait du garage, Mila surgit en T-shirt moulant et minijupe de skaï rouge. Elle avait teint ses cheveux bruns dans une étonnante nuance de blond platine et les avait coupés encore plus court. Il en devinait la raison.

— Où vas-tu, Teddy ? demanda-t-elle.

Il n'arrivait pas à détourner les yeux de ses seins qui pointaient sous le T-shirt. Elle vit ce qu'il regardait et bomba davantage la poitrine.

— Je vais voir des copains, marmonna-t-il.

Elle serait bien la dernière à apprendre ce qu'il comptait faire.

— Dommage, dit-elle en se mordillant le doigt. Je pensais qu'on pourrait faire quelque chose tous les deux.

— Comme quoi ?

— J'sais pas, répondit-elle avec un petit haussement d'épaules. Faire un tour, voir une toile.

— Ne compte pas sur moi. Pas après la dernière fois.

— Merde, mon vieux, fit-elle d'un ton méprisant. Ça n'arrivera plus. Je n'ai même pas de flingue.

Il ne la croyait pas, mais ses seins l'attiraient et il commençait à faiblir.

— T'es sûre ?

— Évidemment, fit-elle en poussant ses nichons vers lui. Depuis que je travaille, on n'a plus jamais de temps tous les deux. Tu ne crois pas qu'on devrait parler ? Comme il acquiesçait, elle reprit : Bon, je vais chercher un chandail.

Il attendit patiemment, espérant qu'elle allait revenir rapidement. Il pourrait toujours aller chez sa mère le lendemain. S'il avait une chance d'être avec Mila, il ne voulait pas la gâcher, même si elle lui foutait la trouille.

Quelques minutes plus tard, elle réapparut, un chandail bleu nonchalamment noué autour de sa taille étroite.

— Allons-y, dit-elle d'un ton autoritaire.

Il regarda ses longues jambes, puis ses seins.

— Je vais conduire, annonça-t-il.

Pour une fois, elle ne discuta pas.

Irena apporta à Price son déjeuner sur un plateau.

— Là, mon chou. Pose ça là, dit-il en désignant la table basse devant lui.

— Oui, monsieur Washington.

Il lui jeta un bref coup d'œil puis son regard revint à la télé.

— Teddy est sorti. Où est Mila ?

— Avec lui, répondit Irena. Ils sont allés voir un film.

— C'est bien de voir que ces gosses s'entendent, observa-t-il, bien qu'il eût préféré le contraire.

Il était sûr que cette fille exerçait une mauvaise influence sur son fils.

— C'est normal. Ils ont été élevés ensemble.

— C'est vrai. Assieds-toi ici une minute, dit-il en tapotant l'espace libre auprès de lui. Regarde le match avec moi.

— J'ai des choses à faire, monsieur Washington.

— J'ai des choses à te faire faire aussi, dit-il en l'attirant auprès de lui.

Irena était tendue. Price Washington était son patron, mais il était aussi, quand l'envie l'en prenait, son amant. Enfin, pour être plus précis, elle était son esclave. Elle s'en voulait de se plier à toutes ses volontés. Elle savait qu'elle était idiote d'accepter. Mais, en vérité, elle l'aimait.

Price Washington l'avait prise à son service quand elle ne possédait rien, juste une petite valise avec les affaires qu'elle avait pu emporter. À Moscou, elle vivait un enfer. Sans cet homme de l'ambassade américaine qui l'avait aidée à obtenir un visa au nom d'une cousine défunte, elle n'aurait jamais pu quitter le pays : prostituée fichée, elle avait été reconnue coupable du meurtre de son maquereau – un monstre qui mettait la main sur chaque rouble qu'elle gagnait et s'amusait à lui graver son nom sur les fesses. Elle avait eu de la chance. Dès son arrivée en Amérique, Price Washington l'avait accueillie. Elle lui en serait toujours reconnaissante.

— Votre déjeuner va refroidir, monsieur Washington, dit-elle, crispée.

— Assez de monsieur Washington, dit-il en lui prenant la main pour la poser entre ses jambes. Il n'y a personne.

Elle savait exactement ce qu'il attendait d'elle. C'était la routine.

De temps en temps, il la convoquait dans sa chambre, tard le soir, quand Mila et Teddy étaient endormis. Parfois, il la caressait, mais c'était rare. Et une seule fois, alors que Teddy était en camp de vacances et Mila chez une amie, elle avait passé la nuit dans son lit, nue, dans un abandon total. Ç'avait été le plus beau moment de son existence. Mais jamais il n'en avait reparlé.

Il n'y avait pas d'autre homme dans la vie d'Irena. Elle ne vivait que pour Price, il était le seul qui comptait pour elle.

Bien sûr, elle avait sa fille. Mais Irena savait quelle sale petite garce Mila était capable d'être. Elle n'y pouvait rien. Elle avait renoncé à la changer... mais avait-elle jamais essayé ?

Son plus fervent espoir, c'était que Mila trouve un mari et s'en aille. Alors, une fois Teddy parti, elle serait enfin en tête à tête avec Price et, peut-être, qui sait ? se rendrait-il compte qu'elle était la seule femme qui tenait vraiment à lui.

Au grand étonnement de Teddy, Mila se blottit contre lui au cinéma. C'était une chose dont il avait toujours rêvé. Pourtant il avait toujours peur d'elle. Il ne cessait de penser au moment où elle avait fait feu... et tué Mary Lou. En même temps, il mourait d'envie de toucher les petits tétons qui pointaient sous la laine, de poser la main entre les cuisses qu'il devinait brûlantes.

Il n'avait jamais caressé une fille – il avait du retard sur les autres connards de sa classe. Pendant qu'il était pensionnaire à New York, ils couchaient déjà.

— Tu veux toucher mes nichons ? lui chuchota Mila à l'oreille.

— Que... quoi ? balbutia-t-il, certain d'avoir mal entendu.

— Tu veux ? fit-elle, en se rapprochant.

— Est-ce que je peux ?

— Bon Dieu, Teddy, lança-t-elle. T'es un vrai cave. Vas-y, bon sang.

Elle lui prit la main et la fourra sous son T-shirt.

Il était hors de lui. Est-ce que c'était bien vrai ? Les doigts de Mila glissaient sans hésitation sur son pantalon. Tout à coup, il crut qu'il entrait au paradis.

— Ah ! s'exclama-t-elle. Ça n'a pas traîné. Maintenant, tu m'appartiens. Tu le savais, Teddy ? On appartient toujours à la première femme qu'on a eue.

— Mais... mais je ne t'ai pas eue, balbutia-t-il.

— Ça ne fait rien, dit-elle calmement. On ne fait que commencer. On a tout le temps.

# 35.

— Il y a un moment que je n'ai pas eu de vos nouvelles.

— Qui est à l'appareil ?

— Vous plaisantez, non ?

Lucky soupira et sa main se crispa sur le combiné.

— Bonjour, Alex, dit-elle. Parfaite synchronisation.

— Qu'est-ce que ça veut dire ?

— Ça veut dire qu'il y a vingt minutes, Lennie et moi avons eu une scène épouvantable et qu'il est parti.

— Parti ? Ça n'est pas possible.

— Ne m'en parlez pas. Je suis assise dans une maison vide sans personne sur qui passer ma colère. Vous êtes seul ?

— Je pourrais l'être dans dix minutes. Pourquoi ?

— Je me suis dit que je passerais volontiers vous voir pour décompresser un peu.

— Voulez-vous que je passe vous prendre ?

— Merci, je suis encore capable de conduire.

— Je sors la vodka.

— J'arrive dans dix minutes.

*Qu'est-ce qui me prend ?* se dit-elle. *Me précipiter chez Alex au moindre pépin. C'est dément.*

Mais pourquoi n'irait-elle pas chez Alex ? Que cela plaise ou non à Lennie, n'était-il pas son meilleur ami ? Et puis sa relation avec Alex était absolument platonique.

Ils avaient réussi à oublier leur folle nuit – cinq ans, c'était une vieille histoire... Depuis, Alex ne s'intéressait qu'aux femmes asiatiques, et elle était amoureuse de Lennie. Il n'y avait aucune attirance entre Alex et elle. Absolument aucune.

Avant de partir, elle téléphona à Palm Springs pour parler à ses enfants. Gino l'informa qu'ils dînaient.

— Tout va bien, mon petit ? demanda-t-il.

— Bien sûr. Pourquoi ?

— Je ne sais pas, quelque chose dans ta voix.

Son père la connaissait bien.

— Ne dis pas de bêtises, fit-elle d'un ton léger. Je profite de ces petites vacances.

— Nous garderons les gosses aussi longtemps que tu veux, ils s'amusent bien.

— Merci, Gino. Et remercie bien Paige pour moi.

Vingt minutes plus tard, au volant de sa Ferrari, elle roulait vers la maison d'Alex, qui habitait un peu plus loin sur le Pacific Coast Highway.

Il l'attendait, debout sur le pas de sa porte.

— Quelle agréable surprise ! Je vais vous dire ce que nous allons faire pour vous changer les idées, dit-il en lui prenant le bras. Nous allons prendre ma voiture – car j'ai horreur de votre façon de conduire...

— Pour aller où ?

— Dans la montagne, à l'auberge de l'Étrier, où nous dînerons tranquillement pendant que vous me raconterez tout.

— Je n'avais pas l'intention de dîner. Regardez-moi, je suis en jeans et en chandail.

— Lucky, je ne sais pas comment vous le dire... mais vous êtes la plus belle femme que j'aie jamais vue.

— Vous avez des préjugés, Alex, parce que je suis votre meilleure amie.

— Peut-être. Mais comme vous êtes aussi la femme la plus intelligente que je connaisse, nous n'allons pas discuter. La situation est simple : mon frigo est vide et nous avons tous les deux besoin de nous nourrir.

— Je n'ai pas faim.

— C'est dommage. J'avais prévu une folle nuit d'amour tantrique avec Pia mais, puisque vous avez gâché ce petit scénario, trouvons un autre moyen de me satisfaire.

Elle ne put s'empêcher de sourire.

— Humm... comme l'amour tantrique n'est pas mon truc...

— Assez bavardé, dit-il, montez dans ma voiture.

— Mon Dieu, quelle autorité ! J'avais oublié, marmonna-t-elle.

— Nous les metteurs en scène, nous sommes comme ça.

Elle monta dans sa Mercedes et ils démarrèrent. Comme ils remontaient le canyon, elle se mit à rire.

— Je suis heureux de voir que je vous ai rendu un peu de gaieté, dit-il en lui jetant un coup d'œil. On peut savoir ce qui vous fait rire ?

— Un souvenir, dit-elle.

— Quoi donc ?

— Cette randonnée que nous avions faite dans des circonstances difficiles.

— Vous voulez dire quand nous étions censés aller voir Gino à Palm Springs ?

— Exactement, dit-elle. J'étais dans tous mes états parce que je croyais que Lennie était mort. En fait, on l'avait seulement enlevé. Mais nous l'ignorions, n'est-ce pas ?

— Si mes souvenirs sont bons, vous étiez complètement beurrée. Et nous nous sommes retrouvés dans un bar minable avec une stripteaseuse dingue... Comment s'appelait-elle, déjà ?

— Mademoiselle Daisy, dit Lucky en revoyant l'invraisemblable danseuse noire avec laquelle ils s'étaient trouvés embarqués.

— Exact. Vous insistiez pour que je lui trouve du travail.

— Et vous ne vouliez rien entendre.

— Seigneur ! fit Alex en souriant à ce souvenir. Quelle soirée ! Nous étions complètement à côté de nos pompes.

— Et j'imagine que vous, vous étiez parfaitement sobre.

— À vrai dire, oui. J'étais bien obligé. Il fallait qu'un de nous reste maître de la situation. Et nous avons passé une nuit d'amour déchaînée dans ce motel au milieu de nulle part, lui rappela-t-il. Et, le matin, vous aviez disparu.

Le rire de Lucky s'arrêta.

— Alex, dit-elle, le visage grave. Vous n'étiez pas censé évoquer ça. C'est vrai, j'étais complètement ivre et je ne savais plus ce que je faisais.

— Je ne pensais pas vous entendre inventer une excuse pareille, dit-il en secouant la tête.

— Ça n'est pas une excuse. C'est un fait. Je suis même persuadée que nous n'avons pas fait l'amour. Vous avez dû vous écrouler ivre mort.

— Merci bien.

— Ce n'est pas vrai ?

— Quoi donc ?

— Que vous vous êtes écroulé ?

— Si ça peut vous faire plaisir.

Ils roulèrent en silence quelques minutes. Puis Alex reprit :

— Vous n'en avez jamais parlé à Lennie ?

— Bien sûr que non.

— Alors pourquoi me déteste-t-il ?

— Il ne vous déteste absolument pas.

— Bien sûr que si.

— Ça n'est pas vrai. Nous sommes tous amis.

— Nous *étions tous amis* deux mois encore après qu'il eut réapparu et puis son attitude a changé tout d'un coup. Vous avez dû vous en apercevoir.

— Il vous aime bien, Alex.

— Allons donc ! Je suis convaincu qu'il sait.

— C'est impossible, protesta-t-elle. Je ne lui ai jamais dit.

— D'ailleurs, que faisait-il pendant tout ce temps où il a été retenu prisonnier dans une grotte... une petite branlette de temps en temps ?

— Ce n'est pas très gentil de dire ça.

— Et la fille qui l'a sauvé ?

— Il ne s'est rien passé entre eux.

— Qu'est-ce que vous en savez ?

— Parce qu'il me l'a dit et que je lui fais confiance.

— Très bien, si vous vous le croyez, je vais le croire aussi.

— Alex, peut-on cesser cette conversation ?

— Bien sûr, Lucky.

Une fois Lennie installé au volant de sa voiture, il se rendit compte qu'il n'avait nulle part où aller. Lucky avait raison : il passait sa mauvaise humeur sur elle alors qu'elle n'y était pour rien. Se calmer, voilà ce qu'il devait faire. Se calmer, reprendre ses esprits. Rentrer chez lui, s'excuser, reprendre une vie normale. Parce que rien de ce qu'il ferait ne pourrait faire revenir Mary Lou.

En attendant, il roulait sans but. Il finit par prendre une chambre au Sunset Marquis. Ce ne serait peut-être pas une mauvaise idée de passer une nuit seul. Il ne rentrerait pas avant de se sentir mieux. Lucky le méritait.

Ils étaient assis à une table en terrasse. Alex laissait parler Lucky.

— J'ai peut-être fait une erreur en renonçant à mon travail au studio, murmura-t-elle. J'aimais ce que je faisais mais j'ai eu le sentiment que je devrais consacrer plus de temps à Lennie et aux enfants.

— Ça vous manque ?

— Je crois que oui. C'était dur, mais c'est ce que j'aime. J'ai toujours beaucoup travaillé. Gino m'a enseigné la morale du travail, vous savez. Vas-y, fais-le, et fais-le bien.

— Si ça vous manque, vous pouvez toujours revenir. Après tout, le studio vous appartient toujours.

— Je me sentirais un peu stupide de revenir si vite. Il faut que je laisse une chance aux gens que j'ai nommés.

— Alors que comptez-vous faire ? Vous deviendrez dingue si vous restez à vous tourner les pouces.

— Vous avez raison, dit-elle en prenant son verre de vin.

— J'ai une idée. Pourquoi ne pas produire un film ? Il ne s'agit plus d'être assis derrière un bureau à se débattre avec les agents et les producteurs. Produisez votre propre film, Lucky. Trouvez un sujet qui vous passionne.

— Je n'y ai jamais pensé.

— C'est le genre de défi qui vous plairait. D'ailleurs, vous êtes dans une position idéale : ne pas avoir à chercher un studio qui finance le projet. Vous pouvez vous donner le feu vert et produire.

— Je n'ai pas assez d'expérience.

— Prenez un projet avec moi ?

— C'est Lennie qui serait content.

— Alors maintenant, vous allez vivre en vous préoccupant tout le temps de ce que pense Lennie ? Où est donc passé votre indépendance légendaire ?

— Alex, Lennie est mon mari.

— Je le sais, mais vous n'avez quand même pas à lui demander sa permission ?

— À vrai dire, vous avez raison : il est jaloux de vous. Alors, si nous entreprenions un projet ensemble, ça pourrait être la goutte d'eau qui ferait déborder le vase.

— Ça n'était qu'une idée, fit Alex en haussant les épaules.

— En tout cas, merci de l'avoir eue. Nous n'arrêterions pas de nous quereller, parce que je suis *très* entêtée et vous aussi, d'ailleurs.

— Vous, entêtée ? Je ne m'en serais jamais douté.

Lucky ne put maîtriser un sourire.

— Parlons un peu de vous. Comment va votre mère ?

— Dominique va très bien. Depuis qu'elle a épousé son chanteur d'opéra, elle me fiche la paix.

— Ça doit vous faire plaisir.

— Cessez de parler comme un psy.

— J'aurais fait un excellent psy. Avec vous, Alex, je me sens toujours bien. Elle but encore une gorgée de vin. Au fait, comment vont les amours ?

— Vous le savez bien, Lucky, dit-il d'un ton mélancolique. Ça va, ça vient.

— Alex, Alex, vous devriez vous trouver une gentille fille et vous ranger.

— Maintenant, j'ai l'impression d'entendre ma mère.

Elle eut un petit rire.

— D'abord votre psy, ensuite votre mère. Que choisissez-vous ?

— Si j'avais le choix, dit-il lentement, vous seriez une femme libre. Un long silence. Et vous seriez avec moi.

# 36.

— Ne te retourne pas, chuchota Kyra. Il y a un type assis à la table sur notre gauche qui ne nous quitte pas des yeux.

— Vraiment ? fit Brigette.

— Oui, il n'arrête pas de me regarder. Remarque, j'ai l'habitude.

*Et nous voilà reparties*, se dit Brigette. Kyra et Lina sont exactement semblables. *À part la couleur de leur peau et leur accent. Un ego démesuré.*

— Je devrais lui dire que je suis mariée. Inutile de le faire souffrir inutilement, dit Kyra, en faisant bouffer ses cheveux.

— Qui t'en empêche ? dit Brigette.

— Je le ferai quand il viendra.

— Qu'est-ce qui te fait croire qu'il va venir ?

— Tiens, il se lève. Il s'approche de notre table. Et, je t'assure, il est rudement mignon !

Brigette but une gorgée d'eau. Quelques instants plus tard, Carlo s'arrêtait devant leur table.

— Brigette ! s'exclama-t-il. Quelle surprise ! Que faites-vous à Londres ?

Elle leva les yeux, l'air extrêmement surpris.

— Pardon ? Je vous connais ?

— Si vous me connaissez ? dit-il en riant. Je suis Carlo.

— Carlo ? murmura-t-elle d'un ton vague. Oh... le Carlo de Fredo. Comment allez-vous ?

De toute évidence, il n'arrivait pas à croire qu'elle ne le reconnaissait pas. Kyra, cependant, cherchait à se faire présenter.

— C'est un de tes amis ? demanda-t-elle en donnant à Brigette un coup de coude.

— Oh ! oui... euh... Carlo... désolée...

— Comte Carlo Vittorio Vitti, dit-il en baisant la main de Kyra. Vous êtes ?

— Allons, dit Kyra en éclatant de rire. Vous ne savez vraiment pas qui je suis ?

— Non, je suis désolé... je devrais ?

— Plutôt. Je suis Kyra Kattleman.

— Kyra Kattleman, répéta-t-il. Vous êtes une actrice ?

— Oh ! seigneur, vous débarquez ? lança Kyra, dépitée.

Brigette suivait avec amusement cet échange.

— Alors, Brigette, reprit Carlo, que faites-vous à Londres ?

— Je suis venue voir des amis.

— Et Fredo ne vous a pas donné mon numéro de téléphone ?

— Non. À vrai dire, je ne l'ai pas vu récemment. Mais je suis ravie de vous rencontrer.

La dévisageant, il la trouva encore plus belle. Il se souvenait très bien de lui avoir fait l'amour. Elle ne se rappelait sans doute pas les détails. Bah, c'était un des inconvénients des petits comprimés blancs.

— Où êtes-vous descendue ? demanda-t-il.

— Au Dorchester.

— Moi aussi, lança Kyra. Je pars demain pour Milan. C'est la semaine des collections. Valentino ne peut pas se passer de moi.

— Brigette, reprit Carlo, qui ne s'intéressait manifestement pas à Kyra, vous êtes libre pour dîner ce soir ?

— À vrai dire non, répondit-elle avec un charmant sourire.

— Dommage. Et demain soir ?

— Hmm... Je crois que j'ai un dîner.

C'était ridicule. Avec Carlo, les femmes ne refusaient jamais.

— Ne pouvez-vous décommander ?

— Je pourrais essayer. Passez-moi donc un coup de fil.

— Je n'y manquerai pas, dit-il en lui baisant la main. Vous êtes toujours aussi belle. Il baissa la voix. Vous vous souvenez tout de même de notre soirée à New York ?

— Bien sûr, fit-elle avec entrain. Il y avait vous, moi, Lina et Fredo. Nous sommes allés danser, n'est-ce pas ? Nous nous sommes bien amusés.

Il ne savait plus où il en était. Est-ce que par hasard elle ne se souvenait absolument pas qu'il lui avait fait l'amour ? Bon sang ! il ne lui avait donné qu'un demi-comprimé ; elle était censée se demander simplement pourquoi il ne l'avait pas rappelée.

— À bientôt, Brigette. Je vous téléphonerai. Il adressa à Kyra un petit salut de la tête. Enchanté.

— Moi de même, dit Kyra qui s'empressa d'ajouter : Au fait, je suis mariée, alors je ne peux pas dîner avec vous non plus.

— Vous avez bien fait de me le dire.

— Voilà ! fit Kyra, tandis qu'il s'éloignait. Je t'avais bien dit qu'il me dévisageait. Heureusement qu'il te connaissait : c'était une bonne excuse pour venir nous parler.

Brigette acquiesça. Tout se passait comme prévu. Bientôt, elle se vengerait de Carlo.

Lina trouvait que Max Steele était à croquer, ce qui voulait dire que, selon toute probabilité, elle se l'enverrait plus tard. Enfin, à défaut de Charlie Dollar. Entre un agent et une vedette, à tous les coups, elle choisissait la vedette. C'était la loi de la jungle.

Max était un des directeurs de l'International Artists Agency, l'associé du superagent Freddie Leon. Il avait retrouvé Lina au bar du Peninsula, et ils s'étaient tout de suite très bien entendus.

— Charlie ne vient pas ? demanda-t-elle en croisant ses longues jambes et en allumant une cigarette.

Max avait les yeux qui lui sortaient de la tête.

— Mon chou, un regard de vous et il arrivera en courant !

Elle continuait à l'examiner. Sans avoir un physique de vedette de cinéma, Max Steele avait un charme juvénile, avec ses cheveux bruns bouclés et sa silhouette athlétique.

— Alors, qui est le metteur en scène ? demanda-t-elle.

— Un de mes amis. Mais ne vous inquiétez pas. Vous savez, vous êtes beaucoup plus belle que sur vos photos.

— Ah ! fit-elle en riant. Cette réplique-là, je la connais.

— Je suis agent, je parle toujours sincèrement à mes clientes, protesta-t-il. Si vous n'aviez aucune chance, je le dirais.

— Mais voyons, dit-elle, d'un ton narquois. Et on demandera au pape de faire du roller avec nous.

— Oh ! s'écria Max. Charlie va vous adorer.

# 37.

Deux choses frappèrent Lennie lorsqu'il s'éveilla. D'abord, il n'était pas dans son lit ; et, ensuite, des chiffres dansaient dans sa tête.

Peut-être le numéro d'immatriculation de la jeep ? Il saisit un bloc et nota précipitamment : il y en avait trois. Cela ne suffisait pas, mais c'était mieux que rien. Puis il appela sa femme.

Lucky répondit d'une voix ensommeillée.

— C'est moi, dit-il avec entrain. Il faut qu'on parle.

— Voilà six semaines que je fais tout pour ça, répondit-elle, brusquement réveillée.

— D'accord, d'accord. Je reconnais que c'est ma faute. Inutile de te montrer agressive, j'essaie d'être gentil.

— Tu essaies d'être gentil ? répliqua-t-elle. C'est bien toi qui as claqué la porte hier soir.

— Je sais, chérie, dit-il d'un ton apaisant, et j'ai l'impression d'avoir eu raison. Cela nous a permis de souffler un peu. Et tu sais quoi ? Je viens de retrouver des chiffres qui étaient sur la plaque d'immatriculation, j'en suis sûr.

— As-tu appelé l'inspecteur Johnson ?

— Pas encore.

— Qu'est-ce que tu attends ?

— De te parler d'abord. Peut-on se retrouver pour le petit déjeuner ? Ou veux-tu que je rentre tout de suite à la maison ?

— Non, Lennie. Elle était décidée à ne pas pardonner trop vite. C'est toi qui es parti, hier soir. Tu as raison, nous avions tous les deux besoin de souffler.

— Tu me manques, mon chou.

Elle sentait qu'elle commençait à faiblir.

— Tu me manques aussi, murmura-t-elle.

— Je serai là dans vingt minutes.

— Non, dit-elle précipitamment. Je viens te retrouver pour le petit déjeuner. Où es-tu ?

— Au Sunset Marquis. Dépêche-toi.

— Le temps de m'habiller. Surtout, appelle l'inspecteur Johnson.

Elle raccrocha, songeuse. Après une nuit de séparation, Lennie avait-il compris à quel point il avait été odieux ? Dieu soit loué ! Elle ne pouvait supporter de se disputer avec lui : ça la rendait folle. Elle entendit le téléphone sonner de nouveau.

— J'arrive, j'arrive, dit-elle en décrochant

— Ah oui ? fit Alex.

— Oh !... c'est vous.

— C'est moi. Cela veut-il dire que vous avez eu des nouvelles de votre mari ?

— Vous avez raison. Il veut me voir. Et je dois dire qu'au téléphone il m'a paru beaucoup mieux.

— En voilà une bonne nouvelle, lança Alex d'un ton sarcastique.

— C'en est une, pour moi.

— Je vous préfère séparés.

— Ça n'a même pas duré vingt-quatre heures.

— Dommage.

— Cessez de faire le mariole. En tout cas, Alex, merci pour hier soir. Cela m'a réconfortée de parler avec vous.

— Vous pouvez toujours compter sur moi, Lucky.

— Merci beaucoup. Oh ! Alex, ajouta-t-elle d'un ton détaché. Ce dîner d'hier soir, je ne veux pas en faire un secret, mais je préfère ne pas agacer Lennie, alors, que cela reste entre nous.

— Bon sang ! Et moi qui allais donner une conférence de presse.

Elle raccrocha en souriant et s'empressa de s'habiller. À l'idée de revoir Lennie, elle était tout excitée, elle avait l'impression d'aller à un premier rendez-vous.

Avant de sortir, elle appela Steven.

— Comment va mon petit frère préféré aujourd'hui ? demanda-t-elle gaiement.

— Toujours présent, répondit Steven. Je pensais descendre à Palm Springs pour aller voir les enfants. Tu veux m'accompagner ?

— J'ai l'impression qu'ils viennent à peine de partir. Et puis... je prévoyais un week-end romantique en tête à tête avec Lennie.

— J'appelle Gino pour lui dire que j'arrive.

— Au fait, avant que j'oublie, Venus et Cooper donnent une soirée d'anniversaire, lundi. Ils voulaient que je te demande d'être là.

— Merci, mais je ne pense pas.

Elle avait espéré qu'il dirait oui. À sa connaissance, il n'était allé nulle part depuis la mort de Mary Lou.

— Est-ce que tu ne devrais pas recommencer à sortir un peu ?

— Lucky, c'est trop récent.

— Je sais que tu as besoin de temps, Steven, mais tu ne peux pas mener perpétuellement une vie de moine.

— Mais non. J'ai connu suffisamment de femmes avant Mary Lou. Jamais je ne pourrai la remplacer. D'ailleurs, je n'en ai aucune envie.

— Comme tu voudras, dit-elle, sans insister davantage. Bonne route, embrasse mes bébés et Carioca.

— Entendu.

— Oh !... Steven, peut-être devrais-tu la reprendre avec toi. Son père doit lui manquer...

— Elle est contente, chez toi, Lucky.

— Nous sommes ravis de l'avoir, mais ce n'est bon ni pour toi ni pour elle. À propos, reprit-elle pour changer de sujet, j'ai d'excellentes nouvelles. Lennie s'est rappelé quelques chiffres de la plaque d'immatriculation. Je l'ai fichu dehors hier soir et je crois que se retrouver tout seul dans une chambre d'hôtel lui a donné le temps de réfléchir.

— Tu as jeté Lennie dehors ?

— Non, c'était d'un commun accord. Je te l'ai déjà dit. Il a du mal à se remettre.

— Je comprends, Lucky, soupira Steven. C'est difficile pour nous tous.

Quand Lucky arriva, Lennie était assis à une table près de la piscine de l'hôtel. Il se leva d'un bond.

— Bonjour, toi, dit-il, en lui tendant les bras.

— Bonjour, dit-elle en l'enlaçant.

Il lui donna un long baiser passionné.

— Eh bien, dis donc ! fit-elle en reprenant son souffle.

— Tu es ma femme, non ? C'est normal.

— Hmm... As-tu appelé l'inspecteur ?

— Parfaitement. Il pense que ça pourrait beaucoup nous aider. Il se gratta le menton. Tu veux voir ma chambre ?

— Elle en vaut la peine ?

— Tu me diras, fit-il en la prenant par la main.

Les rideaux étaient tirés, le lit défait.

— Alors... fit-elle d'un ton nonchalant. Tu as passé une folle nuit ?

— Je pense bien, répondit-il en désignant la pièce d'un geste large. Tu ne remarques pas les bouteilles vides, les petites culottes, les épingles à cheveux.

— Lennie, Lennie, dit-elle, secouant la tête et souriant. Que vais-je faire de toi ?

— Comment ça ? répliqua-t-il. Moi, que vais-je faire de toi ?

— Oh ! je t'en supplie, ne recommence pas.

— Bon. Laisse-moi te raconter. Quand je me suis réveillé, ce matin, j'ai eu la vision d'une jeep qui s'éloignait. J'ai *vu* la plaque, et quelques chiffres sont apparus. En insistant, je suis certain de les retrouver tous. Tu as raison. Quand on aura arrêté ces assassins, je me sentirai beaucoup mieux.

Lucky s'assit au bord du lit, en palpant le matelas.

— Charmante chambre, dit-elle, mais j'aimerais que tu rentres à la maison.

— Je suis prêt.

— Tant mieux. J'ai envoyé les gosses chez Gino pour que nous puissions avoir un week-end tranquille.

Il vint se planter devant elle.

— Je suis désolé de m'être conduit comme un idiot.

— Et moi, dit-elle en lui caressant la joue, je suis désolée de ne pas t'avoir parlé des studios. Tu as raison, Lennie, j'ai eu tort. Tu comprends, je voulais te faire une surprise. Et j'ai compris trop tard que nous aurions dû en discuter avant.

— Exact.

— Tu me connais, j'aime toujours prendre mes décisions toute seule. Au fond, je n'ai jamais eu de comptes à rendre à personne.

— Tu sais ? Nous sommes mariés depuis neuf ans et, en ce moment, j'ai l'impression que ça fait seulement neuf minutes.

— Moi aussi.

— Tu te souviens, reprit-il d'un ton rêveur, de notre première chambre d'hôtel ?

— Comme si j'avais pu oublier ! dit-elle en riant. À Vegas.

— Tu m'as plaqué là.

— Tu m'avais prise pour une pute.

— On aurait pu s'y tromper.

— Merci bien, fit-elle avec indignation. J'étais seule. J'ai vu quelque chose qui me plaisait et je me suis servie. Quel mal y avait-il ?

Ils se mirent à rire tous les deux et elle l'entraîna sur le lit.

— Ah ! Lucky, Lucky, murmura-t-il. Je t'aime plus que tout au monde.

— Moi aussi, chuchota-t-elle.

— Je ne veux plus jamais entendre de ta bouche le mot divorce.

— Promis.

Ils s'embrassèrent et bientôt se laissèrent emporter par les grisants tourbillons de la passion.

Elle avait retrouvé Lennie et c'était rudement bon.

# 38.

À la demande de Brigette, Horace Otley avait réuni un dossier détaillé sur les faits et gestes de Fiona Lewyllen Wharton. On y apprenait que Fiona travaillait dans une galerie d'art du côté de Bond Street et que, tous les samedis matin, elle avait rendez-vous dans un salon de coiffure voisin, avec un styliste du nom d'Edward.

Brigette prit rendez-vous elle aussi, de façon à se trouver là un quart d'heure plus tôt que Fiona.

Carlo avait essayé à maintes reprises de téléphoner, mais elle avait donné au standard de l'hôtel la consigne très stricte de répondre qu'elle n'était pas disponible, ce qui, elle le savait, le rendrait fou. Carlo n'avait pas l'habitude de se faire éconduire.

Brigette refusait de penser à son état. Être enceinte... C'était si grave. Pour l'instant, elle devait se concentrer sur Carlo.

Elle arriva au salon de coiffure à l'heure dite. Edward était un garçon blond tout à fait charmant qui n'arrivait pas à croire à sa chance.

— Mon Dieu, je suis vraiment flatté. Qui vous a envoyée ?

— Quelqu'un à l'hôtel, répondit Brigette d'un ton vague. On m'a dit que vous coiffiez les cheveux longs comme personne.

— Les vôtres sont magnifiques, s'exclama-t-il, lui soulevant une mèche. Absolument magnifiques. Et aujourd'hui, que souhaite ma charmante cliente ?

— Un shampooing et un brushing, ce sera parfait.

Fiona Lewyllen Wharton arriva quelques minutes plus tard. C'était une brunette un peu rondouillarde, moins vilaine que sur ses photos. Elle portait un tailleur en tweed qui n'affinait pas sa silhouette, des collants à motifs qui épaississaient encore ses gros mollets, et des chaussures de marche.

Brigette était en train de se faire sécher les cheveux.

— Vous êtes en retard, Edward ? demanda Fiona.

— Pas le moins du monde, répondit Edward en virevoltant autour de Brigette. Le temps qu'on vous lave les cheveux et je serai prêt.

— Je suis vraiment désolée, dit Brigette, croisant dans le miroir le regard de Fiona.

Visiblement mécontente, celle-ci fronça les sourcils et jeta un coup d'œil à Edward, très embarrassé.

— J'ai glissé Brigette entre deux rendez-vous, s'empressa-t-il d'expliquer. C'est un mannequin très connu à New York et... nous voulions lui rendre service. Ça ne vous ennuie pas, j'espère ?

— Vous voulez dire qu'elle a pris ma place ?

— Non, pas du tout, elle est arrivée plus tôt. Vous n'aurez que cinq minutes à attendre.

— C'est sans importance. Mais j'ai un dîner...

— Je regrette que ce ne soit pas mon cas, soupira Brigette. Je passe à Londres en coup de vent et je ne connais pratiquement personne.

— N'étiez-vous pas en couverture de *Vogue* le mois dernier ? demanda Fiona avec un rire qui découvrit des dents chevalines. Maman est abonnée.

— Si, c'était moi.

— Vous devez être très connue en Amérique.

— Elle est connue dans le monde entier, insista Edward.

— Et vous, demanda poliment Brigette, qu'est-ce que vous faites ?

— Oh ! moi, je travaille dans une galerie d'art.

— Et quel genre de tableaux vendez-vous ?

— Les vieux maîtres, répondit Fiona, comme si la question ne se posait même pas.

— C'est fascinant. Racontez-moi.

Le visage de Fiona s'éclaira : ce n'était pas tous les jours qu'un célèbre mannequin new-yorkais s'intéressait à ce qu'elle faisait. Quand Edward eut terminé son brushing, Brigette et Fiona étaient devenues les meilleures amies du monde. Brigette avait l'art de mettre les gens en confiance en les faisant parler d'eux. Fiona se sentait très flattée.

— J'ai une idée, s'exclama-t-elle. Si vous veniez ce soir chez papa ? Nous donnons tous les samedis une petite soirée. Nous invitons quinze ou vingt personnes en vue. Un soir, nous avons eu Fergie – elle est charmante et très amusante. Voulez-vous venir ?

— Ma foi, fit Brigette... je ne sais pas. Je ne voudrais pas m'imposer.

— Papa sera ravi de vous avoir, insista Fiona avec un hennissement.

— Alors, avec plaisir. C'est très gentil de votre part.

— C'est entendu, je vous donne l'adresse. Sept heures et demie. Tenue de cocktail.

— Sept heures et demie, acquiesça Brigette.

Chez Morton. Une table calme et bien en vue. Max Steele faisait son numéro.

— Où est Charlie ? demanda Lina tandis qu'ils terminaient leur plat.

— Il arrive, déclara Max. Charlie est toujours en retard.

— Il ne sait pas ce qu'il rate, s'écria Lina. Il y a des hommes qui donneraient n'importe quoi pour dîner avec moi.

— Quelle modestie ! remarqua Max. Voilà ce que j'aime chez une femme. En plus, si vous savez jouer la comédie, le monde est à nous.

— Que croyez-vous que je fais, répliqua Lina, quand je me pavane sur ces foutus podiums avec mon air « allez-vous faire voir, bande de connards ». Reconnaissez, Max, qu'aujourd'hui les mannequins ont plus de jus que toutes ces actrices insipides que l'on voit au cinéma. Regardez des filles comme Glenn Close ou Meryl Streep... De bonnes comédiennes, mais on ne peut pas dire qu'on tombe en pâmoison devant elles. Aujourd'hui, ce sont les tops qui ont la vedette.

— Je ne suis pas d'accord, dit Max. Vous oubliez Julia Roberts, Michelle Pfeiffer...

— Celles-là, je vous les accorde, mais c'est à peu près tout.

— J'ai hâte de vous voir ensemble, Charlie et vous. Ce sera un vrai feu d'artifice.

— S'il finit par rappliquer, dit Lina d'un air pincé.

— Il viendra, lui assura Max.

En effet, une demi-heure plus tard, Charlie faisait son entrée. Il arborait une chemise à fleurs, un large pantalon blanc, des lunettes noires et son habituel sourire satisfait.

— Alors, dit-il en donnant une grande claque sur le dos de Max, comment ça va au pays des agents ?

— Charlie, fit Max en se levant. Voici Lina.

Lina lança à Charlie un long regard perçant.

— Joli morceau ! dit Charlie. Un mètre soixante-quinze et...

— Soixante-dix-huit, rectifia-t-elle.

— Cheveux noirs, très beaux... yeux. Tout à fait mon type.

Lina le toisa de la tête aux pieds.

— Hm... voyons un peu. Cinquante et quelques balais, grassouillet, mais quel talent ! Tout à fait mon type aussi, conclut-elle avec un grand sourire.

— Bon, poupée, dit Charlie en hochant la tête. Je vois que vous et moi on va s'entendre comme une paire de putes à un congrès de matelots.

— J'ai toujours voulu vous rencontrer, dit-elle en espérant qu'elle n'avait pas trop l'air d'une groupie. Je vous trouve formidable.

— Formidable, hein ? répéta Charlie en haussant un sourcil. Dans ce cas, je vais me joindre à vous, bonnes gens.

Sur quoi, il prit un fauteuil et s'assit.

Les Lewyllen Wharton habitaient un somptueux hôtel particulier de quatre étages sur Eaton Square. Un maître d'hôtel vint ouvrir à Brigette ; Fiona se précipita pour l'accueillir.

— Bienvenue. Je suis si contente que vous soyez là, dit Fiona, comme si elles étaient de vieilles amies.

— C'est si sympa de m'avoir invitée.

— Venez, dit Fiona en entraînant Brigette dans le salon pour la présenter à ses parents.

Editha, sa mère, était une petite blonde vaporeuse, et Leopold, son père, un grand gaillard chauve aux airs de matamore.

— Je vous présente ma nouvelle amie, Brigette, annonça fièrement Fiona. Vous savez, c'est le top model qui était le mois dernier en couverture du *Vogue* américain.

— Charmante... murmura brièvement Editha tout en se détournant pour adresser la parole à un autre invité.

Brigette nota que la réaction de Leopold était bien différente : un regard du genre qui donne l'impression d'être nue. Elle s'était décidée pour une robe noire très simple, pas trop décolletée, enfin, juste ce qu'il fallait pour attirer l'attention des hommes. Fiona portait une jupe longue en velours marron et un chemisier à froufrou. Un bien mauvais choix, pensa Brigette.

— Vous devez absolument rencontrer mon fiancé, dit Fiona, en la prenant par le bras. Il est là-bas. C'est un comte italien. Nous nous marions l'an prochain.

— C'est merveilleux, murmura Brigette, qui sentit son cœur battre la chamade.

Carlo leur tournait le dos. Il était en grande conversation avec un homme à l'air distingué et une rousse qui semblait s'ennuyer à mourir. Fiona lui tapa sur l'épaule.

— Chéri, j'aimerais te présenter à ma nouvelle amie, Brigette.

Carlo se retourna. Leurs regards se croisèrent. Il la dévisagea une seconde ou deux avant de dire :

— Enchanté de vous connaître, Brigette.

— Carlo, répondit-elle aussitôt, vous ici !

— Moi ? fit-il en essayant de lui faire comprendre du regard qu'il préférerait qu'ils n'aient pas l'air de se connaître.

— Brigette, insista-t-elle. Vous vous souvenez... Nous nous sommes rencontrés l'autre jour au restaurant et vous m'avez rappelé cette soirée formidable que nous avions passée ensemble à New York.

Déconcertée, Fiona les regardait tour à tour.

— Vous vous connaissez déjà ?

— Brigette doit me prendre pour quelqu'un d'autre, répliqua froidement Carlo. Nous ne nous sommes jamais vus.

— Mais si, dit Brigette. Vous êtes le comte Carlo Vittorio Vitti, le cousin de Fredo. Vous êtes venu me dire bonjour au Caprice l'autre jour. Vous n'avez quand même pas oublié ?

Carlo pinça les lèvres. Quelle regrettable coïncidence !

— Ah ! oui, dit-il d'un ton crispé. Bien sûr. Brigette. Je me rappelle maintenant. Vous étiez avec mon cousin Fredo. Puis, se tournant vers Fiona : Je t'ai parlé de ce dîner d'une vingtaine de personnes où je suis allé avec Fredo à New York. Brigette était une des invitées.

— Oh ! murmura Fiona d'un ton hésitant. Je ne m'en souviens pas.

Brigette était gênée ; non seulement elle trouvait Fiona sympathique mais, en plus, elle la plaignait. Cela dit... Il valait mieux que Fiona découvre avant son mariage quel triste salopard était son violeur de fiancé.

— Quelle belle maison, Fiona, reprit Brigette. Ça vous ennuierait que je jette un coup d'œil ?

— Absolument pas.

Brigette tourna les talons et s'éloigna, laissant à Carlo le soin d'expliquer la situation à sa fiancée.

# 39.

— Prends ça, dit Mila en lançant le pistolet à Teddy.

Pris au dépourvu, il l'attrapa.

— Tu avais dit que tu t'en étais débarrassée, balbutia-t-il avec angoisse.

— J'allais le faire, et puis je me suis dit que c'était plus prudent d'attendre, expliqua Mila.

Ils venaient de rentrer du cinéma et Mila l'avait fait subrepticement entrer dans sa chambre. « Irena regarde la télé, avait-elle dit. De toute façon, cette vieille bique ne vient jamais ici. C'est chez moi et elle le sait. »

Il inspecta la pièce, sommairement meublée. Des vêtements s'entassaient sur une chaise et des chaussures traînaient partout sur le sol. Teddy pensa à sa propre chambre, si douillette, avec ses murs recouverts de posters, sa télé grand écran et son ordinateur dernier modèle. Il avait tout, elle n'avait rien ; brusquement, il se sentit coupable.

— J'ai soif, dit-elle. Tu ne veux pas aller au bistrot du coin nous chercher deux bières ?

— D'accord, dit-il, mais d'abord, promets-moi de te débarrasser du flingue.

— D'accord, dit-elle.

Il sortit de la chambre et se précipita au café en espérant éviter la redoutable Irena.

Lorsqu'il revint, le pistolet avait disparu.

— Qu'est-ce que t'en as fait ? demanda-t-il en lui tendant une canette de bière.

— Je l'ai planqué, dit-elle d'un ton mystérieux. Demain, je le balance.

— Promis ?

— Promis, Teddy.

Il but une lampée en glissant vers elle.

— Je suis crevée, dit-elle en bâillant.

— Tu veux que je reste ?

— Tu t'es assez excité pour la journée, répondit-elle en bâillant de nouveau.

Dès qu'il fut parti, elle ouvrit le tiroir où elle avait caché le pistolet, soigneusement enveloppé dans un chiffon. Teddy était vraiment con. Il ne se doutait même pas qu'il y avait laissé ses empreintes.

Price avait le choix : il pouvait rester chez lui et se détendre ou bien faire venir une des trois femmes qu'il voyait ces temps-ci. Il pensa un moment à la comédienne, noire et extrêmement belle dans un genre un peu coincé. Son divorce avait été à la une de tous les journaux à sensation. Il y avait aussi la très célèbre actrice blanche, plus âgée. Il avait l'impression qu'elle ne le voyait que parce qu'il était noir. La troisième, Krissie, ex-petit lapin de *Playboy*, avait un corps à tomber par terre mais une cervelle grosse comme un petit pois.

Rester à la maison paraissait être la meilleure idée. Irena lui servirait un bon petit plat, puis il regarderait un film au lit. Il devait se ménager car, dans quelques jours, il jouait à Vegas.

Il se demanda si Teddy était là. Dans ce cas, ils dîneraient ensemble. Price se flattait d'être un bon père. Il avait toujours Teddy à l'œil. Heureusement, il avait l'air de ne pas faire trop de bêtises, excepté fumer un peu d'herbe. Pas de quoi fouetter un chat. Price passa dans la cuisine. Irena astiquait l'argenterie. Avec elle, la maison était toujours impeccable.

C'est vrai, aussi, qu'il était un patron formidable. Il avait accepté sa fille, ne l'avait jamais harcelée de questions pour savoir qui en était le père. Il l'augmentait une fois par an, ce qui la satisfaisait pleinement. Tout était parfait comme ça. D'ailleurs ? il ne pouvait pas se passer d'elle.

— Je dîne à la maison ce soir, dit-il. Teddy est-il rentré du cinéma ?

— Aucune idée.

— Tu pourrais être un peu plus bavarde. Il faut sans cesse t'arracher les mots de la bouche.

Elle s'interrompit et leva les yeux vers lui. Elle avait envie de dire : *Je suis ton esclave, tu peux m'utiliser de toutes les façons possibles. Et tu voudrais, en plus, que je parle ?* Mais elle se tut.

Sur ces entrefaites, Teddy entra dans la cuisine.

— Alors petit, comment était le film ?

— Pas mal, dit Teddy, agacé que son père l'appelle « petit ». Il n'était plus un gosse, et l'avait prouvé aujourd'hui.

— Que fais-tu pour dîner ?

— Rien, répondit Teddy, incapable de trouver aussi vite une excuse.

— Alors, on dînera tous les deux. Irena nous louera une cassette. Que veux-tu voir ?

— Rien, j'ai des devoirs à faire, répliqua Teddy.

Après le dîner, il comptait monter dans sa chambre pour réfléchir à ce qui s'était passé l'après-midi. Il avait caressé les nichons de Mila. Seigneur ! Rien que d'y penser, il était dans tous ses états. Plus question, maintenant, de s'enfuir de cette baraque.

— À sept heures dans la salle à manger, annonça Price. Tâche d'être à l'heure pour une fois.

— OK, lança Teddy en s'esquivant.

Après son départ, Price resta songeur. Plus tard, quand tout le monde dormirait, il ferait venir Irena dans sa chambre... À vrai dire, il aimait faire l'amour avec elle. Irena n'était peut-être pas aussi sexy que ses trois autres partenaires, mais elle avait d'autres talents.

Ça, c'était son secret.

## 40.

Ils passèrent la matinée à faire l'amour dans la chambre d'hôtel de Lennie.

— On devrait venir plus souvent, dit Lucky en s'étirant voluptueusement au milieu du lit. Je vais t'avouer... les chambres d'hôtel m'excitent.

— C'est vrai... acquiesça Lennie en lui caressant la cuisse.

Elle eut un petit rire.

— Qu'est-ce qu'il y a ? J'ai dit quelque chose de drôle ?

— J'ai l'impression de tromper mon mari.

— Si jamais je te prends à tromper ton mari, tu es une femme morte, dit-il d'un ton faussement menaçant.

Lui caressant doucement le torse, elle se pencha pour lui murmurer à l'oreille :

— Tu me tuerais, Lennie ? Tu le ferais vraiment ?

— Crois-moi, fit-il d'un ton sévère. N'essaie pas. Oh ! ajouta-t-il aussitôt en se redressant. Je meurs de faim. Si on commandait quelque chose ?

— Je me disais qu'on devrait peut-être rentrer.

— Pourquoi ? Je suis très bien ici.

Elle le regarda : c'était fichtrement bien de l'avoir retrouvé. Le vrai Lennie. Celui qu'elle connaissait et qu'elle aimait.

Un moment, ses pensées s'envolèrent vers Alex. Elle avait passé une charmante soirée, mais, décidément, rien ne pourrait jamais la séparer de Lennie.

— Lors de ton enlèvement, demanda-t-elle d'un ton léger, à quoi pensais-tu tous les jours ?

Il la regarda d'un air intrigué.

— Tu me poses la question au bout de cinq ans ?

— Tu as bien dû penser à quelque chose : tu ne pouvais pas rester assis à contempler les murs.

— Je pensais à *toi*, Lucky, dit-il, l'air grave. À toi, aux gosses, au jour où je rentrerais. Je ne pensais qu'à ça.

— Et la fille qui t'a aidé à t'échapper... comment s'appelait-elle déjà ?

— Je ne m'en souviens plus.

— Mais si, fais un effort.

— Je crois que c'était Claudia.

— C'est ça... Claudia. Un long silence. Tu n'avais aucun... sentiment pour elle ? Enfin, tu étais là, prisonnier dans une cave et c'était le seul être humain avec qui tu avais des contacts.

— Pourquoi me demandes-tu ça maintenant ?

— Quelquefois j'y pense, dit-elle lentement. Je me demandais juste s'il s'était passé quelque chose entre vous.

— Maintenant, je sais que tu es vraiment folle.

— Était-elle jolie ?

— Quoi ? Si ça peut te rassurer, elle était moche comme un pou, répondit-il sans hésitation. Allons, Lucky, ce sont de mauvais souvenirs et je n'ai aucune envie d'en parler davantage.

— Je comprends, dit-elle en l'embrassant avec fougue. Passe-moi le téléphone. Je vais commander.

Alex Wood n'appela pas Pia. En vérité, toutes les femmes lui semblaient bien pâles comparées à Lucky Santangelo. Depuis cette folle nuit dans le désert, il savait qu'elle était la seule femme qui comptait vraiment. Pourtant, il devait se contenter du rôle d'observateur. Il avait vu Lucky patronne des studios Panther, mère de trois enfants, marraine de Brigette. Tout lui réussissait. C'était vraiment une femme remarquable.

Il parlait sérieusement quand il lui avait suggéré de produire un film. En fait, il était prêt à lui confier un de ses projets. Il savait que Lennie ne le permettrait jamais parce qu'il connaissait ses sentiments pour Lucky. Alex n'aimait pas Lennie – il n'était pas assez bien pour Lucky. Lui, Alex Wood, était l'homme qu'il lui fallait.

Alex ne s'était jamais marié, il n'avait pas d'enfant. Sa mère, la redoutable Dominique, ne cessait de le harceler : « Tu devrais te marier. Ce n'est pas normal pour un homme de ton âge de vivre seul. »

« Mais putain, avait-il envie de répondre, tu n'es pas normale non plus. C'est toi qui m'as collé dans une école militaire ; c'est toi qui m'as toujours traité comme une merde. Jusqu'au jour où j'ai enfin réussi. Alors là, brusquement, j'ai existé. »

Pourtant, il se taisait... Elle vieillissait doucement. Dieu merci, depuis son remariage, elle n'était plus une présence aussi écrasante. En tout cas, il fuyait toutes les femmes qui lui rappelaient sa chère vieille mère.

Il repensait avec une certaine tendresse à sa première rencontre avec Lucky. À cette époque, il cherchait un distributeur pour *Gangsters,* le film qu'il avait en préparation, et son agent, Freddie Leon, avait suggéré de contacter les studios Panther, dont Lucky avait récemment pris le contrôle. En entrant dans son bureau, il s'était trouvé tout à coup face à cette femme aussi belle que puissante.

L'entrevue s'était bien passée mais au moment de partir, elle l'avait arrêté sur le seuil :

— Je sais que la Paramount ne veut pas de votre film parce qu'il le trouve trop violent, mais je ne vous demande aucune modification. Toutefois, en ce qui concerne le sexe, le script précise que, dans certaines scènes, plusieurs des comédiennes sont nues tandis que votre héros et ses amis restent pudiquement vêtus.

— Où est le problème ? avait-il demandé, ne comprenant sincèrement pas où elle voulait en venir.

— Ici, avait-elle précisé, c'est un studio où chacun travaille sur un pied d'égalité. Si les femmes se déshabillent, les hommes se déshabillent aussi. Laissez-moi vous préciser, monsieur Wood : si on voit des nichons, on voit aussi des queues.

Il était sorti du bureau outré. Freddie, qui avait organisé le rendez-vous, s'était moqué de lui, tout comme ses deux ravissantes assistantes asiatiques, Lily et France. C'était la première fois qu'une femme le déstabilisait, et c'était à ce moment précis qu'il était tombé amoureux d'elle.

Jamais il n'oublierait cette nuit magique qu'ils avaient passée ensemble. Jamais. Elle était la femme qu'il avait cherchée toute sa vie. Mais juste au moment où tout avait semblé se mettre en place, Lennie réapparut, revenant, pour ainsi dire, d'entre les morts.

Maintenant, Lucky était son amie. Cela ne lui suffisait pas.

Ils rentrèrent vers six heures. Lucky trouva sur le répondeur un message de l'inspecteur Johnson à propos de la plaque d'immatriculation.

— Espérons que les recherches finiront par aboutir, dit-elle. Ces types ne sont vraiment bons à rien.

— Tu le penses ?

— Il y a longtemps qu'ils auraient dû arrêter les coupables.

— C'est incroyable comme cette maison est calme sans les gosses. Comme au bon vieux temps, tu ne trouves pas ? fit remarquer Lennie en se jetant sur le canapé. Tu sais, j'ai une idée formidable.

— Ah bon ?

— Eh bien... si tu te déshabillais et que tu te promenais toute nue ?

— Je ne te crois pas !

— Allons, Lucky, pour me faire plaisir.

— Sale petit voyeur. Pas question que je me balade à poil comme une pute.

— J'adore quand tu la joues prude.

— Bon, d'accord, dit-elle, heureuse de le voir sourire. Je veux bien me déshabiller, mais tu en fais autant.

— OK ! dit-il en commençant à déboutonner sa chemise.

Lucky sourit et se mit à fredonner une musique langoureuse. En un instant, il se retrouva en caleçon et elle s'effondra, secouée de rire.

— Décidément, tu ne feras jamais une carrière de stripteaseur, dit-elle en pouffant.

— Ah, tu crois ça ? fit-il indigné. Mais toi, tu triches : tu es encore habillée.

Elle se précipita dans ses bras et il l'étreignit avec fougue.

— Tu m'as tellement manqué. Pardonne-moi de m'être conduit comme un idiot. Heureusement c'est du passé et la vie va reprendre normalement.

— Ça n'a pas d'importance, murmura-t-elle. De toute façon, je t'aime. Je t'ai toujours aimé et je t'aimerai toujours. Notre destin, c'est d'être ensemble. Unis pour la vie.

— Pour la vie, répéta-t-il.

## 41.

Brigette explora la maison et bavarda avec quelques invités, sous le regard insistant de Leopold Lewyllen Wharton plongé dans son décolleté. Au dîner, elle se trouva placée entre le maître de maison et un député vieillissant. Jamais elle ne s'était à ce point ennuyée – mais elle n'était pas venue à Londres pour s'amuser ; elle était venue pour se venger et Carlo allait regretter de l'avoir violée.

Après le dessert, quand elle se leva pour aller se repoudrer, Carlo la rattrapa à la porte de la salle à manger.

— Qu'est-ce que vous faites ici ? interrogea-t-il.

— Je vous demande pardon ? fit-elle d'un ton innocent, notant qu'il était troublé.

*Bonne chose.*

— Pourquoi avez-vous dit à Fiona que nous nous connaissions ?

— Je ne pensais pas que c'était un secret, Carlo, répondit-elle avec calme. Parce que *c'est* un secret ?

— Eh bien... – de toute évidence il ne savait pas quoi dire – étant donné ce qui s'est passé entre nous...

Elle fixa sur lui ses grands yeux bleus.

— Que s'est-il passé entre nous ?

— Voyons, vous devez certainement vous rappeler ?

— Pas du tout. Si vous me racontiez ?

— Nous avons fait l'amour, Brigette, dit-il en baissant la voix. Et, si je puis me permettre, ça vous a beaucoup plu.

— Oh ! mon Dieu ! fit-elle, semblant être bouleversée. Mais j'ignorais à ce moment-là que vous étiez fiancé. Comment réagira Fiona quand vous lui direz ?

— Je ne compte pas lui en parler, répliqua-t-il en reculant d'un pas.

— Vous le *devez*, fit-elle en ouvrant de grands yeux.

— Je ne dois rien du tout, rétorqua sèchement Carlo.

Était-ce son imagination ou bien voyait-elle une goutte de sueur perler sur son front parfait ?

— Mon Dieu, j'ai trop bu. Le champagne me perdra, fit-elle en s'éventant de la main. Il me semble pourtant qu'au dîner à New York vous nous aviez dit à tous que vous n'étiez *pas* fiancé.

— C'est vrai, s'empressa-t-il de répondre. Fiona et moi avions rompu nos fiançailles pendant quelques jours.

— Comme c'est commode.

— Croyez-moi, Brigette, dit-il sans se laisser arrêter par son ton sarcastique, mieux vaut ne rien dire.

— Pourquoi ?

— Retrouvez-moi demain pour déjeuner et nous en discuterons.

— Nous déjeunerons tous les trois ? demanda-t-elle, jouant toujours l'innocente – une innocente sexy avec un décolleté plongeant.

— Non. Rien que vous et moi.

— Bon... si vous pensez que ça peut aider...

— D'ici là, fit-il d'un ton sévère, pas un mot sur la soirée que nous avons passée à New York.

— Comment pourrais-je en parler, demanda-t-elle ingénument, je ne m'en souviens même pas.

Il se pencha vers elle : quel beau couple ils formeraient bientôt. Avec tout l'argent qu'elle avait, il aurait le monde à ses pieds.

— Vous êtes toujours aussi belle, Brigette, murmura-t-il. Quand vous vous rappellerez tout ce que nous avons fait ensemble, vous aurez envie de recommencer.

— Je ne peux pas coucher avec un homme déjà pris, dit-elle d'un ton pincé. Si vous tenez à me revoir, il faut que vous rompiez vos fiançailles.

— Je sais, dit-il. Dès l'instant où je vous ai rencontrée, j'ai compris que c'était terminé entre Fiona et moi. Je suis comte, vous savez. Et vous, ma douce Brigette, vous serez ma contessa.

— Pourtant, il y a une chose que je ne comprends pas, dit-elle en fronçant les sourcils.

— Quoi donc, ma chérie ?

— Si nous avons passé un merveilleux moment à New York –

et puisque je dois vous croire sur parole – comment se fait-il que vous ne m'ayez pas appelée ?

— C'est compliqué. Le père de Fiona voudrait que je vienne travailler dans sa société.

— Vraiment ?

— Demain, je vous expliquerai tout. Vous viendrez, n'est-ce pas ?

Elle acquiesça. Bientôt elle tiendrait le comte Carlo Vittorio Vitti à sa merci.

— Je t'aime, dit Lina.

— *Quoi ?* fit Charlie, l'air très inquiet.

— Je dis toujours ça. Je prends mon pied quand je vois la panique arriver. Elle roula sur le côté, tendant un bras pour attraper une cigarette sur la table de nuit. Naturellement, je ne le pense jamais.

— Merde alors ! s'exclama Charlie. Tu es directe et... pleine d'énergie.

— Avoue, je t'ai fatigué ?

— Mon chou, tu devrais savoir que les vedettes de cinéma ne vont jamais pisser et ne sont jamais fatiguées.

— Mon joli, je suis top model, dit-elle en lui tendant sa cigarette pour qu'il en tire une bouffée et les top models ne se fatiguent jamais. Elles doivent toujours être belles et aimables. Alors, dis-moi, tu vas me prendre dans ton film ?

Il souffla quelques ronds de fumée dans sa direction.

— C'est pour ça que tu as couché avec moi ?

— Non. C'est parce que tu étais là.

Même Charlie fut étonné de la réponse.

— Explique-toi.

— Ma mère aurait une attaque si elle savait que je suis au pieu avec Charlie Dollar. Elle t'adore, elle trouve qu'il n'y a pas mieux.

— Et ta grand-mère ? Elle m'adore aussi ?

— T'es marrant, fit Lina en hurlant de rire. Je croyais que vous, les vedettes du cinéma américain, vous n'aviez aucun sens de l'humour.

— Ça dépend avec quelle vedette tu as couché.

— J'aime faire l'amour, dit Lina en s'étirant, pas toi ? C'est plus agréable qu'un somnifère. Elle s'agenouilla sur le lit en serrant un oreiller contre sa poitrine. Tu crois que Max fait la gueule ?

— Pourquoi ?

— Parce que je suis rentrée avec toi.

— Pas Max... il a l'habitude. C'est très simple : un agent d'un côté, une vedette de cinéma de l'autre. À ton avis, qui va avoir la fille ?

— Il est plutôt mignon, fit Lina d'un ton songeur.

— Tu veux te le taper aussi ? demanda Charlie en prenant dans le tiroir de sa table de nuit un sac en plastique et des feuilles de papier à cigarettes.

— Pourquoi ? Tu aimes les parties à trois ? Parce que, dans ce cas-là, on peut l'appeler et voir s'il nous lâchera dix pour cent de ce qu'il a dans le pantalon !

Charlie éclata de rire.

— J'ai ici de la très bonne herbe, dit-il en commençant à se rouler un joint. Évidemment, si ça t'intéresse.

— Et comment, fit Lina avec un grand sourire.

# 42.

— Steven viendra ? demanda Venus Maria.

— Non, répondit Lucky. Je l'ai invité, mais il trouve que c'est trop tôt.

Elles bavardaient dans la salle de gym de la maison ultramoderne que Venus habitait sur les collines d'Hollywood. En survêtement, assises sur un banc, elles attendaient Sven, le professeur de gymnastique.

— Steven doit vraiment recommencer à vivre, déclara Venus. Moi, après mon horrible expérience avec le rôdeur, j'ai tout de suite repris une vie normale.

— Oui, mais ce n'était qu'un rôdeur. C'est du meurtre de sa femme qu'on parle. En plus, cette histoire de bébé l'a achevé. Il ignorait que Mary Lou était enceinte. Essaie de comprendre pourquoi il n'a pas envie de sortir.

— Je devrais peut-être lui parler, décida Venus. Il m'a toujours bien aimée.

— Non, rectifia Lucky. Toi, tu l'as toujours bien aimé. Si tu n'avais pas eu Cooper, je suis certaine que Steven t'aurait intéressée.

— C'est vrai. Il est superbe, reconnut Venus. D'ailleurs, toi aussi tu l'as trouvé à ton goût. N'oublie pas que tu as failli avoir une aventure avec lui avant de découvrir qu'il était ton demi-frère. Tu avais déjà commencé à flirter.

Lucky se mit à rire à ce souvenir. 1977. Grande panne d'électricité à New York. Steven et elle coincés ensemble dans un ascenseur.

— Tu imagines s'il s'était passé quelque chose entre toi et lui ?

— Ma foi, non, fit Lucky en prenant une cigarette. Ça te gêne si je fume ?

— Tu sais bien que oui. Je croyais que tu avais arrêté.

— J'arrête et je recommence, fit Lucky avec un geste d'impuissance.

— C'est mauvais pour toi.

— Tu deviens vraiment casse-pieds avec tes conseils de santé. Tu as même réussi à convaincre Cooper de faire de la gym. Et Dieu sait qu'avant le seul exercice qui l'intéressait, c'était la course après les filles.

— Et Lennie ? Quand il jouait encore, on ne peut pas dire qu'il menait une vie de moine... Le mariage, c'est bien, conclut Venus en s'étirant. Je trouve ça... confortable.

— Parce que tu ne regardes jamais ce que tu manques. Toi, moi et nos maris aussi, nous avons tout essayé. Ce qui veut dire que nous n'avons rien manqué.

— D'après Gino, reprit Venus, tu étais si déchaînée qu'il a été *obligé* de te marier à seize ans. L'autre soir, il racontait des histoires *insensées* sur toi.

— Ne crois jamais ce qu'il raconte. Il a l'art d'enjoliver les choses.

Sven interrompit leur conversation. C'était un grand Suédois bien bâti et musclé.

— Mesdames, dit-il avec un sourire sadique. Sommes-nous prêtes pour la torture ?

— Pas du tout, répliqua Lucky, agacée, je suis prête à fumer encore une cigarette. J'ai eu un rude week-end.

— Ah oui ?

— Plutôt, reprit Lucky en souriant. Lennie a regagné le pays des vivants !

— Je suis heureuse de l'entendre, fit Venus. Après la gym, je crois que je vais appeler Steven. Je vais peut-être même passer le voir à son bureau.

Steven laissait son regard errer par la fenêtre quand sa secrétaire lui annonça que Venus Maria demandait à le voir.

— Elle a rendez-vous ?

— Non, monsieur Berkeley. Elle dit qu'elle n'en a que pour cinq minutes.

— Bon, fit-il, sachant que si Venus était là il n'avait aucun moyen de se débarrasser d'elle.

Venus entra dans son bureau, moulée dans une robe violette de chez Montana. Ses cheveux platine étaient coiffés en chignon et d'énormes lunettes noires dissimulaient ses yeux.

— Je suis venue t'inviter en personne à une petite fête, dit-elle avec un sourire enjôleur en ôtant ses lunettes de soleil. Viens, ajouta-t-elle en se juchant sur le bord de son bureau.

— Venus, je l'ai expliqué à Lucky. C'est trop tôt.

— Tu amèneras Carioca, dit-elle comme si tout était réglé. Il y aura une table spéciale pour les enfants. Tu ne vas pas priver ta fille d'un dîner avec sa copine ?

— Ne me rends pas les choses plus difficiles, répliqua-t-il.

— Je ne cherche pas à rendre les choses difficiles, Steven. Je veux que tu sois là. Et cela me peinerait si tu ne venais pas.

— Eh bien...

— C'est entendu. Elle sauta à bas de son bureau et, d'une démarche onduleuse, se dirigea vers la porte. Nous vous attendons tous les deux pour sept heures.

En rentrant, Lucky s'arrêta au commissariat. L'inspecteur Johnson l'accueillit un gobelet de café dans une main, un beignet dans l'autre.

— J'espère que je n'interromps pas votre petit déjeuner, dit-elle, agacée de voir l'enquête piétiner.

— Ravi de vous voir, déclara-t-il sans en penser un mot.

Lucky Santangelo le harcelait jour et nuit. Elle le rendait dingue.

— Les quelques chiffres de la plaque d'immatriculation nous ont permis de réduire nos recherches.

— Et la récompense ? demanda-t-elle. Qu'est-ce que ça donne ?

— Nous croulons sous les tuyaux bidons. Mais il y a quand même un coup de fil intéressant.

— De qui ?

— D'une fille qui prétend savoir qui a fait le coup.

— En quoi ce coup de fil était-il différent ?

— Elle a donné des détails que les autres ignoraient.

— Par exemple ?

— Eh bien, elle savait exactement dans quelle position la voiture était arrêtée, la robe que portait Mary Lou... Elle a affirmé qu'elle pouvait donner le nom de la personne qui avait tiré mais elle veut d'abord être certaine de toucher la récompense. Je lui ai expliqué que ça ne marchait pas comme ça.

— Alors, où en êtes-vous ?

— Elle rappellera.

— Vous voulez dire que vous l'aviez au téléphone et que vous l'avez laissée filer ?

— Nous avons essayé de repérer son appel, mais elle a raccroché trop tôt.

— Vous avez son nom... quelque chose ?

— Non. Mais elle ne laissera pas tomber, dit l'inspecteur Johnson, d'un ton catégorique. Elle veut le fric.

Lucky était furieuse. Ces flics étaient un ramassis d'incompétents. Elle repartit et téléphona à l'agence de détectives privés dont elle payait les services. Ils ne valaient guère mieux. Bredouilles sur tous les fronts.

La maison était calme quand elle arriva : les enfants ne devaient rentrer que plus tard.

— Lennie, cria-t-elle en jetant son sac dans le vestibule.

Elle entra dans son bureau et fut ravie de le voir posté devant son ordinateur : excellent signe ; c'était la première fois depuis la fusillade. Passant derrière lui, elle lui massa les épaules.

— Tu travailles sur quelque chose d'intéressant ? demanda-t-elle.

— Je pense à un film sur la violence. La violence aveugle, dans les rues, aujourd'hui. Qu'en dis-tu ?

— C'est une idée formidable.

— Oui, je crois. Tu sais, ce qui m'a frappé dans cette histoire, c'est la haine incroyable qu'il y avait dans la voix de cette fille.

— Je suis si heureuse de voir que tu recommences à travailler.

— Et toi ? Quels sont tes projets maintenant que tu as lâché les studios ? Je te connais, Lucky. Tu ne te contenteras jamais de rester assise sans rien faire.

— J'ai bien une idée...

— Dis-moi.

Elle se tourna vers lui.

— J'aimerais produire un film.

— Tu ne connais rien à la production, fit-il avec un rire moqueur.

— J'ai dirigé Panther pendant huit ans. J'en connais un rayon.

— Produire réellement un film, ce n'est pas s'asseoir derrière un bureau et donner son accord aux projets des autres, fit-il observer.

— Tu veux dire que je n'en suis pas capable ?

— Tu es capable de faire n'importe quoi dès l'instant où tu te rends compte que ce n'est pas aussi facile que ça en a l'air.

Elle détestait entendre Lennie lui dire ce qu'elle devait faire. Mais comme elle tenait à sa guérison, elle retint une réponse cinglante.

— Alors, fit-elle, cherchant à être aimable, si tu écrivais un film pour que moi, je le produise ?

— Oh, non, fit-il en secouant la tête devant ce projet insensé. Travailler ensemble, nous deux... mauvaise, très mauvaise idée.

— Pourquoi ?

— Parce que j'ai toujours haï les producteurs avec lesquels j'ai travaillé. Ils veulent me coller dans la distribution des gens dont je ne veux pas. Ils essaient toujours de rogner mon budget... et, par-dessus le marché, ils couchent avec mes comédiennes. Non, non, pas question.

— Alors, qu'est-ce que tu dirais si je produisais un film avec quelqu'un d'autre ? demanda-t-elle, songeant à Alex.

— C'est à toi de décider.

C'était toujours à elle de décider... jusqu'au moment où Lennie donnait son avis.

— J'essaie de discuter de mes problèmes avec toi, de voir ce que tu en penses, dit-elle d'un ton calme.

— Comme tu veux, ma chérie. Oh ! je meurs de faim. Crois-tu pouvoir me préparer un de tes merveilleux sandwiches au thon ?

— Tu me prends pour qui ? fit-elle exaspérée. Pour la cuisinière ?

— Tu sais bien que, dans la plupart des pays civilisés, les femmes préparent à déjeuner pour leur mari ?

— Je t'emmerde ! lança-t-elle tendrement. Prépare-le toi-même ton foutu sandwich.

— Moi aussi je t'aime, dit-il avec un sourire désarmant. Pas trop de mayonnaise.

— D'accord, fit-elle à contrecœur. Mais c'est la dernière fois.

— Merci, mon chou, dit-il en se retournant vers son clavier.

Elle avait beau adorer son mari, Lucky savait qu'elle ne serait jamais une femme d'intérieur.

# 43.

Déjeuner dans un restaurant italien de Knightsbridge. Face à Carlo, Brigette pensait avoir assez bien manœuvré.

*Qu'est-ce que tu fais ?*

*Je me venge. Comme Lucky me l'a appris. Et je me régale. D'accord, je suis enceinte, mais j'y penserai plus tard.*

Carlo persévérait dans son mensonge : dès l'instant où il avait posé les yeux sur elle, il avait su que ses fiançailles n'étaient qu'une imposture et qu'il devait immédiatement y mettre un terme. Du vrai mélo. Cependant, elle fit semblant d'y croire. Elle se demandait comment un homme aussi séduisant pouvait être une ordure.

— Fiona me paraît charmante, dit-elle prudemment. Si vous êtes sûr de vos sentiments...

— Quand je suis rentré à Londres après vous avoir rencontrée, j'ai senti que je devais rompre. Je voulais m'installer à New York. Me rapprocher de vous, Brigette.

— Et ce projet avec son père ? N'envisagiez-vous pas de travailler avec lui ?

— C'est sans importance.

Elle but une gorgée de vin.

— Vous allez lui dire ce qui s'est passé à New York ?

— Ça ne me paraît pas une bonne idée, répondit-il, persuadé que c'était même une très mauvaise idée.

Si par hasard ça ne marchait pas avec Brigette ? Il faudrait bien qu'il puisse se rabattre sur Fiona et son père. Surtout, sur l'argent de son père.

— Quand partez-vous ? demanda-t-il.

— Demain.

— Alors ce soir, je viendrai à votre hôtel et nous passerons une soirée que vous n'oublierez pas.

*Oh ! oui !*, se dit Brigette. *Certainement pas.*

Petit déjeuner dans la salle à manger du Bel Air Hotel.

Lina faisait son entrée, presque tous les regards tournés vers elle.

— Vous avez le rôle, annonça Max Steele.

— Je sais, répondit-elle avec un petit sourire. Nous nous sommes très bien entendus. Pour un vieux, il a encore du répondant, observa-t-elle avec un clin d'œil paillard.

Max avala précipitamment une gorgée de café.

— Que Charlie ne vous entende jamais le traiter de vieux.

— Pourquoi ? reprit-elle avec un sourire de chatte gourmande. Maintenant, je peux le dire : j'ai couché avec une star et j'ai obtenu un rôle dans son film.

— Vous me surprenez. L'important n'est pas de coucher ou non avec lui, assura Max.

— Et le fric ?

— Laissez-moi régler ce problème. Ça ne sera sans doute pas la fortune, mais, à ce stade de votre carrière, il est plus important de se faire voir que d'empocher un paquet. Demain, vous rencontrerez le costumier. Mon assistante doit vous arranger un rendez-vous.

— Il faudra que ce soit de bonne heure, dit-elle en étouffant un bâillement, parce que le soir je prends l'avion pour Milan.

— Quelle vie ! fit Max, admiratif.

— C'est toujours mieux que mon premier job. J'ai commencé en emballant des imperméables en plastique. On les appelait des « spéciales branlettes » !

— Moi, j'étais coursier.

— On ne s'est pas mal débrouillés ! fit-elle, reprenant son air de chatte satisfaite.

Max fit signe au garçon et commanda un autre café.

— Charlie part cet après-midi, dit-il. Vous l'avez coincé juste à temps.

— J'ai toujours su m'organiser, dit Lina avant de prendre une solide bouchée de muffin.

— Je n'en doute pas.

— Alors, Max, reprit Lina. Quel est le programme ? Que fait-on ce soir tous les deux ?

— Rester tranquille, ce n'est décidément pas votre truc !

Bien qu'il soit à Hollywood depuis quelques années, cette fille ne cessait de le surprendre.

— Pourquoi perdre une belle occasion ? demanda-t-elle avec un sourire malicieux. À moins, bien sûr, que vous ne soyez occupé... ou que les comparaisons vous effraient...

— Je crois pouvoir supporter les comparaisons.

— Alors, c'est ma période de chance.

— Si ça vous dit, il y a un dîner ce soir qui pourrait vous amuser.

— J'adore. Chez qui ?

— Venus Maria et Cooper Turner. Ils fêtent leur anniversaire.

— J'ai connu Cooper quand il était célibataire. Il m'a couru après à travers tout Paris.

— Et vous a-t-il rattrapée ?

Elle roula les yeux d'un air mystérieux en se rappelant une longue nuit passée à boire et à faire l'amour.

— Vous voudriez bien le savoir ?

— De toute façon, vous feriez mieux de ne pas lui rappeler ce souvenir.

— Je suis une fan de Venus Maria. Je m'habillais comme elle quand j'étais gosse.

— Quel âge avez-vous ? demanda Max.

— Vingt-six. Elle eut une grimace navrée. C'est vieux ?

— Pas vraiment. Mais à Hollywood, ne dites surtout pas aux gens que vous les admiriez quand vous étiez gosse. On ne fait pas pire.

— Un jour, j'ai écrit à Venus pour lui demander une photo.

— Je vous le répète, fit Max d'un ton sévère, secret défense !

Le décor était planté. Musique douce, lumière tamisée, bougies, et Brigette évoluant dans une robe argent très suggestive.

Carlo était à l'heure, ce qui était parfait car elle avait misé sur son exactitude. Lorsqu'il téléphona de la réception, elle le fit monter dans sa suite.

Naturellement, il lui apportait des roses rouges. Ce garçon n'avait aucune imagination. Elle les déposa sur la table de l'entrée.

— Elles sont ravissantes ! Je vais appeler la femme de chambre pour qu'elle les mette dans un vase.

— Vous êtes exquise, dit-il en lui caressant le bras.

— J'ai commandé du champagne, dit-elle. Vous voulez bien l'ouvrir ?

Il la suivit dans le salon où une bouteille attendait dans un seau à glace.

— Cristal. Excellent choix.

— Il y a du caviar là-bas.

— Brigette, dit-il d'un ton admiratif, pour une Américaine, je vous trouve extrêmement raffinée.

*Mais oui*, se dit-elle. *Si raffinée que je me suis laissé prendre comme une petite oie.*

Elle n'arrivait pas à comprendre pourquoi il devait droguer les femmes. Grand, blond, beau garçon et par-dessus le marché titré, que demander de plus ? Lina n'aurait pas hésité à sauter dans son lit, tout comme une centaine d'autres filles.

— Depuis quand habitez-vous Londres ? demanda-t-elle en se dirigeant vers la cheminée.

— Dix-huit mois, mais je ne me plais pas ici. Les Anglais sont trop froids. Je suis italien, et nous autres Italiens, nous avons le sang chaud. Il lui coula un long regard insistant – de toute évidence sa spécialité. Vous voyez ce que je veux dire ?

— J'espère le découvrir ce soir, murmura-t-elle.

Il continua à la dévisager avec convoitise. Il se délectait à l'idée que bientôt elle serait à lui. Il s'imaginait déjà contrôlant la fortune des Stanislopoulos. Et les gens venant lui lécher les pieds.

— Venez, mon ange, dit-il avec un petit signe désinvolte.

Elle vint vers lui et se laissa embrasser. Il embrassait bien. En même temps, ses mains la caressaient pour venir se poser sur ses seins. Après quelques instants, elle le repoussa doucement.

— J'aimerais porter un toast, dit-elle un peu essoufflée.

— Je vous en prie, permettez-moi.

Il alla emplir deux coupes et lui en tendit une.

— À la plus belle fille du monde.

*De plus en plus tarte. Il n'a rien de mieux à dire ?*

Ils trinquèrent et il glissa son bras sous celui de Brigette.

*Attention. Il ne faut pas qu'il puisse mettre un comprimé dans mon verre. Je dois l'avoir à l'œil.*

— L'Italie doit vous manquer, dit-elle en buvant une petite gorgée de champagne.

— C'est vrai. Mais lorsque je suis avec vous rien ne me manque.

*Ça ne s'arrangeait vraiment pas.*

Il s'approcha pour l'embrasser encore. Par-dessus l'épaule de Carlo, elle jeta un coup d'œil à sa montre : tout était parfaitement calculé.

— Si nous passions dans l'autre pièce ? proposa-t-elle.

— Avec plaisir.

*La soirée prenait une bonne tournure ; il s'en félicitait.*

— Venez, dit-elle en lui touchant la main.

Elle l'entraîna dans la chambre où, très lentement, elle se débarrassa de sa robe argentée pour dévoiler un minuscule bikini couleur chair.

— *Bellissima*, murmura-t-il.

*Les choses allaient plus vite qu'il ne l'avait prévu.*

— Déshabillez-vous, Carlo.

Il ne se le fit pas dire deux fois. En un instant, il se retrouva en slip. Aussitôt, il la renversa sur le lit et s'abattit sur elle. Malgré son sentiment de vulnérabilité, Brigette savait qu'elle était proche du triomphe ; l'heure de la vengeance avait sonné.

Il l'embrassait encore quand on sonna.

*Sauvée par le gong !* Tout était parfaitement calculé.

— Laissez, ordonna-t-il.

— Ce doit être la femme de chambre pour mettre les fleurs dans un vase, dit-elle en se redressant.

— Elle reviendra plus tard.

— Je vous en prie, chéri. Ces roses sont si belles, nous pourrons en profiter pendant que nous ferons l'amour.

*Moi aussi je peux la jouer mélo.*

Il se releva à regret et, toujours en slip, il s'approcha de la porte et l'ouvrit.

Stupéfait, il vit alors Fiona et son père planté auprès d'elle.

— Carlo ? rugit Leopold, qui comprit aussitôt. Nom de Dieu !

Agenouillée sur le lit, Brigette s'enveloppait dans un drap.

— Je... je suis vraiment navrée, Fiona, dit-elle Elle le pensait sincèrement car elle n'avait rien contre la pauvre fille. Je... je croyais que Carlo vous avait dit, pour nous.

— Salope ! s'écria Fiona, les yeux pleins de larmes. Horrible salope !

Puis elle tourna les talons et s'engouffra en courant dans le couloir.

Leopold lança à Carlo un regard noir.

— Je vous briserai, rugit-il avant de se précipiter à la poursuite de sa fille.

Carlo secouait la tête, manifestement abasourdi.

— C'est impossible. Comment ont-ils pu savoir que j'étais là ?

— Ils vous ont peut-être fait suivre, dit Brigette, étonnée de ne pas se sentir plus triomphante. De toute façon, vous alliez rompre.

— Je ne m'attendais pas à ce qu'elle l'apprenne comme ça. Vraiment pas.

— Il faut que vous partiez, dit Brigette en enfilant sa robe.

— Pourquoi ?

— Parce que je suis trop bouleversée.

— Ne soyez pas ridicule.

— Carlo, cette scène m'a rendue malade.

— Asseyons-nous et discutons tranquillement, dit-il en lui prenant le bras.

— Non, cria-t-elle en se dégageant.

— Brigette, vous partez demain, il faut que nous parlions.

— Je ne pense pas que ce soit nécessaire.

— Comment ça ?

— Eh bien voilà – elle savourait chaque mot –, vous vous êtes fait avoir, mon cher Carlo.

— Je vous demande pardon ?

— C'est moi qui ai demandé à Fiona et à son père de venir ici. Je sais que vous m'avez droguée, à New York, pour coucher avec moi. Et si vous pensiez que j'allais calmement accepter ce genre de comportement, eh bien, vous vous êtes fourré le doigt dans l'œil.

— Vous avez voulu m'avoir ?

— C'est exact.

— Moi, Carlo Vittorio Vitti ?

— Vous, Carlo Vittorio Vitti. Maintenant, ayez l'obligeance de vous rhabiller et de sortir. Et n'essayez plus jamais de reprendre contact avec moi.

— Sale petite garce d'Américaine, grommela-t-il et, sans crier gare, il la frappa si violemment au visage qu'elle trébucha.

Il la frappa à nouveau.

— Arrêtez ! cria-t-elle. Filez avant que j'appelle la sécurité.

Elle comprenait trop tard qu'elle avait affaire à un type vraiment dangereux.

— Sale putain. Boucle-la.

Elle recula, soudain terrifiée.

Il se précipita sur elle, la bloqua contre le mur et, lui collant sa main sur la bouche, il la gifla encore. Puis il la traîna dans la chambre et la jeta sur le lit.

— Un mot et je te tue, lança-t-il, le regard fou. On ne me traite pas comme ça. Tu m'entends, petite garce. EST-CE QUE TU M'ENTENDS ?

# 44.

Price n'aimait pas s'habiller de façon conventionnelle. Pour la soirée chez Venus et Cooper, il choisit un smoking noir dont les galons était en cuir et une chemise noire. Avec son crâne chauve et sa peau couleur chocolat, il se trouvait fichtrement séduisant, en pleine forme. Dans l'après-midi, son agent lui avait fait parvenir le contrat définitif pour son premier rôle au cinéma. Price Washington, la star de demain.

Il était gonflé à bloc.

Pour l'accompagner, il avait choisi Krissie, le mannequin décérébré. Elle était vraiment superbe, et du moment qu'elle n'ouvrait pas la bouche les autres en baveraient d'envie...

Encore une fois il inspecta son reflet dans le miroir, se frictionna le crâne avec un peu d'huile pour le faire briller et s'aspergea d'Eau Sauvage. Enfin prêt, il descendit.

Comme d'habitude, Irena s'affairait dans la cuisine.

— Je sors, annonça-t-il.

Elle ne se retourna même pas. Cette femme avait passé la nuit dans son lit, mais elle ne lui disait même pas qu'il était beau. Non, elle était trop occupée à astiquer une cafetière en argent.

— J'ai dit que je sortais, répéta-t-il.

Cette fois, elle tourna la tête. Il écarta les bras, s'attendant à un compliment.

— Ça te plaît ?

— Vous êtes beau, monsieur Washington, dit-elle, d'un ton égal.

*Beau ? Mais quelle conne !*

— On fait ce qu'on peut...

Elle faillit répondre : *Vous sentez le bordel*, mais elle se mordit la lèvre. Il y avait des limites qu'elle n'osait jamais franchir.

Mila entra dans la cuisine et eut un sifflement admiratif.

— Fichtre, vous êtes vraiment superbe !

Cette fille, il ne la supportait pas : elle mentait comme elle respirait. Il refusait de voir Teddy traîner avec elle.

— Vous sortez ? reprit Mila.

Irena lança un coup d'œil à sa fille. Elle détestait la voir adresser la parole au patron.

— Une soirée.

— Des gens connus ?

— Venus Maria et Cooper Turner.

Il était agacé d'avoir pris la peine de répondre.

— Oh, oh ! des vedettes, lança Mila, ironique. Je devrais peut-être vous donner mon cahier d'autographes.

*Et moi, je devrais t'envoyer une torgnole*, se dit-il. Mais qu'est-ce qui lui avait pris de se teindre en blonde ?

— Où est Teddy ? demanda-t-il brusquement.

— Dans sa chambre, répondit Irena.

Price avança jusqu'au pied de l'escalier et appela :

— Teddy ! Je m'en vais. Tu restes à la maison ce soir ?

Sortant sur le palier, Teddy acquiesça. Il remarqua la présence de Mila. Si seulement ils parvenaient à se débarrasser d'Irena, ils pourraient reprendre les choses là où ils les avaient laissées.

— Alors... sois sage... à tout à l'heure, dit Price.

Il attendait un commentaire sur sa tenue, mais Teddy ne souffla mot.

Il se dirigea vers le garage, monta dans sa Ferrari noire – une acquisition récente – et démarra aussitôt pour aller chercher la reine des pommes.

— Tu ne dois pas demander à M. Washington où il va, déclara Irena en foudroyant sa fille du regard, et estime-toi heureuse qu'il te permette de rester ici.

— C'est vrai, quelle chance ! Je devrais peut-être apprendre à lécher son gros cul noir... comme toi.

— Qu'est-ce que tu dis ?

— Rien, murmura Mila.

Elle détestait sa mère et pour bien des raisons. D'abord, elle ne croyait pas une seconde à l'histoire d'un petit ami russe. Irena entourait sa vie en Russie de mensonges et de mystères. À l'en croire, toute sa famille ayant péri dans une catastrophe de chemin de fer, elles étaient seules au monde. Enfin... presque. Il y avait, bien sûr, le grand Price Washington et son couilles-molles de fils. Mila le détestait aussi.

Depuis quelques jours, elle cherchait comment faire épingler Teddy pour empocher la récompense. Cent mille dollars. Une fortune. Elle avait déjà appelé les flics pour vérifier l'existence de la récompense. Elle n'avait plus qu'à dégotter un moyen pour la réclamer.

Ce n'était pas si évident. C'était *elle* qui avait tiré et, à part Teddy – qui comptait pour du beurre –, il n'y avait qu'une seule autre personne qui pouvait la balancer : Lennie Golden. Le survivant. Même si on découvrait les empreintes de Teddy sur le flingue, Lennie Golden l'identifierait *elle* et il n'en était pas question.

Comment l'empêcher ?

Elle avait trouvé une solution.

Descendre Lennie Golden.

Bien sûr, mais comment s'y prendre ?

Pour cent mille dollars, elle trouverait une idée.

# 45.

Sur les collines d'Hollywood, dans la propriété tout illuminée de Venus Maria et de Cooper Turner, les invités commençaient à arriver. Des agents de sécurité circulaient, interdisant l'accès à la presse. Cooper avait été inflexible sur le sujet. Or, après six ans de mariage, Venus avait appris à respecter ses volontés. Après tout, elle avait accompli l'exploit de décrocher cet ancien tombeur de son célibat.

Après des débuts un peu chaotiques, ils étaient maintenant aussi heureux qu'on pouvait l'être dans cet aquarium qu'était Hollywood. C'était le bon mot : on épiait leurs moindres gestes, on espionnait leurs plus petits déplacements. Tous les mois, les magazines à sensation publiaient des articles qui racontaient comment, dans son dernier film, Cooper était tombé amoureux de sa partenaire, ou révélaient le nom du dernier Casanova avec lequel Venus couchait. Naturellement, tout cela relevait de la pure invention. Ils avaient décidé d'en rire : faire un procès coûtait trop cher et prenait trop de temps.

Pour cette soirée, Venus portait un fourreau doré qui la moulait comme une seconde peau. Ce n'était pas en vain qu'elle s'acharnait à garder la plus belle silhouette d'Hollywood.

Cooper était en train de nouer sa cravate devant la glace de sa salle de bains quand elle surgit derrière lui. À la vue du reflet doré, il siffla d'admiration.

— Tu es super, mon chou.

— Toi aussi.

Elle savait Cooper sensible aux compliments d'une femme.

— Merci. Nous descendons ?

— Si tu penses que ça ne fait pas trop péquenaud d'arriver les premiers à notre soirée.

— Allons-y, dit-il. Oh ! j'allais oublier. J'ai un petit quelque chose pour toi.

— Pas maintenant, Cooper, dit-elle avec un rire graveleux. Plus tard, je t'en prie. Tu es insatiable.

— Et toi, décidément, mon chou, tu ne penses qu'à ça.

Il fouilla dans sa poche et lui tendit un écrin en cuir. À l'intérieur, il y avait une bague, une émeraude sertie de diamants.

— Bon anniversaire, chérie.

— Whoou ! Elle est fantastique ! s'exclama Venus en la passant à son doigt.

— Alors, mon cœur, dit-il en lui prenant le bras, descendons profiter de notre soirée.

— Tu es en retard, remarqua Lucky.

Elle avait choisi une robe du soir noire qu'elle portait à même la peau.

— Je me demande pourquoi je suis ici ? interrogea Steven.

— Tu es ici parce que Carioca veut aller à cette soirée, ce qui veut dire que tu auras le droit de partir tôt.

— Elle ne va pas dormir chez toi ?

— Non, Steven. Ce soir, Carioca rentre avec toi, dans sa maison. Je ne sais combien de fois je dois te le répéter, mais ta petite fille a perdu sa mère et ce serait une tragédie si elle perdait aussi son père. Pour changer de sujet, je te trouve extrêmement séduisant ce soir.

— Merci. Je n'en ai pas l'impression.

— Veux-tu un verre avant que nous partions ? demanda-t-elle en se dirigeant vers le bar.

— Non, merci. Où sont les petites ?

— En haut. Elles finissent de s'habiller dans un état d'excitation incroyable... Je suis contente que tu nous accompagnes ce soir.

— Venus est passée à mon bureau pour me convaincre.

— Tes amis t'adorent, Steven. Ne l'oublie jamais.

Lorsque Lennie entra dans le salon, Lucky sentit la tension s'installer entre eux. Elle espérait que, ce soir-là, les ressentiments s'effaceraient. Puis ils furent tous les trois pris dans un vent de folie : Maria et Carioca dévalaient l'escalier, riant comme deux folles en faisant tourbillonner leurs robes.

— Vous êtes superbes, mes deux petits singes ! dit Lucky en saisissant son appareil photo. Venez toutes les deux. Une photo, s'il vous plaît !

— Je suis peut-être trop habillée ? demanda Lina qui pour une fois n'était pas très sûre d'elle.

— Vous êtes sensationnelle, répondit Max en lui ouvrant la portière de sa Maserati.

— Je suis allée trop loin.

— Lina, tout le monde tombera raide !

Il pensait qu'en effet elle avait dépassé la mesure. Elle portait une robe fuchsia tout en dentelles et en volants, mini devant, maxi derrière. Elle ressemblait à une demoiselle d'honneur trop habillée. Mais il connaissait assez les femmes pour ne pas exprimer son opinion à voix haute.

— Croyez-vous que je peux révéler que je vais tourner dans le nouveau film de Charlie Dollar ? demanda-t-elle.

— Non. Il ne faut jamais vendre la peau de l'ours avant de l'avoir tué. Tant qu'un contrat n'est pas signé, motus et bouche cousue. D'ailleurs, quelle importance ? Tout le monde vous reconnaîtra. C'est le règne des top models – et, mon petit, le top, c'est vous !

— C'est vrai, fit-elle avec un sourire ravi.

— J'ai parlé à Charlie avant son départ, reprit Max en s'engageant sur la file de gauche. Il vous trouve délicieuse.

— Délicieuse ? répéta-t-elle avec un sourire satisfait.

— Vous savez, bien sûr, qu'il a une petite amie ?

— Qui est-ce ? demanda Lina, curieuse.

— Dahlia Summers, une excellente comédienne. Charlie et elle ont, depuis des années, une liaison épisodique. Ils ont même un fils de deux ans, Sport.

— C'est son prénom ?

— Choisi par Charlie lui-même.

— Ça ne m'étonne pas. De toute façon, reprit-elle, je n'avais absolument pas l'intention de l'épouser.

— Je suis heureux de l'entendre. Ça n'est pas mon genre de coucher avec des femmes mariées, fit Max en riant.

— Qu'est-ce qui vous fait croire que vous allez coucher avec moi ce soir ? dit-elle en lui lançant un regard appuyé.

— Parce que... vous me ressemblez. Nous sommes deux prédateurs.

Lina sourit. Pour un agent, Max Steele était rudement futé : quelque chose dans le chou et quelque chose dans le pantalon. Deux atouts qu'elle appréciait.

# 46.

Brigette reprenait lentement conscience. Tandis que la mémoire lui revenait, elle sentait monter la peur. Carlo était penché sur elle et lui tamponnait le front avec une serviette humide. Il était habillé. Elle était allongée, nue, sur le lit.

— Vous vous êtes évanouie, dit-il.

— Absolument pas, réussit-elle à articuler.

Elle grimaçait de douleur, elle avait l'impression qu'on l'avait frappée en plein visage à coups de marteau.

— Vous m'avez fait peur, vous savez.

Mon Dieu ! Il était fou. Il l'avait battue jusqu'à lui faire perdre connaissance et maintenant il jouait au bon Samaritain.

Elle voulut bouger.

— Ne bougez surtout pas, cara. Il ne s'agit pas que vous vous évanouissiez de nouveau.

Elle se palpa le visage : elle avait la joue endolorie et gonflée. Était-elle marquée pour la vie ? Devait-elle se mettre à hurler ? Ou, maintenant qu'il semblait calmé, devait-elle le pousser à rentrer chez lui ? Pour une vengeance, c'était réussi !

— Carlo, dit-elle sans s'énerver, je crois qu'il serait préférable que vous partiez.

— Pourquoi ?

*Pourquoi ? Il se moquait d'elle ? Il ne savait donc pas ce qu'il avait fait ?*

— Parce que je suis fatiguée et j'ai envie de dormir. Nous pourrons bavarder dans la matinée.

— Je ne peux pas vous laisser, Brigette. Je ne veux plus jamais vous quitter.

— Je sais, dit-elle, se prêtant à ce jeu bizarre. Moi non plus. Mais pour l'instant, je suis épuisée.

— Je vous ai frappée, n'est-ce pas ? fit-il.
— Eh bien... oui.
— Je n'en avais pas l'intention, mais vous m'avez mis dans une telle colère. Il se leva et se mit à arpenter la chambre. Vous avez été injuste envers moi, Brigette. Je ne le supporte pas.
Elle était assez intelligente pour ne pas engager la discussion. Elle n'avait pas envie de le voir de nouveau perdre la tête ; de toute évidence, c'était un déséquilibré.
— Je suis désolée si vous pensez que j'ai été injuste envers vous, dit-elle lentement.
— Vous m'avez injustement condamné.
— Je me suis peut-être trompée, répondit-elle en tentant de se redresser.
Sans crier gare, il se pencha pour la prendre dans ses bras. Elle le sentait trembler. Ma parole ! Voilà qu'il pleurait.
— Brigette, sanglota-t-il, il faut me pardonner. Il y a des moments où je ne sais pas ce que je fais.
— Carlo, je voudrais dormir.
— Je ne veux pas rester seul. Venez chez moi.
— Mais c'est impossible.
— Pourquoi ?
— Parce que je... j'attends des coups de fil importants, affirma-t-elle. Si je ne suis pas là pour répondre, on s'inquiétera.
— Vous pouvez sans doute les appeler. Mettez quelques affaires dans un sac de voyage et venez chez moi.
— Non, Carlo, je ne peux pas.
Une lueur inquiétante s'alluma soudain dans son regard.
— Brigette, vous pouvez et vous allez le faire.
— Entendu, acquiesça-t-elle.
Un plan se formait dans son esprit. Quand ils seraient dans le hall de l'hôtel, elle pourrait appeler à l'aide et lui échapper.
— Si vous y tenez vraiment.
— Mais oui, dit-il en l'aidant à se lever. Je dois me faire pardonner, mon ange.
Elle enfila sa robe qu'elle ramassa au pied du lit. Ce salaud avait dû la lui ôter quand elle était évanouie. Elle se demanda ce qu'il avait fait d'autre... Elle devait absolument se regarder dans une glace pour voir de quoi elle avait l'air.
— J'ai besoin d'aller dans la salle de bains, annonça-t-elle.
— Je vous accompagne.
— Non, Carlo. Attendez devant la porte.

— Je ne vous fais pas confiance, Brigette.

— Comment cela ? lança-t-elle d'un ton léger.

*Pourquoi se retrouvait-elle toujours dans des situations impossibles. Pourquoi, mais pourquoi donc ?*

Les jambes molles, elle se laissa escorter jusqu'à la salle de bains. Il entra avec elle et se planta près de la porte, devant le téléphone mural. Elle ne put rester que le temps de s'examiner dans la glace.

— Il faut quelque chose pour vous couvrir, répondit-il en saisissant au passage une longue écharpe de chez Armani. Mettez-vous ça sur la tête. Avez-vous des lunettes de soleil ?

— Il fait nuit dehors.

— Je sais. Où sont-elles ?

Elle désigna un tiroir de la commode. Il l'ouvrit et trouva des lunettes noires. Fouillant dans la penderie, il décrocha son imperméable et le lui mit sur les épaules.

— On s'en va, dit-il en lui prenant le bras. Y a-t-il autre chose que vous voulez prendre ?

Elle fit non de la tête. Elle était certaine de retrouver sa liberté dès l'instant où ils mettraient les pieds dans le hall : il ne pouvait ni braquer un pistolet sur elle ni même la frapper.

Il se dirigea vers la porte, l'entrebâilla et regarda dehors.

— Bon, fit-il. Allons-y.

Le couloir était désert ; Carlo l'entraîna vers les ascenseurs. Il les dépassa et se dirigea vers une autre porte sur la gauche.

— Où allons-nous ? demanda-t-elle, affolée.

— Nous prenons l'entrée de service.

— Non ! déclara-t-elle en s'arrêtant net. Ramenez-moi dans ma chambre.

— Comme vous voudrez, mon ange.

Il lui décocha un tel coup de poing à la mâchoire qu'une fois de plus elle sombra ; tout s'obscurcit.

# 47.

Lucky circulait d'une pièce à l'autre, cherchant Venus et Cooper. Après avoir occupé, pendant des années, une position importante à Hollywood, elle avait acquis l'art de se déplacer au milieu d'une foule sans être importunée. Lennie avait disparu parmi les invités, Maria cramponnée à sa main. Steven et Carioca les accompagnaient.

Une main se posa familièrement sur son épaule.

— Comment ça va, Lucky ?

Elle se retourna pour se trouver nez à nez avec Alex.

— Comment s'est passée la suite de votre week-end avec Lennie ?

— Pas mal. Et le vôtre ?

— Ç'aurait été mieux si...

— Alex, ne commencez pas.

Elle savait exactement ce qu'il s'apprêtait à dire.

— J'imagine que la réconciliation a été agréable.

— Ce n'était qu'une brouille sans importance. Nous n'avons été séparés qu'une nuit.

— Certes, mais cette nuit-là aurait pu être le début de quelque chose.

— Ne vous faites pas d'illusions.

— Où se cache le mari prodigue ? demanda-t-il en parcourant le salon du regard.

— Il est ici. J'ai une bonne nouvelle à vous annoncer : Lennie s'est remis au travail. Il écrit un scénario sur la violence.

— La violence. Allons donc, son genre, c'est plutôt la comédie.

— Eh bien, maintenant, il a envie d'écrire quelque chose de plus sérieux.

— Vraiment ? fit Alex en fixant sur elle un regard appuyé.

— Vraiment.

Pourquoi ce salopard était-il si séduisant ?

— Allons au bar, proposa-t-il en l'entraînant déjà.

— À vrai dire, je cherchais Venus. Vous l'avez vue ?

— Elle est là-bas, dans cette grappe d'hommes agglutinés sur elle.

— Comptez-vous la faire tourner dans un autre film ? Elle a adoré travailler avec vous.

— Oui, c'est une actrice qu'on sous-estime, dit-il en s'approchant du bar. Que prenez-vous ?

— Vodka-Martini.

— Deux, lança-t-il au barman.

Le barman leur tendit leurs verres et Alex emmena Lucky dans un coin tranquille.

— Avez-vous réfléchi un peu à notre discussion ?

— Quelle discussion ?

— Au sujet d'une production...

— Je n'ai pas eu le temps d'y penser, répondit-elle sans hésiter.

Elle n'allait certes pas lui dire que Lennie s'était montré rien moins qu'enthousiaste.

— Et si nous travaillions tous les trois ? suggéra-t-il. Vous, Venus et moi ? Quelle affiche !

— Vous avez de la suite dans les idées.

— Je trouve navrant de vous voir sans travail. Vous n'êtes pas du genre femme au foyer. Tenez, reprit Alex. J'ai deux ou trois scripts à l'étude. Si je vous les envoyais ? Vous me direz ce que vous en pensez.

— Ils sont bons ?

— Bien sûr que non, Lucky, dit-il impassible. Je ne travaille que sur des projets consternants.

— D'accord, fit-elle en riant.

Lennie verrait-il un inconvénient à ce qu'elle bosse avec Alex, puisque il ne voulait pas travailler avec elle ?

Aucun doute. Elle savait qu'il en verrait.

— C'est Dahlia, dit Max, donnant un coup de coude à Lina qui s'empiffrait de canapés au caviar.

Elle aperçut une grande femme mince d'une quarantaine d'années, avec de longs cheveux bruns et des traits énergiques.

— Elle fait peur !

— En fait, rétorqua Max, elle est tout à fait charmante. Charlie devrait l'épouser.

— Et elle... ne se doute pas qu'il couche à droite et à gauche ?

— Il est certain qu'elle est au courant. Mais Dahlia n'est pas sotte, elle fait semblant de l'ignorer. Dès l'instant que personne ne menace son territoire, cela ne la dérange pas.

— Quel est son territoire ?

— Le Charlie officiel. Celui qui participe aux soirées de bienfaisance, assiste aux remises des oscars, aux grands dîners du cinéma, à qui l'on donne toujours la meilleure table. Dans ces occasions-là, Dahlia l'accompagne *toujours.*

*Merde !* se dit Lina. *Autant pour mes chances de me faire photographier avec lui.*

— Arrêtez le caviar une minute, lui conseilla Max. Mon associé Freddie Leon arrive. Tâchez d'être aimable. Il s'occupe de la plupart des grandes vedettes.

— Et je suis censée être impressionnée.

— Parfaitement. Et n'essayez pas de le draguer, Freddie est marié et heureux en ménage.

— Bien sûr, ricana Lina. Ils le sont tous !

— Salut, Freddie, dit Max. Je voudrais te présenter Lina, c'est une de nos clientes.

— Bonjour, Lina, dit Freddie, le regard calme. Il paraît que vous venez d'être engagée dans le nouveau film de Charlie Dollar. Félicitations.

— Je ne dois rien dire tant que ce n'est pas signé.

— Ne vous inquiétez pas, dit-il. Nous sommes vos agents.

— J'en suis ravie, dit-elle en lui lançant un regard langoureux.

Freddie ne broncha pas.

— Enchanté de vous avoir rencontrée, Lina, conclut-il avant de disparaître dans la foule.

— Pas très chaleureux, observa Lina.

— C'est Freddie, expliqua Max avec un petit sourire. Il y a une chose qu'il faut savoir dans cette ville : ne fâchez pas Freddie Leon.

— Je n'en avais nullement l'intention. Oh ! Seigneur ! regardez qui se dirige vers nous !

— Qui donc ?

— Flick Fonda.

— Vous connaissez Flick ?

Max avait toujours espéré devenir son agent.

— Je ne l'ai jamais rencontré. Présentez-moi donc.

— Il est avec son emmerdeuse de femme, constata Lina d'un air dégoûté. Filons !

— Bonjour, chérie, lançait déjà Flick en fonçant sur eux.

Il faisait très rock star avec son large pantalon de cuir, sa chemise blanche à jabot et un diamant dans chaque oreille.

— Comment va ?

— Ravie de te voir, Flick. Tu connais certainement Max Steele, l'agent ? En fait, *mon* agent.

— Bonjour, Max.

Flick, les yeux congestionnés, balayait la pièce du regard à la recherche d'une femme qui lui aurait échappé.

— Quelle joie de vous rencontrer ! s'exclama Max en prenant tout à coup son air faussement charmeur de chasseur de vedettes. Je suis un de vos fans, vous savez.

— Ça fait toujours plaisir à entendre, dit Flick. Ça me fera vendre quelques CD de plus. Vous connaissez ma femme, Pamela ?

Pamela s'avança, l'air maussade et méfiant. Pour elle, chaque femme qui adressait la parole à son mari était susceptible d'être passée dans son lit. Et elle n'avait pas tort...

— Bonjour, Pam, dit Lina avec un petit signe désinvolte. Je ne vous ai pas vue depuis une éternité...

— Vous, répliqua Pamela, je vous vois partout. Vous n'avez pas peur d'en faire trop ?

Flairant le danger, Flick prit sa femme par la main et l'entraîna :

— Chérie, je viens d'apercevoir Rob et Rachel. Allons dire bonjour.

— Jolie robe, lâcha Pamela en s'éloignant. Elle te restait du carnaval ?

— Grosse vache ! marmonna Lina entre ses dents.

— Je vois que sa femme est une de vos fans, observa Max.

— On ne peut pas plaire à tout le monde.

« La reine des pommes » était attifée d'un vêtement indigne du nom de robe : deux minces bandes de tissu orange coupées au ras des fesses, échancré jusqu'en dessous du nombril, à peine retenues sur les côtés par les liens transparents noués en zigzag. Au point que Price en était gêné. Elle avait l'air d'une publicité pour cassettes porno.

— Krissie, avait-il demandé quand il était passé la prendre, c'est ça que tu mets ?

— Price, avait-elle répliqué, plutôt directe pour une blonde idiote, c'est *ça* que tu mets ?

La soirée commençait bien.

Sitôt arrivé, Price trouva un canapé d'angle, y installa Krissie avec un verre et s'éloigna en lui promettant de revenir très vite. Pas question de s'afficher avec elle.

À vrai dire, il aurait pu venir seul étant donné la foule de femmes superbes qu'il croisait. Il y avait même Lina, le top model, qu'il mourait d'envie de rencontrer malgré son accoutrement presque aussi catastrophique que celui de la reine des pommes. Qu'avaient-elles donc toutes, ce soir ?

Il chercha Venus. Cela faisait un temps fou qu'ils étaient amis. Surtout depuis qu'ils se retrouvaient aux mêmes soirées de charité.

— Price, murmura Venus en se glissant derrière lui, ne me dis pas que c'est toi qui as amené cette pétasse en orange ?

— Raccroche, ma petite, c'est une erreur.

— Je pensais que tu avais meilleur goût. Il faudrait la refiler à quelqu'un.

— À qui ?

— On pourrait trouver preneur parmi le tas de vieux copains producteurs que Cooper a invités.

— Tant mieux. En arrivant, j'ai aperçu Lina. Elle est super ! Tu peux m'arranger le coup ?

— Quand tu voudras, mon chou. Essayons de la retrouver, dit-elle, lui prenant le bras. Je ne l'ai pas encore vue, mais je parierais qu'elle est avec Max Steele. Elle eut un petit rire. Il paraît que Max traîne dans les aéroports pour lever les filles qui débarquent de l'avion !

La table des enfants était présidée par Chyna, cinq ans, fille de Venus et Cooper. Précoce et sympathique, elle voulait être actrice, « comme papa et maman », et faisait déjà un peu de figuration dans les films de Cooper.

— Papa, papa, il faut que j'aille au petit coin, annonça Carioca en tirant son père par la manche.

Steven, qui se demandait pourquoi il était venu, fut trop content de saisir cette occasion de s'échapper.

— Je reviens, expliqua Carioca à Chyna.

— Dépêche-toi, pour ne pas rater le gâteau !

Steven entraîna sa fille à travers la foule. Il ne connaissait pratiquement personne, ce qui ne l'étonnait pas, car il s'intéressait peu aux gens de cinéma. L'air grave, Carioca s'agrippait à sa main. Sa ressemblance avec sa mère le bouleversait.

— Tu sais, papa, commença-t-elle, sérieuse.

— Oui, mon bébé.

— Je suis contente que tu sois venu à Palm Springs. C'était chouette ! Ici aussi, c'est chouette. Tu sais, papa, je ne suis pas un bébé.

— Non, ma grande.

— Papa, maintenant que maman n'est plus ici, est-ce qu'on pourra faire des choses ensemble ?

— Bien sûr, ma chérie.

— J'aime être chez Lucky, mais être avec toi, c'est encore mieux !

Les toilettes des invités étaient occupées ; Carioca attendit devant la porte en sautillant d'un pied sur l'autre.

— Papa, papa, il faut que j'y aille !

— Attends, mon chou, dit-il en frappant à la porte. Dépêchez-vous un peu, j'ai là une enfant désespérée.

Quelques secondes plus tard, la porte s'ouvrit toute grande, livrant passage à une vision de rêve, tout de rose vêtue.

— Pardon, fit Lina en le regardant droit dans les yeux. Je suis restée trop longtemps ?

— Oh, non, fit-il, déconcerté par la beauté exotique apparue devant lui. Mais ma petite fille est pressée.

— Papa ! protesta Carioca. Je n'étais pas désespérée. J'avais simplement envie.

— Je te laisse la place, dit Lina en donnant une petite tape sur l'épaule de Carioca. Vas-y.

Carioca s'engouffra dans les toilettes et Lina se tourna vers Steven avec un sourire éblouissant.

— Elle est adorable. Comment s'appelle-t-elle ?

— Carioca.

— Quel joli nom, dit-elle, incapable de détacher ses yeux du splendide inconnu.

Brusquement, la mémoire lui revint.

— Eh, s'écria-t-elle. Vous devez être Steven !

— Je vous connais ?

— Lina, je suis Lina.

Il fronça les sourcils, gêné de voir qu'elle attendait des exclamations extasiées.

— Lina ? répéta-t-il.

— Vous ne me reconnaissez pas ?

— Je devrais ?

— Je suis une amie de Brigette, dit-elle comme si cela expliquait tout. Vous savez, Brigette Stanislopoulos, la filleule de Lucky.

— Mais oui... dit Steven. Brigette est mannequin à New York. Et vous ?

— Vraiment, fit Lina en riant, vous ne me reconnaissez pas ?

— Je n'ai aucune mémoire des visages. Vous êtes comédienne ? Ma femme était comédienne.

— Je suis absolument navrée pour votre femme, reprit soudain Lina d'un ton grave. Je la regardais souvent à la télé, elle était ravissante. Je suis vraiment, vraiment navrée pour vous. Hmm... je veux dire, pour la perte que ça a dû être.

— Je vous remercie, dit-il.

— Mais je vous en prie.

— Où est donc Brigette ce soir ?

— À Londres avec Lucky.

— Impossible, Lucky est ici, avec moi.

— Vous voulez dire qu'elle est rentrée ?

— Elle n'est jamais partie.

— Tiens... Brigette a dû me raconter des craques. Elle s'est peut-être enfin trouvé un jules et ne voulait pas que je le sache.

— Vous vous connaissez bien ?

— Plutôt. Nous habitons le même immeuble à New York et nous sommes toutes les deux mannequins. Et vous, vous êtes avocat, n'est-ce pas ?

— Je plaide coupable.

— J'adorerais rencontrer Lucky. Pourriez-vous me présenter ?

— Dès que je la retrouve. Avec qui êtes-vous venue ?

— Avec mon agent. C'est purement professionnel. Pouvez-vous garder un secret ?

— C'est mon métier.

— Je suis venue à L A pour voir Charlie Dollar. Je dois tourner dans son nouveau film. Mais mon agent m'a dit que je ne devais en parler à personne.

— Avec moi, vous ne risquez rien, dit-il, intrigué par cette superbe créature à l'accent excentrique. Alors vous êtes comédienne ?

— Mannequin-comédienne.

— Des environs de Londres, n'est-ce pas ?

— Oh, vous avez deviné ?

— J'ai un don, dit-il en souriant.

— Pour devenir star, fit-elle en riant, je vais devoir prendre des leçons de diction.

— Vous avez un accent charmant.

Carioca sortait des toilettes.

— Tu viens, papa ? fit-elle.

— J'arrive, mon chou.

— À plus tard, dit Lina en lançant un regard appuyé.

— Ravi de vous avoir rencontrée, dit Steven.

— Moi aussi. Brigette m'a beaucoup parlé de vous. Un silence. Mais elle m'avait caché que vous étiez aussi beau.

— Si je trouve Lucky, je lui dirai que vous aimeriez la voir, dit-il.

Lina fit un grand sourire.

— Merci.

— Alors, on s'amuse ? dit Lucky retrouvant Lennie assis à la table des enfants.

— Les gosses sont ravis, répondit-il. Nous avons eu des ballons, un magicien, un spectacle de clowns. Et toi, qu'est-ce que tu as fait ?

— J'ai circulé. Je t'ai cherché.

Il l'attira à lui.

— Femme, viens ici.

— Oui, mon seigneur.

— Pourrons-nous rentrer bientôt ?

— Je ne peux pas abandonner Venus si tôt.

— Alors, ça t'ennuierait si je ramenais Maria à la maison et que je te renvoie la limo ? Tu comprends, je ne me sens pas encore très mondain. J'ai envie... de rentrer.

— D'accord, soupira-t-elle, mais je dois rester encore un peu.

— Compris. Ne tarde pas trop.

Elle embrassa Maria, donna un baiser à son mari et disparut dans la foule des invités.

# 48.

Le cauchemar continuait. Lorsque Brigette reprit conscience, elle se trouvait dans une chambre inconnue aux rideaux tirés. Elle se leva et marcha d'un pas chancelant jusqu'à la porte. Celle-ci était fermée à clef.

Elle eut l'impression d'être prisonnière d'un mauvais feuilleton télé. Ce genre de choses n'arrivait tout simplement pas dans la vie réelle

*Pas de panique*, se dit-elle. *Je vais rester calme et parlementer pour me sortir de là.*

Mais il n'y avait personne avec qui discuter. Carlo n'était pas là.

Elle ouvrit les rideaux. La fenêtre donnait sur une petite rue ; ils devaient être au dixième étage environ : impossible de fuir.

— Merde, marmonna-t-elle.

Elle avait la mâchoire endolorie. Elle ouvrit et referma la bouche avec précaution ; Dieu merci, elle n'avait apparemment rien de cassé.

Elle secoua la poignée en appelant Carlo. En vain.

Au bout d'un moment, elle retourna s'allonger. Inutile de gaspiller son énergie. Elle retint ses larmes et chantonna un refrain :

*Tu vas être forte.*
*Tu survivras.*
*Tu vas être forte.*
*Tu survivras.*

Finalement, elle sombra dans un sommeil agité pour s'éveiller quelques heures plus tard sur une vision plus cauchemardesque encore : Carlo et un inconnu étaient penchés au-dessus d'elle. Âgé d'une trentaine d'années, l'homme était grand et dégingandé, avec des touffes de poils qui lui sortaient des oreilles et de longs favoris graisseux. Vêtu d'un pantalon marron et d'un sweat-shirt taché, il portait un anneau d'or à la narine.

Tandis que Carlo la maintenait, l'inconnu lui serra le bras gauche dans une ceinture de cuir, puis lui palpa le creux du coude. Il tenait à la main une seringue.

Elle comprit trop tard. Au moment où elle commençait à crier, l'homme lui plantait l'aiguille dans le bras.

— Vous êtes sûr que c'est bien ce que veut cette petite garce ? l'entendit-elle dire.

— Oui, répondit Carlo. De toute façon, quelle importance ? Je paie. Le reste ne vous concerne pas.

Tout à coup, la pièce se mit à tourner et Brigette sentit une vague d'euphorie déferler en elle.

Elle resta allongée à suivre le jeu des ombres au plafond, envahie d'une sorte de béatitude paisible.

La drogue faisait son effet. Elle s'assoupit.

# 49.

Irena était allée se coucher de bonne heure et Price allait à une soirée : Teddy et Mila avaient donc la maison pour eux.

Il la trouva dans la cuisine, où elle regardait une émission de jeux à la télévision.

— Quoi de neuf ?

— Rien.

Elle n'était pas d'humeur à bavasser. Il était assommant et elle avait trop de choses en tête. Mais comme elle ne pouvait pas prendre le risque de le dresser contre elle, elle se laissa peloter. Puis ils montèrent dans la chambre de Teddy, où elle entreprit de défaire sa braguette. L'étonnement fut sa première réaction : Teddy soutenait avantageusement la comparaison avec son actuel petit copain, celui du MacDo, et même de loin... Il avait l'équipement, oui, mais pas la cervelle. Dommage ! Enfin... Elle le poussa sur le lit et se mit à l'œuvre tout en réfléchissant au moyen de se débarrasser de Lennie Golden. Cent mille dollars, c'était le gros lot dont elle avait toujours rêvé. D'une façon ou d'une autre, elle le décrocherait.

Quand Teddy fut satisfait, elle demanda à voir la chambre de Price.

— Il deviendra dingue, s'il sait que j'entre là-dedans ! dit Teddy très nerveux.

— Foutaises ! Tu ne peux pas me montrer, à moi ?

Il était prêt à montrer à Mila tout ce qu'elle voulait. Il se sentait enfin un homme et, pour la première fois, il ne pensait plus à cette horrible soirée. Mila avait raison, il fallait oublier tout cela.

Dans la chambre de Price, tout n'était que cuir brun et meubles laqués noirs. Sur le lit installé sur une estrade face à une télé grand écran, on avait jeté une somptueuse couverture de fourrure. Mila s'y laissa tomber, attrapa la télécommande et alluma la télé.

— N'abîme rien.

— Oh, oh ! c'est toi ? se moqua-t-elle en saisissant la photo encadrée d'un mignon petit garçon de quatre ans juché sur les épaules de Price.

— Ne touche pas.

Comme elle refusait de lâcher le cadre, Teddy se laissa lourdement tomber sur elle. Avant qu'il ne comprenne ce qui lui arrivait, elle avait déjà ouvert sa braguette et relevait maintenant sa jupe en se tortillant.

— Tu l'as déjà fait, Teddy ?

— Bien sûr.

— Menteur. Tu sais bien que non.

Elle écarta les jambes.

— C'est ta chance.

Il était en passe d'accéder au paradis quand la sonnette de la porte d'entrée le ramena brutalement à la réalité.

Ils restèrent tous les deux pétrifiés.

— Merde ! dit Mila. Ça va réveiller ma mère et elle viendra voir ce qui se passe. Grouille-toi.

Teddy rampa en travers du lit, empoigna l'interphone et pressa le bouton.

— Qui est là ? cria-t-il, affolé.

L'idée qu'Irena puisse le surprendre batifolant les fesses à l'air avec sa fille sur le lit de son père avait quelque chose de terrifiant.

— Police, dit une voix désincarnée. Nous aimerions parler au propriétaire de la jeep noire.

# 50.

— Enfin ! s'exclama Lina en touchant l'épaule de Lucky.

— Je vous demande pardon ?

— Je suis Lina. Brigette a tout le temps votre nom à la bouche. Vous avez l'air formidable. Elle a dû vous parler de moi, non ? Surtout, ne croyez pas un mot de ce qu'elle raconte. Elle en rajoute.

Lucky reconnaissait le célèbre mannequin mais ne se souvenait pas d'avoir jamais entendu Brigette mentionner son existence.

— En fait, se risqua-t-elle, elle ne m'a dit que du bien de vous.

— Je ne comprends plus rien. Brigette m'a annoncé qu'elle partait pour Londres avec vous, et j'apprends par Steven que vous êtes ici.

— Et à moi, elle a déclaré qu'elle prenait l'avion pour Milan...

— Non, non, elle a annulé l'Italie, précisa Lina. Je le regrette bien d'ailleurs, parce que, d'habitude, nous y allons ensemble.

— Hm hm... je me demande ce qu'elle mijote. Je devrais peut-être l'appeler.

— Elle s'est peut-être trouvé un petit copain, dit Lina, ça m'étonne pourtant qu'elle ne m'ait pas mise dans la confidence.

— Elle vous raconte tout ?

— En général. Mais elle ne voulait sans doute pas que je sois au courant, cette fois.

— Je croyais que Brigette avait renoncé aux hommes – en tout cas, c'est ce qu'elle m'a dit la dernière fois que nous nous sommes parlé.

— C'est vrai. Et puis elle a eu cette horrible histoire à New York.

— Quelle horrible histoire ?

— Oh ! fit Lina en portant une main à sa bouche. C'était un secret !

— Trop tard maintenant, continuez.

— Un salopard a glissé une pilule dans son verre... vous savez, une de ces drogues qui endorment. Et Brig pense que ce salaud l'a violée. J'ai promis de n'en parler à personne – surtout pas à vous – parce que Brig dit qu'il faut qu'elle cesse de vous embêter chaque fois qu'elle est dans le pétrin.

— Quand est-ce arrivé ? demanda Lucky.

— Il y a deux ou trois mois. Elle était très mal, mais elle s'en est remise. Moi... je lui aurais coupé son truc en tranches fines !

— Lina, Lina, je vous adore ! Qui est ce type ?

— Un connard d'Italien avec lequel on a dîné une fois. Séduisant d'ailleurs... Je ne comprends pas pourquoi il a fait ça, s'il l'a fait.

— Les hommes ont toujours été un problème pour Brigette. Elle n'a jamais eu de chance avec eux. Je suis sûre qu'elle vous a raconté. Qu'est-ce que vous faites à L A ?

— À vrai dire, je pars demain. Je vais à Milan pour les présentations de mode. J'avais rendez-vous ici avec Charlie Dollar pour son nouveau film.

— Charlie est un type bien. Il vous plaira.

— Je sais, fit Lina avec un sourire en coin.

— Vous savez quoi ?

— Je sais qu'au plumard il est super. Je l'ai essayé.

— Je vous conseille de ne pas le crier sur les toits, fit sèchement Lucky. Charlie est très lié à Dahlia, et depuis longtemps. Tiens, fit Lucky, changeant de sujet, voilà Venus. Vous vous connaissez ?

— Non, mais je connais Cooper, répondit Lina, s'abstenant de donner des détails que Lucky aurait pu ne pas apprécier, quoique la rencontre se soit déroulée longtemps avant le mariage du rocker avec la blonde superstar.

— Venus, dit Lucky, je te présente Lina. Une grande amie de Brigette.

— Je sais qui est Lina ! s'exclama Venus. Je vous ai vue au défilé Chanel. Personne ne vous arrivait à la cheville. J'ai adoré !

— Merci, dit Lina, pour une fois intimidée.

— Oh ! voilà Price Washington, ajouta Venus tandis que Lucky s'esquivait. Il mourait d'envie de vous connaître.

— Bonjour, Price, susurra Lina en essayant le coup du regard voilé – ravageur mais modeste.

Après une inspection détaillée de la nouvelle venue, Price arbora une satisfaction intéressée.

— J'ai remarqué vos photos de safari dans le *Vogue* du mois dernier. Superbes.

— Vous lisez *Vogue* ?

— Une de mes petites amies l'avait laissé chez moi.

— *Une* de vos petites amies ? Vous en avez beaucoup ?

— Ce qu'il me faut. J'aime la variété...

— Oh ! c'est ça, votre truc ? La variété ?

— Pourquoi pas ?

— Mon Dieu, mon Dieu ! Je sens la température monter, soupira Venus en s'éventant d'une main. Je vais tâcher de retrouver mon mari.

Sans savoir comment, Max Steele se retrouva coincé par Krissie, la petite dinde de Price Washington, une calamité.

— Vous comprenez, disait Krissie, ses gros seins tressautant d'indignation, après mes photos dans *Playboy*, je pensais que, pour moi, tout allait commencer. Tout le monde me l'avait annoncé. Enfin, quoi ! Si on fait la double page, on attend des résultats, non ?

— Certainement, dit-il, cherchant désespérément comment s'échapper.

— Maintenant, mon agent me dit qu'il faut qu'on me voie. C'est lui qui m'a choisi cette robe, pour qu'on me voie bien, ce soir. Mais Price n'est pas très gentil avec moi. Il devrait, pourtant, vous ne trouvez pas ?

Max acquiesça vigoureusement.

— Je sais que vous êtes un agent très important, on me l'a dit. Justement, je cherche un nouvel agent, et je crois que vous êtes l'homme qu'il me faut, alors ça vous embête pas que je vous parle ?

— Avez-vous déjà tourné ? demanda-t-il, quêtant du regard une aide quelconque.

— Pas vraiment, mais je suis prête à travailler, dit-elle, son 95C tremblant d'émotion.

*Seigneur !* se dit Max. *Que fait donc Lina quand j'ai besoin d'elle ?*

Lina partageait un joint avec Price Washington sur la terrasse. Il était célèbre, noir et très sexy, mais elle ne pouvait s'empêcher de se demander où était passé Steven Berkeley, un des plus beaux hommes qu'elle ait jamais vus. Elle mourait d'envie d'en apprendre plus par Brigette, mais qui donc savait où cette petite cachottière avait disparu ? Lina supportait mal de ne pas être dans le coup. Si Brigette avait un petit ami, elle voulait être au courant.

— Alors Lina, dit Price en tirant une bouffée, pour combien de temps êtes-vous à L A ?

— Juste pour quelques heures encore.

— Et si vous les passiez avec moi ? dit-il, avec ce regard troublant qui avait fait sa légende.

— Eh bien vous, vous ne perdez pas de temps au moins, fit-elle d'un ton malicieux.

— Ma mère m'a appris que le temps perdu ne se rattrape jamais.

Dans une autre ville, un autre soir, il aurait pu avoir sa chance. Mais Lina avait envie de rentrer à son hôtel pour penser à Steven. Et puis elle devait aussi larguer Max. En douceur, naturellement. Après tout, c'était son agent.

— Désolée, dit-elle à Price avec un sourire éblouissant. Mon carnet de bal est plein.

Ce qu'avait raconté Lina sur Brigette avait laissé Lucky soucieuse. Au fond, Brigette était une fille vulnérable, trop même, pour le monde de la mode. Heureusement elle était tout de suite arrivée au sommet, ce qui lui avait évité de connaître la face la plus sordide du milieu. Lucky connaissait ces prédateurs prêts à exploiter les filles ravissantes aux ambitions démesurées ; elle connaissait des agents qui harcelaient leurs victimes de promesses fallacieuses, et des couturiers qui les pressaient comme des citrons.

Elle décida d'appeler dès le lendemain l'agent de Brigette. Si celle-ci avait besoin d'aide, elle serait là.

À l'autre bout de la salle, elle vit Alex en discussion avec Pia. Celle-là durerait plus longtemps que les autres ; elle semblait futée.

*Qu'est-ce qui te prend de penser à Alex,* se demanda-t-elle, *quand tu devrais rentrer à la maison retrouver Lennie et tes enfants ?*

Ah... la vie de famille. Elle les adorait tous, mais parfois, elle trouvait que la liberté, c'était vraiment tentant ! Peut-être Alex était-il dans le vrai. Pas de famille. Pas d'attache. Rien que son travail – qui le passionnait – et une aventure de temps en temps.

Ah oui, mais Alex ne sentirait jamais sur sa joue le souffle d'un baiser d'enfant, pas plus qu'il n'entendrait une petite voix murmurant dans la nuit : « Papa, je t'aime. »

Elle jeta un dernier coup d'œil dans sa direction. Il chuchotait quelque chose à l'oreille de Pia. Bon sang ! N'était-il pas temps pour lui de sauter le pas ?

— Bonsoir, Steven, dit Venus en l'embrassant sur les deux joues. J'espère que tu ne regrettes pas d'être venu.

Carioca s'était endormie dans les bras de son père, son innocent petit visage blotti contre son épaule.

— Il y a quelqu'un qui a passé une soirée formidable, dit-il avec l'esquisse d'un sourire.

— Tant mieux, dit Venus. Nous voulons te voir plus souvent.

— Tu me verras, dit-il, songeant à l'amie de Brigette avec cette robe insensée et ce drôle d'accent ; elle avait quelque chose...

— On t'appellera la semaine prochaine, dit Venus. J'organiserai quelque chose avec Lucky et Lennie.

— Volontiers.

La soirée peu à peu se terminait ; chacun rentrait chez soi. Venus regarda Cooper en souriant et dit :

— C'était très réussi.

Cooper acquiesça. Ils montèrent sur la terrasse de leur chambre et, dans le Jacuzzi, à la lueur des étoiles, ils firent longuement l'amour.

Quelque part dans un arbre, au loin, un photographe juché en équilibre précaire sur une haute branche prenait au téléobjectif des photos qui valaient très cher.

Puis les traiteurs s'en allèrent.

Puis les agents de sécurité.

Bientôt se lèverait sur Hollywood une nouvelle journée de rêve.

# LIVRE TROIS

## Deux mois plus tard

# 51.

Teddy avait trop tardé à filer. Ces dernières semaines avaient vu se réaliser son pire cauchemar. Tout avait commencé avec l'irruption des deux inspecteurs venus lui poser des questions sur la jeep – avec Mila toujours planquée là-haut, par crainte d'être reconnue d'après le portrait-robot.

Le policier l'avait interrogé pendant dix minutes avant qu'Irena n'arrive, enveloppée d'un long peignoir marron.

— Qu'est-ce qui se passe ? demanda-t-elle en braquant sur eux un regard mauvais.

Pour une fois, Teddy était ravi de la voir.

— Nous enquêtons sur un incident concernant une jeep dont plusieurs des chiffres correspondent à ceux de la plaque minéralogique du véhicule immatriculé à cette adresse, dit l'inspecteur Johnson.

Irena se redressa de toute la hauteur de son mètre soixante-cinq.

— Vous savez à qui appartient cette maison ? demanda-t-elle, impériale.

— Pardonnez-moi, madame, fit le second inspecteur, qui êtes-vous ?

— Qui je suis ? fit Irena, jouant l'indignation. Je suis l'assistante de *monsieur* Price Washington et je suis certaine que l'avocat de *monsieur* Washington serait très contrarié s'il savait que vous vous adressez à son *fils* en dehors de sa présence. Je vous demande de partir immédiatement.

Teddy était impressionné.

— Très bien, madame, répondit l'inspecteur Johnson, qui

savait reconnaître les emmerdeuses. J'espère que nous n'aurons plus besoin de vous déranger.

— Qu'est-ce que c'était ? demanda Irena dès que les deux inspecteurs furent partis.

Teddy haussa les épaules, prenant un air désinvolte, mais il tremblait intérieurement.

— J'sais pas. Une histoire de jeep impliquée dans une agression.

— Il y a des milliers de jeeps à Los Angeles. Pourquoi venir ici ?

Teddy haussa une nouvelle fois les épaules et se détourna. Il ne voulait pas qu'elle voie son visage.

— Pas la moindre idée.

— Où est Mila ?

— Je ne l'ai pas vue, mentit Teddy sans vergogne.

— Ne t'avise plus d'ouvrir une nouvelle fois, dit Irena d'un ton sévère. C'est *mon* travail de m'occuper de cette maison. Pas le tien. Elle lui lança un regard méfiant. Tu as quelque chose à cacher, Teddy ?

— Ne sois pas stupide, marmonna-t-il.

Une fois débarrassé d'Irena, Teddy remonta précipitamment dans sa chambre, où Mila le rejoignit. Ils discutèrent une grande partie de la nuit.

— Quoi qu'il arrive, insista Mila, nie tout. Compris, Teddy ? Sinon, je te promets que tu le regretteras salement.

Une semaine plus tard, les deux mêmes policiers étaient de retour. Ils demandèrent, cette fois, à voir la jeep.

Refus d'Irena.

— Et si nous revenions avec un mandat de perquisition ? proposa l'inspecteur Johnson avec un grand soupir.

Il avait consacré trop de temps et d'énergie à cette affaire. Il voulait en finir, surtout pour ne plus avoir la Santangelo sur le dos.

— Oui, c'est peut-être ce que vous devriez faire, lança Irena.

— Si c'est ce que veut cette vieille carne, murmura l'inspecteur Johnson à son équipier en regagnant leur voiture, elle l'aura.

Plus il y réfléchissait, plus il était convaincu que le petit Noir fébrile auquel ils avaient parlé une semaine auparavant ressemblait au portrait-robot d'un des suspects. Cela ajouté à la similitude des chiffres de l'immatriculation lui donnait à penser qu'ils avaient peut-être bien mis dans le mille.

Vingt-quatre heures plus tard, ils revinrent avec un mandat.

Irena qui, par principe, avait horreur de la police faillit s'affoler. Price était à Vegas et elle ne voulait pas le déranger pour une bêtise pareille ; elle fit donc attendre les deux inspecteurs à la porte pendant qu'elle appelait l'avocat de Price. Celui-ci l'engueula de ne pas l'avoir alerté plus tôt.

Pas de chance pour les policiers : Teddy était sorti, la jeep n'était donc pas là.

— Quand rentrera-t-il ? demanda le collègue de Johnson.

— Je ne sais pas, répondit-elle, leur barrant le passage.

— Nous attendrons.

— Dehors.

— Quel est votre nom, déjà ? demanda-t-il.

— Irena Kopistani.

La peur la saisit aussitôt ; si on découvrait sa véritable identité, elle risquait fort d'être expulsée pour s'être introduite aux États-Unis avec de faux papiers.

— Mademoiselle Kopistano, reprit l'inspecteur Johnson en écorchant délibérément son nom, est-ce que l'une ou l'autre de ces personnes vous paraît familière ?

Il brandit les deux portraits-robots. Irena sentit son estomac se contracter. La fille ressemblait à Mila, et le garçon pouvait tout à fait être Teddy.

— Non, dit-elle en regardant droit devant elle.

— Non ? répéta Johnson, remarquant qu'elle avait brusquement rougi. Vous ne trouvez pas que le garçon ressemble à ce gosse à qui nous avons parlé, l'autre jour ?

— Non, répéta Irena.

— C'était le fils de Price Washington, n'est-ce pas ?

Elle acquiesça de mauvaise grâce.

— Est-ce qu'il a une petite amie blanche ?

— Non.

Irena était catégorique.

— D'où êtes-vous originaire, miss Koposta ?

— Je suis obligée de répondre à vos questions ?

*Oh ! oui, elle avait certainement quelque chose à cacher.*

— Ça dépend de vous, répondit Johnson d'un air bon enfant.

Son instinct lui soufflait qu'ils étaient tombés sur un filon. Il avait obtenu un mandat pour la jeep ; il en obtiendrait un pour la maison. La vieille peau en savait plus qu'elle ne le prétendait.

Quarante-huit heures plus tard, ils procédaient à une perquisition totale. Cette fois, la revêche gouvernante fut impuissante à les arrêter. Elle téléphona une nouvelle fois à l'avocat, mais c'était trop tard : ils avaient envahi la maison, concentrant leurs recherches sur la chambre de Teddy.

Johnson comprit qu'il touchait au but lorsqu'en relevant le matelas, ils découvrirent des coupures de presse relatant le meurtre de Mary Lou Berkeley. Il tenait le suspect numéro un. Son expérience lui disait que, dès qu'il serait sous les verrous, le garçon craquerait.

— Et la fille ? demanda l'inspecteur Johnson en brandissant le portrait-robot de Mila sous le nez de Teddy.

— Je ne sais pas, murmura celui-ci terrifié.

Il se torturait à imaginer ce que sa vie deviendrait lorsque Price apprendrait que son fils avait été convoqué par la police.

— Ça n'avance à rien de la protéger, reprit Johnson, car, dès l'instant où elle se trouvera sous les verrous, elle vous lâchera comme une vieille chaussette. Vous m'avez l'air d'un gentil garçon. D'après moi, vous n'êtes pour rien dans cette affaire.

Il laissa à Teddy un moment pour réfléchir à ce qu'il venait de dire. Puis il poursuivit :

— Bien sûr, votre présence fait de vous un complice, et un avocat astucieux pourrait présenter le dossier de telle façon que, avant d'avoir compris quoi que ce soit, vous vous retrouveriez à purger une peine pour meurtre. Vous n'avez jamais vu ces films qui se passent en prison, Teddy ? Il marqua un temps pour suffisamment l'impressionner. Si c'est le cas, vous savez alors ce qui se passe là-dedans. Je vous conseille donc de coopérer. Dites-nous qui est la fille, parce que, de toute façon, nous le saurons. Si vous essayez de la protéger, ça va vous coûter cher.

Teddy frémit. Un meurtre. Lui, il n'avait tué personne, il avait simplement accompagné Mila, voilà tout. Et, s'ils la retrouvaient, elle leur expliquerait qu'il était innocent et alors ils le laisseraient partir. Mais oui. Mila mieux que personne connaissait la vérité.

— Alors... reprit l'inspecteur Johnson. Qui est-ce ? Où est-elle ?

Teddy garda le silence, mais ils la trouvèrent tout de même. On découvrit qu'Irena avait une fille et que celle-ci ressemblait au portrait-robot. Mila fut arrêtée sur son lieu de travail, devant ses collègues et tous les clients.

Elle ne se laissa pas emmener au commissariat sans protester : elle proclamait à qui voulait l'entendre que Teddy l'avait forcée à monter dans la voiture ce soir-là ; qu'il l'avait gavée de cocaïne et d'alcool ; qu'il avait le pistolet de son père et que c'était lui qui avait tiré sur Mary Lou.

— Puis il m'a violée, ajoutait-elle pour faire bonne mesure.

Elle était déçue et furieuse de n'avoir trouvé personne pour supprimer Lennie Golden, de n'avoir même pas pu toucher la récompense. Maintenant, elle était dans la merde et que pouvait-elle y faire ? Rien.

L'inspecteur Johnson l'installa dans la salle d'interrogatoire et la cuisina pendant trois longues heures.

Elle ne démordit pas de sa version.

— Teddy affirme que c'est vous qui avez tiré, dit-il en la regardant attentivement. Il assure que c'est vous qui avez pris toutes les décisions.

— Le menteur ! lança-t-elle.

— Vous voulez préciser ?

— Teddy raconte n'importe quoi, affirma-t-elle. Il déraille. Je vous l'ai dit, c'est lui qui a tiré. Qu'est-ce que j'aurais fait, avec le pistolet de son père ?

— Pourquoi n'avez-vous pas contacté la police ?

— J'avais peur, murmura-t-elle en baissant les yeux. Teddy menaçait de me tuer si je parlais.

L'inspecteur Johnson poussa un soupir. Rien n'était jamais simple.

Quand l'avocat de Price arriva, Mila et Teddy étaient en garde à vue. Teddy au centre de détention des mineurs, et Mila en prison.

— Trop tard pour une libération sous caution. Revenez demain matin, annonça l'inspecteur Johnson sans même regarder l'homme de loi, un de ces avocats de Beverley Hills qu'il ne pouvait pas sentir.

Howard Greenspan – manières suaves, hâle soigné et costume à deux mille dollars – se hérissa.

— Price Washington ne va pas être content, lança-t-il.

— J'ai dit demain, répéta l'inspecteur Johnson, sans se laisser intimider par ce bellâtre aux airs de chat bien nourri, empestant la lotion après-rasage à cent dollars le flacon.

— M. Washington a des amis haut placés.

— Félicitations, grommela Johnson.

Les deux hommes se mesuraient du regard.

— Quel est le chef d'accusation ? demanda Howard.

— Complicité de meurtre.

Howard G. Greenspan resta muet. De toute façon, Price était en tournée. Demain matin, il ferait relâcher Teddy et, là, ils verraient qui avait le bras long dans cette ville.

# 52.

Dès que Lucky apprit les deux arrestations, elle éprouva un profond sentiment de satisfaction. Tout comme Lennie.

— J'avais vraiment besoin qu'on en finisse, dit-il. Jamais je n'oublierai la haine dans la voix de cette fille et le sang-froid avec lequel elle a tiré sur Mary Lou.

Les péripéties de l'affaire n'empêchait pas Lucky de penser à Brigette. Après sa conversation avec Lina et Venus, elle avait appelé l'agent de Brigette à New York, qui n'avait pu l'aider. Sans se laisser décourager, elle avait continué l'enquête et retrouvé finalement la trace de Brigette au Dorchester, à Londres ; la réception lui avait confirmé que la jeune femme, après avoir séjourné à l'hôtel, en était partie sans laisser d'adresse. Lucky était préoccupée. Cela ne ressemblait pas à Brigette de disparaître sans donner de nouvelles.

— Je pars pour Londres, annonça-t-elle à Lennie. J'ai l'impression qu'il se passe quelque chose.

— Tu es folle. Brigette est une adulte qui a sa vie privée, tu ne peux pas la surveiller comme ça.

— Écoute, je te rappelle que Brigette doit hériter d'une fortune d'un milliard de dollars. Il faut absolument que quelqu'un la protège.

Mais elle n'eut pas à partir : une carte postale arriva, par laquelle Brigette annonçait qu'elle avait fait une rencontre merveilleuse et voyageait quelque temps incognito à travers l'Europe.

Contrairement à Lennie, Lucky n'était pas satisfaite.

— Écoute, disait-il, cette petite a eu tant de mauvaises expériences avec les hommes. Elle a envie de s'amuser. Je suis content qu'elle ait trouvé quelqu'un.

— Oui, mais qui est-ce ? rétorqua Lucky, soucieuse. Ça pourrait très bien être un croqueur de dot.

La semaine suivante, encore une carte postale :

Je me balade en Toscane. Fantastique ! Tendresses, Brigette.

Le jeu de piste des cartes postales dura quelque temps, jusqu'au jour où Brigette téléphona.

— Où étais-tu passée ? demanda Lucky. Qui est ce garçon avec qui tu es ?

— Calme-toi. Je m'amuse comme une folle à voyager en Europe. Je te rappelle bientôt.

En attendant, tandis que Lennie passait ses journées devant son ordinateur, Lucky lisait les scripts envoyés par le bureau d'Alex. Les premiers furent sans intérêt, puis vint une histoire qui lui plaisait, une comédie romanesque à propos d'une très riche divorcée et d'un stripteaseur sexy, une sorte de *Pretty Woman* à l'envers. Elle l'avait lu deux fois, puis l'avait fait porter à Venus, qui avait aussitôt adoré le personnage féminin.

— Il faut absolument que je joue ce rôle, avait dit Venus. C'est moi dans une autre vie.

Lucky en informa Alex et, deux jours plus tard, ils déjeunaient tous les trois. Venus voulait quelques modifications, Lucky avait ses idées ; quant à Alex, il ne pensait qu'à travailler avec Lucky.

— Vous en avez parlé à Lennie ?

— Non, je le ferai quand nous serons sur le point de signer.

Alex avait eu son sourire de crocodile nonchalant.

— Vraiment ?

— N'en faites pas un plat, Alex, avait rétorqué sèchement Lucky. Lennie n'y verra aucun inconvénient.

Elle savait bien que si.

Brigette, quelques semaines après son coup de fil, avait envoyé une grande photo où l'on pouvait la voir en mariée au bras d'un bel homme blond. Elle avait griffonné en travers « COMTE ET COMTESSE CARLO VITTORIO VITTI ! ! ! »

Lucky s'était précipitée dans le bureau de Lennie.

— Tu ne vas pas me croire, dit-elle en brandissant la photo. Elle a épousé ce type. Pas de fiançailles, rien. C'est dément !

— Toujours pas d'adresse ?

— Je n'arrive pas à y croire, nous ne savons même pas qui il est.

— Je suis navré de te le répéter, mon ange, insista-t-il, pressé de se remettre à son ordinateur, mais ça ne nous regarde pas.

*Oh ! si,* avait pensé Lucky. *Il faut que quelqu'un veille sur elle. Et, à mon avis, ce quelqu'un, c'est moi.*

Elle avait aussitôt téléphoné à Lina, qui venait de s'installer au Bel Air Hotel pour préparer le tournage avec Charlie Dollar.

Lina ne savait rien non plus. Comme Lucky et Lennie, elle avait reçu quelques cartes postales, rien de plus.

— Seriez-vous libre pour déjeuner ?

— Avec vous, Lucky ? Sûrement.

— Parfait. Il faut absolument que nous parlions.

Elles se retrouvèrent dans le jardin de l'hôtel. Après avoir commandé un Perrier et allumé une cigarette, Lucky alla droit au fait.

— Elle l'a épousé.

— Quoi ? s'exclama Lina. Qui ça ?

— Le connaissez-vous ? dit Lucky en lui tendant la photo. J'ai reçu cela aujourd'hui.

— Bonté divine ! C'est l'Italien qui l'a probablement violée

Lucky écrasa sa cigarette.

— Vous plaisantez ?

— Non, c'est bien lui, affirma Lina.

— De toute évidence, elle a dû se tromper, au sujet du viol.

— Sûrement. Ah, l'amour... Mais... je connais son cousin... Je pourrais lui en parler.

— Excellente idée, dit Lucky. Par la même occasion, vous pourrez peut-être apprendre où elle se trouve.

Sitôt remontée dans sa chambre, Lina appela Fredo qui, lui aussi, tomba des nues.

— J'appelle l'Italie et je te raconte, promit-il.

— C'est bien vrai, dit-il vingt minutes plus tard, abasourdi. Ils se sont mariés au palais de la famille.

— Ils sont toujours là-bas ?

— Non, ils sont partis en voyage de noces.

Lina transmit la nouvelle à Lucky, qui décida aussitôt de faire faire une enquête sur le comte Carlo Vittorio Vitti. Elle contacta son agence de détectives privés, qui se mit sur-le-champ au travail.

Mais c'est Brigette elle-même qui donna les premières nouvelles.

— Nous venons à L A, annonçait-elle de Portofino. Carlo veut rencontrer tout le monde.

— Il serait temps ! s'exclama Lucky. Je suis furieuse que tu aies filé comme ça et que tu te sois mariée en secret. J'aurais voulu être à ton mariage. Tout comme Lennie et les enfants. Et puis tu aurais dû consulter tes avocats. Il faut que tu te rendes compte, Brigette, que tu n'es pas une fille ordinaire, que tu as des responsabilités. Dès que tu arriveras, il faut que nous examinions tout cela...

— Lucky, coupa Brigette. J'ai conscience de mes responsabilités, tout comme Carlo. D'ailleurs, il veut rencontrer mes avocats. Nous nous arrêtons à New York avant de venir à L A.

Lucky fut frappée de la froideur de sa filleule.

— Qu'est-ce que tu as ?

— Je n'aime pas qu'on me dise ce que je dois faire.

— Je te fais simplement remarquer que tu vas hériter d'une grosse somme d'argent et que tu dois être prudente.

— Je le sais, répliqua Brigette avec impatience. Carlo et moi serons là la semaine prochaine.

— J'aimerais donner une petite fête en ton honneur, dit Lucky.

— Je... je ne sais pas, hésita Brigette. Il faut que je voie avec Carlo.

— C'est Carlo qui prend toutes tes décisions maintenant ?

— Non, Lucky, pas du tout. Qu'est-ce qui te fait croire ça ?

— Ta façon de parler...

— Il te plaira, j'en suis sûre. Il est comte, très beau. Et italien. Gino sera ravi.

— Ça ne m'impressionne pas.

— Il ne faut pas m'en vouloir, Lucky, dit Brigette, retrouvant sa voix d'autrefois. Je ne peux pas supporter que tu m'en veuilles.

— Et ta carrière ? Ton agent n'est pas très content que tu aies disparu comme ça. Tu ferais mieux de l'appeler.

— Carlo ne veut pas que je travaille.

— Quoi ?

— Il dit que ce n'est pas nécessaire.

— Pourquoi ? Il est jaloux ? Un silence. Oh ! mon Dieu ! ne me dis pas que tu as épousé un Italien jaloux : ce sont les pires.

— Il m'aime, dit Brigette. C'est tout ce qui compte, non ?

En raccrochant, Lucky pria le ciel que Brigette ne soit pas embarquée dans une histoire navrante.

Peu après, l'agence de détectives remit à Lucky son rapport sur Carlo : une excellente famille – quoique désargentée, un passé de play-boy à Rome, puis un emploi à Londres dans une banque ; il avait été fiancé à une riche héritière anglaise, qu'il avait quittée brutalement après sa rencontre avec Brigette.

Lucky redoutait le pire. Son instinct lui disait que c'était à la fortune des Stanislopoulos que Carlo en avait. Enfin, Brigette serait bientôt à L A, et Lucky ne pouvait rien faire d'autre maintenant qu'attendre.

Puis elle observerait, très très attentivement.

# 53.

— Tu ne vas quand même pas porter cette robe ? dit Carlo.

Ils étaient dans le salon de l'appartement de Brigette, à New York.

— Que lui reproches-tu ?

— Elle te grossit.

— Mais *je* suis grosse. Je suis enceinte de près de quatre mois.

En fait, elle n'était pas grosse. Elle était même d'une maigreur inquiétante ; seule la ligne de son ventre déformait, à peine, le tissu de la robe. Rien d'étonnant à cela : l'héroïne que Carlo lui faisait prendre régulièrement lui pompait toute son énergie. Elle était encore belle, mais d'une beauté qui n'avait plus rien de rayonnant. Elle était à présent d'une pâleur effrayante, avec des joues creuses et de grands yeux brillants au regard fixe.

— Je vais me changer, dit-elle d'une voix morne. Si tu es sûr que tu n'aimes pas cette robe.

Quelle que soit sa toilette, elle serait obligée de prendre une tenue aux manches longues : les traces de piqûres commençaient à poser un problème.

— Je te le conseille, en effet, répondit Carlo tout en continuant à l'examiner d'un regard critique. Maintenant que tu es une *contessa*, Brigette, j'aimerais que tu fasses un effort pour en avoir l'allure. Pour l'instant, tu as l'air d'une *puttana.*

Tantôt il était d'une méchanceté cruelle, tantôt tendre et prévenant, sans que rien permette de le prévoir. De toute façon, dans un cas ou dans l'autre, Brigette obéissait, car ses crises de colère étaient d'une violence brutale.

Elle soupira. Carlo était maintenant toute sa vie. Il lui fournissait la drogue qui la rendait heureuse : c'était tout ce qui comptait.

Jamais elle n'avait connu pareille euphorie, pareille paix intérieure. Elle vivait pour ces piqûres, qu'un ami de Carlo lui avait appris à se faire elle-même.

Les événements des deux derniers mois se fondaient dans une brume opaque. C'est à peine si elle se rappelait que Carlo l'avait enfermée chez lui et forcée à prendre deux injections d'héroïne par jour jusqu'à ce qu'elle soit incapable de s'en passer. Lorsqu'il lui avait dit qu'elle était libre, elle n'avait plus eu envie de partir. Elle n'avait même aucune envie d'arrêter la drogue – c'était la première fois qu'elle ressentait pareille extase. Surtout quand Carlo lui faisait l'amour, ce qui était fréquent.

Ils avaient quitté Londres pour voyager à travers l'Europe, sans que jamais Carlo la quitte des yeux, jour et nuit. Un beau matin, après l'amour, il avait parlé de mariage : est-ce qu'ils n'étaient pas destinés à demeurer toujours ensemble ? Elle avait accepté. Il l'avait aussitôt conduite jusqu'au palais des Vitti, dans la banlieue de Rome, où un prêtre avait célébré dans le jardin une rapide cérémonie en présence des membres de la famille de Carlo et de quelques domestiques.

Son état l'empêchait de bien comprendre l'événement, la décision n'était-elle pas la meilleure ? Est-ce que Carlo ne l'aimait pas d'un amour incomparable ?

Après la cérémonie, ils étaient partis en voyage de noces. Dès la première étape, Carlo lui avait demandé de signer une douzaine de chèques en blanc.

— On doit me virer de l'argent d'Angleterre, avait-il expliqué vaguement. En attendant...

Peu importait, l'argent ne signifiait rien pour elle.

Une semaine plus tard, Carlo lui avait conseillé de renoncer à sa carrière de mannequin. Elle avait accepté sans protester. À quoi bon continuer ? Tout ce qui l'intéressait, c'était de retrouver l'extase chaque jour.

Un soir, dans une boîte parisienne, ils étaient tombés sur Kyra Kattleman.

— Oh ! mon Dieu ! couina Kyra de sa voix de bébé. C'est à peine si je t'ai reconnue, Brig. Tu as dû perdre vingt kilos.

— Je te présente mon mari, dit Brigette le visage vide. Le comte Carlo Vittorio Vitti.

— Je vous connais ! s'exclama Kyra. C'est vous qui étiez dans ce restaurant, à Londres. Alors, vous vous êtes mariés tous les deux ! Super. Tu fais les collections à Paris cette année ?

— Non, avait répondu Brigette en secouant la tête. J'ai arrêté de travailler.

— Woohhuu ! C'est peut-être ce que je devrais faire.

Au bout de quelque temps, Carlo décida qu'il était temps de rendre visite aux avocats de Brigette, à New York.

— Il faut que je voie comment gérer ton argent, lui expliqua-t-il. Comment savoir s'ils s'en occupent bien ? Je suis la seule personne à qui tu puisses faire confiance. Maintenant, c'est moi qui dois tout surveiller.

— Je suis certaine que mes avocats font du bon travail.

— Il serait peut-être prudent que tu me signes une procuration, avait-il suggéré. De cette façon, j'aurai la certitude que personne ne te gruge.

New York était un cauchemar. Les avocats se montraient inquiets et furieux de l'intervention de Carlo. Ils tentaient de mettre Brigette en garde, mais en vain : Carlo ne la laissait jamais seule avec eux plus de quelques instants.

— J'étais mieux en Europe, se plaignit-elle à Carlo. Les gens nous laissaient tranquilles.

— Je sais, *cara*, mais il faut que nous réglions tout cela pour mieux profiter de la vie. Je pense que nous devrions acheter une maison dans les environs de Rome. Tu pourrais vivre là, dans le calme, avec le bébé, pendant que je vaque à mes affaires. Qu'en dis-tu, mon ange ?

*Dès l'instant que j'ai chaque jour ce dont j'ai besoin*, aurait-elle voulu répondre. Mais elle se contenta de sourire dans le vague, comme toujours.

Elle pensait parfois à ce jour où elle lui avait annoncé qu'elle était enceinte. Il avait d'abord été furieux.

— De qui est ce bébé ? avait-il demandé. Quel salaud t'a fait cela ? Putain ! Avec qui as-tu couché ?

— C'est *ton* bébé, Carlo, lui avait-elle affirmé. Je n'ai couché avec personne d'autre. C'est arrivé cette nuit-là à New York.

Quand il avait compris qu'elle disait la vérité, il s'était montré heureux. « J'espère que ce sera un garçon, répétait-il sans cesse. Un garçon qui me ressemble. »

Elle ne tenait pas à voir de médecin. Elle n'avait pas envie de connaître le sexe du bébé. Et puis, elle devinait qu'on lui parlerait de la drogue. À New York, Carlo avait trouvé un gynécologue qui ne posait pas trop de questions et l'y avait emmenée lui-même.

Après l'avoir examinée, le praticien l'avait avertie qu'elle devait cesser de se droguer, faute de quoi son bébé naîtrait intoxiqué.

— Oh, bien sûr, docteur, avait-elle acquiescé, j'en ai bien l'intention.

— Je peux vous aider, avait-il insisté. On peut vous mettre à la méthadone. Il faut le faire, Brigette.

— Je reviendrai, avait-elle dit. On pourra peut-être voir à ce moment-là.

— Il faut que tu renonces à cette saloperie, avait dit Carlo lorsqu'ils étaient sortis de son cabinet. Pas question que notre bébé naisse camé.

— C'est toi qui m'en as fait prendre, avait-elle remarqué. Je ne veux pas arrêter.

— Évidemment, avait-il lancé, écœuré. Au fond, tu es une putain camée – exactement comme ta mère.

Elle savait qu'elle avait eu tort de parler d'Olympia.

Ils s'apprêtaient maintenant à dîner avec Fredo, ce dont elle n'avait aucune envie. Elle fouilla dans sa penderie en marmonnant. Elle détestait quand Carlo était en colère contre elle. Elle ne demandait qu'à vivre en paix, seule avec la came.

Elle finit par trouver une petite robe noire toute simple avec une veste de smoking qui cachait son ventre rond. Quand elle revint dans le salon, Carlo eut un grognement approbateur.

— C'est beaucoup mieux, dit-il.

Fredo les retrouva au restaurant, accompagné de Didi, le cauchemar de Lina, qui dévisagea grossièrement Brigette.

— Eh bien, qu'est-ce qui t'est arrivé ? Tu es décharnée !

Fredo lui donna un coup de coude dans les côtes et elle se tut ; lui aussi s'interrogeait. Brigette était pâle, nerveuse, et beaucoup trop maigre. Fredo se souvint qu'elle avait accusé Carlo de viol. Et voilà maintenant qu'ils étaient mariés. Il se demanda ce qu'en pensait Lina et si elle les avait vus ensemble.

À mesure que la soirée avançait, Fredo lui trouvait l'air de plus en plus bizarre. Il la connaissait bien, et pourtant, il aurait juré qu'elle était camée. Non, pas Brigette...

Après le dîner, il proposa de finir la soirée en boîte. Carlo refusa, expliquant qu'ils partaient à l'aube pour L A. Brigette resta muette, l'air rêveur.

— As-tu vu Lina ? demanda Fredo.

— Je n'ai pas eu le temps de l'appeler, répondit Brigette.

Et on en resta là.

Le lendemain matin, tandis qu'ils volaient vers L A, Brigette songeait non sans peur à sa confrontation avec Lucky.

— Après tout, fit remarquer Carlo d'un ton agacé, qui est cette Lucky ? Ce n'est pas ta mère ni même une parente. Pourquoi a-t-elle tant d'influence sur toi ?

— C'est ma marraine. Elle a été mariée à mon grand-père.

— Ah ! une croqueuse de diamants...

— Pas du tout. Lucky est quelqu'un de formidable. Je suis certaine que tu t'entendras bien avec elle.

— Ça sera à moi d'en juger.

Elle n'aimait pas son ton. Ça ne serait pas vivable s'il faisait des histoires avec Lucky. Elle ne pourrait tout simplement pas le supporter.

— Lucky est très intelligente, Carlo, dit-elle. Alors, je t'en prie, ne l'énerve pas.

— C'est à *moi* que tu dis de ne pas l'énerver ? Je te conseille de lui dire à elle de ne pas m'énerver, sinon, je jure que tu ne la reverras jamais.

Brigette ne répondit pas. Quand Carlo avait ce regard-là, le mieux était de se taire.

Faire un film avec Charlie Dollar, c'était une fête perpétuelle. Et si différent des tournages habituels, le plus souvent à mourir d'ennui. Là, Charlie riait, plaisantait, distribuait généreusement ses encouragements... Et quand les caméras commençaient à tourner, il jouait si juste que toute l'équipe en était fascinée.

— Comment était-ce, en Afrique ? demanda-t-elle un jour entre deux prises.

— C'est *toi* qui me demandes ça ?

— C'est pas parce que je suis noire que je viens d'Afrique ! dit-elle en riant. En fait, je suis de Londres.

— J'ai un faible pour les Anglaises, murmura Charlie avec un grand sourire. J'ai passé quelques mois à Londres pour tourner un film. J'ai de bons souvenirs de là-bas...

— Attention ! Charlie. Tes souvenirs, les poupées de Londres sont prêtes à les vendre à n'importe quel canard qui les paiera assez cher.

Les jours où Dahlia venait sur le plateau, Charlie changeait. On croyait voir un collégien avec sa maman.

— Fichtre ! s'exclama Lina après une des visites surprises de Dahlia. Elle te tient vraiment par les couilles !

— Dahlia est une dame. Et une dame de talent.

— Vous baisez, tous les deux ?

— Ça nous est arrivé, dit Charlie. D'où le fiston, Sport. Mais je respecte trop Dahlia, et voyez-vous, ma chère petite Anglaise, le respect, ça m'empêche de bander.

— Merci pour moi, lança Lina.

— Nous n'avons commis qu'une seule fois le péché de chair, dit Charlie. Et veuillez noter que, depuis le début du tournage, je ne vous ai pas invitée dans ma caravane.

— Oh, oh ! dois-je me sentir insultée ? répliqua-t-elle, sarcastique.

— Ça dépend où vous placez la frontière entre la plaisanterie et l'insulte.

— Je voulais vous demander, reprit Lina, changeant de sujet. Lucky donne une fête pour sa filleule, mon amie, Brigette. Vous pouvez m'emmener ?

— Si Dahlia n'est pas en ville.

— C'est dans deux jours.

— Hmm... je crois bien que Dahlia doit aller voir son père qui tourne en Arizona.

— Parfait, dit Lina, enchantée. Vous n'avez donc aucune excuse.

Charlie s'inclina profondément.

— Je suis absolument ravi, ma chère.

## 54.

Lorsque Price découvrit, à son retour de tournée, que son fils avait passé une nuit en prison, il entra dans une rage folle.

— Et merde, cria-t-il à son avocat tout en arpentant furieusement son salon, pourquoi est-ce que je vous paie ? Comment se fait-il que personne ne m'ait contacté ? Dire qu'on a laissé *mon* fils passer la nuit sous les verrous ? Vous auriez dû le faire sortir tout de suite.

— On ne pouvait fixer la caution que le lendemain matin, expliqua Howard. Teddy a dû comparaître devant un juge et, croyez-moi, ça n'a pas été facile.

— D'ailleurs, reprit Price, toujours fumant, qu'est-ce que c'est que cette connerie ? Je veux savoir pourquoi on l'a arrêté.

— Calmez-vous, Price, dit Howard. La police a dans l'idée que c'est la jeep de Teddy qui a servi pour le meurtre de Mary Lou Berkeley.

— Quelle foutaise ! Ce meurtre a eu lieu voilà des mois.

— Il y a une fille qui est impliquée aussi, poursuivit Howard. La fille de votre gouvernante.

— Mila ?

— Oui. Elle a été arrêtée en même temps que Teddy. Il semble que Lennie Golden l'ait identifiée comme étant celle qui a tiré, mais *elle* affirme que c'était Teddy. Et puis, autre mauvaise nouvelle : apparemment, c'est *votre* arme qu'il a utilisée.

— Putain, mon pistolet ? C'est une plaisanterie.

Il se dirigea vers le bar et se versa une rasade de scotch.

— Où est Teddy ?

— Sorti de prison, sous votre garde. Je me suis dit que le collège était l'endroit le plus sûr pour lui ; alors c'est là qu'il est.

— La presse s'est-elle emparée de l'histoire ? interrogea Price.

— Pas encore.

Howard se demandait si Price allait finir par lui offrir un verre. Non pas qu'il en eût envie, mais il trouvait l'attitude de son client particulièrement grossière.

— Ça n'est qu'une question de temps. À mon avis, la police a un dossier solide.

— Ah oui ?

— Lennie Golden a donné le numéro de la jeep. C'est celle de Teddy, pas de doute là-dessus.

— Alors on a dû la voler.

— Hélas non. Le signalement des deux agresseurs correspond à ceux de Mila et de Teddy. D'ailleurs, la gamine s'est mise à table.

— Qui ça ?

— Mila. Je vous l'ai dit, elle a déclaré à la police que c'était Teddy le coupable. Elle a affirmé aussi qu'il l'avait emmenée de force. Et puis elle l'accuse de l'avoir droguée et violée.

— Violée ? Vous vous foutez de moi ? Que dit mon fils ?

— Que c'est elle qui a tout fait.

— Merde ! cria Price. Où est cette garce ?

— Je vous l'ai dit, elle est en tôle. Je n'imaginais pas que vous voudriez payer sa caution étant donné ce qui se passe.

— Bien sûr.

Price pensa à Irena, à ce qui devait se passer dans sa tête à elle. Depuis son retour, voilà une heure, elle ne lui avait rien dit. Elle s'était contentée de lui signaler que son avocat cherchait à le voir de toute urgence.

— Que proposez-vous ?

— J'ai déjà pris rendez-vous avec un des meilleurs avocats criminels de l'État. Il est prêt à vous recevoir vous et Teddy dès demain. J'ai pensé que cela vous laisserait le temps de parler à Teddy, d'entendre sa version.

— J'ai hâte de l'entendre, tonna Price. Je ne comprends pas : j'ai donné à ce petit con tout ce que je n'avais jamais eu, et que fait-il ? je vous le demande.

— Je vous propose une chose, dit Howard.

— Quoi donc ?

— Mettez sa mère dans le coup le plus vite possible. Devant un jury, ça pèsera lourd. Un adolescent dont la mère attend, pleine d'angoisse, au premier rang de la salle d'audience est tout de suite beaucoup plus sympathique.

— Vous dites n'importe quoi ! Ginee est une pute défoncée jusqu'aux trous de nez.

— Quand l'avez-vous vue pour la dernière fois ? Elle s'est peut-être amendée.

— Pas Ginee.

— Alors nous arrangerons son image pour l'occasion. Nous l'habillerons, nous la coifferons, nous lui demanderons de ne pas se maquiller.

— Ah ! Ginee n'irait pas pisser sans se coller des faux cils. D'ailleurs, elle se fout pas mal de Teddy. Elle ne l'a pas vu depuis des lustres.

— Voyons ce que dira votre avocat. En attendant, je vous conseille d'y réfléchir.

— C'est peut-être ce que *vous*, vous devriez faire.

À peine Howard parti, Price fit venir Irena. Ils échangèrent un long regard sans un mot.

— Pourquoi ne m'as-tu rien dit ? demanda-t-il enfin.

— Je ne comprends pas ce qui se passe, dit Irena le visage figé. Mila est en prison – il me faut de l'argent pour payer sa caution.

— Sais-tu ce qu'elle raconte ?

— Personne ne m'a rien dit.

— Elle déclare à qui veut l'entendre que c'est *Teddy* qui a tiré sur la femme.

— C'est difficile à croire.

— Alors, putain, pourquoi le croire ? cria Price. Le témoin affirme que c'est Mila qui a pressé la détente. Tu comprends ce que je te dis ? *Elle* avait ce putain de flingue et *elle* a tiré sur Mary Lou Berkeley. Maintenant, elle essaie de faire porter le chapeau à Teddy.

— Mila n'a pas d'arme, dit Irena.

— Teddy non plus. Mais moi, si. Et, d'après ta salope de fille, c'est de *mon* pistolet qu'ils se sont servis.

— Où est-il ?

— Comme si tu ne le savais pas, ricana Price. Tu sais où je range tout, de ma réserve d'herbe jusqu'à mes capotes. Tu connais cette maison mieux que moi. Alors va voir si mon pistolet est à sa place.

— J'ai déjà regardé. Il n'y est pas.

— Seigneur !

— Mila n'aurait pas pu le prendre. Je ne la laisse pas entrer dans la maison.

— Mila entre où elle veut dès que je suis sorti. Je *sais* qu'elle est allée dans ma chambre.

— Je ne laisserais jamais Mila faire ça.

— Je me fous de Mila. Il faut que je parle à Teddy. Va me chercher ce petit connard à l'école. Nous parlerons de Mila plus tard, quand j'aurai entendu la version de Teddy.

Teddy avait du plomb dans l'estomac. La triste vérité était que Mila l'avait trahi. Il était désemparé, terrifié. Pourrait-il convaincre les gens que c'était elle la meurtrière et pas lui ? Price l'attendait dans le salon, un grand verre de scotch à la main. Mauvais signe : depuis qu'il avait renoncé à la drogue, Price ne buvait que s'il était sous pression.

— Bonjour, papa, balbutia-t-il en se coulant dans la pièce.

— Assieds-toi, Teddy, dit Price avec calme. Maintenant, mon garçon, je veux que tu me dises exactement ce qui s'est passé. Et ne va pas me raconter des foutaises.

— C'est Mila, balbutia-t-il. Je n'ai rien fait. C'est horrible, papa.

— Si c'était si horrible, tu ne pouvais pas aller trouver les flics pour tout leur raconter ? Si tu avais fait ça, tu ne serais pas dans ce pétrin aujourd'hui.

— Je sais, murmura Teddy.

— Mon garçon, tu ferais mieux de tout me dire.

Teddy entreprit de raconter la navrante histoire. Comment Mila et lui étaient partis se balader, avaient volé des CD, bu de la bière, reniflé de la coke. Quand il en arriva à Mary Lou, il s'effondra. C'était à peine s'il pouvait parler.

— Mila s'est emparée des bijoux et toi tu les as fourrés dans ta poche, murmura-t-il d'une voix vibrante de colère. C'est bien ce que j'entends ?

Teddy hocha la tête, sans oser regarder son père.

— Où sont les bijoux ?

— C'est Mila qui les a.

— Mon putain de pistolet ?

— Je ne savais pas que c'était le tien. Elle a dû le prendre.

— Mon Dieu ! C'est dur à avaler. Moi, je vais te croire parce que je sais quel genre de fille est Mila. Mais tu t'imagines comment le jury va réagir face à toi, le jeune Noir, et face à elle, la petite Blanche ? Si Mila se dégote un avocat astucieux, ils vont l'habiller comme une rosière et te présenter, toi, comme un salaud de trou-du-cul de Noir avec une mauvaise influence sur cette innocente petite Blanche. Et un violeur ! Tu sais que c'est ce qu'elle raconte ?

— Que je l'ai violée ? fit Teddy, les yeux exorbités.

— Parfaitement.

— Absolument pas, papa, s'écria-t-il indigné. C'est elle qui voulait.

— Alors, comme elle te faisait du gringue, tu n'as pas pu t'empêcher de la sauter ? C'est ça, ta version ?

Teddy gardait les yeux baissés.

— Je... je croyais qu'elle m'aimait bien, murmura-t-il. Je ne savais pas que ça allait tourner comme ça.

— Tu ne savais pas, hein ? Tu étais avec elle quand elle a tué quelqu'un. Tu as assisté à la scène. Tu n'es jamais venu me trouver, tu ne t'es jamais adressé aux flics. Mais tu es dingue, putain ?

Il revint vers le bar et se versa un nouveau verre de scotch. Il se planta devant Teddy, les yeux brillant de colère.

— Je t'ai élevé pour être un bon citoyen, et qu'est-ce tu fais ? Tu te roules dans la merde. Et moi ? Tu vas me traîner dans la merde, moi aussi. Mon Dieu, monte dans ta chambre et restes-y. Je ne peux plus te regarder.

— Il faut que je parle à Mila, fit Teddy désespéré. Je suis sûr que je peux la décider à dire la vérité.

— Tu es vraiment con avec ça, hein ? fit Price avec un rire qui sonnait creux.

Dans le couloir où elle écoutait l'échange entre le père et le fils, Irena s'était fait son opinion. Elle pensait comme Price. Elle avait tout donné à Mila et sa fille l'avait trahie. Pire encore, elle entraînait sa mère dans l'abîme car comment M. Washington pourrait-il garder Irena après ce que Mila avait fait à Teddy ?

Si seulement elle persuadait Price de payer la caution de sa fille... Peut-être alors pourrait-elle la faire avouer ? Et innocenter Teddy.

Irena attendit que Teddy soit sorti puis frappa doucement à la porte. Price ne répondit pas.

Très lentement, elle entrebâilla la porte. Price était assis à la table, la tête entre ses mains. Elle se trompait peut-être, mais elle eut l'impression qu'il pleurait.

Ce n'était pas le moment de le déranger. Elle recula à pas de loup et referma la porte.

Demain, elle lui parlerait de Mila.

# 55.

Lucky proposa à Brigette de la voir avant la soirée mais celle-ci déclina l'offre en prétextant mille occupations. Lorsque Lucky lui avait demandé qui elle voulait inviter, elle s'était contentée de répondre : « J'adorerais voir Gino et les enfants, mais le reste, cela m'est égal. – Très bien. Je vais dresser une liste de gens sympa », avait conclu Lucky sans mentionner la présence de Lina à L A – elle voulait en faire la surprise à sa filleule.

Lucky espérait de tout son cœur qu'elle se trompait à propos du mari de Brigette. Peut-être, finalement, se révélerait-il être un type formidable. Et puis, s'il rendait Brigette heureuse, c'était tout ce qui comptait. Pourtant... les avocats de New York lui avaient laissé entendre que Carlo s'efforçait par tous les moyens de prendre le contrôle de la fortune des Stanilopoulos. « Comme vous le savez, Lucky, l'avait rassurée l'un d'entre eux, compte tenu des dispositions prises, personne ne peut toucher à l'essentiel de l'héritage de Brigette avant qu'elle ait trente ans. Ça signifie que l'argent est en sûreté pour cinq ans encore. – Parfait, avait dit Lucky. Si le mariage dure cinq ans, alors cela prouve qu'elle est vraiment amoureuse. Sinon, il y aura belle lurette qu'elle se sera débarrassée de lui. »

Après s'être habillée pour la fête, Lucky se fit préparer par le barman une vodka-Martini puis passa dans le bureau de Lennie. Elle avait décidé que le moment n'était pas trop mauvais pour lui annoncer qu'elle produisait un film avec Alex.

— Dis donc, fit-elle en se plantant derrière lui, il serait temps de t'habiller. Les invités ne vont pas tarder.

— Ce que tu es belle, dit-il en levant les yeux de son ordinateur. J'adore cette coiffure.

— Tu te souviens, chéri, dit-elle en lui massant les épaules, je t'ai dit que j'envisageais de produire un film ?

— Oui...

— Eh bien... je crois que j'ai trouvé le script qu'il me fallait. Et la bonne nouvelle, c'est que j'ai mon coproducteur, mon metteur en scène et ma vedette. Je pense donc l'annoncer dans la presse professionnelle la semaine prochaine. Naturellement, je voulais que tu sois le premier au courant.

— Ça me paraît une bonne idée. Comment se fait-il que tu ne m'en aies pas parlé plus tôt ?

Elle cessa de lui masser les épaules et vint se jucher sur le bord de son bureau.

— Tu étais si absorbé par ton scénario que je n'ai pas voulu te déranger.

— C'est vrai, j'aime bien le sujet sur lequel je travaille. C'est très différent de tout ce que j'ai fait jusqu'à maintenant. Bien sûr, je ne trouverai sans doute pas de studio pour financer le projet... Mais, reprit-il, parle-moi plutôt de ton film. Quelle est l'histoire ?

— C'est une sorte de comédie d'humour noir avec un petit côté féministe. Et... Venus est d'accord pour être la vedette.

— Venus ? Vous deux, ça va être quelque chose. Qui est l'homme courageux qui a donné son accord pour diriger ce film ?

Après un bref silence, elle lança :

— Alex.

— Alex, répéta-t-il en cessant de sourire.

— Oui, c'était un des scripts sur lesquels il travaillait et il a pensé que ce serait bien pour Venus. Alors comme il savait que j'avais envie de travailler avec elle, il me l'a envoyé.

— Alex Wood va mettre en scène ton film, dit lentement Lennie. C'est bien ce que j'ai entendu ?

— Cela n'a pas l'air de t'emballer.

— Ça devrait ?

— Pourquoi pas ? Si je me lance, il faut que ce soit avec le meilleur et tu sais bien qu'Alex est un des metteurs en scène les plus brillants d'Hollywood.

— Alex Wood est un monstre d'égoïsme. Vous allez vous étriper.

— Je crois que je peux m'entendre avec lui.

— Oh ! oui, j'en suis certain.

— Que veux-tu dire ?

— Je n'aime pas l'idée que tu travailles avec Alex.

— Pourquoi ?

— Oh !... grande nouvelle... il est fou de toi.

— Lennie, dit-elle, maîtrisant sa colère, Alex a été parfait avec moi au moment de ton enlèvement. Il était toujours là quand j'avais besoin de soutien. En tant qu'ami, rien de plus, alors, je t'en prie, ne va pas tout gâcher pour une mesquine histoire de jalousie.

— Que ferais-tu si je te disais que je ne veux pas que tu travailles avec lui ? fit Lennie en se levant brusquement.

— Je n'aime pas qu'on me dise ce que je peux et ce que je ne peux pas faire.

— Je sais.

— Tu es en colère ?

— Je ferais mieux de prendre une douche, sinon je vais être en retard.

— Je répète : Tu es en colère ?

— Je ne suis pas en colère, Lucky, dit-il en passant dans sa salle de bains. Tu peux faire ce que tu veux. Tu l'as toujours fait et je pense que tu le feras toujours.

Sur quoi, il lui claqua la porte au nez.

*Pourquoi faut-il que je supporte cela ?* songea-t-elle, furieuse. *Je ne veux pas avoir à toujours demander la permission. J'aime Lennie, je lui suis fidèle. Que peut-il vouloir de plus ?*

Pourtant, au fond d'elle-même, elle savait que dans un cas inverse, sa réaction aurait été celle de Lennie, et même pire.

Debout devant la glace, Steven se rasait avec soin. Il était d'humeur triste. L'arrestation des deux suspects lui avait rappelé tous les détails de l'horrible soirée. Maintenant, il y aurait un procès. Chaque jour il devrait être là, au premier rang de la salle d'audience. Et Carioca aussi. Mon Dieu ! Comment pourrait-il faire subir pareille épreuve à sa petite fille ? Pourtant, sa présence ébranlerait sûrement le jury...

La vie sans Mary Lou n'était pas facile. Il avait bien essayé de se noyer dans le travail, mais rien ne venait dissiper sa solitude. Et ce qui était plus triste encore, c'est qu'il n'avait envie de personne. Il n'y avait pas une femme au monde capable de remplacer Mary Lou.

— Je suis très, très contente, papa, annonça Carioca Jade en déboulant dans la salle de bains, bichonnée comme une princesse.

— Pourquoi donc, ma chérie ?

— Je suis contente parce que nous allons à une soirée et que tu m'emmènes. Mais dis-moi, papa, pourquoi maman ne vient pas ?

La douleur monta, comme un coup de poignard.

— Tu sais bien. Maman est auprès du bon Dieu.

— Je voudrais que maman revienne, maintenant, dit Carioca, sa lèvre inférieure tremblant légèrement. Elle me manque tellement.

— Oui, mon chou. Elle manque à tout le monde. Il prit sa montre. Je ferais bien de me dépêcher. Nous passons prendre un copain au Beverly Hills Hotel.

— Qui ça ?

— Oncle Jerry, mon associé de New York.

— Alors, papa, dépêche toi.

— Quel honneur ! s'exclama Lina, moulée dans un fourreau de soie brune de chez Versace.

— Vraiment ? dit Charlie comme ils déambulaient dans le parc du Bel Air Hotel.

— Je pense bien. Le grand Charlie Dollar m'emmenant à une soirée, c'est flatteur.

— Flatteur... soupira Charlie comme s'il s'adressait à un public. Je suis au bord de la crise cardiaque et elle est flattée.

— Vous êtes malade ?

— Mentalement.

— Charlie, cessez de me taquiner.

— Ce que j'essaie de vous dire, mon petit, c'est que je suis un vieux schnock de vedette qui pourrait tomber mort d'un instant à l'autre. Je suis une vieille chose.

— Pas pour moi, s'empressa-t-elle de dire.

— J'envisage d'épouser Dahlia, dit-il d'un ton lugubre. Elle pense que nous devrions sauter le pas.

— Oh ! dit Lina sans même chercher à dissimuler sa déception. Cela veut dire que je ne devrais pas essayer de vous séduire ce soir ?

— *J'envisage* de l'épouser, je n'ai pas dit que je le faisais.

— Alors tout espoir n'est pas perdu pour moi ? fit-elle d'un ton taquin.

— Je croyais que vous n'aviez couché avec moi que pour avoir le rôle ?

— C'est vrai. Mais c'était si bon que j'ai décidé d'en reprendre une tranche.

— Vous, les petites Anglaises, dit-il en riant. Vous avez de drôles d'expressions.

— Qu'est-ce qu'elles ont, mes expressions ?

— Oh, rien qu'un bon joint ne fera pas passer. Suivez-moi, dit-il en joignant le geste à la parole.

Ils marchèrent quelques instants au bord du petit lac, tirant tour à tour une bouffée. Quand ils eurent terminé, Charlie annonça :

— Maintenant, je suis prêt à faire la fête.

— Moi aussi, déclara Lina avec un clin d'œil.

# 56.

— Tu es moche, aboya Carlo. Tu pourrais t'arranger un peu quand même.

Il était de plus en plus dur. Au début, il lui répétait sans cesse qu'elle était belle, surtout après l'amour. Maintenant, chaque fois qu'il ouvrait la bouche, c'était pour l'insulter.

— Ce n'est pas ma faute si je suis enceinte. Les robes ne tombent pas sur moi comme autrefois. Je fais pourtant de mon mieux, dit-elle, refoulant ses larmes.

— Je peux t'assurer que ton mieux, c'est pas grand-chose.

— Carlo, risqua-t-elle nerveusement, comme nous sortons ce soir, j'ai besoin... d'une dose. Tu m'avais promis...

— Je t'ai dit, Brigette, d'arrêter cette saleté.

— C'est toi qui me l'as fait connaître, et j'aime bien, alors n'essaie pas de me faire arrêter parce que tu... tu le regretterais.

— C'est une menace ?

— Parfaitement.

— Tu n'es qu'une petite salope snobinarde ! dit-il et, sans crier gare, il la gifla à toute volée.

Cela faisait quelque temps qu'il ne l'avait pas frappée ; elle fut prise au dépourvu. Elle bascula sur le lit et se mit à pleurer à chaudes larmes.

— Carlo, avant de sortir, j'ai besoin... d'une dose, sanglota-t-elle. Tu ferais mieux de m'en donner, sinon je ne vais nulle part.

— Toujours à geindre, ricana Carlo. Quand je pense que moi, Carlo Vittorio Vitti, j'ai épousé ça.

— Tu m'as suppliée de t'épouser.

— Ne me le fais pas regretter. Maintenant tu es ma femme, et il est temps que tu te montres digne du titre que tu portes. Tu ne le mérites pas.

Il sortit de la pièce.

Brigette resta allongée sur le lit, les genoux repliés sur le ventre. *J'ai un bébé qui grandit en moi,* se dit-elle. *Et qu'est-ce que je fais ? Je lui donne de l'héroïne, je mange n'importe quoi, je laisse cet homme me battre. Mais ça m'est égal ; tout ce que je veux, c'est de la drogue.*

Gino était venu de Palm Springs accompagné de sa femme, Paige.

— Je ne sais pas ce que tu lui fais, mais ça marche, chuchota Lucky à sa belle-mère.

— Gino est en excellente forme, approuva Paige. Il a prévu un grand voyage en Europe l'année prochaine. Je lui ai dit que je n'arrivais pas à suivre le mouvement.

C'était une femme superbe, avec une opulente chevelure rousse et une silhouette sculpturale ; elle aimait sincèrement son mari malgré la différence d'âge.

Lucky connaissait le passé agité de son père et de Paige. Un jour – ils n'étaient pas encore mariés – Gino avait surpris Paige avec une autre femme : Susan Martino, qui était alors sa propre épouse. Cela avait failli mettre un terme à leur histoire, mais les choses avaient fini par s'arranger et maintenant ils vivaient très heureux. Ils jouaient au golf, au poker et rencontraient leurs amis.

— Où est Lennie ? demanda Paige. Je ne l'ai pas vu.

— Il fait la tête quelque part, répondit Lucky en haussant les épaules.

— Oh ! mais pourquoi donc ?

— Une histoire idiote, résuma Lucky en prenant l'air de ne pas comprendre. J'ai l'intention de produire un film. Avec Alex Wood. Et Lennie s'imagine qu'Alex va tout de suite me sauter dessus. C'est absolument ridicule.

— Tu trouves ? murmura Paige.

— Tu ne vas pas commencer, toi aussi, soupira Lucky. Alex et moi sommes de très bons amis. C'est si difficile à admettre ?

— Tu protestes trop vigoureusement, je trouve.

— Quoi ?

— Rien, dit Paige en jetant un coup d'œil vers le bar. Il faut que j'aille au secours de ton père. Il attire les femmes comme un aimant. Regarde-moi cette blonde avec ses seins au silicone qui se frotte contre lui.

— Mon Dieu, il a quatre-vingt-sept ans ! s'exclama Lucky avec amusement. Tu n'es quand même pas jalouse ?

— J'ai toujours jugé prudent de surveiller mon territoire. Et tu ferais bien, Lucky, d'en faire autant.

— D'accord, murmura Lucky, agacée parce que Lennie ne s'était pas encore montré et qu'elle avait horreur d'avoir à accueillir seule les invités.

Mon Dieu ! ce qu'il pouvait être casse-pieds. Et pourtant, elle le comprenait car, à certains égards, ils étaient bien pareils. Entêtés comme des mules.

Elle n'allait pourtant pas lui céder. Après tout, il ne s'agissait pas d'une partie de plaisir, seulement de travail. Quel mal y avait-il à cela ?

Justement Alex arrivait, accompagné de Pia. *Hmmm,* se dit Lucky. *Décidément, en voilà une qui dure nettement plus longtemps que les autres.*

— Bonjour, Pia, bienvenue dans notre maison.

— Nous sommes passés bien des fois devant en voiture, dit Pia. Alex me la montre toujours. La dernière fois, je lui ai dit : « Alex, si tu me répètes encore une fois que c'est la maison de Lucky Santangelo, je me jette par la portière en hurlant. »

Décidément, c'était sa soirée. Ils se comportaient tous comme si elle s'apprêtait à vivre un adultère torride.

— Où est l'heureux couple ? demanda Alex. J'ai apporté un cadeau de mariage.

— C'est gentil de votre part, dit Lucky. Que leur avez-vous trouvé ?

— Un jeu de couteaux.

— Je vous demande pardon ?

— Un de ces blocs de bois sur lesquels on plante dix couteaux bien affûtés. C'est mon habituel cadeau de mariage. J'espère toujours qu'un des conjoints s'en servira pour poignarder l'autre ; je pourrai alors m'en attribuer le mérite. Peut-être même en faire un film.

— Alex, dit Lucky en secouant la tête en souriant. Vous êtes vraiment impossible.

— Vous vous en apercevez seulement maintenant ?

Pia les dévisagea en silence, puis, ayant l'air de trouver leur conversation sans intérêt, elle s'éloigna vers le bar.

— Alors, demanda Lucky en désignant de la tête la ravissante Asiatique, voilà une affaire qui dure ?

— Jalouse ?

— Je vous en prie ! riposta Lucky.

— J'aime bien quand vous vous mêlez de ma vie amoureuse.

— Qui se mêle de votre vie amoureuse ?

— Vous.

— Ne vous flattez pas, Alex, répliqua-t-elle sèchement. Oh ! et, au fait, pas un mot à Lennie de notre projet.

— Pourquoi cela ?

— Parce que... Eh bien, je lui en ai parlé tout à l'heure et on ne peut pas dire qu'il ait sauté au plafond.

— C'est idiot.

— Je sais, mais soyez gentil, n'en parlez pas. À moins, bien sûr, que ce ne soit lui qui aborde le sujet. Auquel cas, soyez vague, dites-lui que c'est un des nombreux projets dont vous vous occupez, mais que vous ne pourrez sans doute pas y consacrer beaucoup de temps.

Alex lui lança un long regard ironique.

— Je n'aurais jamais pensé que je vous entendrais un jour parler de cette façon.

— De quelle façon ?

— Comme une épouse nerveuse.

— Allons donc.

— Je vous jure.

Ils se défièrent du regard.

— Où est passée Brigette ? dit Lucky, jetant un coup d'œil à sa montre. Je donne une fête pour elle et elle n'est même pas là.

— Vous avez rencontré le mari ?

— Je voulais les avoir hier, pour un dîner intime, mais elle m'a annoncé qu'ils étaient pris. J'ai l'impression qu'il doit être un de ces connards coureurs de dot.

— Qu'y a-t-il de pire ? demanda Alex. Un simple connard ou un connard coureur de dot ?

— Un connard reste toujours un connard, fit-elle en riant.

— Je vous adore, énonça-t-il d'un ton léger.

— C'est votre problème.

## 57.

Malgré sa répugnance, Price téléphona à Ginee. Il voulait la mettre au courant avant que la presse s'empare de l'histoire.

— Nous avons un problème avec Teddy, lui dit-il. J'ai besoin de te voir tout de suite.

— Qui est à l'appareil ? fit Ginee comme si elle ne le savait pas.

L'envie lui vint de répondre : « C'est la pauvre cloche qui te paie une pension alimentaire depuis douze ans sans savoir pourquoi. » Il se retint car il avait quelque chose à lui demander ; il fallait la jouer gentleman.

— Ne déconne pas, dit-il sèchement. C'est une merde qui nous concerne tous les deux. Peux-tu passer ?

— Pourquoi ce serait moi qui me dérangerais ? ricana-t-elle.

— Parce qu'il s'agit de ton fils.

— Oh ! tu veux dire, le fils dont tu as tenu à avoir la garde ? Ce fils-là ?

Toujours aussi garce.

— Cesse de me casser les couilles, Ginee.

— Tu les as toujours ?

Au prix d'un grand effort, il se maîtrisa.

— Si c'est plus facile pour toi, je vais venir.

— Rapplique dans les dix minutes, dit-elle. Il faut que je sorte.

Fidèle à ses habitudes, elle lui raccrocha au nez. Tout en jurant, il attrapa une veste et sauta dans sa voiture, car il savait que Ginee n'attendrait pas.

Elle l'accueillit sur le pas de sa porte, serrant dans ses bras un caniche nain. Le spectacle était surprenant. Son ex-femme, jadis superbe, avait pris quarante kilos au moins. C'était une mamma obèse aux cheveux blonds décolorés, avec un air plus agressif encore que celui dont il gardait le souvenir. La montagne de chair avançait vers lui emballée dans un caleçon à rayures et un tricot violet. De gros seins ballottant, des cuisses tremblant comme de la gelée, plantées sur des mollets ridiculement minces et des escarpins rouges à hauts talons. Une image pour film d'horreur.

— Je peux entrer ? s'enquit-il.

— Ah ! Bien trop célèbre pour rester dans le couloir.

Elle pivota ; il suivit son cul monumental dans les profondeurs de l'appartement.

Ses goûts en matière de décoration n'avaient pas changé depuis le divorce. Du rose, du rose et encore du rose : un énorme canapé rose, des coussins et des tapis roses, et même une table basse en forme de coquille – rose. Au-dessus de la cheminée, une immense toile représentait une Ginee toute mince accoudée à un piano, drapée dans une robe diaphane.

— Teddy a des ennuis, annonça-t-il en s'enfonçant dans le rose

— Quel genre d'ennuis ? demanda-t-elle, ses faux cils battant au-dessus de ses petits yeux comme des oiseaux pris au piège.

— Il est impliqué dans une fusillade.

— Je savais que tu ne pourrais jamais être un père convenable pour ce pauvre garçon. Tu l'as laissé traîner avec des bandes de voyous.

— Il ne fait pas partie d'une bande. C'est une fille qui l'a entraîné.

— Quelle fille ?

— Mila, la fille de ma gouvernante.

— Seigneur ! s'exclama Ginee. La sorcière russe ! J'aurais parié que sa môme tournerait mal. Il y a des années que tu aurais dû la foutre à la porte.

— Eh bien, je ne l'ai pas fait. De toute façon, ce n'est pas la faute d'Irena.

— Rien n'est jamais la faute de cette salope, murmura Ginee, son double menton frémissant d'indignation. Elle a dû te sucer à te rendre idiot vu toutes les conneries que tu lui as passées.

— Pouvons-nous nous concentrer sur Teddy ?

— Bien sûr, mon chou. Tu n'as qu'à me dire ce que tu veux et ensuite, moi, je te dirai exactement combien ça va te coûter.

L'argent, bien sûr... Il l'avait presque oublié : avec Ginee, rien n'était jamais gratuit.

# 58.

Carlo donna à Brigette ce qu'elle voulait ; un moment plus tard, elle était prête à affronter le monde entier. Elle se changea, refit son maquillage, se coiffa et ils partirent pour la soirée.

— Maintenant, tu ressembles à mon adorable Brigette, dit Carlo. Il avait pris sa main dans la sienne et l'entraînait vers la limo qui attendait. Viens, ma chérie, tu dois avoir hâte de me montrer à tous tes amis.

Quand il se montrait gentil, elle pensait qu'elle avait sans doute imaginé ses insultes et ses coups. Elle eut un sourire rêveur. Tout était bien. Tout était parfait... Sauf qu'elle allait bientôt se trouver devant Lucky – malgré tout son amour pour elle, elle avait peur. Lucky était la seule personne qui pouvait lire jusqu'au tréfonds de son âme.

*Tu es une grande fille,* la rassura une voix dans sa tête. *C'est toi qui contrôles ton propre destin, pas Lucky.*

*Non,* démentit une autre voix. *C'est Carlo qui contrôle tout ce que tu fais. Tu es sous influence.*

— Carlo, dit-elle en se calant sur le cuir de la banquette.

— Oui, ma chérie ?

— Je veux que tu me promettes d'être aimable avec Lucky. C'est important pour moi. Lennie et elle, leurs enfants et Gino sont ma seule famille.

— Brigette, Brigette, rectifia Carlo en secouant la tête. C'est moi ta famille, maintenant. Tu m'as raconté comment on t'avait traitée dans ton enfance. Ta mère n'était jamais là, ton père souvent absent ; tu as été élevée par des nurses. Maintenant, c'est moi qui m'occupe de toi. Pas Lucky.

— C'est ma marraine, Carlo.

— Elle verra que tu es bien avec moi et, sinon, dommage.

— Promets-moi d'être gentil.

— Bien sûr, ma contessa, je suis gentil avec tout le monde.

Lennie finit par se montrer. Lucky était folle de rage. D'abord, Brigette était en retard. Puis Lennie l'avait laissée accueillir seule les invités.

— C'est gentil de ta part d'être venu, siffla-t-elle en le croisant. J'espère que ça ne t'a pas trop dérangé ?

— J'en ai assez que tu prennes toutes tes décisions sans m'en parler, murmura-t-il d'une voix vibrante de colère. Nous sommes mariés, au cas où tu l'aurais oublié.

— Je te l'ai déjà dit, Lennie, je n'ai pas besoin de ta permission pour faire ce que je veux.

Lui tournant le dos, il se dirigea vers le bar, où Gino, entouré d'un cercle d'admirateurs, évoquait ses débuts à Vegas.

— Où est Brigette ? demanda Gino. Je voudrais la voir, cette petite.

— Elle sera ici d'une minute à l'autre, lui affirma Lucky, tout en songeant que Brigette n'avait jamais commis pareille grossièreté.

Lina et Charlie Dollar arrivaient main dans la main.

— Tiens, tiens, tiens, fit Lucky.

— Ne dites rien à Dahlia, balbutia la star d'un ton d'enfant coupable.

— Comme si c'était mon genre, bougonna Lucky.

— Mais où est donc Brig ? questionna Lina. Je meurs d'envie de la voir.

— Et moi donc.

— Ce n'est pas son habitude d'être en retard, insista Lina. Vous lui avez dit que je serais là ?

— Non, je voulais lui faire la surprise.

— Je crois, Lucky, que la grande surprise sera pour vous, et ça va être Carlo. J'ai hâte de le revoir. Dans son genre, il est absolument magnifique, mais peut-être un peu salaud. Enfin, je ne sais pas... Vous verrez vous-même.

— Certainement, dit Lucky.

Jerry Myerson, l'associé de Steven, était ravi de se trouver à Los Angeles et encore plus ravi de participer à une vraie soirée hollywoodienne nécessairement peuplée de femmes sublimes.

Récemment divorcé – pour la troisième fois –, Jerry était comme un adolescent excité lâché dans le vestiaire des filles.

— Qui est-ce ? demandait-il chaque fois qu'une créature de rêve passait dans les parages.

— Du calme, dit Steven. Tu as toute la nuit devant toi.

Il regrettait que Carioca soit partie jouer avec Maria : il aurait préféré passer la soirée avec sa fille plutôt que de discuter femmes avec Jerry.

— Mon Dieu ! s'exclama Jerry, les yeux lui sortant de la tête. Voilà ce que j'appelle une nana sexy.

— Jerry, ton âge te trahit. On ne parle plus de « nanas » aujourd'hui.

— Qu'est-ce que ça fout ? Mais regarde : c'est Lina, le top model. Quelle silhouette !

Le nom disait quelque chose à Steven. Il reconnut la fille que Jerry dévorait des yeux.

— Mais oui, c'est Lina, dit-il.

— Ne me dis pas que tu la connais ?

Jerry en avait le menton qui tombait ou presque.

— Oui, je la connais, répondit Steven d'un ton détaché.

— Alors, présente-moi.

— Je ne vais pas l'interrompre.

— Pas la peine, elle arrive.

— Bonjour, dit Lina en adressant un grand sourire à Steven. Je ne m'attendais pas à tomber encore une fois sur vous.

Elle lui planta un baiser sur les joues tandis que Jerry se dandinait d'un pied sur l'autre en attendant d'être présenté.

— Heu... enchanté de vous revoir, parvint à articuler Steven.

Jerry lui donna un coup de coude dans les côtes. Il reprit, plus vivement :

— Oh ! je vous présente mon ami et associé, Jerry Myerson, de New York, il est de passage ici.

— Bonjour, Jerry.

— Je suis un de vos fans, assura Jerry, se redressant de toute sa taille. J'ai vu vos photos dans *Vogue*. Sensationnelles...

Steven le foudroya du regard, mais Jerry était lancé. Il s'éloigna et s'avança vers Venus, qui arrivait.

— Steven, lui dit la blonde superstar d'un ton de reproche, tu es un vilain garçon. Tu ne réponds jamais à mes coups de fil.

— Désolé. J'ai eu tellement de travail au bureau, et, en fin de semaine, généralement, je pars avec Carioca.

— Je suis contente d'apprendre que tu passes plus de temps avec elle, dit Venus. Tu devrais l'amener voir Chyna.

— Pouvons-nous parler de Price Washington et de son fils ? dit-il, passant au sujet qu'il considérait comme primordial.

— Mon Dieu ! Quel choc quand Lucky m'a dit que ce garçon était impliqué.

— Ça va être dans la presse d'un moment à l'autre, dit Steven. Tu le connais ?

— Je l'ai rencontré une fois. Price l'a amené à un de mes concerts. Il avait l'air d'un gentil garçon.

— T'a-t-il donné l'impression d'appartenir à une bande ?

— Une bande ? Non, pourquoi donc ?

— Je ne sais pas. Lennie affirme que c'est la fille qui a pressé la détente et que le garçon restait là à la regarder. Ça fait de lui un complice. Mais, d'après ce que m'a dit Lucky, la fille l'accuse maintenant : c'est lui qui aurait tiré.

— Je suis navrée pour Price, dit Venus. C'est un brave type. Tu imagines ce que ça doit être pour lui ?

— J'imagine, dit Steven, mais pense à Mary Lou...

— Bien sûr.

# 59.

Jeune et sensuelle, d'une beauté sans apprêt, la femme, avait peut-être une vingtaine d'années. Elle était mal habillée, semblait nerveuse. Un enfant de cinq ans était cramponné à sa main – un garçon aux cheveux blond cendré et aux yeux verts. Ils rôdaient en face de la maison de Malibu Colony. Personne ne faisait attention à eux : si on les avait remarqués, on les aurait pris pour deux fans essayant d'apercevoir les célébrités qui défilaient dans l'entrée de chez Lucky et Lenny.

Le petit garçon geignait, il était fatigué, il avait faim et soif. Sa mère le fit taire. Elle aussi était épuisée – la journée avait été longue et la réception qui battait son plein était une mauvaise surprise.

Ils étaient arrivés dans l'après-midi par un vol en provenance de Rome. C'était la première fois qu'ils prenaient l'avion et le petit garçon avait été malade. Elle savait qu'elle ne se présentait pas sous son meilleur jour.

Il lui avait fallu du temps pour passer la douane, mais elle avait fini par persuader le fonctionnaire de l'immigration que son fils et elle séjourneraient chez sa tante, à Bel Air, et qu'ils ne restaient que quelques semaines aux États-Unis. Il avait hoché la tête et tamponné leurs passeports, tout en imaginant qu'il faisait l'amour à cette belle femme aux yeux de braise.

À l'aéroport, elle s'était sentie perdue : c'était si grand, si bruyant, si agité... Son fils restait accroché à sa jambe tandis qu'elle essayait de trouver comment se rendre à Malibu. Elle ignorait même les distances. Heureusement son anglais était passable et elle était si séduisante qu'un porteur noir les avait déposés au coin de Wilshire, d'où ils avaient pris un bus jusqu'à Santa Monica.

Elle regardait par la vitre, émerveillée par toutes ces grandes maisons au bord de l'océan. Elle n'en revenait pas de cette aventure dans laquelle elle s'était lancée, une aventure dont elle rêvait depuis cinq ans. L'Amérique. Elle était en Amérique et cette idée la faisait frémir d'excitation.

## 60.

— Bonjour, Lucky, dit Brigette.

— Eh bien, il est temps ! s'exclama Lucky. Je commençais à me demander si tu n'était pas repartie pour l'Europe.

Cela voulait être une plaisanterie, mais Brigette parut ne pas la comprendre. Pas plus qu'elle ne s'excusa d'arriver si tard, ce qui énerva Lucky.

— Je te présente mon mari, Carlo, dit Brigette d'un ton étrangement morne.

— Eh bien, tu ne m'embrasses pas ? s'étonna Lucky

Elle évaluait rapidement la situation, remarquant la maigreur et la nervosité de Brigette, son regard vide et son visage inexpressif qui contrastaient avec la santé rayonnante et l'arrogance de Carlo, grand et bel homme. Brigette étreignit machinalement sa marraine.

*Tu es maigre comme un chat*, pensait Lucky.

— Enchantée de vous connaître, Carlo, dit-elle avec un grand sourire. Nous avions hâte de vous rencontrer.

Il lui prit la main, la porta à ses lèvres et y déposa un baiser fugace.

*Un faiseur*, songea-t-elle. *Je les repère à un kilomètre. Un faiseur avec un costume à cinq mille dollars et une Patek Philippe à vingt bâtons. Fichtre !*

— Où est Bobby ? demanda Brigette.

Lucky continuait d'examiner sa filleule : Brigette n'était que l'ombre d'elle-même ; manifestement, quelque chose n'allait pas.

— Il est allé voir des cousins, en Grèce. Tu pourrais leur rendre visite un de ces jours.

— Peut-être, fit Brigette d'un ton évasif.

— Nous n'envisageons pas d'aller en Grèce, déclara Carlo

*Toi, on ne t'a rien demandé,* songea Lucky, cherchant Lennie du regard. Où était-il passé ? Elle avait hâte d'avoir son avis.

— Quelle idée d'avoir filé comme ça pour vous marier en cachette ! Tout le monde a été déçu.

— Brigette et moi nous ne voulions pas d'un de ces extravagants mariages hollywoodiens, intervint Carlo dédaigneusement. Nous avons préféré que la cérémonie se déroule au palais des Vitti, qui est dans la famille depuis des siècles.

— Je comprends, fit Lucky d'un ton un peu pincé. Si nous avions su, nous serions venus.

— Pardon, dit Brigette d'un ton un peu penaud. Tout cela s'est fait assez brusquement.

— Vous, Carlo, demanda Lucky, que faites-vous, au juste ?

— Je suis dans la finance, répondit-il en la regardant dans les yeux.

Elle ne se laisserait pas charmer d'un regard, il le comprit aussitôt. Avec elle, il faudrait marcher prudemment.

— Ça doit être intéressant, dit Lucky.

*Petit con,* pensait-elle.

— Absolument.

Quand Lennie arriva, une certaine hostilité flottait dans l'air.

— Lennie, je te présente Carlo, le mari de Brigette.

— Félicitations, dit Lennie en serrant Brigette dans ses bras. Que devient ma filleule préférée ?

— Elle s'est mariée, déclara en riant l'intéressée.

— Oh ! oui, nous le savons.

— Où sont Maria et le petit Gino ?

— Ils sont couchés, précisa Lucky, mais Steven est quelque part par là, et je sais que le grand Gino a très envie de te voir, alors si nous allions le chercher ?

— Je reviens tout de suite, lança Brigette à Carlo.

— Je t'accompagne... dit-il rapidement.

— Elle ne risque rien avec moi, coupa Lucky en entraînant Brigette. Alors, reprit-elle dès qu'elles se furent un peu éloignées, comment vas-tu ?

— Très bien, Lucky, je te l'ai dit au téléphone.

— Je te trouve pâlotte.

— Ah oui ?

— Vraiment.

— Trop de voyages, expliqua Brigette.

— Si nous déjeunions demain toutes les deux ? proposa Lucky. Nous pourrons bavarder un peu.
— Nous pouvons bavarder maintenant.
— Pas avec ton mari qui rôde à trois pas de là. Je sais ce que sont les hommes italiens : possessifs... je n'arrive pas à trouver le mot !
— Carlo n'est pas possessif, objecta Brigette.
— Oh ! si, je le vois bien.
— Pas du tout, insista Brigette.
— Tiens, voilà Gino, dit Lucky qui ne voulait pas se fâcher avec sa filleule. Quatre-vingt-sept ans et toujours vert.
Gino se leva d'un bond.
— Alors, mon petit ! Tu es partie te marier comme ça ? Et moi qui comptais être ton garçon d'honneur.
Soudain, Lina surgit derrière Brigette et posa les mains sur ses yeux.
— Coucou ! cria-t-elle.
— Oh ! dit Brigette. Qu'est-ce que tu fais ici ?
— Qu'est-ce qui t'a pris de disparaître pour te marier, sans moi ? Je croyais que nous devions faire ça ensemble ?
— Pardon ! dit Brigette en riant.
— Regarde-toi, reprit Lina. Tu as dû perdre une dizaine de kilos. Qu'est-ce que ça veut dire ? Tu es maigre comme un échalas. Que va dire ton agent ?
— Rien, parce que je ne travaille plus.
— Quoi ? Mais pourquoi ? Tu es enceinte ?
Brigette ne comptait en parler à personne, mais l'occasion lui parut trop belle. Elle prit une profonde inspiration et se lança.
— À vrai dire, oui.
Lucky resta stupéfaite. Brigette était trop maigre pour une femme enceinte.
Carlo arrivait. Il passa un bras de propriétaire autour des épaules de Brigette.
— Alors, dit Lina le menaçant du doigt. Petit cachottier, hein, papa ?
— Ah ! fit Carlo avec un petit sourire satisfait. Alors Brigette vous a dit.
— C'est fantastique ! Fredo est au courant ?
— Non, dit Carlo, c'est la première fois que nous en parlons. Je voulais que Brigette l'annonce d'abord à ceux qui lui sont le plus proches.

Lucky l'observait : ce qu'elle voyait dans les yeux de Carlo, d'un bleu de glacier, ne lui inspirait pas confiance. Elle s'éloigna pour demander à Lennie son avis.

— Rien de bon.

— Pourquoi cela ?

— Je crois qu'elle se drogue.

— Tu veux dire qu'elle fume ?

— Non. Regarde ses yeux. Et puis tu as vu comme elle est maigre. Ce n'est pas notre Brigette.

— Elle vient d'annoncer qu'elle est enceinte !

— Tu dois avoir une conversation sérieuse avec elle.

— Nous déjeunons ensemble demain. Elle me racontera tout.

— Tant mieux.

— Et lui, demanda Lucky, qu'en penses-tu ?

— Pas très chaleureux. Toi, comment le trouves-tu ?

— Un bel homme bien monté, mais un escroc. Je les repère à vingt mètres.

Lennie hocha la tête.

— Au fait, Lucky, dit-il en changeant de sujet d'un ton faussement désinvolte, as-tu pris une décision à propos d'Alex ?

— Quelle décision ? demanda-t-elle innocemment.

— Tu ne vas pas faire ce film avec lui, n'est-ce pas ?

— Mais qu'est-ce que tu as, à propos d'Alex ? Nous sommes amis, voilà tout.

— Amis, mon œil !

— C'est grotesque, répliqua-t-elle, en rage. Ce projet m'intéresse ; il se trouve qu'il a un rapport avec Alex, c'est tout. Il n'y a pas de quoi en faire un plat.

— Tu es en train de me dire que, s'il y a un choix à faire, tu choisirais Alex.

— Tu me forces à faire un choix ?

— Seigneur ! Tu commences à me courir, je suis un mari parfaitement fidèle et je te demande juste une petite chose...

— Lennie, pouvons-nous discuter de cela plus tard ? Ça n'est guère le moment.

— Si tu veux, dit-il. Comme d'habitude, c'est toi qui décides.

Au dîner, Brigette se montra très animée. Lucky l'avait entourée de ses amis les plus proches, dont Lina, qui n'avait d'yeux que pour Steven.

Lucky remarqua que plus Brigette était gaie, plus Carlo semblait renfermé. Elle tenta d'engager la conversation.

— Où comptez-vous habiter tous les deux ? demanda-t-elle.

— Nous achèterons peut-être une maison en dehors de Rome, répondit-il, surveillant toujours Brigette.

— Vous ne craignez pas qu'elle se sente un peu seule. Vous comprenez, se retrouver dans un pays étranger dont elle ne parle pas la langue. Coincée à la campagne avec un bébé.

— Brigette n'a pas besoin de gens autour d'elle, rétorqua sèchement Carlo.

— Je trouve très touchant que vous sembliez en savoir si long sur elle alors qu'en fait vous ne vous connaissez que depuis... combien ? Quelques mois ?

— Lucky, dit-il avec un air mauvais, je suis convaincu que vous le faites dans l'intérêt de Brigette, mais il serait temps que vous lui lâchiez un peu la bride. Elle n'est pas votre fille. Elle est *ma* femme. Je veillerai à ce qu'elle soit heureuse.

— Je n'en doute pas. Il n'y a qu'un petit détail... elle n'a pas l'*air* heureuse.

— Vous êtes ridicule, lança Carlo. Et désagréable.

— Vraiment... dit Lucky en complétant pour elle-même *pontifiant petit trou-du-cul !* J'étais la meilleure amie de la mère de Brigette et, puisque Olympia n'est plus avec nous, je m'occupe de Brigette. Vous avez donc intérêt à la rendre heureuse, sinon, c'est à moi que vous aurez affaire.

— C'est une menace ?

— Pas du tout, Carlo. Je vous explique simplement les choses. Vous l'avez peut-être eue pour vous tout seul ces derniers mois, mais désormais je vais surveiller ce qui se passe. Pour commencer, j'ai parlé aux avocats de Brigette à New York. Vous n'avez aucun besoin d'intervenir dans la façon dont sa fortune est gérée. Elle ne touchera pas avant cinq ans la plus grande partie de son héritage, alors je vous conseille de vous calmer. Dans cinq ans, si vous êtes encore mariés, alors je suis sûre que Brigette se fera un plaisir de vous en confier la gestion.

— Je n'aime pas la façon dont vous me parlez, articula-t-il, pâlissant de rage.

— Je suis désolée, Carlo, mais c'est comme ça. Alors, voici ce que je vous conseille. Un silence – le regard de Lucky se durcit. Faites-vous une raison.

— Quel genre de musique vous branche ? demanda Lina.

Ils étaient assis à une des tables rondes auprès de la piscine ; elle jouait avec le pied de sa coupe de champagne.

— Al Green, les Temptations, Aretha. Vous savez, du soul classique, dit Steven. Et vous ?

— Le soul, c'est super, s'empressa-t-elle d'approuver.

— Vous aimez danser, n'est-ce pas ? s'enquit-il en souriant.

— Comment le savez-vous ?

— Parce que toute la soirée vous vous êtes trémoussée sur votre fauteuil.

— C'est vrai ?

— Mais oui.

— Vous savez, Steven, reprit-elle après avoir bu une gorgée, vous êtes vraiment un type bien.

— Qu'est-ce qui vous fait dire ça ?

— Tenez, prenez votre ami Jerry, celui qui est venu de New York. Chaque fois que je lui parle, ce type me lorgne comme si j'étais toute nue. Vous, vous êtes réglo. Et pourtant vous êtes drôlement beau. Vous avez ce charisme à la Denzel Washington.

Il éclata de rire, puis remarqua d'un ton songeur :

— Vous savez, c'est la première fois que je ris depuis la mort de Mary Lou.

— Je vous ai dit l'autre fois combien j'avais été désolée pour votre femme. Ça a dû être dur.

— C'est impossible à expliquer. Vous savez, il y a des matins où on se réveille avec juste l'envie de s'enfouir sous les couvertures et de rester là. C'est un cauchemar qui ne finit jamais.

— J'imagine, murmura-t-elle. Je suis vraiment navrée pour vous. Qu'est-ce que je peux dire d'autre ?

— Merci Lina. J'espère que vous ne vivrez jamais cela.

— Nous partons, annonça Alex peu après la fin du dîner.

— Pourquoi si tôt ?

— Vous savez, Lucky, les soirées, ça n'est pas mon truc. Mais voyons-nous demain pour discuter du script.

Elle eut un moment d'hésitation.

— Eh bien... j'ai un petit problème avec Lennie.

— Quel problème ?

— Il ne veut pas que je le fasse.

— C'est dingue !

— Je sais. Je vais arranger cela. Mais, en attendant, ne m'appelez pas, c'est moi qui vous téléphonerai.

— Qu'est-ce que cela veut dire ?

— Ça veut dire que je joue la bonne petite épouse.

— Êtes-vous en train de me dire que nous pourrions ne pas travailler ensemble ?

— Mais non. Il faut simplement que je m'organise.

— Vous savez, Lucky, murmura-t-il en la regardant droit dans les yeux, et je ne vous le dirai qu'une fois...

— Oh, oh ! qu'est-ce que vous allez me dire, Alex ?

— Bien sûr, vous aimez Lennie, c'est un type formidable. Mais il est trop lunatique pour vous. Il vous faut quelqu'un qui soit plus en phase avec vous.

— Quelqu'un comme vous, je suppose.

— Vous pourriez tomber plus mal.

— Il n'y a qu'un problème.

— Ah ! et quoi donc ?

— Je suis une bonne petite Italo-Américaine. Et tout le monde sait que vous ne vous intéressez qu'aux Asiatiques.

— Vous me tuez, Lucky. Appelez-moi quand vous aurez réglé tout cela avec votre mari.

— Vous pouvez y compter.

— Alors, princesse, on me largue ? demanda Charlie.

En fait, il n'était pas trop déçu ; il avait déjà l'idée d'une remplaçante, une vedette de la télé avec de gros nichons et un regard prometteur.

— Comment ça ? fit Lina, rayonnante d'innocence.

— Je vous ai vue toute la soirée bavarder avec cet abruti d'avocat. Un vieux schnock comme moi n'est pas d'humeur à jouer les troisièmes couteaux.

— Oh ! Charlie, dit-elle en riant, est-ce ma faute si je suis toute tourneboulée ?

— C'est bien ce que je disais, vous me larguez, déclara-t-il, triomphant.

— Pas du tout, se défendit Lina. Nous avions juste une conversation très intéressante sur l'environnement.

— Comme si vous vous y connaissiez en environnement, ricana Charlie.

— Mais si. Quand j'étais gosse, je me promenais dans le parc à Londres. J'adore les arbres et les trucs comme ça. Reconnaissez que c'est un beau mec. Et puis, vous comprenez, on est de la même couleur, tous les deux.

— Vous être en train de me dire que je suis trop blanc pour vous ?

— Vous êtes blanc à faire peur, Charlie. Vous ne vous mettez jamais au soleil ?

— Les bains de soleil, c'est bon pour les acteurs sans boulot.

Lina leva sa coupe pour trinquer.

— De toute façon, il ne m'a pas encore proposé de sortir ni rien.

— Et, s'il se décidait, qu'est-ce que je ferais ? Un second choix ?

— Ça vaut mieux, dit-elle en riant, que de ne pas être du tout dans la course, non ?

Pia attendait Alex auprès de la porte.

— Pardon, mon chou, dit-il. J'avais une affaire à régler.

— Tu aimes bien Lucky Santangelo, n'est-ce pas ?

— Il se trouve que c'est ma meilleure amie, répondit-il.

— Non, murmura Pia. Ce que tu veux dire, c'est bien que tu l'aimes, comme un homme aime une femme.

— Qu'est-ce que c'est que ces foutaises ?

— Oh ! simple intuition féminine.

Comme elle n'était pas sotte, elle s'empressa de changer de sujet :

— Tu vois cette personne avec un enfant de l'autre côté de la rue ? Ils étaient là quand nous sommes arrivés. On dirait des gitans. Un enfant ne devrait pas être dehors aussi tard.

— Peut-être qu'ils se sont perdus, hasarda Alex, sans trop regarder.

— Tu crois que les gens se perdent sur la Pacific Coast Highway et qu'ils déambulent jusqu'à Malibu Colony ?

— Si cela te préoccupe tellement, va leur demander.

C'est ce qu'elle fit. La femme, assise sur le bord du trottoir, se leva en la voyant approcher.

— Excusez-moi, s'enquit celle-ci. Je me suis inquiétée de vous voir ici toute la nuit avec votre enfant. Vous avez un problème ?

— Je... j'attends pour voir M. Golden, dit-elle avec un accent marqué. Il est là ?

— Aimeriez-vous que je demande à quelqu'un d'aller le chercher ?

— S'il vous plaît.

Pia renseigna Alex, ajoutant :

— Elle est très belle et parle anglais avec un accent italien.

— Je vais lui parler et voir ce qu'elle veut.

Il s'avança sur la chaussée, la femme leva les yeux vers lui. Il l'examina à son tour et fut frappé de sa beauté. Elle lui rappelait Sophia Loren jeune.

— Vous voulez voir Lennie Golden, c'est cela ?

— Oui. Ce serait bien.

— Vous connaissez M. Golden ?

— Il y a cinq ans... nous nous sommes connus en Sicile.

— Ah ! bon. Quel est votre nom ?

— Claudia. Je pense qu'il se souvient de moi.

— Oh ! Claudia ! assura Alex, se rappelant tout à coup l'enlèvement. J'ai l'impression qu'en effet il se souviendra très bien de vous.

# 61.

— J'ai envie de partir, déclara Carlo. Sans tarder.

— Nous ne pouvons pas, répondit Brigette. La soirée est donnée en mon honneur et je m'amuse bien.

— Si moi, je dis que j'ai envie de partir, alors nous rentrons. Cette Lucky Santangelo est une garce. Profite bien d'elle ce soir, Brigette, car je ne te laisserai pas la revoir.

— Ne dis pas cela, Carlo. J'adore Lucky. Je la verrai quand je voudrai.

— Si nous étions à l'hôtel, menaça-t-il, tu n'oserais pas me parler sur son ton.

Elle comprit à cet instant précis qu'elle avait grand besoin d'aide et qu'elle se trouvait au seul endroit où elle avait une chance d'en obtenir. Peut-être Carlo s'en rendait-il compte aussi car il semblait avoir hâte de l'emmener.

Elle était désemparée. Il fallait qu'elle raconte à quelqu'un ce qui se passait. Peut-être Lina. Eh oui, tout dire à Lina : elle alerterait Lucky, qui volerait une fois de plus à son secours.

Mais non, elle n'appellerait pas Lucky à l'aide. Non, elle ne pouvait pas s'humilier encore une fois. Pourtant... elle devait s'échapper, elle le savait, sinon elle resterait une prisonnière, une esclave.

— Il faut que j'aille aux toilettes, dit-elle.

— Vas-y. Ensuite nous partirons. Tu diras que tu ne te sens pas bien.

Elle ne voyait Lina nulle part, mais, devant les toilettes, elle tomba sur Lennie.

— Comment va mon ex-petite belle-fille préférée ? demanda-t-il. Tu t'amuses bien ?

— C'est sensas.

— Alors... notre petite Brigette attend un bébé ?

— Mais oui.

— On disait que c'est bien triste que Olympia ne soit pas là pour le voir : elle aurait été très fière de toi.

— Tu crois ? Ma mère n'a jamais fait attention à moi, Lennie.

— C'est là où tu te trompes, ma chérie, dit-il en l'observant attentivement. Olympia parlait toujours de toi. Au fond, elle t'aimait beaucoup. Je le sais, ajouta-t-il. J'ai été son mari.

— L'arrivée du bébé l'aurait peut-être excitée, reconnut Brigette. Mais elle aurait détesté qu'on l'appelle grand-mère, non ?

— Ça, oui, elle aurait détesté. L'idée les fit rire tous les deux. Alors, dis-moi. Comment est-ce, la vie de femme mariée ?

— Merveilleux, dit Brigette avec un entrain forcé.

— Ça te plaît, hein ?

— Bien sûr. Carlo est très... elle cherchait le mot qui convenait... spécial.

— Tu veux renifler un peu de coke ?

— Pardon ? fit-elle, abasourdie. Lennie, de quoi parles-tu ?

— Je le sais, Brig. On le voit dans tes yeux.

— Tu te trompes, nia-t-elle en devenant toute rouge. Qu'est-ce qui te fait croire cela ?

— Je suis passé par là, moi aussi. Regarde-toi dans la glace, mon chou. Cela se lit sur ton visage. Carlo est au courant ?

— Carlo ne se drogue pas, dit-elle en secouant la tête.

— Alors pourquoi le fais-tu ?

Ses yeux s'emplirent de larmes. Elle aurait voulu tout lui confier, mais Lennie n'était pas Lucky, il ne pouvait pas la sauver.

— Je ne comprends pas pourquoi tu me dis des choses pareilles, cria-t-elle.

Elle s'engouffra dans les toilettes, claquant la porte derrière elle. Plantée devant le lavabo de marbre, elle se regarda, désespérée, dans le miroir. Blonde Brigette, avec ses immenses yeux bleus et son pitoyable petit visage.

Lennie avait raison : il suffisait de la regarder pour voir qu'elle était camée.

Elle se dégoûtait. Pourquoi se droguait-elle ? Parce que Carlo l'avait rendue accro. Maintenant, elle ne pouvait plus s'arrêter.

Comment s'était-elle mise dans un tel pétrin ?

— Lucky, Lucky, je t'en prie, sauve-moi, murmura-t-elle.

*Non*, répondit une voix dans sa tête. *On ne peut pas, chaque fois, se précipiter sur Lucky. Non ! Il faut que tu t'en tires toute seule.*

Elle s'aspergea le visage d'eau, puis rajusta son maquillage.

*Je peux m'en tirer*, se dit-elle. *Je peux me tirer de n'importe quelle situation.*

— Steven, est-ce que je peux passer la nuit avec vous ? murmura Lina d'un ton provocant.

— Quoi ? fit-il, se demandant s'il avait bien entendu.

— Je ne veux pas me jeter sur vous, dit-elle d'une voix un peu rauque, j'ai vraiment envie d'être avec vous.

— Je croyais que vous étiez venue avec Charlie Dollar ?

— C'est vrai. Mais je préférerais être avec vous.

Il resta silencieux. Il n'avait rien connu de pareil depuis longtemps : l'excitation de la nouveauté, l'impression d'être au bord d'une folie.

C'était ridicule. Il n'était pas un adolescent prêt à se faire draguer. Il était un veuf d'une cinquantaine d'années qui souffrait d'une blessure trop profonde pour jamais cicatriser.

Mais il y avait Lina... Lina avec sa peau chaude et satinée, sa somptueuse chevelure noire, une bouche à mourir...

Qui pourrait lui reprocher de succomber ?

— Alors, insista-t-elle, je peux ?

— Je... heu... je ne sais pas.

Il se sentait vraiment l'air idiot.

— Qu'est-ce que vous ne savez pas ? demanda-t-elle en se penchant vers lui.

Elle retrouva ce parfum, tiède, musqué, grisant.

— Je ne sais pas si c'est une bonne idée, dit-il.

— Il n'est pas question de bonne ou mauvaise idée, Steven. Nous sommes là tous les deux. Mary Lou, elle, n'est plus là. Elle n'aurait pas voulu que vous meniez une vie de moine.

Non, Mary Lou n'aurait sans doute pas voulu cela. Elle se serait attendue à ce qu'il recommence à vivre le plus tôt possible. Pourquoi pas ? Il se sentait si effroyablement seul...

— Si... si c'est ce que vous souhaitez, finit-il par dire.

— Bien sûr que oui, sinon je ne l'aurais pas demandé.

— Alors... très bien.

— Très bien ! répéta Lina avec un grand sourire. Vous savez combien d'hommes donneraient leur couille droite pour une nuit avec moi ?

Elle n'était pas très modeste, certes... Mais il ne s'agissait pas de passer une vie entière avec elle. Rien qu'une nuit de plaisir. Il méritait bien cela, non ?

— Je lui ai dit qu'à mon avis elle se came, déclara Lennie en attrapant Lucky qui sortait de la salle à manger.

— Quoi ? fit-elle. Pourquoi as-tu fait cela ? Je déjeune avec elle demain, maintenant elle est sans doute affolée.

— C'est venu tout naturellement, j'étais très décontracté.

— Comment peux-tu être décontracté quand tu accuses quelqu'un de se droguer ? fit Lucky, exaspérée. Comment a-t-elle réagi ?

— Bien sûr, elle a nié.

— Tu aurais dû m'en parler d'abord.

— Il me fallait ta permission ?

— Non... Mais enfin... Où est-elle maintenant ?

— Aux toilettes.

— Je vais essayer de la coincer.

— Je suis persuadé que tu peux y arriver, Lucky. Regardons les choses en face, tu arrives toujours à ce que tu veux.

— J'en ai un peu marre de tes remarques.

— Moi, j'en ai un peu marre de devoir toujours n'en faire qu'à ta tête.

— Dis donc, si ça ne te plaît pas...

Ils se dévisageaient, furieux tous les deux, chacun refusant de battre en retraite.

— ... je sais ce que je peux faire, dit Lennie, terminant la phrase pour elle.

— Va te faire voir, Lennie.

— Merci. Merci beaucoup.

— Eh bien, voilà... dit Steven.

— Voilà quoi ? répondit Jerry.

— Bien... dit Steven, cherchant désespérément une excuse valable. Il va falloir que tu trouves une voiture pour te ramener à ton hôtel.

— Voyons, pourquoi faudrait-il qu'on me raccompagne ?

— Parce que... parce qu'il va falloir que je parte bientôt et je sais que tu as envie de rester.

— Évidemment. Une soirée comme ça. Il y a plein de nanas et je ne veux rien manquer.

— Forcément, approuva Steven. J'ai rendez-vous de bonne heure demain matin avec le district attorney : elle cherche à accélérer la procédure, alors je suis sûr que tu comprendras que je file.

— Tu ne peux pas rester encore une heure ? dit Jerry, manifestement déçu.

— Tu te débrouilleras très bien sans moi.

— Qu'est-ce que je suis censé faire ? Aborder quelqu'un ou faire du stop ?

— Demande à Gino. Tu le connais.

— Gino a quatre-vingt-sept ans. D'un instant à l'autre, il ne tiendra plus sur ses pieds.

— Ne crois pas ça, c'est un Santangelo.

— C'est vrai, ces foutus Santangelo. Ils peuvent marcher sur l'eau, pas vrai ?

— Seulement Lucky, rétorqua Steven impassible.

— Mais oui, dit Jerry. Bon, eh bien va-t'en, laisse ton copain tout seul ici. Que veux-tu que ça me foute ?

Pendant que Steven et Jerry parlaient, Lucky saisit Lina par le bras.

— Qu'en pensez-vous ? demanda-t-elle

— Je pense que je ne vais pas tarder à partir avec le plus bel homme de la soirée.

— Je ne parle pas de votre vie sentimentale, dit Lucky. D'ailleurs depuis quand Charlie Dollar est-il si superbe ?

— Pas Charlie, précisa Lina. Steven.

— Mon Steven ?

— Oui, votre Steven. J'oubliais : c'est votre demi-frère ?

— Parfaitement.

— Il y a une chose que je ne pige pas, dit Lina en penchant la tête de côté. Comment se fait-il que lui soit noir et vous blanche ?

— La mère de Steven était noire. Gino a eu une aventure avec elle voilà bien des années, expliqua Lucky. Quand Steven retrouva ses racines, ça a tout de suite collé entre nous.

— Bon sang ! La vie est toujours plus étrange que le cinéma, non ?

— On peut dire ça. Surtout dans ce cas-là. Dites-moi, quelle est votre opinion sur le mari de Brigette ?

— Et la vôtre ?

— Je crois qu'il en veut à son argent, répondit carrément Lucky. Ça ne vous semble pas évident ?

— Maintenant que vous me le dites...

— Lennie est presque certain qu'elle se drogue.

— Qui ça ? Brig ! s'exclama Lina. Je ne l'ai même jamais vue fumer un joint !

— On change.

— Tout ce que je sais, c'est que, quand on en partageait un, comme ça, pour s'amuser, Brig n'en prenait jamais. Pourtant, c'est vrai que ce soir elle avait l'air dans les vapes.

— Je déjeune avec elle demain. Pouvez-vous venir ?

— Si je ne suis pas coincée.

— Ce serait bien, fit Lucky. J'ai l'impression que Brigette a besoin de nous.

Brigette sortit avec précaution des toilettes en cherchant Lennie des yeux. Il l'avait bouleversée. Comment avait-il deviné ?

Elle aurait aimé pouvoir prendre une dose. Elle avait besoin du sentiment de paix et de calme que la drogue lui procurait.

Heureusement que Carlo était là... Quel autre homme aurait voulu d'une camée ? Carlo, si gentil il voulait... et si dur, aussi.

— Hé, fit Lina en la rattrapant. Nous n'avons même pas passé un moment ensemble de toute la soirée.

— Oh ! salut, fit Brigette.

— Tu as vu Steven ? dit Lina, tout excitée. Quel chou !

— J'ai bien remarqué que tu l'avais dragué pendant tout le dîner.

— C'était si visible ? fit Lina, ravie.

— Très.

— D'ailleurs, lui confia Lina, nous allons discrètement filer. Et comme toi et moi n'avons vraiment pas pu nous voir, je viens au déjeuner demain. J'ai tellement de choses à te raconter. Tu as dû apprendre que je tournais un film avec Charlie Dollar ? Cool, non ?

— Je serai contente de te voir, Lina. Tu me manques.

— Toi aussi, ma chérie. Ça me manque de ne pas travailler avec toi, de t'entendre désapprouver tout ce que je fais. Et puis j'ai tellement de choses à te raconter !

— Ça m'a beaucoup occupée de me marier, soupira Brigette.

— Tu l'aimes ? demanda Lina. Tu l'aimes vraiment, vraiment ? Parce que si ça n'est pas le cas, taille-toi maintenant, ma petite.

— Bien sûr que je l'aime, fit Brigette, sur la défensive.

— Il ne te fait pas faire des trucs dont tu n'as pas envie, hein ?

— Comment ça ?

— Tu as l'air un peu... je ne sais pas... absente.

— Je ne suis pas absente, je suis enceinte.

— Bon, reprit Lina, je file. À demain.

En sortant, Lina et Steven croisèrent Alex qui arrivait, escorté d'une jeune femme et d'un petit garçon.

— Vous avez vu Lennie ? demanda-t-il.

— Il est quelque part par là, dit Lina en indiquant une direction d'un mouvement de tête.

— Merci. Attendez ici, dit-il à la femme en l'installant près de la porte. Elle était immobile, le petit garçon cramponné à sa jupe. Ne bougez pas, je reviens tout de suite.

Il trouva Lennie au bar.

— Il y a quelqu'un qui veut vous voir, dit-il.

— Qui ça ? demanda Lennie d'un ton maussade.

— Venez voir.

— Vous savez, Alex, attaqua Lennie, il faudrait que vous laissiez ma femme tranquille. Je sais ce qui se passe, je peux vous dire que ça ne me plaît pas.

— Dites donc, rétorqua Alex, ce n'est pas vraiment à vous de décider si je vois Lucky ou non. C'est à elle.

— Allez vous faire voir. Vous ne nous causez que des problèmes.

— Je croyais que vous et moi nous étions amis.

— C'est ce que voudrait Lucky, répondit Lennie, à moitié ivre. Mais moi, je sais ce que vous cherchez à faire.

— Oui, eh bien peut-être que vous aimeriez voir un peu ce que vous, vous avez fait. Suivez-moi.

— Putain, marmonna Lennie, qu'est-ce qui se passe ?

Apercevant Lucky, Alex lui fit signe.

— Vous voudriez peut-être venir, dit-il.

— Pour quoi faire ? demanda-t-elle.

— Vous verrez.

Tous deux emboîtèrent le pas à Alex.

Claudia était là où il l'avait laissée. En voyant Lennie, son visage s'illumina.

— Lennie ! s'exclama-t-elle. J'ai si longtemps prié pour ce moment-ci.

— Claudia ? dit Lennie, n'en croyant pas ses yeux.

— Oui, c'est moi.

— Seigneur ! Qu'est-ce que vous fichez ici ?

— Je suis venue en Amérique pour vous, dit-elle. Et maintenant, je suis la femme la plus heureuse du monde.

# 62.

— Je suppose que tu es satisfaite, dit Carlo, l'air sombre.

Brigette se glissa sur la banquette arrière de la limo aussi loin de lui que possible. Elle ressentait sa mauvaise humeur et la peur montait.

— C'était une belle soirée.

— Belle pour toi, dit-il, furieux. Toi, tu n'as pas subi les injures de cette garce.

— Quelle garce ?

— Lucky Santangelo.

— Ce n'est pas une garce, Carlo, fit Brigette d'un ton patient. Elle veille sur moi.

— Te rends-tu compte à quel point elle m'a insulté ?

Il ferma la glace teintée qui les séparait du chauffeur et poursuivit.

— Elle a laissé entendre que moi, le comte Carlo Vittorio Vitti, j'en veux à ton argent. Je n'ai pas besoin de ton argent, Brigette, j'en ai largement assez. Ma famille remonte à des centaines d'années. Et qui es-tu, toi ? Rien du tout.

— Mon grand-père était un homme d'affaires très respecté, fit-elle observer. C'était l'ami des rois et des présidents.

— Dommage que ta mère se soit révélée être une pute, ricana Carlo.

— Ne dis pas cela. Ma mère avait peut-être des problèmes, mais elle n'était pas ce que tu dis.

— Je ne supporte pas ton attitude. Tâche de te comporter comme la femme d'un aristocrate. Je t'ai conféré cet honneur et tu craches dessus.

— Peut-être cela a-t-il été une erreur de nous marier, se risqua-t-elle.

— Une erreur pour moi, lança-t-il.

— Alors qu'allons-nous faire ?

L'idée lui traversa l'esprit que, s'ils divorçaient, il pourrait certainement réclamer des millions de dollars. Pourquoi réclamer des millions quand il pouvait mettre la main sur une fortune inchiffrable ?

— Dire que tu étais si belle ! dit-il d'un ton de mépris. Regarde-toi maintenant.

— Que veux-tu de moi, Carlo ? soupira-t-elle. Que veux-tu vraiment ?

— Que tu me respectes comme devrait le faire une épouse.

— J'essaie.

— Ce soir, tu n'as rien fait pour me soutenir.

— Que veux-tu dire ?

— Tu as laissé cette garce de Santangelo m'insulter.

— Je ne sais absolument pas ce qu'elle a dit.

— Je peux t'assurer, Brigette, que plus jamais je ne te laisserai la revoir.

Sitôt rentré à l'hôtel, il décida de prendre des billets sur le premier vol du lendemain à destination de l'Europe, pour fuir tous ces gens qui osaient menacer son avenir.

— Doucement, dit Steven.

— Quoi ? fit Lina qui émergeait déjà de sa robe Versace.

— C'est trop rapide.

— Pourquoi ?

— Pour moi.

— Je croyais...

— Doucement.

Lina était déconcertée. La première chose que les hommes demandaient, c'était qu'elle ôte ses vêtements. Alors pourquoi Steven, lui...

Ils étaient arrivés chez lui cinq minutes plus tôt.

— Voudriez-vous un verre ? avait-il proposé.

— Champagne.

Et pendant qu'il se dirigeait vers le petit bar dans un coin du salon, elle avait commencé à ôter sa robe, s'imaginant lui faire tourner la tête. Et voilà qu'il lui demandait d'aller doucement !

Pour une fois, ne sachant trop que faire, elle s'empressa de remonter sa robe.

— Je n'ai pas de champagne, dit Steven, qui s'affairait toujours du côté du bar, je n'ai que du vin blanc.

— Ça ira très bien, dit-elle, maintenant embarrassée.

Elle regrettait de lui avoir donné l'impression qu'elle était une traînée prête à se laisser sauter dessus par la terre entière. Elle tenait à son estime.

Il lui versa un verre de vin, se servit un Coca et revint s'asseoir près d'elle, sur le canapé.

— Lina, fit-il doucement. Laissez toujours l'homme conduire. Vous êtes jeune, célèbre, extrêmement séduisante. Je suis certain que vous êtes riche aussi. Alors, calmez-vous.

— Je ne crois pas...

— Écoutez, fit-il en l'interrompant. De quand date votre dernière relation sérieuse ?

Elle repassa dans son esprit une liste de conquêtes : riches playboys, rock stars, patrons de médias, champions sportifs, elle les avait tous eus.

— Une relation sérieuse, dit-elle sur la défensive, ce n'est pas mon truc.

— Pourquoi ?

— Bonne question.

Elle avait vingt-six ans ; sa plus longue aventure avait duré sept semaines : c'était avec un très riche homme d'affaires de New York qui s'était servi d'elle pour énerver son épouse, une femme blasée très occupée à se faire sauter par leur chauffeur portoricain.

— Ma mère s'est toujours débrouillée toute seule, et elle ne s'en est pas mal tirée. C'est elle qui m'a élevée. Elle n'avait pas un mec qui lui dictait ce qu'elle devait faire.

— Une vraie relation ne consiste pas à dire à quelqu'un ce qu'il doit faire, expliqua Steven. Cela consiste à être avec quelqu'un qu'on aime, à passer ensemble les bons et les mauvais moments.

— Ah ! fit-elle.

Elle se demandait comment l'entraîner jusqu'au lit ; plus il parlait, plus elle avait envie de lui.

— Ce que je veux dire, reprit Steven, c'est détendez-vous.

— Oui, Steven, dit-elle docilement, en attendant qu'il l'embrasse.

— Claudia, pourquoi êtes-vous venue aux États-Unis ? demanda Lennie, abasourdi.

Claudia le regarda avec un sourire éperdu.

— Vous m'avez dit que si jamais j'avais besoin de quelque chose... murmura-t-elle.

Elle ne termina pas sa phrase, car Lucky s'avançait en lançant à son mari un regard interrogateur.

— Oh !... chérie, expliqua-t-il, extrêmement mal à l'aise. Je te présente Claudia. C'est... la personne qui m'a aidé à échapper à mes ravisseurs. Je... je crois bien que je lui dois la vie.

— Oh ! probablement, dit Lucky.

Lennie s'était bien gardé de préciser à quel point sa libératrice était appétissante. À vrai dire, quand elle lui avait posé la question, il lui avait laissé entendre qu'elle était moche comme un pou.

— Claudia, voici ma femme, dit Lennie en insistant sur le mot « femme ».

— Oh !

Le visage de Claudia s'assombrit, ce qui n'échappa pas à Lucky. Pas d'avantage à Alex, qui ne perdait pas un détail de la scène.

— D'où arrivez-vous ? demanda Lennie, remarquant son air épuisé.

— D'Italie.

— D'Italie ? répéta Lucky. Aujourd'hui ?

— Oui. Je n'avais que votre adresse, Lennie. J'espérais que vous y seriez toujours. Vous m'aviez dit que si jamais j'avais besoin d'aide... reprit-elle.

— Oui, mais vous auriez pu me téléphoner, je ne sais pas.

— C'est votre fils ? demanda Lucky en désignant le petit garçon. Comment s'appelle-t-il ?

— Leonardo, murmura Claudia.

— Leonardo, répéta Lucky.

Puis elle demanda, quoiqu'elle eût déjà deviné la réponse, écrite sur les traits de l'enfant :

— Et son père ?

— C'est notre fils, Lennie, dit Claudia en se tournant vers lui. C'est à cause de Leonardo que je suis ici.

— Ton fils ! s'écria Lucky.

— Je... je ne sais rien de tout cela, balbutia Lennie.

— Si nous allions quelque part, reprit Lucky d'un ton glacial, où Claudia pourrait nous expliquer tout cela sans que la moitié de nos invités nous écoute.

Elle lança un regard furieux à Alex.

— Bonsoir, Alex.

— Eh, je n'y suis pour rien, protesta Alex en haussant les épaules. Elle traînait dehors en demandant Lennie. Je n'ai fait que ma bonne action de la journée.

Lucky tourna les talons, furieuse que, par-dessus le marché, Alex fût témoin de son humiliation.

— Emmène Claudia dans la bibliothèque, lança-t-elle à Lennie.

Quand ils furent installés, Claudia se mit à parler en s'adressant directement à Lennie.

— Après votre évasion, dit-elle, les mains crispées, quand mes frères ont découvert que c'était moi qui vous avais aidé, ils m'ont battue. Et puis, quand ma grossesse est devenue visible, ils m'ont envoyée vivre dans un village lointain où nous avons de la famille. Après la naissance, comme personne ne voulait me parler, je me suis réfugiée avec mon fils à Rome, où j'ai trouvé du travail. Mais je ne gagnais pas suffisamment. Alors j'ai compris que mon fils devrait être avec son père ; et voilà pourquoi je vous amène Leonardo, à vous, Lennie, en Amérique où je sais qu'on s'occupera de lui.

Lennie sentait le monde s'écrouler autour de lui. Il avait un fils dont il ignorait jusqu'à ce jour l'existence. C'était vrai qu'il avait fait l'amour à Claudia... une fois. Il regretta de l'avoir caché à Lucky. Mais il n'avait rien dit, pensant qu'il était impossible qu'elle l'apprît. Erreur. Connaissant Lucky, il savait qu'elle ne lui pardonnerait jamais. Jamais.

# 63.

L'affaire « Teddy Washington » se propageait ; elle explosait dans tous les médias, et les journaux à sensation ne manquèrent pas de déterrer quelques histoires juteuses sur le passé de drogué de Price ou d'exhumer les vieilles photos sur lesquelles Mary Lou apparaissait nue.

Price était anéanti.

Devant la maison, des journalistes et des équipes de télévision se pressaient. Il interdit à Teddy de sortir.

— Ne regarde pas par les fenêtres, ajouta-t-il. Ils sont partout avec leurs putains de caméras.

Mila était toujours en prison ; Irena avait supplié Price de payer la caution, si caution il y avait.

— Pas question, avait-il grommelé. C'est elle qui a foutu Teddy dans ce pétrin.

— Si je peux la voir, je la persuaderai de dire la vérité.

— Comment donc ? avait répondu Price, incrédule. Tu vas laisser ta fille trinquer pour que Teddy n'ait pas d'ennui ? Allons donc. Tu ferais mieux de faire tes valises et de filer, Irena, c'est terminé.

— Je n'arrive pas à comprendre comment, après toutes ces années, vous pouvez me dire de partir, avait-elle murmuré d'une voix étouffée.

— Qu'est-ce que tu crois ? Comment veux-tu que je te garde avec ce qui se passe ?

Irena s'était réfugiée dans sa chambre.

Howard Greenspan fit entrer Ginee discrètement.

— Attention à ce que tu dis à Teddy, l'avertit Price. Il est vraiment déprimé.

— Merde alors, et moi ? déclara Ginee, son double menton tremblotant. Voilà que je suis une mère de criminel !

— Nous avons passé un marché, Ginee, lui rappela Price. Tu respectes les conditions, et j'en ferai autant.

— Allons, allons, s'interposa Howard, en bon avocat. Vous n'allez pas vous disputer, surtout devant le garçon.

Price acquiesça de la tête.

— Price et moi, on s'est toujours bien entendus, ironisa Ginee et j'ai les chèques pour le prouver !

Il s'efforçait de garder son calme. Son agent lui avait annoncé le matin même que le studio voulait reculer le début du tournage de son prochain film.

— Qu'est-ce que c'est que cette connerie ? avait-il hurlé.

— Ils veulent voir comment l'affaire va tourner, avait expliqué son agent. Si vous avez la sympathie du public, ce sera bon pour les entrées. Sinon, ce serait une catastrophe, alors ils sont prudents.

Price avait suggéré que le studio aille se faire voir, ce qui n'avait guère ému son agent.

— Qu'est-ce qu'il faut faire ici pour avoir un coup à boire ? avait demandé Ginee.

Price sonna Irena qui arriva aussitôt, comme si elle avait été derrière la porte.

— Seigneur ! s'exclama Ginee en voyant Irena. Vous êtes encore là, vous ?

Teddy se donna un coup de peigne en prenant la pose devant la glace. Il voyait aujourd'hui sa mère pour la première fois depuis douze ans ; il en avait l'estomac noué. L'aimerait-elle encore avec toute cette merde ? D'ailleurs l'avait-elle jamais aimé ? Était-ce vrai ce que son père disait d'elle ? Était-elle une putain ?

Malgré tout, la voir, même aujourd'hui, c'était mieux que rien car son père lui semblait à des années-lumière. Partout on reparlait de Mary Lou. Sa photo était à la une de tous les journaux : le visage en forme de cœur et le doux sourire lui rappelaient l'horrible soirée. Il se détestait. Il détestait encore plus Mila. Une sorcière. C'était elle qui avait abattu Mary Lou comme un chien. Lui était resté là à regarder. Sans rien faire.

Mila n'appréciait pas du tout la situation. Elle n'aimait pas l'uniforme peu flatteur des détenues, ni les gardiennes, à qui rien n'arrachait jamais un sourire. Un tas d'affreuses vieilles gouines. Elle devait absolument sortir de là.

Lors de la deuxième nuit, elle se querella avec une petite brune, à laquelle elle administra une volée mémorable. Vingt-quatre heures de cachot avaient suffi à asseoir sa position parmi les fortes têtes. Peu après, elle se lia avec sa compagne de cellule, Maybelline Browning, une fille frêle et jolie au visage poupin.

— Qu'est-ce que t'as fait, toi ? demanda Maybelline en mâchonnant une mèche de ses cheveux d'un roux pâle.

— Oh ! j'ai buté une conne de Noire qui voulait me marcher sur les pieds. Et toi ?

— J'ai poignardé ma grand-mère avec un couteau à pain pendant qu'elle roupillait, répondit Maybelline avec un sourire angélique. Malheureusement, la vieille conne n'est pas morte. Mais ça ne fait rien, je l'aurai la prochaine fois. Moi ou mon frère, on finira par l'avoir.

— Ton frère t'a donné un coup de main ?

— Non. S'il avait pu m'aider, cette vieille carne ne serait plus là pour nous emmerder.

— Qu'est-ce qu'elle a fait ?

— Mon grand-papa est mort, et elle, elle est vivante. Sale pute !

Lina appréciait le style de Maybelline même si elle sentait en elle quelque chose de dangereux. Les jours passaient ; Mila attendait qu'Irena paie la caution. Rien. Elle attendait aussi qu'intervienne l'avocat de Price. Rien non plus. Le seul avocat qu'elle vit fut celui désigné par l'assistance judiciaire, Willard Hocksmith, un minable aux dents jaunes et qui puait du bec. Il ne lui inspirait aucune confiance.

— Je veux sortir de là, déclara-t-elle comme si c'était sa faute à lui si elle était sous les verrous. Ce n'est pas moi qui ai tiré, c'est Teddy Washington, et je peux le prouver.

— Comment ?

— Vous verrez bien.

— Je vais réfléchir à ce que je peux faire, dit-il.

Elle n'entendit plus parler de lui. Les jours passaient et sa fureur grandissait. Tout le monde semblait monté contre elle – y compris sa propre mère, qui n'était même pas venue la voir. Irena devait pourtant penser que sa fille n'y était pour rien.

Mais qu'importe, ils lui paieraient tous ça, Teddy, Price et Irena. Elle tenait une preuve secrète : le pistolet de Price Washington portant les empreintes de Teddy. Il était planqué. Elle n'en parlerait que lorsqu'elle aurait quelqu'un de sûr. Les flics, ça pouvait s'acheter, et Price avait tout le fric pour ça.

Elle attendrait donc le moment opportun. Et alors, quand elle en aurait terminé, ils casqueraient, tous autant qu'ils étaient.

— Dis bonjour à ta maman, grommela Price.

Teddy était planté sur le pas de la porte, pétrifié. Qu'était-il censé faire ? Se précipiter dans ses bras en criant : « Maman ! Maman ! » ?

— Comment vas-tu, Teddy ? demanda la femme qui mâchonnait du chewing-gum.

— Ça va.

Il n'arrivait pas à faire le rapprochement entre cette grosse dondon et la superbe créature qui, sur les photos, le tenait sur ses genoux.

— Nous allons vous laisser seuls, dit Howard en entraînant Price.

La porte se referma sur eux.

Il y eut un silence embarrassé.

— Alors, petit, on a des ennuis ? dit enfin Ginee.

— On dirait.

— C'est la faute de ton putain de paternel. Des gènes à con. Tu as dû en hériter. Elle soupira en s'éventant avec la main. Tu veux que je te dise ? Cette fille t'a pris par la braguette, tu ne savais plus ce que tu faisais, n'est-ce pas ?

— Elle... m'a influencé, admit Teddy prudemment.

— Je pense bien, dit Ginee, se laissant lourdement tomber sur le canapé. Les ressorts gémirent. Seulement voilà : il faut que tu apprennes à penser avec ta cervelle et pas avec ton zizi. Tu piges ?

Teddy se trouvait gêné par le vocabulaire de sa mère.

— Price a dû te dire que le procureur va te traîner en justice, reprit-elle. Ça veut dire que moi, il faudra que je sois tous les jours au tribunal où je m'emmerderai à périr.

— Comment se fait-il que je ne t'aie jamais vue toutes ces années, maman ? demanda Teddy. Tu ne voulais pas me voir ?

— Oh ! je t'en prie. Tu ne vas pas me faire le coup du pauvre petit garçon perdu. C'est ton paternel qui ne voulait pas que je te voie. Mais tu aurais pu venir me voir.

— Je ne pensais pas que tu voudrais, murmura-t-il.

— Tout ça, c'est de l'histoire ancienne.

Elle bâilla et jeta un coup d'œil à sa montre, qui disparaissait dans les bourrelets de chair de son poignet.

— Bon, il faut que j'y aille, dit-elle en s'extirpant du canapé. On se reverra au tribunal, mon petit Teddy.

Eh bien, c'était cela la réunion dont il avait rêvé ?

Son père avait raison. C'était une vieille pute qui ne pensait qu'au fric. Lui, au moins, avait l'air de s'intéresser à lui. Cette femme, elle, s'en foutait complètement.

# LIVRE QUATRE

## Six semaines plus tard

# 64.

— Alors, dit Alex, qu'en pensez-vous ?

Ils étaient assis autour d'une grande table de conférence dans son bureau, Alex et quelques-uns de ses assistants, Venus avec Sylvia, qui représentait son agent et Lucky, seule.

— C'est à moi que vous parlez ? demanda Lucky en s'apercevant soudain que tout le monde la regardait.

— Non, dit Alex d'un ton sarcastique. Je parlais aux anges.

Elle se crispa. Alex n'était vraiment pas le même quand il travaillait.

— Désolée, Alex. J'ai dû penser à autre chose, un moment. Ça n'est pas un crime, non ?

C'était la première réunion de production du film, provisoirement intitulé *Séduction.* Tout était allé très vite. Lucky avait beaucoup travaillé, tout comme Alex.

Six semaines s'étaient écoulées depuis que Claudia s'était présentée sur le pas de leur porte, Claudia accompagnée de l'enfant de Lennie.

Évidemment, ils s'étaient violemment affrontés.

— Pourquoi ne m'as-tu pas dit la vérité ? avait-elle interrogé, blessée et furieuse.

— Je cherchais à sauver ma peau. La seule solution pour m'enfuir, c'était Claudia.

— Je vois. Tu étais forcé de la sauter pour sortir de là... c'est ça ?

— Oh, mon Dieu ! Essaie de comprendre, Lucky.

— Je serais peut-être plus compréhensive si tu me l'avais dit. Putain, pourquoi ne m'en as-tu pas parlé ?

— Ça ne me paraissait pas assez important pour prendre le risque de te faire du mal.

— Parce que tu penses que cela ne m'a pas fait de mal de voir rappliquer une petite traînée sicilienne avec son gamin ?

— Claudia n'est pas une traînée.

Il ne manquait plus que cela : que Lennie prenne la défense de cette fille.

— Tu sais, Lennie. Si ça te chante, tu peux aller t'installer à l'hôtel avec ta nouvelle famille. Parce que je n'ai aucune envie de les avoir ni l'un ni l'autre près de mes enfants.

— Tu es vraiment injuste. J'essaie de te le dire, j'ignorais complètement l'existence du petit garçon.

— Eh bien, maintenant tu es courant. Tu l'as sautée, supportes-en les conséquences.

Elle refusait d'accepter le mensonge, surtout à propos de ce qui comptait le plus pour elle : la fidélité, et c'est pour cette raison, il le savait, qu'elle se montrait si dure.

Le lendemain de cette fameuse soirée, Alex avait appelé ; il voulait tout savoir. Mais Lennie avait refusé d'en discuter avec lui ni avec personne. C'était une affaire privée.

Pour tout arranger, le procès du meurtre de Mary Lou allait bientôt s'ouvrir et Steven tenait à ce qu'elle y assiste. Le procureur avait accéléré les choses en raison de la publicité qui entourait l'affaire. Ça avait au moins eu cet avantage : l'affaire serait d'autant plus tôt terminée.

Lucky avait un autre sujet de préoccupation : Brigette. Lorsqu'elle l'avait appelée le lendemain, à son hôtel, elle avait eu la mauvaise surprise d'apprendre que le comte et la comtesse Vitti étaient partis. Elle avait aussitôt contacté Lina, qui n'était au courant de rien.

— Dès que je pourrai me libérer, avait-elle déclaré à Lina, je me lance à leur poursuite. Ce salaud la tient sous je ne sais quel charme et je veux y mettre un terme.

Alex interrompit la réunion pour entraîner Lucky à l'écart.

— Vous comptez vous concentrer sur ce projet ou pas ? Je ne peux pas travailler avec quelqu'un qui a l'esprit ailleurs. Produire un film, ça doit vous occuper à plein temps. Êtes-vous capable de le faire, Lucky ? Ou bien allez-vous passer votre temps à ruminer à propos de ce gosse tombé du ciel ?

— Je ne rumine pas. Lennie, c'est de l'histoire ancienne. Nous avons eu de bonnes années ensemble, maintenant il est libre d'aller de son côté et moi du mien.

— Vous n'êtes pas très indulgente. Il s'est envoyé cette fille, et alors ?

— Vous ne comprenez pas.

— Lui avez-vous parlé de nous ? dit Alex baissant la voix.

— Je vous ai demandé de ne jamais aborder le sujet.

— Je sais. Mais vous ne pouvez pas nier que ça se soit passé.

— Je croyais Lennie mort. Cela ne comptait pas.

— Écoutez, reprit-il. Je serais ravi de vous voir plaquer votre mari, mais réfléchissez bien car je ne veux pas que vous le regrettiez.

— Je suis navrée de vous le dire, Alex, déclara-t-elle, exaspérée, mais vous n'êtes absolument pour rien dans la décision que j'ai prise.

— Mais si. Parce que si vous êtes libre, moi aussi.

— Ce qui veut dire ?

— Que vous et moi devrions être ensemble.

Elle savait qu'il était déçu qu'elle ne lui ait pas sauté dans les bras aussitôt la rupture avec Lennie. Mais, bon sang, elle n'avait aucune envie de se laisser entraîner dans une liaison. D'ailleurs, il était toujours avec Pia.

Venus, toujours escortée de Sylvia, vint interrompre leur conversation.

— Vous savez, dit Sylvia, soucieuse de se montrer, Venus souhaiterait encore quelques changements dans le script.

— Oui, renchérit Venus. La scène où le personnage est dans la piscine. Pourquoi une piscine ? C'est banal. Un sauna, c'est plus sexy.

— Pas du tout, répliqua Alex, agacé d'avoir à s'expliquer. Ce n'est pas n'importe quelle piscine. Je vois une sorte d'infini au fond noir accroché au flanc d'une montagne. De cette façon, il y a un véritable élément de danger. Les spectateurs ne savent pas s'il va la pousser dans le vide ou non.

— À moins que ce ne soit elle, lança Venus. Je compte faire du personnage une femme dangereuse. Dangereuse comme Lucky. C'est d'elle que je m'inspire, vous savez.

— Vraiment ? dit Alex.

— Peut-on se remettre au travail ? demanda Lucky. Nous avons encore des décisions à prendre, plus importantes.

Dans la vaste suite du château Marmont qu'il occupait avec Claudia et Leonardo, Lennie devenait dingue. Depuis qu'elle avait reparu dans sa vie, il n'avait pas touché Claudia, il n'était même pas tenté. Il dormait dans une chambre, Claudia et Leonardo dans une autre.

Il ne pensait qu'à Lucky. Mais cette tête de mule refusait de le voir. Elle l'avait jeté dehors et voilà.

— Il faut que je voie les gosses, lui avait-il dit au téléphone.

— Tu tiens une ordonnance d'un juge ?

— C'est cela que tu veux ?

— Parfaitement.

Il était allé à Palm Springs pour faire appel à Gino. Celui-ci avait haussé les épaules : « Tu crois que je peux dire quelque chose à ma fille ? Bon sang, c'est une Santangelo. Elle fait ce qu'elle veut. »

Claudia cependant s'émerveillait de tout. Elle courait d'une pièce à l'autre, touchant le mobilier, inspectant la cuisine, bouche bée devant la télévision. En Amérique, tout était nouveau pour elle, et excitant.

Lennie ne tarda pas à découvrir que Leonardo avait un problème : l'enfant entendait mal ; il évoluait sans doute lentement vers la surdité totale. Les yeux pleins de larmes, Claudia lui avait révélé que ses frères battaient l'enfant, furieux qu'elle eût sali la famille.

« Ils le punissaient de ce que j'avais fait », avait-elle expliqué.

Lennie était bourrelé de remords. S'il n'avait pas cédé à la tentation... Seulement voilà : il lui avait fait l'amour et il lui avait donné un enfant. Il devait maintenant en assumer la responsabilité.

Les jours passaient, Claudia était là, toujours souriante, toujours gentille. Et Leonardo semblait un brave gosse. Lennie se surprenait à le dévisager : il avait les yeux verts et les cheveux blond cendré de son père.

Lennie cherchait à louer une maison où les installer, et prenait des rendez-vous avec des spécialistes de l'audition. Entre-temps, il tâchait de travailler sur son script en essayant de ne pas penser au procès qui s'annonçait.

Les médias avaient tiré le maximum de l'histoire. Avec Mary Lou, Lucky et Gino, il avait une place de choix dans les journaux à sensation. Lennie Golden, l'ancienne vedette de cinéma, le fils de Jack Golden et d'une stripteaseuse de Vegas, jadis marié à la richissime héritière Olympia Stanislopoulos, morte d'une overdose en compagnie de son amant. On avait tout ressorti. Lucky aussi avait sa part de publicité indésirable. Il regrettait de ne pas être avec elle, de ne pas pouvoir la protéger de toute cette saleté. Quand il téléphonait, elle refusait de le voir. La dernière fois, elle s'était montrée très calme :

— Je comprends que tu ne savais pas qu'elle était enceinte, Lennie, mais tu m'as tout de même trahie. Je pense que je ne pourrai plus jamais te faire confiance. Et si je ne peux pas te faire confiance je ne peux pas vivre avec toi. Alors, je t'en prie, cesse d'appeler.

C'était la logique de Lucky. Il avait appris qu'elle poursuivait son projet de film avec Alex et cela le rendait fou. Alex profitait de l'occasion pour se rapprocher d'elle. Un soir où il avait bu trop de vodka, tandis que Claudia et Leonardo dormaient dans la chambre voisine, Lennie l'avait appelé.

— Ne touche pas à ma femme !

— Vous n'êtes pas séparés ? avait répondu la voix au téléphone.

— Ne touche pas à ma femme, avait-il répété incapable d'en dire plus.

— Va te faire voir.

Lennie ne savait plus que faire. Comment reconquérir Lucky ?

# 65.

Mila fit une brève apparition au tribunal où, étant donné la gravité des charges qui pesaient sur elle, on lui refusa une libération sous caution. Le juge avait repoussé d'un revers de la main les arguments de l'avocat commis d'office.

Irena ne pouvait rien pour elle. Elle avait pourtant retiré de la banque jusqu'à son dernier sou pour payer la caution. Au fond, c'était aussi bien car, si on l'avait laissée ramener Mila à la maison, Price aurait fort probablement mis à exécution sa menace de les jeter dehors. Pour l'instant, il n'en reparlait plus.

Mila repéra Irena au premier rang de la salle et lui lança un bref coup d'œil. Pourquoi sa mère ne se remuait-elle pas ? Teddy était libre à cause de son putain de fric, alors qu'elle restait bouclée parce que sa mère n'avait pas un radis. Ce n'était pas juste.

Irena était déchirée entre sa fille et l'homme de sa vie – car Price était bien l'homme de sa vie, même si elle ne le lui avait jamais dit.

Mila avait souvent voulu savoir qui était son père, mais Irena avait toujours menti. La vérité était trop dure.

Jamais elle n'oublierait cette nuit de honte. Price et Ginee là-haut dans la chambre, complètement défoncés... Ginee était alors la petite amie de Price. C'était une femme d'une beauté extraordinaire avec des cheveux qui lui tombaient jusqu'à la taille et un corps superbe. Irena était en admiration devant cette magnifique Noire, mais en même temps, elle la méprisait.

Ce soir-là, camés jusqu'aux trous de nez, c'était la troisième fois qu'ils faisaient monter Irena. Et, soudain, Ginee s'était levée en vacillant, nue comme un ver, pour aller fermer la porte à clef.

Irena avait vingt-neuf ans à l'époque. Et elle n'avait rien d'une effarouchée. Mais quand Ginee avait refusé de la laisser sortir, elle s'était inquiétée.

— Parle-nous un peu de la Russie, dit Ginee en retournant s'allonger sur le lit.

Price émergea assez longtemps de sa stupeur pour être capable de dire :

— Qu'est-ce qui se passe ici ? Je croyais qu'on attendait une autre fille, ce soir. Tu m'avais promis.

— Irena devait s'en occuper, répondit Ginee d'une voix pâteuse mais ça ne fait rien, je crois qu'elle a un faible pour toi, mon petit Price. Déshabille-toi, mon chou, lança Ginee.

Irena jeta un coup d'œil à Price pour voir ce qu'il en pensait.

— Mais oui, vas-y, murmura-t-il le regard perdu dans le vague. Pas de panique.

— Elle a peut-être besoin de boire un coup, suggéra Ginee. Allons, détends-toi, bon sang.

Irena secoua la tête, ce qui l'exaspéra.

— Eh bien, on n'est pas assez bien pour toi ? Tu arrives de ton bled pourri, Moscou ou Dieu sait quoi et tu nous trouves pas assez bien pour toi ? Si tu veux travailler ici, tu ferais mieux de t'y mettre. Ce n'est pas à cette heure-ci qu'on va trouver une autre fille.

Sur quoi Ginee, changée en furie, entreprit d'arracher les vêtements d'Irena, qui hésitait à résister. Elle avait besoin de garder sa place. Et, après tout, ça ne serait pas si terrible que ça de coucher avec Price. Elle prit la bouteille de vodka posée auprès du lit et but une longue gorgée. L'alcool la dégela. Et puis Ginee la caressait d'une main avide, et Price les couvait d'un regard plein d'encouragement.

Dans le courant de la nuit, elle les laissa l'un et l'autre user d'elle. En fait, elle n'avait pas tardé à comprendre que, depuis le premier jour, elle avait rêvé de faire l'amour avec Price.

Plus tard, Ginee et Price ayant sombré dans un pesant sommeil, elle avait trouvé la clef, regagné sa chambre et s'était endormie en pensant qu'à part elle personne ne se souviendrait de cette soirée. Le lendemain matin, elle serait de nouveau la gouvernante.

Six semaines plus tard, elle découvrait qu'elle était enceinte. Elle n'en parla à personne car elle voulait garder le bébé de Price. De cette façon, il serait bien obligé de faire attention à elle.

En attendant, elle inventa une histoire, lui raconta qu'elle avait fait une bêtise avec un ancien petit ami de passage et Price l'autorisa à rester malgré les violentes protestations de Ginee qui voulait la mettre dehors.

Elle accoucha d'un bébé blanc, ce qui fut pour elle une surprise, car Price était le seul homme avec qui elle avait fait l'amour depuis son arrivée en Amérique. Impossible donc de convaincre Price qu'il était le père. Pas d'autre solution pour elle que de garder le silence : personne n'aurait pu la croire, et Ginee aurait obligé Price à se débarrasser d'elle.

Deux ans plus tard, Ginee donna naissance à Teddy, ce qui lui permit de se faire épouser par Price. Encore quatre années tumultueuses et Price se décida à divorcer. Il était temps : sa vie menaçait d'être détruite par l'alcool et la drogue.

Irena n'avait révélé à personne le nom du père de Mila. Pourtant, il existait à présent des tests d'ADN extrêmement fiables qui auraient pu lui permettre de présenter des preuves. Mais, désormais, comment annoncer la vérité à Price ? Comment dire qu'elle soupçonnait Teddy d'avoir couché avec sa demi-sœur ?

Mon Dieu, qu'allait-elle faire ?

Elle avait songé brièvement à se confier à l'avocat de Price, mais elle savait d'instinct que Howard Greenspan ne lui serait d'aucun secours. Il devait pourtant bien exister quelqu'un capable de la conseiller ? En attendant de l'avoir trouvé, elle ne pouvait que garder le silence.

# 66.

Brigette s'agita dans son sommeil avant de s'éveiller brusquement, les joues en feu. Toujours le même cauchemar, qui la hantait depuis des années.

*Tim Wealth.*

*Souriant.*

*Heureux.*

*Son cadavre gisant dans l'appartement tandis que Santino Bonnatti déshabillait Brigette... Bientôt il les violerait, elle et Bobby.*

*Le pistolet.*

*Le pistolet de Santino. Posé sur la table.*

*Santino et Bobby...*

*C'était à elle de l'arrêter...*

*Elle avait rampé à travers le lit, puisant son courage dans les hurlements terrifiés de Bobby.*

*D'une main tremblante, elle s'était emparée du pistolet. Le pistolet de Santino.*

*Elle l'avait braqué sur lui. Elle avait pressé la détente.*

*Santino. Du sang partout. Elle avait pressé encore deux fois la détente et il s'était écroulé sur le tapis sans un mot.*

Les souvenirs de ce jour affreux flottaient dans son cerveau, encombré de détails terrifiants. Et le cauchemar se prolongeait.

*Elle était enfermée dans une chambre.*

*Carlo arrivait avec un autre homme, une seringue à la main.*

*Les jours passaient.*

*Des semaines. Peut-être des mois...*

*Quelle bouffée de paradis quand l'héroïne envahissait son organisme !*

Oh ! mon Dieu ! Que lui était-il arrivé ? Elle était enceinte et voulait désespérément arrêter l'héroïne. Mais elle en était incapable. Il fallait qu'on l'aide.

Lors du séjour à L A, Brigette avait espéré pouvoir se confier à Lucky, mais Carlo lui avait fait quitter le pays par surprise. Elle avait vainement discuté. Il l'avait embarquée dans un avion pour Rome et l'avait emmenée tout droit au palais familial, en dehors de la ville. Là, ils s'étaient installés dans un appartement, au fond du château, où il l'avait littéralement séquestrée. Les seules visites étaient celles de la mère de Carlo, une femme au visage de marbre qui la dévisageait d'un air désapprobateur.

Elle savait que, pour le bébé, elle devait faire quelque chose. Elle se rappelait le médecin de New York qui lui avait proposé de l'aider, qui avait parlé de méthadone.

— Il faut que j'arrête, dit-elle à Carlo. Je sais que ça va être dur, mais il le faut. J'ai besoin qu'on m'aide. Je ne suis pas assez forte pour le faire toute seule.

— Je ne peux pas t'envoyer dans une clinique. Si les gens apprenaient la vérité, ce serait très gênant pour toute la famille.

— Carlo, implora-t-elle, il faut me trouver de l'aide. Et ce médecin à New York ? Nous ne pouvons pas retourner le voir ?

Il réfléchissait ; si elle se désintoxiquait, Brigette ne risquait-elle pas de le quitter ? Mais non... Ils étaient mariés, elle était enceinte.

— Tu as raison, dit-il. Je vais trouver une solution.

Elle acquiesça, soulagée. Elle était prête à tout subir pour sauver son bébé. Quelques jours plus tard, il lui ordonna de préparer une petite valise et d'être prête à partir.

— Où allons-nous ? demanda-t-elle.

— Nous procurer l'aide que tu as demandée.

Elle espérait qu'ils retournaient à New York. Au lieu de cela, il l'emmena dans un pavillon de chasse appartenant aux Vitti, à plusieurs heures de route du château. C'était une grande villa abandonnée, faute de moyens suffisants pour l'entretenir.

— Où sommes-nous ? demanda Brigette en apercevant la maison délabrée. Ça n'a pas l'air d'une clinique.

— Ça n'en est pas une, dit Carlo en déchargeant des boîtes de conserve et des bouteilles d'eau minérale. Tu vas être très bien ici.

— Je vais avoir une infirmière, un médecin ?

— Bien sûr, j'ai tout arrangé.

— Quand arriveront-ils ?

— Il faut que j'aille les chercher à la gare demain. Cet endroit est trop isolé pour qu'ils le trouvent seuls. Il n'y a pas d'autres maisons à cinquante kilomètres à la ronde.

# 67.

Le premier jour du procès, Steven était debout à cinq heures du matin. Après avoir pris une douche, il appela Lina aux Caraïbes, où elle faisait des photos.

— Bonjour, toi, dit-elle tendrement. C'est de la télépathie. J'allais t'appeler, et puis je me suis dit qu'il était trop tôt à L A et que tu ronflerais.

— Tu sais bien que je ne ronfle pas.

— Oh ! ça t'arrive, dit-elle en riant.

— Que voulais-tu me raconter ?

— Oh ! te souhaiter bonne chance et t'annoncer que je prends l'avion tout à l'heure. Je serai à L A cet après-midi.

— Formidable. Tu sais que tu ne peux pas venir au tribunal avec moi. La publicité qu'on fait autour de ce procès, c'est fou. Si jamais on apprend que toi et moi nous nous voyons...

— Je sais. Je n'en ai parlé à personne.

— Quelqu'un m'a montré un de ces torchons de la semaine dernière, reprit-il d'un ton faussement nonchalant. Avec une photo de toi et de Charlie Dollar en train de vous promener autour du lac du Bel Air Hotel en fumant de l'herbe. Comment ont-ils eu ces photos ?

— Un schnock qui rôdait dans les buissons avec un téléobjectif. D'ailleurs, c'était avant toi. Tu sais, j'ai inventé une formule.

— Ah, quoi donc ?

— AS. Ça veut dire avant Steven. Rien ne comptait avant Steven. Tu te rends compte, je n'ai même pas regardé un autre homme depuis qu'on est ensemble ? Et toi ?

— Moi, je ne regarde jamais les autres hommes.

— Toujours le sens de l'humour.

— Je le perdrai sans doute aujourd'hui quand je me trouverai confronté à cette fille. Seigneur ! J'aurai devant moi l'être humain qui a tué ma femme... Elle a tiré sur elle sans raison.

— En tout cas, on l'a arrêtée. Ça a quand même dû te réconforter.

— Rien ne me réconforte dans cette histoire, Lina. Du moins jusqu'à maintenant. Jusqu'à ce que tu viennes ; lorsque je me réveille le matin, je remercie le ciel de t'avoir trouvée. C'est peut-être toi qui vas me rendre le bonheur.

— As-tu dit à Carioca que je venais m'installer ?

— Oui. Elle est tout excitée. Elle trouve que tu es ce qu'il y a de mieux depuis l'invention du poulet frit.

— Oh ! je ne t'ai jamais dit que je sais faire le poulet frit ? déclara fièrement Lina. Je sortais avec cette vedette du rap et il cuisinait rudement bien. Alors il m'a donné des leçons.

— Cela ne m'intéresse pas d'entendre ce qu'un autre homme a pu t'apprendre... D'accord ?

— D'accord, fit-elle en riant. À ce soir.

Il raccrocha, l'air songeur. Ça n'était pas son intention de s'embarquer dans une aventure si peu de temps après la mort de Mary Lou, mais Lina était quelqu'un d'unique. Quand il l'aurait calmée, quand il serait parvenu à lui faire comprendre qu'il ne lui était pas indispensable de sauter dans un lit chaque fois qu'elle ressentait une ombre de sympathie pour une personne du sexe opposé, alors ils prendraient le temps de mieux se connaître. Elle le faisait sourire, et c'était bon.

Ils étaient sortis trois fois ensemble avant qu'il se passe quelque chose. Il lui avait alors tenu exactement le même raisonnement qu'à Mary Lou, autrefois. « Il y a une grande différence d'âge entre nous, avait-il déclaré. Tu as un genre de vie très différent du mien. J'ai une fille encore très jeune, des responsabilités. Tout cela ne va pas ensemble. »

Elle lui avait pris le visage à deux mains et lui avait donné un lent, très lent baiser. Tout d'un coup, tous ces obstacles avaient disparu.

Il décrocha son téléphone et appela Lucky.

— Tu veux que je passe te prendre ?

— Non, je prends ma voiture. Pendant l'interruption de séance du déjeuner, je compte passer aux bureaux de la production. Nous commençons les repérages dans quelques semaines, j'ai besoin de voir ce qui se passe.

— Que feras-tu quand tu verras Lennie ?

— Ne t'inquiète pas. Nous serons très courtois. Ce qui me rend furieuse, c'est de nous voir tous traînés dans les magazines. Bon sang, Steven, j'ai toujours essayé d'avoir une vie très discrète et maintenant les journalistes déterrent n'importe quelle saleté rien que pour vendre du papier. Ce sont des vautours.

— Mary Lou les avait en horreur, dit Steven. C'est une victime innocente et, pourtant, regarde toutes les horreurs qu'on écrit sur son compte.

— Et on ressort toutes ces foutaises sur Gino, l'ancien parrain de la Mafia – ce qui est absolument faux. On rappelle que c'est moi qui ai tiré sur Enzio Bonnatti, il y a si longtemps. Bon sang, c'était de la légitime défense.

— Légitime défense ? dit Steven, d'un ton railleur. J'étais là... tu te souviens ?

— Dis donc, il a essayé de me violer. Il a eu ce qu'il méritait.

— Ça n'avait rien à voir avec le fait qu'il avait mis un contrat sur ta mère, ton frère et ton petit ami ?

— Steven, Enzio Bonnatti a eu ce qu'il méritait. La justice des Santangelo opère à sa façon.

— Je m'en suis aperçu.

— Tu devrais le savoir, tu étais procureur, à l'époque. Qu'est-ce que c'est que le destin...

— C'est vrai. Jamais je n'oublierai ce jour-là.

— Moi non plus, Steven. Moi non plus.

## 68.

Escorté de son agent, de son garde du corps et de son avocat, Price essayait d'entrer dans la salle d'audience. Les journalistes se pressaient en foule autour de lui. Des hélicoptères tournaient au-dessus du palais.

— Pas de commentaire, dit Howard tandis que le garde du corps leur ouvrait un chemin.

On avait fait entrer Teddy par une porte de service. Price n'avait pas voulu voir son fils sous le feu des projecteurs. Howard avait suggéré que Ginee arrive avec lui.

— Pas question, avait déclaré Price. Je ne vais pas le laisser se faire photographier avec cette sangsue.

— C'est bon pour votre image, avait répondu Howard. C'est une grosse mamma bien ronde. Toutes les femmes d'Amérique s'identifieront à elle.

— Foutaises. Personne n'a envie de s'identifier à Ginee. Elles veulent toutes ressembler à Whitney Houston. Je ne veux pas qu'on me photographie avec elle.

— Vous serez bien obligé d'être assis à côté d'elle dans la salle, lui avait fait remarquer Howard.

— Ça, d'accord. Puisque je la paye pour qu'elle soit là.

L'avocat qu'ils avaient engagé, Mason Dimaggio, était un des meilleurs du barreau de Los Angeles. Grand et imposant, avec un teint coloré, Mason était un personnage. Il arborait son éternel costume trois pièces à rayures et son chapeau de cow-boy. Le mélange était étrange, mais Mason ne l'avait certainement pas composé innocemment. Entre autres exploits passés, il avait fait acquitter deux sœurs qui avaient abattu leur oncle pour pouvoir lui emprunter sa Ferrari pour la soirée. Il avait également accompli le tour de force de faire innocenter une femme qui s'était successivement débarrassée de trois riches et vieux maris – après tout, ne l'avaient-ils pas cherché ?

— Ne vous inquiétez pas, avait déclaré Mason à Price, lors de leur première rencontre. Je ne suis pas donné, mais je peux vous assurer que votre fils sera acquitté.

— Et la fille ?

— Mila Kopistani a un avocat commis d'office. Il s'occupe *d'elle* et moi de Teddy.

Teddy savait qu'il devait avoir l'air d'un débile. On l'avait déguisé avec une chemise blanche à col boutonné et d'un costume bleu marine. On avait insisté pour qu'il se fasse couper les cheveux. Mason Dimaggio l'avait obligé à porter des lunettes, pour lui donner l'air studieux.

— Quand tu seras à la barre des témoins, l'avait averti Mason de sa voix de stentor, surveille ton langage. Pas d'argot, pas de verlan. Pas de plaisanteries à la con.

— Comment ça ? avait demandé Teddy qui n'aimait guère ce type trop sûr de lui.

— Tu sais ce que je veux dire. Si tu m'écoutes, tu sortiras d'ici libre, Teddy, et la fille restera en prison. Mais si tu te mets à faire le mariole, cela pourrait bien être toi qui te retrouves au trou. Rappelle-toi qu'au départ c'est elle qui a la sympathie du jury.

— Pourquoi donc ? Elle a fait le coup, non ?

— C'est ce que toi tu dis. Et heureusement Lennie Golden aussi. Mais, en face de vous, il y a cette pauvre petite Blanche qui va se donner des airs de communiante violentée. N'oublie jamais : tu es noir et nous sommes en Amérique.

Teddy ne voyait pas très bien où Mason voulait en venir, mais il était disposé à lui obéir car Price lui avait répété qu'il se battait pour sauver sa peau.

Malgré tout, il se demandait parfois ce qui se passait dans la tête de Mila. Cela faisait un moment qu'elle était bouclée. Avait-elle aussi peur que lui ? Ou bien faisait-elle front avec son insolence habituelle ? Il aurait bien voulu demander à Irena comment elle s'en tirait, mais Price lui avait interdit d'adresser la parole à la gouvernante.

— Je ne devrais vraiment pas la garder, mais sans elle je ne sais pas ce que je ferais.

Après son unique rencontre avec sa mère, Teddy s'était attendu à ce qu'elle revienne ou qu'au moins elle demande de ses nouvelles. Mais rien.

Du coin de l'œil, il vit Price entrer dans la salle. Il était reconnaissant à son père d'être venu : il savait quelle épreuve ce devait être pour lui que de braver les photographes et les journalistes qui se pressaient dehors.

Ginee fit son entrée peu après. Sans tenir compte des conseils de Mason, elle portait une combinaison pantalon en peau de léopard qui soulignait ses formes plus que plantureuses, un châle rouge effrangé, une paire de boucles d'oreilles en plastique rouge. Son visage outrageusement maquillé arborait un grand sourire.

Ignorant l'agitation provoquée par son arrivée, Ginee vint s'asseoir auprès de Price.

— Je voulais garder mon petit toutou, lui confia-t-elle, mais un abruti m'a dit qu'on n'autorisait pas les chiens ici. Connard !

— Les avocats ne t'avaient pas conseillé d'avoir une toilette plus simple ?

— Tu aurais peut-être voulu que j'aie l'air d'une péquenaude, avec tous ces photographes dehors ? répliqua-t-elle. Ça pourrait être un grand moment pour ma carrière.

— Quelle carrière ?

— Tu n'es pas le seul, Price. Après notre séparation, j'ai pris des leçons de chant. Et j'ai une très jolie voix.

— Le chant ? fit-il d'une voix étranglée par la surprise. Tu n'as aucune oreille.

— C'est ce que tu crois.

— La seule raison de ta présence ici, dit Price en se maîtrisant, c'est que je veux offrir l'image d'une famille unie. Pour Teddy. Et tu as l'air de sortir d'un film de Fellini.

— Je t'emmerde ! Je suis là, non ?

— Tu es là parce que je te paie pour ça.

Price serra les dents. La veille, son agent lui avait appris que le film qu'il devait tourner était remis aux calendes grecques. Putain de cinéma !

Dans le fourgon qui l'emmenait au palais de justice, Mila pensait à Maybelline et à sa promesse.

— Réfléchis un peu, lui avait dit Maybelline. Un seul témoin t'a vue tirer. Si cet unique témoin n'était pas là, qui aurais-tu ? Rien que Teddy. Ce serait ta parole contre la sienne. Une jeune Blanche contre un jeune Noir. À ton avis, qui croira-t-on ?

— J'y ai pensé. Quand ils ont affiché la récompense, je comptais lancer un contrat sur Lennie Golden. Manque de bol, j'ai trop attendu.

— Dommage que tu ne m'aies pas connue à ce moment-là, murmura Maybelline. J'aurais pu te donner un coup de main.

— Bah, maintenant il n'y a plus de récompense.

— T'as du fric ? demanda Maybelline.

— Moi ? Je suis fauchée.

— Tu ne peux pas en trouver ?

— Comment cela ?

— Ta mère travaille pour Price Washington. Sa maison doit être pleine de trucs précieux.

— C'est vrai, Price a une superbe collection de montres et, aussi, il a un coffre dans sa penderie.

— Eh bien alors, lança Maybelline triomphante. Si tu étais libre, tu pourrais t'en mettre plein les poches. Lui rafler tout ça et te planquer au Mexique en attendant que les choses se calment.

— C'est vrai.

— Ou, encore mieux, tu pourrais dessiner un plan de la maison et m'expliquer comment fonctionne l'alarme. Me dire où se trouve exactement le coffre.

— Pour que tu puisses...

— Faire entrer quelqu'un dans la place.

— Qu'est-ce que ça me rapporterait ?

— J'ai une idée. Mon frère va buter Lennie Golden pour toi. Ça serait cool. Il sait y faire, mon frangin. Tu marches ?

Mila réfléchissait. Seul Lennie Golden pouvait la coincer. Teddy ne comptait pas. Elle hocha la tête sans rien dire.

— Je vais demander à Duke, dit Maybelline comme si elle parlait d'une course au supermarché. Il viendra au tribunal quand le procès commencera, il filera Lennie jusque chez lui et le descendra. Pas plus compliqué que ça.

— Ça me botte, s'exclama Mila. Tu crois que ton frère acceptera ?

— Pourquoi pas ? Il n'a rien d'autre en train pour le moment. Duke ferait n'importe quoi pour moi. Je t'ai dit qu'on était jumeaux ?

Alors, comme Maybelline semblait être la seule personne capable de la défendre, Mila lui parla du pistolet avec les empreintes de Teddy.

— Quoi ? fit Maybelline, les yeux lui sortant de la tête. Une preuve comme ça et tu n'as rien dit à ton avocat ?

— Je n'ai pas confiance en lui. Mais si Duke peut piquer le flingue et le garder jusqu'à ce que j'en aie besoin...

— Bien sûr. Il peut faire ça. Tu n'as qu'à me dire où tu l'as planqué...

Mila avait donc expliqué. Elle avait dessiné un plan de la maison avec l'emplacement du système d'alarme et du coffre. Elle avait également donné le code à Maybelline.

Et maintenant, assise dans le fourgon, sur le chemin du tribunal, elle se demandait si Maybelline n'était pas simplement une grande gueule.

Peut-être. Peut-être pas. Elle le saurait bientôt.

# 69.

Brigette pensait sombrer dans la folie. Elle n'avait jamais connu pareille sensation. Son corps était la proie de milliers de démons ; son esprit hurlait à l'aide.

Carlo l'avait laissée au milieu de nulle part. Une femme enceinte accro à l'héroïne.

— Je reviendrai dans quelques heures avec un médecin et une infirmière avait-il promis le lendemain de leur arrivée au pavillon de chasse.

— Pourquoi me laisses-tu ?

Elle supportait mal l'idée de rester seule dans cette maison abandonnée, sans chauffage ni électricité.

— Je te l'ai dit, il faut que je les amène ici moi-même. Ils ne trouveraient jamais cet endroit.

Il y avait maintenant une semaine de cela, et, depuis, elle vivait en enfer.

Tout d'abord, elle était restée calme. Elle avait erré dans la maison puis avait essayé de dormir. Mais, au petit matin, elle avait découvert avec horreur que Carlo n'était pas rentré. Alors elle s'était affolée. Elle pensait à la drogue... Il lui en fallait tous les jours, et déjà montaient les premières nausées – rien de grave encore ; elles venaient chaque matin avant la première piqûre.

Dans la journée, les douleurs se déclenchèrent. Des douleurs lancinantes qui lui traversaient le corps, suivies d'horribles crampes, de diarrhées, de suées et d'autres nausées, déchirantes.

Le lendemain, elle hurlait. Elle maudissait Carlo qui l'avait abandonnée, enceinte, en manque, sans médecin ni infirmière.

Au fil des jours, son envie de mourir se fit de plus en plus forte. Seul le bébé qu'elle portait l'empêchait d'aller jusqu'au suicide.

Le quatrième matin, secouée d'abominables crampes, déshydratée, elle avait été prise d'hémorragie. Quelques heures plus tard, elle avait perdu le bébé – une souffrance intolérable. Quand tout fut fini, elle resta longtemps allongée à même le sol, épuisée, couverte de sang, persuadée qu'elle allait mourir. Finalement, elle réussit à se traîner jusqu'à la cuisine pour boire quelques gorgées d'eau.

*Je vivrai* se promit-elle. *Je vivrai.*

Peu à peu, les forces et la raison lui revinrent. Le bébé était un garçon. Elle l'enterra au pied d'un olivier et murmura une prière.

Combien de jours, combien de semaines Carlo la laisserait-il seule dans cette maison ?

Si elle était morte, s'en soucierait-il ? Non. Pourquoi ? Parce qu'il était son mari et qu'à ce titre il hériterait. Peut-être même avait-il l'intention de ne jamais revenir... *Il est trop malin pour cela. On pourrait l'accuser de meurtre.*

Il y avait une seule chose dont elle était sûre : Carlo était capable de tout. Et elle devait absolument lui échapper, sinon sa vie était finie.

# 70.

Lucky pénétra dans le palais de justice à travers un barrage de flashes aveuglants. Elle avait le sentiment d'être une proie assaillie par les charognards. Elle n'avait pourtant rien à cacher. Elle avait toujours vécu au grand jour – pas comme Lennie, ce salaud. Elle avait été folle d'apprendre qu'il s'était mis en ménage avec la petite Sicilienne au château Marmont. Elle avait ses espions, elle savait exactement ce qui se passait et cela ne lui plaisait pas.

Que s'imaginait donc Lennie ? Ce n'était pas de cette façon qu'il réussirait à la reconquérir. Claudia était venue le chercher, mais devait-il pour autant s'installer avec elle ? Couchait-il avec cette fille ? Elle n'arrivait pas à le croire.

Il ne cessait d'appeler, répétant qu'il voulait revenir. S'il en avait tellement envie, pourquoi ne pas se débarrasser de Claudia ? Il n'avait qu'à lui donner de l'argent et la mettre dans un avion à destination de l'Italie, là où elle et ce gosse seraient à leur place.

Et puis elle n'était pas n'importe qui, la petite Sicilienne. Lucky avait découvert qu'elle était la nièce de Donatella Bonnatti. Lennie devait bien le savoir. Voilà maintenant qu'il avait un fils allié aux Bonnatti. Elle voulait divorcer. Sa décision était prise.

D'un autre côté, Alex lui cassait vraiment les pieds. Il n'arrêtait pas de lui rappeler qu'ils avaient couché ensemble. Combien de fois faudrait-il lui dire qu'à l'époque elle était sincèrement persuadée que Lennie était mort ? Sans parler de l'état dans lequel elle était. Elle ne gardait, en fait, qu'un souvenir confus de l'épisode.

Alex lui causait d'ailleurs d'autres problèmes. Sur le tournage, il la traitait comme quelqu'un à qui il pouvait donner des ordres. Pas étonnant qu'il ait une telle réputation sur les plateaux. En tout cas, avec Lucky, ça ne marcherait pas. *Séduction* était en pleine préproduction ; elle ne voulait rien manquer, sauf, bien sûr, ce jour-là : Stephen avait besoin d'elle.

Elle pensait aussi à Brigette. Pourquoi Carlo et elle avaient-ils quitté si brusquement L A ? Lucky avait aussitôt contacté Boogie, son ancien garde du corps, qui vivait maintenant dans une ferme de l'Oregon, et l'avait persuadé de partir à la recherche de Brigette.

— C'est important, Boog. Il faut que tu t'occupes de cela pour moi.

Au cours des années, Boogie avait été pour elle un ami et un confident ; elle lui faisait totalement confiance. Il venait de s'envoler pour l'Europe.

Steven l'attendait dans la salle d'audience.

— Alors, mon garçon, dit-elle en lui plantant un baiser sur la joue. On tient le coup ?

— Nous tenons le coup.

Elle avait remarqué qu'il semblait moins nerveux, depuis quelque temps. À croire qu'il y avait une femme là-dessous. Ce n'était qu'une impression car il n'en avait pas soufflé mot. « Ne te précipite pas, aurait-elle voulu lui dire. Prends ton temps. »

Elle était bien placée pour donner des leçons dans ce domaine !

Le procureur adjoint était une femme, Penelope McKay, la quarantaine, séduisante et très professionnelle. Steven l'aimait bien, car il savait que, malgré son air calme et sympa, c'était une coriace.

Elle lui fit un petit signe de tête quand il entra dans la salle. On ne l'appellerait pas à la barre aujourd'hui, car le premier jour du procès était consacré aux déclarations préliminaires.

Il remarqua la famille de Mary Lou groupée au milieu de la salle. Il n'avait pas amené Carioca, malgré l'influence que la présence de l'enfant aurait eue sur le jury. Il ne voulait pas la voir exposée au cirque des médias.

La sélection des jurés avait eu lieu la semaine précédente : un jury pour Mila, un pour Teddy. Selon Penelope McKay, ils avaient choisi un groupe intéressant. Les jurés de Teddy constituaient un équilibre parfait : six hommes et six femmes. Trois des femmes et deux des hommes étaient noirs. Il y avait aussi une Asiatique et deux Hispaniques. Les autres étaient blancs. Le jury de Mila était essentiellement composé de femmes – il ne comptait que deux hommes.

Steven savait pertinemment que, le moment venu pour lui de parler, il devrait compter sur les femmes. Il ne s'y trompait pas ; sa séduction avait toujours été un de ses grands atouts professionnels. D'habitude, il s'était efforcé de ne pas utiliser son charme – cela lui semblait moche – mais à présent, il n'aurait pas de scrupule. Jerry lui avait dit de faire feu de tout bois ; il en avait bien l'intention.

Avant l'arrivée du juge, Steven vint saluer la famille de Mary Lou. La mère de celle-ci avait les larmes aux yeux.

— Pourquoi ? dit-elle à Steven en étreignant désespérément une photo encadrée de Mary Lou posée sur ses genoux. Pourquoi ?

Il s'était si souvent posé la même question au cours de ses nuits sans sommeil.

Lorsqu'on fit entrer Mila, il y eut un silence dans la salle. Tout le monde voulait apercevoir la fille qui était au cœur du drame. Elle portait un simple corsage blanc, une jupe bleue qui descendait au-dessous du genou et des mocassins. Ses cheveux, récemment blond platine, avaient retrouvé leur teinte brune naturelle. Elle était à peine maquillée et n'avait pas un bijou. Son expression était aussi réservée que possible.

Maybelline l'avait conseillée.

— Je sais que c'est casse-pieds, avait-elle dit, mais il faut que tu tiennes compte de ces connards de jurés. Que tu leur sois sympathique.

Mila l'avait écoutée et pourtant elle aurait préféré leur dire d'aller se faire voir. Elle n'aimait pas qu'on la juge.

Elle n'eut pas un regard pour Teddy, qui n'était pourtant qu'à deux mètres d'elle.

Teddy ! Quel abruti !

Elle ne tarderait pas à lui faire son affaire, à celui-là.

Le style et l'attitude de Penelope McKay impressionnèrent Lucky. Et elle l'écouta attentivement présenter l'acte d'accusation, tout en examinant les jurés. Elle s'imaginait être l'un d'eux. À qui irait leur sympathie ? À Teddy Washington, riche rejeton d'une superstar ? À Mila Kopistani, une fille ordinaire, fille d'émigrée russe, arrogante malgré ses traits tirés ?

Ou bien à Mary Lou Berkeley, une jeune et somptueuse comédienne noire assassinée à la fleur de l'âge ?

Puis Lucky inspecta les accusés. Teddy avait l'air de faire dans son froc. Elle n'avait aucun doute sur l'identité du coupable : c'était, sans aucune hésitation, Mila Kopistani. Lucky n'avait pas besoin d'écouter les débats ; la parole de Lennie lui suffisait.

Lucky ne les plaignait ni l'un ni l'autre. Cette fille avait tué Mary Lou de sang-froid et méritait d'être enfermée pour un long, long moment.

Et sinon...

La justice des Santangelo, ce n'était pas si mal.

# 71.

Duke Browning avait vingt-cinq ans et c'était un psychopathe. Visage de bébé, taille moyenne, mince, des vêtements corrects, pantalon de flanelle grise et blazer, il était assis dans une voiture volée garée devant la maison de Price Washington et il guettait.

Il vit Price sortir le matin de bonne heure et se dit que ce salaud ne manquait pas de style. Un de ces Noirs élégants, bons danseurs et, sans doute, très performants au plumard.

Duke prit dans sa poche un petit pulvérisateur et s'envoya quelques giclées dans la bouche. Duke se parfumait l'haleine toutes les heures, et sa brosse à dents, qu'il utilisait après chaque repas, ne le quittait jamais. Tous les matins au réveil, il prenait une douche ; s'il était chez lui à l'heure du déjeuner, une autre ; avant de sortir le soir, troisième douche, et enfin, avant d'aller se coucher, une dernière. Pour Duke Browning, la propreté, c'était sacré.

Peu après que Price fut sorti, une femme apparut. Ce devait être la gouvernante russe ; sa sœur lui en avait fait une description.

Pauvre Maybelline, coincée en taule en attendant son procès. Enfin, elle avait l'air d'en tirer le meilleur parti. *Se faire des relations*, voilà ce que leur avait enseigné Grand-Père Harry. Se faire des relations, d'après lui, c'était ce qu'on pouvait faire de plus important. Grand-Père Harry avait été un escroc très respecté qui avait fort bien réussi dans sa spécialité. Il avait enseigné quelques petites choses à Duke et à sa sœur quand ils en avaient eu l'âge. Oh ! ils avaient reçu une éducation.

Leurs parents avaient été tués dans un accident d'auto quand ils avaient huit ans. Couple excentrique, ils avaient prénommé leur fils en souvenir de Duke Ellington, le célèbre jazzman, et

Maybelline à cause d'une marque de maquillage. Elle n'était pas ravie de son prénom. Lui adorait le sien.

Après la disparition de leurs parents, on les avait envoyés habiter chez Grand-Père Harry, où la seule fausse note était la seconde épouse, une garce d'une incroyable cupidité. Depuis la fin regrettable de Harry, mort en s'étouffant avec un morceau de foie pas assez cuit – ils vivaient tous les trois dans une grande baraque d'Hollywood Hills que Harry leur avait léguée.

Enfin, plus maintenant. Maybelline avait foutu tout ça en l'air. Il faudrait un jour lui apprendre à maîtriser son sale petit caractère. Cela ne lui attirait que des ennuis...

Elle lui manquait. Ils avaient toujours tout fait ensemble. Bien sûr, si Maybelline avait eu un peu plus de bon sens, elle l'aurait attendu *lui* avant d'essayer de trucider Renée avec ce stupide couteau de cuisine. Quelle connerie ! Mais à quoi pensait-elle ? S'il avait été là au lieu de purger une peine de prison pour viol en Floride, il aurait trouvé un moyen plus astucieux de se débarrasser de Renée. Et il ne se serait certainement pas fait pincer.

Il attendit cinq minutes avant de descendre de voiture Il s'avança d'un pas nonchalant jusqu'à la porte et sonna.

Ce fut Consuella qui répondit. Consuella était mexicaine, jolie avec un cul bien rond et un gros ventre.

— Bonjour, dit poliment Duke en exhibant une carte bidon. Je suis du bureau du procureur. On m'a demandé de venir chercher quelques affaires dans la chambre de Teddy Washington. Puis-je entrer ou préférez-vous que je revienne plus tard ?

Consuella examina le charmant jeune homme bien habillé et décida de le laisser entrer. Après tout, il était du bureau du procureur, quel mal y avait-il à cela ?

— Entrez, je vous en prie, dit-elle en lui ouvrant la porte.

Et Duke entra dans la maison. Puisqu'on l'avait invité.

# 72.

Lucky passa toute la matinée au tribunal. Aussitôt qu'on annonça la pause du déjeuner, elle se précipita dans le bureau d'Alex. Lili, l'assistante asiatique, l'arrêta devant la salle de conférences.

— Ils ont déjà vu dix-sept comédiens ce matin, confia-t-elle à Lucky, tous plus superbes les uns que les autres. En ce moment, ils auditionnent un jeune acteur de télé.

— Alex en a-t-il aimé un ? demanda Lucky.

— Pas un. Venus, elle, est ravie. Elle a décidé au dernier moment de venir pour les auditions.

Lucky se glissa dans la salle et s'assit à côté de Mary, la directrice de casting à qui Alex faisait pleinement confiance. Venus donnait la réplique à un jeune comédien fort séduisant.

— Tout va bien ? murmura Alex en levant les yeux.

— Ça va.

Le jeune comédien termina, tout le monde lui dit combien il avait été excellent, et Mary lui expliqua qu'on contacterait son agent. Alex se leva alors en annonçant :

— Une pause. J'en ai marre des comédiens. Ils en font tous trop.

— Intéressante matinée ? demanda Lucky.

— Oh ! tu as manqué quelque chose ! s'exclama Venus. On peut dire qu'il y a de beaux garçons dans cette ville. J'ai hâte de rentrer à la maison pour dire à Cooper à quel point il est vieux et décrépit !

— Ce sera excellent pour ton mariage, observa Lucky.

— Bon, dit Alex, mesdames, si je vous conviais à déjeuner ?

Comment était-ce ? demanda-t-il en passant son bras autour des épaules de Lucky.

— Plutôt dur. Je n'ai pas vu Lennie. Ils le gardent dans une salle à côté. C'est leur témoin clef. Steven est là, bien sûr. Et la famille de Mary Lou.

Ils s'en allèrent tous déjeuner au chinois préféré d'Alex, au coin de la rue, sauf Sylvia, qui les laissa pour rejoindre sa petite amie.

— Vous ne trouvez pas ça un peu bizarre que votre agent soit une gouine ? demanda-t-il à Venus tandis qu'ils s'asseyaient à une table d'angle.

— Pour quelqu'un d'aussi cool, Alex, vous êtes vraiment vieux jeu parfois.

— Les gens pourraient croire que vous êtes lesbienne, expliqua-t-il.

— Pourquoi croiraient-ils cela ?

— Eh bien, si moi, j'avais tout le temps un homo près de moi...

— C'est sans doute le cas et vous ne le savez même pas, répliqua Venus.

— Je vois que vous êtes très copains tous les deux, lança Lucky. Et moi ? Je suis en dehors du coup ?

— Justement pas, répliqua Alex. Venus et moi en avons discuté.

— Discuté de quoi ?

— Nous voulons intervenir.

— Je vous demande pardon, dit-elle.

— Parfaitement, intervenir, répéta Alex tout en se demandant pourquoi il avait laissé Venus l'entraîner dans cette histoire.

— Intervenir à propos de ta situation conjugale, précisa Venus.

— Ma situation conjugale ne regarde que moi, déclara Lucky déjà agacée.

— Venus connaît les sentiments que j'ai pour vous, objecta-t-il. C'est votre meilleure amie, alors je suis certain qu'il n'y a pas de secret entre vous. D'ailleurs vous lui avez sans doute parlé de cette folle nuit.

— Il dit n'importe quoi, lâcha Lucky en lui jetant un regard furibond.

— Bref, reprit Alex, Venus et moi en avons parlé et nous avons décidé que, dans votre intérêt, vous deviez donner une nouvelle chance à Lennie.

Elle n'en croyait pas ses oreilles.

— Pardon ?

— Mais oui, renchérit Venus. Lennie et toi, vous formez un couple fantastique. Tout le monde le sait.

— Cet idiot a commis une erreur, analysa Alex. Ce qui est compréhensible : le malheureux était coincé dans une putain de grotte depuis trois mois sans aucune chance de s'évader, et voilà que rapplique cette fille qui lui donne une possibilité de sortir de là.

— Il était complètement seul, il avait peur, reprit Venus, alors il a sauté sur l'occasion. Aujourd'hui, Lucky, il est anéanti. Tout ce qu'il demande, c'est une chance de te retrouver.

— S'il en a tellement envie, comment se fait-il qu'il vive à l'hôtel avec cette... cette femme ?

— Il est là-bas à cause du gosse, plaida Alex. Les gens font des bourdes. Comment aurait-il su qu'elle allait tomber enceinte ? Et, en plus, ce gosse est sourd ou je ne sais quoi, Lennie essaie de les aider.

— Il cherche à louer une maison pour eux, ajouta Venus. Il l'a dit l'autre soir à Cooper. Il n'a certainement pas l'intention de vivre avec eux. Actuellement, ils sont dans une énorme suite au château Marmont avec des chambres séparées.

— Ce n'est pas que je sois jalouse d'elle, expliqua Lucky.

Elle se sentait stupide et savait, au fond d'elle-même, qu'elle était bel et bien jalouse. Elle grogna :

— Enfin, regarde-la, c'est une petite bouseuse.

— Allons, allons, protesta Venus, ne sois pas garce. Ça ne te va pas.

— C'est vrai, dit Alex. Vous qui d'habitude soutenez tellement les femmes, ça n'est pas votre genre de les rabaisser.

— Je dois être énervée, soupira Lucky. Vous savez quand même que c'est la nièce de Bonnatti.

— Ce n'est pas vraiment sa nièce, précisa Venus.

— Réfléchissez, dit Alex. Donatella avait épousé Santino, Claudia n'est donc sa nièce que par alliance.

— Elle l'a fait sortir de cette grotte, souligna Venus. Sans elle, tu ne l'aurais probablement jamais revu.

— Vous savez bien, Lucky, poursuivit Alex, que je suis vraiment la dernière personne à vouloir que vous vous remettiez avec Lennie, mais il faut bien lui donner une chance. Sinon, vous pourriez passer le reste de votre vie à le regretter.

— Je ne sais pas... hésita-t-elle.

— Reviens avec lui avant qu'il ne soit trop tard, insista Venus.

— Mais oui, ajouta Alex. Reprenez-le. Même si je regrette de l'admettre, je pense que c'est la meilleure décision à prendre.

## 73.

Peut-être la première journée du procès était-elle la pire. Teddy ne savait pas. La seule chose qu'il savait, c'était que tous les regards convergeaient sur lui. C'était pénible. Il aperçut son père assis dans les premiers rangs, sa mère auprès de lui, et des gens, sans doute des journalistes, qui griffonnaient sur des carnets. Il y avait aussi un très bel homme qu'il identifia facilement ; il avait vu sa photo dans les journaux : c'était le mari de Mary Lou.

— Tâche de rester tranquille, lui chuchota Mason à l'oreille. Et évite de regarder aucun des jurés. C'est trop tôt pour essayer de les persuader.

Il resta donc à écouter les deux parties présenter leurs conclusions, puis Mason Dimaggio, qui parlait de lui comme s'il n'était pas là. De temps en temps, il jetait un coup d'œil à Mila. Le visage impassible, elle regardait droit devant elle.

En fin d'après-midi, quand on le laissa s'en aller, il ne put échapper aux médias. Les journalistes et les opérateurs de télé se précipitèrent en hurlant son nom et lui fourrant des micros sous le nez. Ginee l'attendait dehors. Dès qu'il fut à sa hauteur, elle lui saisit le bras et s'y cramponna en le forçant à poser avec elle pour les photos.

— Non, dit brutalement Howard.

Mason et lui en avaient discuté ; ils avaient décidé que Ginee n'avait décidément pas l'image de la mère consolatrice dont ils avaient rêvé.

— Papa a dit que je ne devais pas me laisser photographier, grommela Teddy en secouant la tête.

— Allons donc, je suis ta mère, bon sang. Viens me faire un câlin pour les journalistes.

Teddy recula. Howard le poussa à travers la cohue, laissant Ginee poser seule. Radieuse, elle souriait aux reporters.

Pendant ce temps, Irena sortait discrètement du palais de justice.

Elle avait quitté la maison juste après le départ de Price, laissant Consuella faire le ménage. Elle et Price n'avaient pas discuté du procès ; c'était une situation tellement gênante que mieux valait ne pas en parler.

Elle s'était assise au fond de la salle d'audience après s'être assurée que Price ne l'avait pas vue entrer. Mila non plus ne l'avait pas remarquée ; elle était donc restée là toute la journée à les observer tous les deux, s'étonnant une fois encore : il n'y avait rien chez Mila qui rappelât le moins du monde Price. À vrai dire, elle était son portrait craché au même âge. Peu importait de toute façon à qui ressemblait Mila : elle était la fille de Price Washington et voilà tout. À l'issue de cette première journée, Irena se trouva déconcertée. Mila avait dit des choses terribles, que Teddy l'avait bourrée de drogue et violée. Que se passerait-il si on découvrait qu'elle était sa demi-sœur ? Jamais elle ne pourrait faire cela à Price, jamais elle ne ruinerait sa carrière. Car, si elle révélait la vérité, il sombrerait.

Steven avait besoin d'un verre. Cette journée entière passée au palais de justice l'avait laissé hébété. Il savait ce qui était arrivé à Mary Lou, mais l'entendre longuement raconter était une horrible épreuve. Cette petite Russe assise là avec son visage totalement inexpressif. Il ne sentait chez elle aucun remords. Il aurait voulu la rouer de coups. Il la maudissait de lui avoir pris l'amour de sa vie. Lui, toujours si tolérant, voulait la voir mourir pour ce qu'elle avait fait.

Ce n'est qu'une fois chez lui, lorsque deux petits bras ronds se furent refermés sur son cou, qu'il commença enfin à se sentir vaguement normal.

— Bonsoir, ma chérie, dit-il en la serrant très fort.

— C'était comment aujourd'hui, papa ? demanda Carioca qui dévorait un sandwich au beurre de cacahuète.

— Pas très drôle.

Steven considéra Jennifer, la jeune fille au pair. Pas sotte, charmante, il avait de la chance qu'elle soit là.

— Jen, continua-t-il, j'ai une idée. Si vous emmeniez Carioca passer quelques semaines à Londres ? Juste pour la durée du procès.

— Ça me paraît être un excellent plan, acquiesça Jennifer avec entrain. Carioca adorera Londres. Nous pourrons descendre chez mes parents à Saint Johns Wood. Quand voudriez-vous que nous partions ?

— Le plus tôt possible.

— Super ! Je vais organiser cela.

— Qu'en penses-tu, toi, ma chérie ? dit-il à sa fille.

— On va prendre l'avion ? se fit préciser Carioca, tout excitée.

— Tu penses bien.

— Alors, je veux y aller, papa. Ce sera drôlement cool !

Une fois Carioca couchée, Steven passa dans son bureau, alluma la télévision et s'endormit dans son fauteuil préféré.

Il fut réveillé en sursaut : plantée derrière lui, Lina lui avait mis les mains sur les yeux.

— Surprise, surprise. C'est votre fidèle livreuse de FedEx qui vous apporte un paquet des Bahamas.

— Oh ! mon bébé, dit-il en l'attirant sur ses genoux.

— C'était dur aujourd'hui ? demanda-t-elle en se blottissant contre lui.

— Plutôt.

— Écoute bien, reprit-elle. J'ai annulé tous mes bookings pour les deux semaines à venir.

— Tu ne peux pas faire ça à cause de moi.

— C'est déjà fait. Je veux que tu aies quelqu'un auprès de toi.

C'était formidable. La plupart des gens la voyaient comme une carnassière. Peut-être avec les autres hommes. Avec lui, elle était un ange. Un ange très séduisant qui se proposait de l'aider à traverser cette pénible épreuve.

— Veux-tu dîner ? demanda-t-elle en se levant.

— Je n'ai pas faim.

— Moi si. Si nous allions manger un morceau dans un endroit tranquille ?

— Lina, on est à L A, répondit-il en se levant et en s'étirant. Un endroit tranquille, ça n'existe pas ici. D'ailleurs, partout où nous irons, tout le monde te repérera.

— Alors faisons venir quelque chose, dit-elle. Ça me va très bien de rester ici.

— Je ne veux pas te transformer en ermite.

— Nous pouvons rester à la maison autant que tu voudras

jusqu'à ce que tout cela soit fini. Ça ne fera pas de nous des ermites !

— Tu es vraiment adorable.

— Oh, oh ! fit-elle en riant. On ne m'avait encore jamais dit cela.

— Il faut un commencement à tout.

— Eh oui. Et toi, tu es ma première âme sœur. Et tu sais quoi, Steven ?

— Quoi donc ?

— Je t'aime.

— Moi aussi, mon ange, moi aussi.

Lina avait le don de lui faire oublier sa tristesse.

# 74.

Lorsque Lennie sortit du tribunal, il avait la migraine du siècle. Il s'était trouvé toute la journée dans une petite pièce étouffante, d'où il n'avait que les échos du procès tels que les lui rapportait Brett, le procureur qui travaillait avec Penelope McKay.

Et puis il savait que Lucky était là quelque part. Cela faisait des semaines qu'il ne l'avait pas vue ; il avait besoin d'elle. Il était bien décidé à ce que la rupture soit brève. Il suffisait de trouver le moyen de reconquérir sa femme. Il devait trouver. Avec Lucky, les fleurs, ça ne marchait pas. Elle ne se laissait pas enjôler par des gerbes de roses ou des déclarations vibrantes. Comment lui prouver qu'il l'aimait plus que personne au monde ? Il était resté des heures dans cette petite pièce à essayer de trouver une solution. Peu avant de partir, il avait appelé l'hôtel pour parler à Claudia.

— Quoi de neuf ?

— Une dame a téléphoné : elle a trouvé la maison que tu cherches.

— Bon. Rappelle-la et dis-lui que j'irai la visiter ce soir.

Il se demandait comment Claudia se débrouillerait sans lui une fois qu'il les aurait installés. Et s'il lui achetait une maison plutôt que de la mettre dans une location ? Oui, il lui trouverait une maison, et du travail. Et il ferait ce qu'il faut pour soigner le gosse. Pas question de les abandonner. Il avait gâché la vie de Claudia qui pourtant avait sauvé la sienne. Comment Lucky pouvait-elle ne pas le comprendre ?

— Vous croyez qu'on me fera déposer demain ? avait-il demandé à Brett avant de s'en aller.

— Non. Ça prendra quelques jours. Les deux parties veulent

prendre leur temps. Vous êtes notre témoin vedette. On vous garde pour la bonne bouche.

Lennie put donc partir avant la fin de l'audience ; il s'était délibérément garé à quelques pâtés de maisons de là et, s'étant esquivé par une porte de derrière, il parvint à éviter la foule des journalistes qui se pressaient devant le palais de justice.

Mille idées se pressaient dans sa tête. Sans ce procès, il aurait pu se concentrer sur son seul vrai problème : retrouver Lucky.

Lennie Golden avait peut-être échappé à la presse, mais pas à Duke Browning, qui avait deviné ses intentions : sortir avant la fin de l'audience par la porte de derrière.

Duke avait passé une journée très agréable, trouvant même le temps de prendre une douche – pas chez lui, mais il fallait savoir se contenter parfois de ce qu'on trouvait. Au lieu de la Ford 90 qu'il avait volée ce matin-là, il était à présent au volant d'une Chevrolet 92 verte. Il introduisit une cassette dans le lecteur pour connaître les goûts musicaux de sa dernière victime : Joe Cocker. Duke fut déçu – il préférait la musique classique.

Lennie arriva à sa voiture ; Duke, qui l'avait suivi à quelque distance, prit le temps d'arrêter la sienne pour en vider le cendrier sur la chaussée ; s'il y avait une chose qu'il ne pouvait pas supporter c'était l'odeur du tabac froid. Et, lorsque Lennie démarra, Duke se glissa derrière lui en fredonnant dans le flot de la circulation.

C'était une mission intéressante que Maybelline lui avait dégotée. Jamais il n'oublierait l'expression de la femme de chambre quand il s'était tourné vers elle. Elle était si confiante, si certaine qu'il était quelqu'un de bien, simplement parce qu'il lui avait brandi sous le nez une carte bidon qu'elle avait à peine regardée.

Pourquoi ces femmes étaient-elles si connes ? Elles méritaient vraiment tout ce qui leur arrivait. Elles devaient prendre des leçons de sa sœur ; personne n'était plus futé que Maybelline. C'était d'autant plus agaçant qu'elle se soit fait pincer. Et, en plus de ça, elle n'avait même pas terminé le boulot. Mémé Renée était en pleine forme et habitait leur maison. Il faudrait qu'il s'en occupe un peu plus tard, mais ce n'était pas le moment : il s'agissait de ne pas attirer les soupçons, compte tenu de son expérience toute fraîche des prisons de Floride.

*Mais*, songea-t-il, *encore un peu de temps, un bon alibi, et je pourrai régler le problème Renée.*

Un camion s'interposa entre sa voiture et celle de Lennie, ce qui l'agaça. Il klaxonna. Le chauffeur du camion lui fit un bras d'honneur.

Ah ! si seulement il avait plus de temps, il lui aurait fait regretter son geste, à ce type. Duke n'aimait pas la grossièreté. Dommage qu'il ait d'autres choses en tête.

Le dilemme était celui-ci : devait-il buter Lennie Golden maintenant ou quand il descendrait de sa voiture. Un choix intéressant. À moins qu'il n'attende un jour ou deux, histoire de faire durer le plaisir. C'était ce qu'il y avait de plus agréable, les longs préliminaires.

Préliminaires... au meurtre.

# 75.

Price ne trouvait pas ses clefs. Il sonna donc, s'attendant à voir Irena lui ouvrir immédiatement. Il n'en fut rien, ce qui l'énerva.

Il devrait prendre une décision à propos d'Irena. La garder comme gouvernante posait un problème, étant donné que son fils à lui était accusé d'être complice d'un meurtre dont Mila l'accusait d'être responsable. Ce n'était pas judicieux qu'Irena vive encore sous son toit.

— Vous devriez la congédier, lui avait conseillé Howard à plusieurs reprises.

— Vous ne comprenez pas, avait expliqué Price. C'est elle qui s'occupe de tout.

— Eh bien ! Vous trouverez quelqu'un d'autre pour repasser vos chemises, avait raillé Howard. Il faut absolument la mettre dehors, Price. Si la presse apprend cela...

— Oui, oui, je vais le faire, avait-il promis.

Mais, au fond, il n'en avait aucunement l'intention. Irena faisait partie de sa vie, il ne pouvait pas se passer d'elle. Pendant des années, elle en avait tant fait pour lui, jusqu'à l'aider à se désintoxiquer, à se maintenir plus ou moins dans le droit chemin. À vrai dire, il était son obligé.

Il sonna encore, impatient. Personne.

Cette garce d'Irena ! La presse pouvait arriver d'une minute à l'autre ; il voulait se réfugier à l'intérieur. Toujours pas de réponse. Il fouilla ses poches et finit par retrouver sa clef.

Le premier détail qu'il remarqua en entrant, ce fut une drôle d'odeur : forte, un peu musquée.

— Irena ! cria-t-il. Où es-tu passée ?

Ôtant sa veste, il grimpa l'escalier. Tout allait de travers : un fils accusé de meurtre, une ex-femme plus-ridicule-tu-meurs, et sa carrière en baisse. Merde ! Quelle série !

Price secoua la tête. Il avait vraiment besoin de se changer les idées – un joint, peut-être, ça n'était pas si terrible. Un joint et une femme. Voilà ce qu'il lui fallait : une longue nuit de sexe. Naturellement il pensa à Krissie. Il ne lui avait pas parlé depuis qu'il l'avait plaquée à la soirée chez Venus, mais c'était le genre de fille toujours disponible pour une star. Et cela ne lui déplairait pas d'enfouir sa tête entre ces gros seins de silicone.

Passant dans sa chambre, il s'étonna que son lit soit encore défait. Puis il entendit un bruit d'eau provenant de la salle de bains, comme si quelqu'un était en train de prendre une douche.

— Irena ! Tu es là ?

Pas de réponse. L'odeur qu'il avait décelée dans l'entrée était encore plus forte maintenant. C'était un étrange mélange de parfum.

*Mon Dieu ! Ne me dites pas qu'un fan s'est introduit chez moi et prend une douche dans ma salle de bains.* On avait vu plus étrange.

Il entra à pas de loup. La cabine était vide, mais l'eau coulait bien, commençant à inonder le sol dallé de marbre. On avait ouvert toutes ses bouteilles d'after-shave et on en avait répandu le contenu sur le carrelage. Au milieu de la salle de bains, ligotée à un tabouret, Consuella – sparadrap sur la bouche, les mains et les chevilles attachées. Elle était complètement nue.

Il la dévisagea, n'en croyant pas ses yeux.

Elle le regarda, un hurlement hystérique sortant du fond de sa gorge.

— Bon Dieu ! cria-t-il. Qu'est-ce que...

Puis il appela Police Secours.

Lucky ne savait plus où elle en était. Le déjeuner avec Alex et Venus l'avait désarçonnée. Elle n'était pas stupide ; elle connaissait le sentiment qu'Alex lui portait. Bien qu'il soit toujours avec Pia, Lucky savait que, si elle lui donnait le moindre encouragement, il laisserait tomber la jeune femme dans la minute. C'est pourquoi son discours en faveur de Lennie lui donnait à réfléchir.

Elle appela Gino de la voiture.

— Comment va mon vieux père ? demanda-t-elle.

— Comment ça, vieux ?

— Les enfants vont revenir passer le week-end, lui annonça-t-elle. Je commence à me dire qu'ils passent plus de temps avec toi qu'avec moi.

— Et moi je commence à me dire que tu devrais les laisser voir leur père, répliqua-t-il d'un ton bourru.

Pourquoi tout le monde s'en prenait-il à elle ?

— Lennie t'a téléphoné ?

— Tu devrais le laisser voir les enfants, Lucky, répéta Gino. Il n'est pas bien.

— Pourquoi ?

— Parce que si tu ne le fais pas, il va te coller un putain d'avocat aux fesses. Dis-lui qu'il peut venir à Palm Springs ce week-end.

— Tu veux dire que tu accueillerais Lennie chez toi ? explosa-t-elle, furieuse. Il devrait peut-être amener la petite Bonnatti ? Ça te plairait ?

— Fais pas ta grande gueule avec moi, mon petit. Il peut venir passer un week-end et amener la petite s'il en a envie.

— Va te faire voir, Gino ! cria-t-elle en raccrochant.

Elle était folle de rage. Pourtant... elle savait qu'elle se montrait injuste envers Maria et le petit Gino. Ils devaient voir leur père ; elle n'avait aucun droit de les en priver. Pleine de remords, elle rappela Gino.

— Bon. Si tu tiens tellement à le voir, tu n'as qu'à l'appeler. Il s'est installé au château Marmont avec la Sicilienne. Invite-le, ça m'est égal. Mais tu ferais mieux de ne pas l'inviter, elle.

— Calme-toi, dit Gino. J'ai compris. Je vais passer un coup de fil à Lennie : tu es d'accord pour qu'il amène l'enfant ?

— Pourquoi pas ? Je suis sûre que vous serez tous ravis de voir le petit Bonnatti.

Elle raccrocha une nouvelle fois, regrettant aussitôt d'avoir donné son accord à Gino. Comment pouvait-elle permettre à Maria et au petit Gino de rencontrer Leonardo, ou Dieu sait comment s'appelait le petit imbécile ? Peut-être même le trouveraient-ils sympa ! Mon Dieu ! Elle était en rage.

Elle interrogea son répondeur : il y avait plusieurs messages, dont le plus important provenait de Boogie, à Rome. Malgré sa crainte d'entendre d'autres mauvaises nouvelles, elle voulait savoir ce qui était arrivé à Brigette. Elle le rappela, négligeant le décalage horaire – il était trois heures du matin en Italie.

— Tiens, fit Boogie. Je savais que c'était vous.

— Comment ?

— Quelqu'un d'autre, Lucky, aurait eu la délicatesse d'attendre au moins jusqu'à six heures.

— Ne me critique pas, Boog. J'ai eu ma dose pour aujourd'hui. Qu'est-ce que tu as découvert ?

— Du bon et du mauvais.

— Dis-moi.

— Carlo est revenu ici avec Brigette, il l'a emmenée dans la résidence familiale – une sorte de palais délabré à quelques kilomètres de Rome. Ils se sont terrés là un moment, mais, quand je me suis présenté pour les voir, la mère de Carlo, qui parle à peine anglais, m'a annoncé qu'ils étaient partis.

— Pour où ?

— C'est ce que je cherche à savoir.

— Elle m'inquiète, Boog. Tu ne l'as pas vue quand elle était ici : ce n'était plus notre Brigette.

— Je vous donne des nouvelles dès que j'ai quelque chose.

— Je prendrais bien le premier avion si je le pouvais, mais je suis au tribunal tous les jours et le tournage de mon film commence dans quatre semaines.

— Si j'ai besoin de vous, je vous appelle.

Boogie, lui, au moins, savait ce qu'il faisait. Lucky était sûre qu'il aurait la bonne réaction. Elle rentra chez elle le cœur plus léger.

— Comment trouvez-vous que ça s'est passé aujourd'hui ? demanda Howard, pilotant sa Bentley sur Wilshire.

Teddy avait passé une journée épouvantable à écouter les avocats le présenter comme un abruti pris de boisson entraîné par amour dans la sanglante expédition de Mila. Vous avez aimé Mason, n'est-ce pas ? C'est un bon avocat.

— Oui, répondit-il même s'il considérait Mason Dimaggio comme un trou-du-cul qui se prenait pour un chef.

Et la façon dont il s'habillait, ridicule. Et pourquoi le forçait-on, lui, Teddy Washington, à se déguiser tout pareil ?

— Votre mère, c'est autre chose, observa Howard avec un petit ricanement.

— Elle était très belle, avant.

— Price m'a montré des photos du mariage l'autre jour. C'était une beauté en effet. C'est terrible comme les gens peuvent se laisser aller.

— Il faut que j'aille tous les jours au tribunal en voiture avec vous ? demanda Teddy tripotant les commandes de la radio.

— C'est ce que veut votre père, précisa Howard en lui donnant une petite claque sur la main.

Howard se rangea pour laisser passer deux voitures de police qui arrivaient à toute vitesse.

— Les quelques semaines qui viennent ne seront pas agréables, Teddy, mais vous vous en tirerez, remarqua-t-il.

— Je suppose.

— N'oubliez pas d'être vous-même, lui conseilla Howard. Vous êtes un gentil garçon, pas un voyou. Vous vous êtes laissé entraîner. C'est ce que nous plaiderons et nous n'en démordrons pas. Mais il faut coopérer. Votre attitude compte beaucoup.

Ils approchaient de la maison ; Teddy remarqua alors que les deux voitures de police qui les avaient dépassés en trombe quelques minutes plus tôt stationnaient devant chez lui.

— Qu'est-ce qu'ils font ici ?

Howard ralentit, jeta un coup d'œil par la fenêtre et grommela :

— Sans doute à cause de la presse. J'ai bien dit à Price de se maîtriser. Espérons qu'il n'a frappé personne.

Ils descendirent de voiture et Howard se précipita vers un policier en uniforme en faction devant la maison.

— Je suis l'avocat de M. Washington, dit-il d'un ton important. Que se passe-t-il ?

— Vous feriez mieux d'entrer, lâcha le flic en haussant les épaules.

— M. Washington a-t-il commis des voies de fait ?

— Il y a eu un cambriolage, répondit le policier. Et un viol.

— Bon Dieu ! s'exclama Howard. Quelle publicité ! Il ne nous manquait plus que cela.

# 76.

La responsable de l'agence immobilière était une petite blonde un peu boulotte qui portait des diamants et trottinait sur des talons excessivement hauts. La cinquantaine, elle affichait un sourire figé et débordait d'amabilité.

— Monsieur Golden, roucoula-t-elle en le voyant descendre de voiture, ou bien puis-je vous appeler Lennie ?

— Bien sûr.

— C'est une maison absolument délicieuse, spécifia-t-elle en insérant une clef et en les faisant entrer. Elle était à louer, mais le propriétaire est disposé, parce que c'est vous, à la vendre avec les meubles et tout. Cette maison a été occupée autrefois par Raquel Welsh. L'année dernière, une célèbre jeune vedette de la télévision a habité ici quelques mois. Elle baissa la voix. Elle insiste pour que nous protégions sa vie privée, alors je n'ai pas le droit de révéler son nom.

*Pour ce que j'en ai à faire*, se dit Lennie en inspectant le spacieux vestibule.

— Regardez bien, poursuivit la femme de l'agence. Je pense que c'est tout à fait ce que vous cherchez, avec en plus une vue superbe sur la ville.

Il y avait trois chambres, chacune avec salle de bains, trois pièces de réception, une immense cuisine, une piscine et un court de tennis – vraiment beaucoup plus grand et somptueux que ce qu'il recherchait.

— Combien en demande le propriétaire ?

— Trois millions, lâcha-t-elle comme si c'était un prix de solde. Mais je suis certaine que nous pourrons l'avoir pour encore moins.

— Et le loyer ?

— Douze mille par mois.

— Je vous avais dit au téléphone dans les six à huit mille, dit-il, agacé.

— En effet, monsieur Golden... Lennie. Mais quand je l'ai vue, cette maison m'a paru si parfaite. Vous vouliez trois chambres et une vue ; et d'ailleurs, Suzan Summers habitait ici.

— Je croyais que vous aviez dit Raquel Welsh ?

— Elles ont toutes les deux habité ici, reprit la femme sans sourciller.

Elle commençait à l'énerver. Il lui avait clairement expliqué au téléphone qu'il ne voulait pas dépasser huit mille, ce qu'il trouvait déjà très cher. Toutefois, il n'avait pas envie de passer ses journées à chercher des maisons. Ce qu'il voulait avant tout, c'était installer Claudia et Leonardo quelque part et les faire sortir de sa vie.

— Si nous faisions une offre au propriétaire ? suggéra-t-il.

— De quel ordre ?

— Sept mille par mois.

— Monsieur Golden... Lennie... rappela-t-elle avec un rire poli. Il en demande douze.

— Je sais. Disons neuf pour couper la poire en deux.

— Je vais lui transmettre votre proposition. Ajouterons-nous une clause au cas où vous souhaiteriez acheter ?

— Pourquoi pas ? Encore que, pour trois millions, il n'ait aucune une chance.

— Les prix montent sans arrêt, monsieur Golden, déclara-t-elle. J'ai vendu trois maisons ce mois-ci, toutes à plus de quatre millions.

— Je n'en doute pas. Vous avez autre chose à me montrer ?

— Non. Je transmets votre offre et je vous tiens au courant.

Quand Lennie arriva à l'hôtel, Leonardo était déjà couché et Claudia préparait des pastas. Il n'avait pas faim, mais bah ! il s'attabla quand même.

Claudia était une fantastique cuisinière, sa sauce bolognaise était à tomber ; il se surprit à engloutir deux assiettes sans une hésitation. S'il continuait à vivre avec Claudia, il deviendrait gras comme un porc. D'autant plus qu'il avait abandonné la gymnastique – tout son équipement était resté à la maison, avec Lucky.

Sa Lucky. L'unique amour de sa vie.

Qu'allait-il faire pour l'inciter à revenir sur sa décision ? Il devait agir rapidement, car il savait qu'Alex Wood attendait son heure. Le salaud.

Duke s'éveilla en sursaut. Il s'était endormi dans la confortable Chevrolet qu'il avait garée dans la rue auprès de l'entrée du garage du château Marmont. C'est qu'il avait eu une rude journée. Il avait volé deux voitures, mis à sac la demeure de Price Washington, violé la femme de chambre...

Ses pensées s'attardèrent un instant sur elle. Un joli petit morceau. Elle avait couiné comme un cochon de lait quand il l'avait prise par-derrière. Ça lui avait bien plu. À ce souvenir, un léger sourire passa sur son visage. C'était avec la peur qu'il prenait son pied, celle des autres, celle des femmes, surtout.

Il en avait vraiment fait assez pour une journée et il était crevé. Trop crevé même pour envisager de buter Lennie Golden. Demain était un autre jour. D'ailleurs, il jugeait nécessaire de réfléchir à ce coup-là.

Maybelline avait conclu un marché avec Mila, sa copine de cellule : le produit du cambriolage de la maison de Washington en échange du meurtre de Lennie Golden. Pour cela, tous les détails sur la maison donnés par Mila – le code d'alarme, l'emplacement du coffre, la disposition des pièces –, tout avait été transmis à Duke par Maybelline, lors de sa dernière visite.

En fait, il n'avait eu besoin d'aucun de ces renseignements pour entrer. Une fois à l'intérieur, il aurait été capable de persuader la femme de chambre de lui dire tout ce qu'il voulait. Surtout après qu'il l'avait ficelée sur le tabouret de la salle de bains et arrosée de diverses lotions et eaux de toilette. Au fond... tout ça n'était pas juste. Pourquoi prendre des risques pour une si maigre récompense ? Après tout, c'est un gros paquet qu'on ramasse quand on exécute un contrat sur quelqu'un. Mon Dieu ! Peut-être que Maybelline s'amollissait avec les années...

Ruminant toutes ces pensées, il jeta un coup d'œil à sa montre et décida qu'il était largement temps de se débarrasser de la bagnole. Il prit dans sa poche une petite peau de chamois, essuya soigneusement toutes les surfaces qu'il avait touchées puis, abandonnant la voiture, il descendit la colline à pied pour rentrer chez lui.

Depuis qu'ils ne pouvaient plus vivre dans la grande maison de Grand-Père, son « chez lui » était un studio du côté d'Hollywood Boulevard.

Ah ! Maybelline et son caractère de cochon ! Si seulement elle l'avait attendu, tout se serait passé si facilement.

Irena flairait les ennuis de loin. Elle avait toujours eu une antenne pour ces choses-là. Alors, quand elle vit les voitures de police garées devant la maison, sa première pensée fut qu'on avait finalement décidé de l'arrêter, elle. On avait découvert qu'elle était entrée aux États-Unis avec de faux papiers et on s'apprêtait à l'expulser. Elle n'était pas Irena Kopistani. Elle s'appelait en réalité Ludmila Lamara, une criminelle connue en Russie.

Voilà vingt ans qu'elle redoutait l'événement. Elle s'approcha de la porte en traînant les pieds. Un policier en uniforme lui barra le chemin.

— Oui ? dit-il d'un ton peu aimable.

— J'habite ici.

— Votre nom ?

— Irena Kopistani, je suis la gouvernante de M. Washington.

— Vous feriez mieux d'entrer.

— Qu'est-ce qui se passe ?

— L'inspecteur Solo va vous mettre au courant.

— Où est M. Washington ? Il va bien ?

— Il est dans la maison, madame.

L'idée qu'il puisse arriver quelque chose à Price avant qu'il ait appris ce qu'il était pour elle la rendait malade. Le cœur battant, elle s'avança dans le vestibule parmi des inconnus. Elle repéra Howard Greenspan qui parlait à un homme à l'air obtus.

— Qui est cette femme ? demanda celui-ci en la voyant.

— Ne vous inquiétez pas, dit Price qui sortait du salon. Irena est ma gouvernante.

— Parfait, dit l'inspecteur. C'est à elle que je veux parler.

Irena sentit son cœur se serrer. Irena Kopistani. Ludmila Lamara. À qui croyait-il avoir affaire ?

# 77.

Quand on annonça la nouvelle à la télé, Mila discutait en compagnie de deux putains portoricaines plutôt joyeuses – tout pour ne pas penser à la journée qu'elle venait de passer au tribunal. Les filles lui avaient appris toutes sortes de choses qui ne figurent pas dans les programmes scolaires : comment faire une pipe à l'arrière d'une voiture en marche, comment reconnaître un flic de la mondaine quand il essayait de vous coincer. Sur ce terrain-là, elles ne devaient pas être très bonnes, puisqu'elles se retrouvaient au trou. Andorra racontait des histoires sur ses clients les plus célèbres quand le présentateur annonça :

— Un cambriolage a eu lieu cet après-midi à la résidence de Price Washington. M. Washington se trouvait alors au tribunal où son fils comparaît pour sa participation éventuelle au meurtre de la star de télévision Mary Lou Berkeley. Une domestique mexicaine qui se trouvait seule dans la maison a été violée, ligotée tandis qu'on emportait bijoux, vêtements et argent liquide. On estime que le montant du vol pourrait s'élever à des millions de dollars. La police recherche un homme blanc d'une vingtaine d'années...

Mila se leva d'un bond et regagna sa cellule, où Maybelline, allongée sur sa couchette, regardait le vide en suçant une mèche de cheveux.

— C'est au journal télévisé, annonça Mila tout excitée.

— Quoi donc ?

— Ce putain de cambriolage. Je ne pensais pas que Price Washington était aussi important.

— C'est une grande vedette.

— Tu ne m'avais pas dit que ton frère allait violer la bonne, accusa Mila.

— Ah ! ce Duke... il a ses petites... habitudes. Pas moyen de les lui faire perdre.

— Il a l'habitude de violer ? insista Mila en haussant les sourcils. Il n'aurait pas dû faire ça. Maintenant, je me sens responsable.

— Non mais, écoutez-moi ça, ricana Maybelline. Tu butes une salope dans une bagnole et tu fais des manières parce que mon frère s'est tapé une femme de chambre. Qu'est-ce que ça peut te foutre ?

— J'espère qu'il a bien trouvé le pistolet, murmura Mila.

— S'il était là où tu l'as dit, sûrement.

— Et Lennie Golden ? Il s'en est occupé ?

— Connaissant mon frère, il en a assez fait pour une journée. Il s'en occupera demain.

— Oui, mais si on fait venir Lennie à la barre...

— On ne le convoquera pas avant quelques jours. On a le temps.

— Comment le sais-tu ?

— Parce que les tribunaux, ça fait toujours traîner les choses. Ne t'inquiète pas. Duke est un vrai pro.

Mila était furieuse. Elle n'était plus si sûre au sujet de Duke. Le fait qu'il ait pris le temps de violer la bonne l'exaspérait. Si Irena s'était trouvée dans la maison ? L'aurait-il violée aussi ? Non pas que ça la préoccupât... Irena se foutait pas mal d'elle. Quand même... ce n'était pas prévu qu'il lui arrive quelque chose.

Elle devait peut-être faire parvenir le pistolet à son avocat.

*Oui,* décida-t-elle, *elle lui en parlerait demain matin et puis elle chargerait Maybelline de passer le message à Duke.*

Pour l'instant son moral était au plus bas. Duke était de toute évidence un maniaque et Maybelline avait l'air de s'en foutre.

Mais elles avaient passé un marché. Si Maybelline et son dingue de frère ne tenaient pas parole, ils s'en repentiraient.

# 78.

Lucky apprit la nouvelle au journal de dix heures. Elle appela aussitôt Venus, la sachant liée à Price Washington.

— Que se passe-t-il ? Tu crois que cela a un rapport avec le procès ?

— Comment veux-tu que je sache ? répondit Venus. Voilà des semaines que je n'ai pas parlé à Price.

— Tu ne trouves pas cela bizarre ? Qu'on cambriole sa maison comme ça ?

— Pas vraiment, quelqu'un a su qu'il était au tribunal et a profité de la situation.

— C'est quand même curieux. Pourquoi ne lui téléphones-tu pas ?

— Je ne vais pas l'appeler comme ça, protesta Venus. J'aurais l'air d'une concierge.

— Pas du tout.

— Bon, peut-être plus tard.

— Comment cela s'est-il passé après mon départ ? demanda Lucky.

— Super. Sept autres comédiens sont venus. L'un d'eux était rudement bon.

— Il a plu à Alex ?

— Non.

— Il est difficile.

— Et parfois vraiment casse-pieds, ajouta Venus. Pourtant, ne t'y trompe pas, j'adore travailler avec lui. Alex m'inspire.

— Maintenant, interrogea Lucky, voudrais-tu me dire ce qui vous a pris de me tomber dessus comme ça aujourd'hui ?

— Alex et moi sommes en mesure d'analyser la situation. Toi, tu es trop près. Elle prit une profonde inspiration. Tu comprends, Alex a envie d'être avec toi – ça n'est pas une surprise, tu es au courant depuis cinq ans. Mais il se rend compte que, pour ça, il faut que tu cesses de penser à Lennie. Alors tant que Lennie ne sera pas pour toi de l'histoire ancienne – et nous savons tous les deux que ce n'est pas le cas – Alex n'a aucune chance, et il n'est pas fou.

— C'est pour cela que vous essayez tous les deux de me rabibocher avec Lennie ? Ça ne tient pas debout.

— Et toi... qu'est-ce que tu en penses ?

— De quoi ?

— De Lennie, bien sûr ! fit Venus, exaspérée. Il faut que tu l'appelles, que vous discutiez.

— Je... je ne sais plus. J'ai toujours estimé que la pire des trahisons, c'était de coucher avec quelqu'un d'autre quand on s'est engagé pour de bon. J'ai eu pas mal d'histoires avant de me marier, mais depuis, c'est fini.

— Je te comprends, dit Venus. Toi et moi nous avons vécu comme des garçons. Nous avons roulé notre bosse puis nous avons épousé des hommes qui en avaient fait autant. Comme ça personne ne regarde alentour pour voir ce qu'on aurait pu manquer parce que nous n'avons rien manqué !

— Exactement. Alors, quand cette femme s'est présentée à ma porte avec l'enfant de Lennie, que crois-tu que j'ai ressenti ?

— Je sais que je me répète, déclara Venus, mais ce n'est pas comme s'il avait fait sa valise pour avoir une aventure. C'était dans une situation désespérée ; il faut en tenir compte.

— Pourquoi ?

— Parce que ce n'est que justice. Et Alex est d'accord avec moi. Il est temps d'arrêter les frais.

— Tu as certainement raison, soupira Lucky. Je vais peut-être l'appeler.

— C'est ce que tu as de mieux à faire. Un petit dîner, rien que vous deux. Surtout en terrain neutre.

— Bonne idée.

— Au fait, reprit Venus. Que voulait dire Alex en parlant de votre folle nuit ?

— Rien, répondit Lucky très vite.

— À t'entendre on te croirait coupable, s'écria Venus. Il s'est passé quelque chose entre vous deux ?

— Si c'était le cas – je ne te dis pas que ça l'est – ce serait arrivé au moment où je croyais Lennie mort.

— Oh ! la vilaine, fit Venus ravie. Alors, tu as couché avec Alex ?

— Mais non.

— Mais si !

— Bon, Venus, ça suffit. Il faut que j'y aille. Nous nous parlerons demain.

Elle raccrocha. Quelque chose la tracassait : le cambriolage chez Price Washington, la femme de chambre violée... Y avait-il un rapport avec le procès ?

Elle appela l'inspecteur Johnson.

— Il y a un lien ? demanda-t-elle.

— J'étudie les dossiers.

— Aucune piste ?

— Pas pour l'instant. Toutefois un voisin a vu un homme se présenter chez M. Washington ce matin. Je vous tiendrai au courant.

— Merci, dit-elle.

Abandonnant enfin le téléphone, elle passa dans la chambre des enfants où elle trouva Gino et Maria en pleine bataille de polochons.

— Où est papa ? demanda Maria.

— Je le répète, papa travaille.

— Je veux le voir, je veux le voir ! se mit à chantonner le petit Gino.

— Tu le verras. Tu vas chez grand-papa ce week-end, papa sera là aussi.

— Super cool ! dit Maria. On pourra tous se baigner ?

— Je ne viens pas cette fois-ci, mon ange, expliqua-t-elle. J'ai trop de travail ici.

— Oh ! maman, viens, insista Maria. J'aime bien quand papa et toi vous êtes dans la piscine. Vous êtes mignons tous les deux.

— Eh bien tant mieux. Je suis contente que tu le penses.

Après leur avoir lu une histoire, elle les embrassa et regagna sa chambre. Elle contempla longuement le téléphone.

Peut-être Venus avait-elle raison. Il était temps d'arrêter les frais.

— C'était bon, apprécia Lennie en repoussant son assiette.

— Je suis contente que ça t'ait plu, dit Claudia en le dévorant des yeux.

C'était certain, elle avait le béguin pour lui. Bien sûr, il savait pourquoi : il s'occupait d'elle, ce qui, de toute évidence, ne lui était jamais arrivé.

— Je crois que j'ai trouvé une maison, dit-il en se levant.

— Une maison pour nous, Lennie ?

— Non, une maison pour toi et Leonardo.

— Où seras-tu ? fit-elle déçue.

— Je resterai ici.

— Tu ne peux pas habiter avec nous ?

— Claudia, j'ai déjà essayé de t'expliquer. J'ai une femme que j'aime et votre arrivée ne lui a pas fait très plaisir. Je comprends que ce n'est pas de ta faute, mais il faut que je reprenne ma vie en main. Et que j'habite ici avec toi complique encore les choses.

— Je suis désolée, Lennie. J'ai essayé de ne pas déranger. Je ne pouvais pas rester en Italie. Leonardo est ton fils et il avait besoin d'aide.

— Je sais, Claudia, je sais, répondit-il, essayant d'être patient, gentil et tout ce qu'il ne se sentait pas d'humeur à être. Nous allons nous occuper de lui. Dans un jour ou deux, les médecins donneront les résultats des examens. En attendant, voici ce que j'ai décidé. Je vous installe Leonardo et toi dans la maison que j'ai trouvée. Ensuite, ton anglais étant très bon, je te trouverai sans problème un bon job. Tu pourrais être interprète ou travailler à l'ambassade d'Italie.

— Comme tu voudras.

— Je veux que vous ayez une vie agréable ici, Claudia, mais il faut que tu comprennes que ce ne sera pas avec moi.

— Je comprends, murmura-t-elle.

Il était facile de voir qu'il n'en était rien.

— Maintenant, je vais prendre une douche. Si le téléphone sonne, réponds, ce pourrait être l'agence.

— Oui, Lennie.

Il passa dans la salle de bains et ouvrit la douche. Demain, il tenterait de parler à Lucky. Tout cela avait assez duré. Chaque jour qui passait les éloignait davantage. Il ne le supportait plus.

Au moment où il entrait dans la douche, le téléphone sonna.

Claudia décrocha.

— Allô ?

À l'autre bout du fil, Lucky hésita un moment,

— Passez-moi Lennie.

— Je regrette, ronronna Claudia. Lennie est sous la douche.

Lucky raccrocha brutalement.

Non  Ça ne marcherait pas.

## 79.

Brigette avait tenté d'apprendre auprès de Lucky à être forte. De toute évidence ça n'avait pas été une réussite ; encore une fois, elle se trouvait au bord du gouffre.

Elle regrettait amèrement de n'avoir pas suivi les conseils de sa marraine, d'avoir manqué de force de caractère, de s'être laissé prendre à un piège grossier. Elle n'avait pas appliqué la règle de vie de Lucky : toujours riposter avant d'être attaquée.

Pourtant, elle était partie pour Londres avec l'intention de se venger. Et que s'était-il passé ? Il l'avait enlevée, l'avait droguée. Puis, quand elle s'était retrouvée dépendante de l'héroïne et donc de lui, il l'avait épousée. Quand avait-elle commis une erreur ? Elle ne savait plus. La drogue lui retirait tout pouvoir de décision.

Parce qu'elle avait besoin d'héroïne, elle en était arrivée à tout supporter de Carlo, ses injures, ses crises de rage et même parfois ses coups. Il avait fallu qu'elle parvienne au plus profond du cauchemar pour qu'elle retrouve ses esprits et voie son mari tel qu'il était : un monstre froid, un assassin. Mais peut-être lui avait-il rendu service, après tout, en l'abandonnant loin de tout.

Il le paierait, car il avait perdu son bébé, son fils. Plus rien ne les liait, elle et lui, si ce n'est un chiffon de papier dont ses avocats la débarrasseraient. Elle paierait ce qu'il faudrait.

Elle s'appliquait à récupérer ses forces, qui revenaient peu à peu, malgré les crampes, les courbatures et les migraines. Elle avait décidé de fuir au plus vite, en tout cas avant le retour de Carlo.

Qui savait ce qu'il ferait ? Il était capable de tout, même de la replonger par la force dans la dépendance. Une fois de plus elle serait prise au piège : ce ne lui serait pas difficile car, bien qu'elle soit en voie de désintoxication, elle devrait sans doute lutter toute sa vie pour ne pas rechuter.

Chaque matin, elle terminait sa promenade auprès de la tombe de son bébé. Elle puisait dans ce moment de repos une impression de paix ; l'enfant serait né en manque ; elle n'aurait pas supporté les souffrances qu'il aurait dû endurer.

Puis, elle entreprit d'explorer la grande baraque et les bâtiments annexes ; elle finit par découvrir dans le fond d'une grange une vieille bicyclette rouillée aux pneus dégonflés. En fouillant encore, elle dénicha une pompe. Elle n'était pas très bonne mécanicienne, mais elle s'attaqua à la remise en état du vélo.

Elle n'avait aucune idée de l'endroit où elle était. D'après Carlo c'était un lieu très isolé, mais avec une réserve d'eau elle pourrait suivre la route, et finirait bien par trouver de l'aide.

Un plan peu à peu se forgea dans son esprit : encore deux jours pour reprendre des forces, puis elle enfourcherait la bicyclette.

Boogie avait le don de s'attirer la sympathie de ses semblables. Grand et efflanqué, l'air décontracté, souriant, cet ancien du Vietnam ne suscitait aucune méfiance. C'est pourquoi les petits vieux qui traînaient sur la place du village qui avoisinait le palais Vitti l'acceptèrent tout de suite, convaincus qu'il était un de ces écrivains américains fascinés par le pittoresque italien. Il fut invité à participer aux parties quotidiennes de boules, à s'asseoir pour boire des *espresso* très très serrés et tirer sur des cigarettes très très fortes.

Un vieil homme en particulier intéressait Boogie, Lorenzo Tiglitali, homme de ménage du palais Vitti. Lorenzo était un personnage sociable, courtaud, trapu, à la tignasse argentée, à la peau hâlée et creusée de rides, affligé – souvenir de guerre – d'une jambe de bois. Il était fier de ses soixante-douze ans, et il se vantait de ne jamais avoir été malade un seul jour durant les quarante années qu'il avait passées au service des Vitti.

Lorenzo était bavard et, par bonheur, il parlait un anglais excellent. Boogie devint bientôt un de ses plus fidèles auditeurs. Il n'eut aucun mal à obtenir de lui toutes les informations qu'il voulait ; il parlait de tout et de rien, du prix du pain aussi bien que de la radinerie du patron. Et ainsi, très rapidement, il en vint à parler de Carlo.

— Ce garçon-là, il a été trop gâté. Il n'est pas correct. Même aujourd'hui, avec sa femme américaine, il n'est toujours pas correct.

— Une femme américaine, tiens ? s'étonna Boogie. Ils habitent le palais ?

— Ils habitaient, précisa Lorenzo en avalant une gorgée du cognac qu'avait acheté Boogie. Maintenant il est parti en Sardaigne avec une autre. Et la femme...

Le vieil homme s'interrompit soudain, hésitant à en dire plus.

— Sa femme ? insista Boogie. Où est-elle ?

Lorenzo haussa les épaules et vida son verre de cognac.

— Encore une goutte ? proposa Boogie.

— Je ne devrais pas...

— Mais si !

— Juste un petit coup, alors !

Le « petit coup » délia la langue de Lorenzo.

— Sa femme américaine est enceinte, et très riche. Carlo a promis de rapporter à sa famille quelques millions de dollars d'ici à la fin de l'année.

— Non ? fit Boogie, feignant la surprise.

— Mais si.

— Dites donc, l'Américaine, ça ne doit pas lui faire plaisir d'être plantée là pendant que son mari s'en va courir le guilledou ?

— Elle n'en sait rien, gloussa Lorenzo. Il l'a emmenée dans le pavillon de chasse que la famille possède à la campagne.

— Tiens donc. Où est-ce ?

Lorenzo plissa les yeux et dévisagea Boogie.

— Pourquoi ça vous intéresse tant ?

— De temps en temps, je m'occupe d'immobilier. J'ai un ami qui pourrait être intéressé par une propriété en dehors de Rome.

— Pas cette baraque, s'esclaffa le vieil homme. Elle est abandonnée. La famille n'a pas de quoi l'entretenir. Peut-être qu'avec les millions de dollars de l'Américaine, ils pourront la restaurer.

— Si elle est abandonnée et dans un tel état, pourquoi donc Carlo emmènerait-il sa femme là-bas ?

— J'ai entendu dire par sa mère qu'elle serait heureuse dans cette maison.

— Vraiment ? dit Boogie en offrant au vieil homme un autre cognac. Je repense à mon ami : peut-être que je devrais jeter un coup d'œil à ce pavillon de chasse. Si vous alliez trouver votre patron avec une offre assez importante, vous pourriez ramasser une jolie commission.

— Ah oui ? fit Lorenzo, ses yeux fatigués s'éclairant tout à coup.

— Sûr. Dites-moi où c'est, que j'aille jeter un coup d'œil. Si je tombe sur l'Américaine, je dirai que je suis un acheteur éventuel. Je suis certain que je ne la dérangerai pas.

— Vous ne trouverez jamais cet endroit, affirma Lorenzo.

— Si j'ai pu me retrouver dans les jungles du Vietnam, lança Boogie, je suis certain de pouvoir arriver jusqu'à cette maison. Tenez, ajouta-t-il, en tirant cinq cents dollars de sa poche, prenez-les en gage de ma bonne foi, une avance pour le cas où la maison me plairait. Sinon, je n'aurai pas perdu grand-chose et vous, vous y aurez un peu gagné.

Cela représentait beaucoup d'argent pour Lorenzo. Cela faisait dix ans qu'il touchait le même salaire ; un petit supplément n'était pas à dédaigner et serait même le bienvenu : sa fille voulait aller à Milan pour faire des études et devenir institutrice, il fallait absolument à sa femme un nouveau manteau d'hiver, ses deux petits-enfants avaient besoin de plein de choses.

Il fourra les billets dans sa poche.

— Demain, je vous ferai un plan.

— Parfait, dit Boogie, sentant qu'il était prudent de ne pas se montrer pressé.

## 80.

Duke fit l'inventaire du butin récupéré chez Washington. Il savait qu'il s'était bien débrouillé, mais n'avait pas encore pris le temps de faire ses comptes.

Dans sa prison de Floride, il avait suivi l'enseignement d'un grand perceur de coffres-forts ; celui de Price lui avait révélé des trésors : une bourse en cuir contenant douze superbes montres Patek Philippe, plus de cinquante mille dollars en billets de banque, des papiers qui avaient l'air importants et qu'il étudierait plus tard, ainsi qu'un petit coffret rempli de bagues et de boutons de manchettes.

Il avait aussi trouvé la boîte à chaussures dont Maybelline lui avait parlé, exactement là où elle l'avait mise, cachée dans un placard de la cuisine, au-dessus du frigo. Il l'examina. Maybelline avait exigé qu'il ne l'ouvre pas. Et puis quoi ? Il y découvrit un pistolet enveloppé dans un torchon. Il était assez malin pour ne pas y laisser ses empreintes.

*Très intéressant*, se dit-il.

Dommage qu'il ne puisse pas parler à sa sœur ; il était obligé d'attendre le lendemain matin. Merde ! Maybelline lui manquait. Sans elle, il était malheureux ; elle était tout pour lui. Il devait trouver un moyen de la sortir de là.

Mila passa une mauvaise nuit. L'indifférence étudiée de Maybelline l'énervait, et encore plus l'idée que Duke avait violé la femme de chambre. Comment avait-il osé ? Au petit jour, prenant Maybelline par le bras, elle l'avertit :

— Tu ferais mieux de parler à ton frère. J'ai besoin qu'il me livre mon paquet aujourd'hui.

— Il n'est pas livreur, répliqua Maybelline.

La réplique confirmait les soupçons de Mila : tout n'allait pas si bien.

— Je n'ai pas dit ça, dit Mila en essayant de garder son calme, mais ce sont mes renseignements qui lui ont permis de s'introduire dans la maison. Je voudrais qu'il remette le paquet à mon avocat aujourd'hui. Je te donnerai l'adresse.

— Je ne suis pas sûre que ton attitude me plaise, lâcha Maybelline. Je n'aime pas tes grands airs, comme si on travaillait pour toi ou je ne sais quoi.

— Moi non plus, je n'aime pas ton attitude. Ton frère était censé buter Lennie Golden hier. J'aimerais savoir pourquoi il ne l'a pas fait.

— Va te faire voir, répliqua Maybelline. À qui crois-tu parler ?

— Je pensais que nous étions amies, répondit Mila.

Elle comprenait tout à coup à quel point sa situation était précaire : le frère de Maybelline, manifestement un déséquilibré, avait maintenant entre les mains le pistolet avec les empreintes de Teddy, un objet pour elle vital.

— N'en sois pas si sûre.

— Écoute, rétorqua Mila, furieuse. Si ton frère ne fait pas ce que je demande, j'irai trouver les autorités pour leur dire qui s'est introduit dans la maison et qui a violé la bonne.

— Tu ne le diras pas. Je t'aurai fait avaler tes dents avant.

— Ne nous disputons pas pour ça, dit Mila, battant en retraite. Nous sommes censées être associées dans cette histoire. On a dit aux informations qu'il avait raflé pour un million de dollars de camelote. Je suis contente pour vous. Tout ce que je veux, c'est ce que vous avez promis : il doit remettre le pistolet et descendre Lennie Golden aujourd'hui. S'il le fait, alors tout sera cool.

Maybelline ne répondit pas.

Mila était encore folle de rage quand elle quitta le palais de justice. Dès qu'elle vit son avocat, elle lui parla du pistolet.

— Vous voulez dire que vous avez une arme qui porte les empreintes de Teddy Washington ? Et c'est seulement maintenant que vous m'en parlez ? demanda Willard Hocksmith incrédule.

Elle recula : sa mauvaise haleine lui donnait la nausée.

— Je pensais que ce serait astucieux de le garder pour plus tard, à un moment du procès où nous en aurions vraiment besoin.

— Il n'y aurait même pas eu de procès si j'avais eu des preuves pareilles !

— Bon, enfin, fit-elle, il vous sera apporté à votre bureau aujourd'hui.

— Par qui ?

— Par cette... personne.

— Quelle personne ?

— Quelqu'un, déclara-t-elle, agacée. Ne me posez pas de question.

— Je dois bien vous en poser : je suis votre avocat ! Vous ne comprenez donc pas ce qui se passe ? Ils ont un témoin, Lennie Golden, qui jure que c'est vous qui avez tiré. Vous, pas Teddy Washington. Vous me dites maintenant que vous avez l'arme, avec ses empreintes dessus ? Comment vous l'êtes-vous procurée ?

— Peu importe. C'est lui qui l'a abattue. Je vous l'ai dit dès le début. Vous auriez dû me croire.

— Quand suis-je censé recevoir ce pistolet ?

— Dans le courant de la journée. Il sera dans une boîte à chaussures, enveloppé dans un torchon. Vous feriez mieux de prévenir les gens de votre bureau, que personne ne l'ouvre.

— Vous êtes une fille très bizarre...

— Et vous, vous vous croyez normal ? marmonna-t-elle.

# 81.

Deuxième jour du procès. La curiosité des médias était plus vive que jamais, exacerbée par le viol et le cambriolage commis chez Price Washington.

Price, quant à lui, était dans tous ses états. Il savait depuis toujours que l'épreuve serait rude. Mais il ne savait pas à quel point. Les gros titres des journaux, cette intrusion dans sa maison, le viol, le cambriolage, la disparition de sa précieuse collection de montres. Et en plus, cette pauvre Consuella, une brave femme... Il était consterné.

— Vous feriez mieux de faire attention, recommanda Howard. Elle va probablement vous attaquer.

— Qu'est-ce que vous racontez ? Je n'y suis pour rien

— C'est arrivé à votre domicile, rappela Howard. Un avocaillon habile peut lui mettre le grappin dessus et vous réclamer la peau des fesses. J'espère que votre assurance responsabilité civile est à jour.

Les médias avaient appris qu'Irena était la mère de Mila – bon sang, quel pied ils avaient pris. Et Irena qui se terrait dans sa chambre comme une criminelle recherchée par la police.

Price se sentait assiégé. Chaque fois qu'il essayait de mettre le pied dehors, la presse lui tombait dessus. Il avait engagé quatre gardes du corps, deux pour lui et deux pour Teddy. Ce putain de procès allait lui coûter une fortune. Quand ça serait fini, il emmènerait peut-être Teddy quelque part – aux îles Vierges ou aux Bahamas, en un endroit où ils pourraient se détendre et apprendre à se connaître un peu mieux. Il ne supportait plus la maison.

— Tu sais, Teddy, dit-il à son fils, j'espère que tout cela t'a donné une bonne leçon. Parce que c'est vraiment moche ce que tu as fait. Tu as déshonoré la famille.

*Quelle famille ?* avait envie de dire Teddy. *Nous ne sommes pas une famille. Il y a toi et il y a ma mère – et elle n'est pas de la famille. Ce n'est qu'une grosse vieille vache avide de publicité.*

Steven se réveilla, Lina blottie dans ses bras.

— Il faut que je me lève, chuchota-t-il en essayant de se dégager. Tu peux dormir encore un peu.

— Je vais te préparer ton petit déjeuner, murmura-t-elle.

— Oh ! non, protesta-t-il en riant. Pas de poulet frit dès le matin.

— Ne sois pas méchant. Je veux apprendre à faire la cuisine pour toi, Steven. Faire tout ce que je n'ai jamais fait avant. Oh ! soupira-t-elle, je n'aurais jamais cru que j'éprouverais ça pour personne. Tu es si solide. Avec toi, je me sens en sécurité.

Elle comprit dans l'instant même qu'elle avait eu tort de parler ainsi.

— Mary Lou se sentait en sécurité avec moi, grommela-t-il et regarde où ça l'a menée.

Il sauta hors du lit et passa dans la salle de bains.

Lina avait du mal à accepter qu'on la rejette, si peu que ce soit ; elle le suivit, superbement nue.

— Je suis désolée, mon chou. Je ne voulais pas dire...

Il tenta d'ignorer le spectacle de ce corps parfait : svelte, noir et sculptural. Elle vint se frotter contre lui.

— Tu as cinq minutes ? s'enquit-elle d'un ton provocant.

— Qu'est-ce qui te fait croire qu'il ne me faut que cinq minutes ?

Vraiment Lina, c'était quelqu'un.

Étant donné la publicité excessive qui accompagnait le procès, Lucky décida d'envoyer les enfants à Palm Springs plus tôt que prévu. Dieu merci, Gino adorait les avoir auprès de lui. Elle les embarqua dans le break avec Si-Si et les regarda s'éloigner en faisant de grands gestes d'adieu.

Après leur départ, elle faillit décrocher le téléphone pour rappeler Lennie. Mais non ; elle ne voulait pas entendre une fois de plus les intonations chantantes de Claudia. Elle vomirait.

*Tu es jalouse*, chuchota une petite voix dans sa tête.

*Bien sûr que oui. Il y a de quoi, non ? Mon mari a couché avec une autre femme et elle lui a donné un enfant. Je ne suis pas jalouse, je suis malade de colère.*

Pourtant, elle voulait le voir. Alex avait raison : elle ne pourrait jamais refaire sa vie avant d'en avoir terminé avec Lennie. Leur histoire d'amour était trop passionnée pour se terminer si bêtement.

Elle empoigna le téléphone. Une fois de plus, ce fut Claudia qui répondit. Encore une fois, elle raccrocha. C'était plus fort qu'elle ; elle ne voulait pas entendre cette fille appeler son mari par son prénom.

Elle allait sortir quand Boogie téléphona d'Europe.

— J'ai repéré Brigette. J'espère la voir demain.

— C'est une bonne nouvelle.

— Bonne et mauvaise. Carlo l'a emmenée dans un pavillon de chasse isolé en pleine campagne et l'y a laissée seule.

— Où est-il, lui ?

— On m'a dit qu'il était en Sardaigne avec une fille.

— Oh ! bravo ! Lucky soupira. Brigette est enceinte, peut-être qu'elle se drogue et Carlo la trompe. Cette fois, elle a vraiment décroché la timbale. Je regrette de ne pas pouvoir sauter dans un avion pour venir lui tordre les couilles. Que comptes-tu faire maintenant ?

— Ici c'est le soir. Dès demain matin je partirai à la recherche de la maison.

— Et ensuite ?

— Je compte me renseigner sur Brigette, m'assurer qu'elle va bien. Si elle se came, je le saurai.

— Espérons que Carlo ne sera pas dans les parages. Alors elle te parlera peut-être.

— Dès que j'ai des nouvelles, je vous appelle.

— Boog, souviens-toi, si elle a le moindre problème, il faut la ramener de toute urgence.

— J'y compte bien.

— Je te fais confiance, Boog.

— Je sais, Lucky. Reprendre du service, c'est pas facile. Mais pour vous... N'importe quand.

— Très bien. Je serai au tribunal toute la journée mais j'aurai mon portable.

— Je vous tiendrai au courant.

— Merci, Boog.

## 82.

— Tu as oublié de me dire qu'il y avait un jouet dans le carton, dit Duke à sa sœur.

Maybelline avait droit à quelques appels en PCV. Duke était la seule personne à qui elle parlait. Sachant tous les deux qu'on pouvait écouter leurs conversations, ils avaient donc mis au point une sorte de code.

— C'était inutile, je savais que tu regarderais. J'espère que tu n'as pas joué avec.

— Pourquoi ?

— Parce qu'il y a des dessins dessus. Des dessins de Teddy.

— Intéressant.

— N'est-ce pas ? Tantine veut que tu le remettes à ces gens de l'œuvre de charité – ceux avec qui elle travaille. Mais, à mon avis, nous devrions le garder. En attendant, occupe-toi de l'autre chose parce que sans cela Tantine va piquer une crise.

— Pigé.

— Ce sera pour quand ?

— Je passerai plus tard.

— Je t'embrasse, frérot.

— À samedi.

Duke raccrocha. Il avait traduit : il y avait donc les empreintes de Teddy Washington sur le pistolet, mais il ne devait pas le remettre à l'avocat de Mila. Il fallait plutôt liquider Lennie Golden, sinon Mila poserait des problèmes.

Ça le bottait : il n'avait rien d'autre à faire aujourd'hui, pourquoi pas envoyer quelqu'un barboter avec les poissons ? C'était si facile. À vrai dire, il avait dans le domaine d'excellentes références. C'était drôle que les flics le bouclent pour quelques malheureux viols quand ils auraient pu le coincer pour beaucoup plus... Mais les flics, c'étaient pas des malins, sinon, ça se serait su... Lui, il l'était. Maybelline aussi. Les autres se contentaient de traîner les pieds en attendant le soir.

Il enferma son butin dans une penderie blindée qu'il avait fait installer dans son appartement. Ç'aurait été bête de se le faire voler.

Puis il vérifia son pistolet et décida quand et comment il s'occuperait de M. Golden.

C'était du gâteau, et, si on ne se faisait pas prendre, une vraie partie de plaisir.

# 83.

Le problème de Lucky était de réussir à se frayer un chemin parmi les journalistes en résistant à l'envie d'en frapper un.

— Enlevez ce putain de micro de dessous mon nez, lança-t-elle à une blonde vaporeuse qui recula d'un bond.

Une fois entrée, elle s'adressa à un des adjoints du procureur et demanda à voir Lennie Golden. Penelope McKay était d'accord.

On la conduisit dans une petite pièce où Lennie, assis à une table, lisait *Newsweek* en buvant un café.

— Salut, dit-elle en se plantant dans l'encadrement de la porte.

Il leva les yeux.

— Oh ! salut, balbutia-t-il, intimidé par le plaisir et la surprise.

— Je voulais te souhaiter bonne chance au cas où tu passerais aujourd'hui.

Il reposa le magazine et contempla sa femme : sa magnifique épouse aux cheveux d'un noir de jais, avec son corps admirable, sa peau mate et sensuelle. La femme qui lui manquait et qu'il aimait passionnément.

— Entre, fit-il.

Elle referma la porte derrière elle.

— J'ai horreur de cet endroit. Je serai contente quand tout cela sera fini, pas toi ?

— Oh ! que si.

— Où as-tu trouvé du café ?

— Au coin de la rue. Je vais voir si quelqu'un peut aller t'en chercher. Et puis non, prends le mien.

— Juste une gorgée. Je n'ai pas eu le temps d'en faire ce matin, avec les enfants qui partaient.

— Pour où ?

— Chez Gino. Ils seront mieux à Palm Springs tant que ce n'est pas fini.

Silence pesant. Lucky ouvrit son sac et y prit un paquet de cigarettes.

— Je croyais que tu avais arrêté.

— J'ai essayé, et puis il y a eu cette histoire. Gino t'a appelé ?

— Non.

— Il va le faire. Il t'invite à passer le week-end. Toi et ton autre fils. Elle n'arrivait pas à prononcer le nom de l'enfant. Juste vous deux.

— J'ai compris.

— Bon.

Elle regrettait d'être venue et, en même temps, elle était contente de le voir.

— Oui, Lucky. Je comprends. Je suis content que tu sois ici parce que j'ai plusieurs choses à te dire.

— Quoi donc ?

Elle remarqua les cernes qu'il avait sous les yeux ; il dormait mal ; elle aussi. *J'ai envie de l'embrasser*, murmurait une petite voix dans sa tête.

— Il s'agit de Claudia...

*Oh ! Seigneur ? Allait-il lui dire qu'il était tombé amoureux de la petite Sicilienne, qu'il voulait vivre avec elle jusqu'à la fin de ses jours ? Oh ! merde ! J'arrive, Alex, j'arrive avec mon cœur brisé.*

— Oui ?

— En ce qui concerne Claudia et moi... commença-t-il.

— Nous n'allons pas revenir là-dessus, dit-elle. Surtout ici.

— Il faut qu'on parle. Je sais à quel point ça te déplaît que nous vivions tous au château Marmont, mais je n'avais pas le choix. Que pouvais-je faire d'eux ? Le petit a un problème d'audition ; je l'ai adressé à des médecins. Enfin ils n'avaient nulle part où aller.

— Ça n'est pas ta responsabilité.

— Si. Je l'ai mise enceinte.

— Tu n'es même pas sûr que c'est ton fils. Elle n'a aucune preuve.

— Regarde-le, Lucky. C'est mon portrait. Bref, voici ce que j'ai l'intention de faire, reprit-il, espérant qu'elle approuverait. J'ai trouvé une maison pour les installer et je veux que tu viennes la voir.

— Pourquoi t'imagines-tu que je voudrais la voir ?

— Parce qu'il faut que tu sois partie prenante. Il ne s'agit pas de moi, de Claudia et de Leonardo contre toi. Il s'agit de *nous* – toi et moi – essayant de régler une situation délicate. Il la regarda longuement. Tu m'as manqué, chérie. Je ne peux pas te dire à quel point je suis heureux de te voir.

— J'ai essayé de t'appeler, expliqua-t-elle. Et chaque fois, c'est ta petite amie qui a décroché.

— Tu vas cesser de l'appeler ma petite amie ?

— C'est juste pour t'emmerder. J'aime bien quand tu t'énerves.

Elle eut un petit sourire qui lui donna l'encouragement qu'il attendait.

— Ne discutons pas de tout cela ici, dit-il. Peux-tu me retrouver plus tard, à la maison que je loue pour Claudia et le gosse ? L'agent immobilier doit déposer les clefs à mon hôtel.

— Oh !... hésita-t-elle.

— Lucky, c'est important pour moi que tu participes à la démarche.

Qu'avait-elle à perdre ?

— D'accord.

— Retrouve-moi là-bas à sept heures. Ensuite nous discuterons en dînant. Je ne sais pas comment tu vis tout ça, mais moi, je ne peux pas continuer ainsi : je t'aime trop pour être loin de toi. Il s'interrompit pour la dévisager. Ça a été un choc pour nous deux, mais nous devons affronter le fait : j'ai bel et bien un enfant et il n'est pas question que je l'abandonne.

— J'imagine, dit-elle, encore hésitante.

— Voici l'adresse. Nous allons arranger tout cela, fais-moi confiance.

— J'avais l'habitude de te faire confiance.

— Cela te reviendra. Tu ne peux pas me chasser de ta vie, nous sommes faits l'un pour l'autre.

— Hmmm... reconnut-elle. C'est ce que tout le monde me dit.

— Qui ça, tout le monde ?

— Ton ami Alex.

— Il n'est pas mon ami.

— Il est de ton côté pourtant. Venus et lui m'ont poussée à venir te voir. D'après eux, nous devons être ensemble ou admettre que nous nous sommes trompés depuis le début et que nous ne nous sommes jamais aimés.

— Je ne me suis pas trompé. Je t'ai aimée depuis toujours, et ce n'est pas près de finir. Nous traversons cette épreuve ensemble, comme nous l'avons toujours fait. Nous avons deux gosses que je n'ai pas l'intention de perdre, pas plus que je n'ai l'intention de te perdre, toi.

— Il faut que j'y aille, dit-elle en se levant. Je te vois à sept heures.

— Je n'ai pas droit à un baiser ?

— Ne t'emballe pas.

Il eut un petit sourire, auquel elle ne put s'empêcher de répondre.

Une fois la porte fermée, ils se dirent l'un et l'autre que les choses prenaient une tournure qui n'avait rien de déplaisant.

Venus et Alex prirent leur petit déjeuner à la cafétéria.

— Mary a retrouvé les coordonnées de cet acteur qui vous emballait tellement, annonça Alex. Il vient à midi. S'il est aussi bon que vous le dites, je veux que Lucky le voie aussi.

— J'ai l'œil, affirma Venus en lui volant une de ses crêpes. Vous verrez.

Alex lui tendit le sirop d'érable.

— Comment trouvez-vous Lucky ? Elle tient le coup ?

— Pas mal, étant donné ce que lui font subir les journaux à sensation. Vous les avez lus ?

— Que fait-elle à propos de Lennie ? demanda-t-il, revenant à son sujet préféré.

— Elle a suivi notre conseil. Elle doit le rencontrer.

— Ah bon ? fit-il sans enthousiasme.

— Écoutez, nous étions tous les deux d'accord sur la marche à suivre, non ? Vous mourez d'envie de l'avoir dans votre lit, c'est évident mais, tant qu'elle en pince pour Lennie, vous n'arriverez à rien et vous le savez.

— Alors maintenant, à votre avis, que va-t-il se passer ?

— Qui sait ? Lennie et Lucky ont toujours eu des relations orageuses. Elle vous aime beaucoup, Alex. Mais tant que Lennie est dans les parages, mon vieux, vous pouvez vous l'accrocher.

— Oui, dit-il d'un ton rêveur. Je pense que la seule façon de se débarrasser de Lennie, c'est de lancer un contrat sur lui.

— Très drôle. Vous commencez à croire à vos propres scripts.

Lili vint les rejoindre avec un paquet de photos.

— Nous avons quinze comédiens qui viennent aujourd'hui,

rappela-t-elle en étalant les clichés devant Alex. Le premier ne va pas tarder.

— Bon, dit Alex en réclamant l'addition. Au travail.

Lucky quitta la salle d'audience avant la pause du déjeuner. Elle avait hâte de voir ce qui se passait aux bureaux de la production. Steven était déçu. Il aurait désiré qu'elle reste assister à la suite du procès.

— Pas maintenant, Steven, avait-elle dit. Je reviendrai plus tard, promis.

Lorsqu'elle arriva à la production, elle aperçut Alex sur le pas de la porte, une cigarette à la main.

— Qu'est-ce que vous fichez ici ? demanda-t-elle en garant sa Ferrari.

— Je vous attends.

— Vous m'attendez ? Je croyais que nous avions toute une kyrielle de comédiens qui venaient auditionner ?

— Je crois que nous avons trouvé le bon. Celui que Venus a repéré à la télé. Il est là-haut et je ne veux auditionner personne d'autre avant que vous ne les ayez vus donner la scène ensemble.

— Il est si bon que ça ?

— On dirait. Il semble que le courant passe entre eux. Et, à propos de courant...

— Oui ?

— Vous vous remettez avec Lennie ?

— Je l'ai vu ce matin. Nous nous revoyons ce soir. Merci de m'avoir poussée à le faire, Alex, je sais que vous avez raison.

— Lucky, dit-il en lui prenant la main, vous êtes ma meilleure amie. Je ne veux pas que cela change.

— Aucune raison, Alex.

— Si, une seule bonne raison : que vous ne soyez plus amoureuse de Lennie. Je vous l'ai expliqué, n'est-ce pas ? Mais si vous et Lennie reprenez la vie commune, ma décision est prise.

— Laquelle ? Le suicide ?

— Je vais épouser Pia. Elle est bien, cette fille. Elle ne me casse jamais les pieds, elle est toujours là, souriante, contente. Elle a de la conversation, elle est intelligente, belle.

— Ça fait envie. Je devrais peut-être l'épouser, moi.

— Non, sérieusement, qu'en pensez-vous ?

— Sérieusement ? Eh bien, si c'est ce que vous voulez, alors faites-le. Même si je pense que pour se marier, il faut être amoureux.

— Combien de temps croyez-vous que l'amour dure ?

— Quand vous trouvez le bon partenaire, toujours.

Là-haut, Venus bavardait avec sa nouvelle découverte, Billy Melina, vingt ans, qui tenait à la fois de Brad Pitt et de Johnny Depp.

— Bonjour, Billy, dit Lucky en entrant.

Un bref examen lui suffit à comprendre l'enthousiasme de Venus.

— Ravi de vous connaître, ma'am, répondit Billy, un mètre quatre-vingt-cinq, blond, et poli avec ça.

— Billy n'est à L A que depuis six mois, expliqua Venus. Il arrive du Texas.

— Ça vous ennuierait de me redonner la scène avec Venus ? J'aimerais bien vous voir tous les deux ensemble.

— Bien sûr, ma'am.

Il avait les yeux les plus bleus qu'elle eût jamais vus, mais elle aurait bien aimé qu'il laisse tomber le ma'am.

Mary se pencha vers Lucky.

— Il va devenir quelqu'un, ce garçon. Il a quelque chose de très spécial. Même Alex le pense.

— Fichtre. J'ai hâte de voir ça.

# 84.

Ginee arriva au tribunal le deuxième jour, vêtue d'une combinaison pantalon orange au décolleté vertigineux ; de faux diamants ruisselaient de ses oreilles, de ses poignets et de ses doigts ; des mules en léopard emprisonnaient ses pieds boudinés. Une équipe de l'émission de télé « Comme si vous y étiez » l'accompagnait.

Elle fit une pause sur le perron pour donner au journaliste une interview exclusive tandis qu'une nuée de paparazzi la photographiaient.

Price était hors de lui mais moins que les avocats.

— On dirait un numéro de music-hall à Vegas qui a pris la poussière, observa Price.

— Je ne veux plus la voir ici, déclara Howard. Elle va monter les gens contre Teddy.

— Je ne suis pas sûr qu'elle acceptera. Elle prend son pied avec tout ça.

— Eh bien, nous ne la paierons pas, c'est aussi simple que cela.

— Pas si simple, avança Price. Connaissant Ginee, elle doit se faire payer par la télé.

— Vous avez sans doute raison.

Ce qui veut dire que nous n'arriverons pas à nous débarrasser d'elle. Il vaudrait mieux que je lui parle à nouveau.

— Et puis j'essaierai de refiler deux ou trois photos de votre mariage aux magazines. Comme ça, on pourra constater qu'elle était superbe.

— Non, laissez tomber... dit Price en secouant la tête. Je survivrai.

L'occasion de parler à Ginee se présenta dans la journée.

— Ginee, rappela-t-il, tu es censée être l'image même de l'amour maternel. Tu ne crois pas que tu devrais un peu rectifier le tir ?

— Pourquoi veux-tu que je représente ce putain d'amour maternel quand je passe à la télé ? Ils veulent du chic, de la beauté. Les gens de « Comme si vous y étiez » m'adorent. Demain, ils me font chanter !

— Quoi ?

— Regarde la télé demain. Ils font toute une séquence sur ma petite personne ! Maintenant, ajouta-t-elle avec un sourire triomphal, nous avons deux stars dans la famille.

— Seigneur, murmura-t-il. Tu en tires vraiment le maximum. Ton propre fils est dans le pétrin et tout ce qui t'intéresse, c'est toi.

— Pourquoi pas ? Depuis que tu m'as jetée à la rue, je n'ai jamais eu ma chance.

— Je ne t'ai pas jetée à la rue. Nous ne pouvions plus vivre ensemble et tu en as tiré un paquet de fric. Tu étais libre d'en faire ce que tu voulais.

— Mets-toi bien ça dans la tête, Price. C'est l'occasion de ma vie, et personne ne m'empêchera de la saisir.

— As-tu parlé à ton fils aujourd'hui ? L'as-tu appelé à la maison hier soir ? Dis-moi, lui as-tu apporté le moindre réconfort ?

— Réconfort ? couina-t-elle. Je le connais à peine. Ne va pas dire ça à « Comme si vous y étiez ». Ils nous croient Teddy et moi très proches. Ils pensent que je vais leur obtenir une interview. Tu sais, je peux les faire payer pour ça.

— Calme-toi, Ginee, fit Price écœuré. Reste à la maison. Je ne veux pas te voir ici.

— Dommage, Price. Teddy est mon fils et je serai là tous les jours que Dieu fait.

Quand l'heure du déjeuner arriva, Mila commença à s'énerver.

— On ne vous a toujours pas livré le flingue ? demandait-elle sans cesse à Willard.

— Vous me l'avez demandé dix fois. J'ai appelé le bureau. Rien. D'ailleurs, qui est censé l'apporter ?

— Un ami.

— Où l'a-t-on trouvé ?

— Ça ne vous regarde pas.

— Mais si, ça me regarde, Mila, dit-il avec patience. Je suis votre avocat, vous êtes censée tout me raconter.

— Pourquoi donc ?

— Parce que je suis là pour vous aider.

— Et si je n'avais pas besoin de votre aide ?

— Bien sûr que vous en avez besoin. Vous êtes accusée de meurtre, bon sang. Qui a tiré sur Mary Lou Berkeley ? vous ou Teddy ?

— Je vous l'ai dit, c'est Teddy qui l'a fait et j'ai le flingue pour le prouver.

— Alors procurez-moi l'arme.

— J'essaie, mais seulement ça n'est pas si facile quand on est en taule.

Willard secoua la tête. Il ne savait pas s'il devait la croire ou pas. Si elle avait cette preuve depuis le début, pourquoi ne pas l'avoir sortie plus tôt ?

Mon Dieu, si seulement un cabinet d'avocats digne de ce nom pouvait l'engager Il ne serait plus obligé de défendre des cinglés et des minables sans un rond.

Irena n'avait pas dit à Price qu'elle reviendrait au tribunal le deuxième jour. Mais il ne lui avait pas demandé pourquoi elle était absente de la maison lors de l'agression de Consuella et du cambriolage. De toute façon, peu lui importait : elle devait aller au tribunal ; elle voulait savoir.

Heureusement, jusqu'à présent, la police s'était désintéressée d'elle. Pourtant, elle n'aimait pas voir son nom mentionné dans les journaux et les magazines à sensation. Si on se mettait à enquêter... On flairerait la vérité. Elle serait certainement expulsée. Irena Kopistani était morte depuis longtemps. Quand on le saurait...

Elle secoua la tête et regarda le juge, un homme à l'air sévère avec des cheveux blancs et un petit bouc bien taillé. S'il condamnait Mila à une longue peine de prison ? Pis encore, s'il la condamnait à mort ?

Irena prit une profonde inspiration. Sa décision était prise. Elle apprendrait la vérité à Price à propos de sa fille. Peut-être Mila aurait-elle alors une chance de s'en sortir.

Duke Browning acheta sa place à un spectateur et se glissa au fond de la salle d'audience. Il estimait nécessaire de jeter un coup d'œil sur Mila Kopistani. Il voulait observer cette fille qui partageait la cellule de Maybelline et qui osait menacer sa sœur.

Elle n'était pas aussi jolie que Maybelline, mais elle avait quelque chose. Il serait présent quand on la ferait venir à la barre.

Elle ne pouvait pas se douter qu'un homme assis au fond de la salle se préparait à l'aider. Plus tard, quand il l'aurait débarrassée de Lennie Golden, le témoin clef de l'accusation, il comptait bien qu'elle lui témoigne convenablement sa reconnaissance.

## 85.

Carlo ne s'attendait pas à ce qu'Isabella réapparaisse un jour dans sa vie. Ah... Isabella ! Vingt-deux ans, saine et sportive, un corps de ballerine, elle était son unique et véritable amour. Elle était aussi la raison de son exil loin de l'Italie : quand son octogénaire de mari était mort, dans des circonstances mystérieuses, tous les doigts s'étaient pointés sur lui. Mais personne n'avait pu prouver qu'il était impliqué.

D'ailleurs, au lieu de se jeter dans les bras de Carlo, Isabella avait aussitôt filé avec son chanteur d'opéra. Carlo en avait été fou de rage. Il aurait voulu châtier la coupable, mais, exilé en Angleterre, il n'avait rien pu faire.

Voilà maintenant qu'Isabella revenait dans sa vie. Un coup de téléphone, et il était prêt à faire n'importe quoi. Isabella était la seule femme à avoir quelque pouvoir sur lui.

— Je quitte Mario, lui avait-elle annoncé au téléphone. Il paraît que tu t'es marié ?

— C'est sans importance.

— Nous avons tant de choses à nous dire. Quand puis-je te voir ?

Brigette étant hors d'état d'agir, il décida de s'accorder quelques jours pour rendre visite à Isabella, en Sardaigne, dans sa maison de vacances.

— Où vas-tu ? avait demandé sa mère.

— J'ai des affaires à régler.

— Quelles affaires ?

— C'est personnel.

Sa mère lui avait lancé un regard indigné. Elle était furieuse qu'il eût épousé une étrangère, et plus furieuse encore que cette Américaine fût enceinte de lui.

Sans se demander une seconde si Brigette pouvait survivre seule, il s'envola pour la Sardaigne. Il ne leur fallut pas longtemps pour être convaincus : ils étaient faits l'un pour l'autre.

— Pourquoi m'as-tu quitté ? demanda-t-il.

— J'ai été stupide. C'est le moment pour nous, maintenant, d'être ensemble.

— J'ai une femme.

— Divorce.

— Une femme très riche.

Ce détail avait aussitôt éveillé l'intérêt d'Isabella.

— Un riche parti. C'est parfait parce que mon héritage n'est pas si gros que je le pensais.

— Eh bien, réfléchit Carlo à voix haute, si nous la jouons finement et si je reste peut-être un an ou deux encore avec elle, je devrais me retrouver avec une fortune.

— Elle pourrait avoir un regrettable accident, suggéra Isabella. Comme mon mari.

— Ton mari était un vieillard.

— Nous avons besoin d'être ensemble, Carlo, mais nous savons tous les deux que, sans argent, ça nous est impossible. Nous avons des goûts ruineux et aucun de nous n'a envie d'être privé de ce qu'il aime.

Isabella voyait juste.

— Laisse-moi faire, dit-il. Je vais m'arranger pour me procurer de quoi assurer à jamais notre bonheur.

— Je compte sur toi, sinon je serai forcée de chercher ailleurs.

Brigette était épuisée. Elle avait l'impression de pédaler depuis des jours sur ce chemin de terre qui l'avait conduite jusqu'à la lisière d'une épaisse forêt. De toute évidence, elle avait pris une mauvaise direction.

Au bout de deux heures, elle était près de s'effondrer, car elle avait sous-estimé son état de faiblesse : après sa fausse couche, elle avait saigné abondamment pendant une journée et une nuit entières. Cela l'avait affolée, mais aussi considérablement affaiblie, encore bien plus que les douleurs causées par le manque.

Elle était complètement perdue. Pas de maison en vue, rien que des buissons, des arbres, le chemin boueux sur lequel elle était prise au piège.

Elle mit pied à terre, s'assit sur le sol humide, et but une gorgée d'eau en s'interrogeant sur la conduite à suivre. Sans téléphone mobile ni aucun moyen de communication, elle était comme une naufragée.

Au bout d'un moment, elle se leva et remonta sur son vélo. Il n'y avait qu'une solution, revenir sur ses pas.

Boogie se dit qu'il aurait peut-être dû amener le vieil homme avec lui car, en effet, le pavillon de chasse des Vitti était introuvable. Il avait roulé des heures sans repérer l'embranchement qui devait le mener au chemin de terre desservant la maison. Il semblait n'y avoir que des virages et encore des virages, et des embranchements qui ne menaient nulle part.

Boogie arrêta la voiture et étudia une nouvelle fois le croquis sommaire que lui avait griffonné Lorenzo. Il était déterminé à trouver le pavillon avant la tombée de la nuit. Ça ne pouvait pas être si difficile que ça.

# 86.

Lucky ne pouvait se maîtriser. Toutes sortes d'idées folles lui étaient venues à propos de Lennie : divorcer, refaire sa vie, peut-être même s'installer avec Alex. Mais la sincérité l'obligeait à reconnaître que sa voie était tracée : Lennie et elle étaient destinés à être à jamais ensemble.

Elle se sourit à elle-même. Elle devait le retrouver un peu plus tard devant la maison qu'il comptait louer pour Claudia et le petit garçon. Lennie avait des principes : il la faisait participer à sa décision en lui demandant de venir voir la maison avec lui. Oui, s'il installait Claudia et le petit, cela faciliterait certainement les choses. C'était la meilleure façon d'accepter peu à peu la situation.

*Allons*, se dit-elle. *S'ils arrivaient à se sortir de là, rien ne pourrait plus jamais les séparer.*

Le second jour du procès, on n'avait toujours pas appelé Lennie à la barre ; il put donc s'éclipser un peu avant la fin de l'audience. Il appela Claudia de la voiture.

— Je t'emmène voir la maison que j'ai trouvée pour toi et Leonardo. Attends-moi en bas.

Il avait tout prévu : il montrait la maison à Claudia, la ramenait à l'hôtel et partait retrouver Lucky. Ainsi, tout le monde serait content.

La visite de Lucky lui avait rendu sa joie de vivre. Ce geste, il le savait, signifiait qu'elle était presque prête à lui pardonner. Non pas qu'elle eût quoi que ce soit à lui pardonner – toute cette histoire était si ancienne ! Il concevait, bien sûr, le choc qu'elle avait pu ressentir, la profondeur de la blessure infligée – découvrir la beauté de Claudia, le visage de l'enfant qu'il lui avait fait, comprendre qu'il lui avait menti... Ce n'était pas, à proprement parler, une broutille...

Claudia et Leonardo l'attendaient sagement au château Marmont. Il se précipita à la réception pour prendre les clefs de la maison. Appuyée à la voiture, Claudia semblait sortir d'un vieux film italien avec son corps voluptueux, son abondante chevelure châtain et son teint de Méditerranéenne. Elle n'aurait aucun mal à se trouver un homme. Leonardo, arborant un jean neuf et un T-shirt Batman, fit un grand sourire à Lennie qui le lui rendit avec attendrissement. Il commençait à s'attacher à ce gosse. Peut-être, s'il réussissait à en discuter avec Lucky, Leonardo pourrait-il passer de temps en temps un moment avec eux ?

— Je suis tout excitée, dit Claudia en sautant dans la voiture.

— Tu peux. Cette maison me coûte une fortune. Tu vas voir.

Il se sentait heureux à présent ; enfin, il faisait quelque chose d'utile pour la jeune femme. Il serait vigilant, il s'assurerait qu'elle avait assez d'argent, et il lui trouverait du travail.

Aucune raison pour que Lucky en fasse un plat.

Devant l'hôtel, assis dans sa voiture, Duke faisait le guet. Il aimait cela. Les préliminaires, c'était délicieux. Ne rien précipiter. Toujours apprécier jusqu'où on pouvait faire durer les choses.

Il avait suivi Lennie jusqu'à l'hôtel où l'attendaient une femme et un petit garçon. À peine l'avait-il aperçue qu'il avait décidé d'avoir cette femme. Un morceau superbe. Elle serait à lui. Pour une heure ou deux.

Après tout, il avait bien le droit de s'amuser un peu.

# 87.

— Il y a eu une sacrée bourde, fulmina Mila rouge de colère.
— Quoi donc ? demanda Maybelline.
— Ton connard de frère n'a pas remis le flingue aujourd'hui.
— Je n'y suis pour rien.
— Comment ça, pour rien ? On avait passé un marché. Il s'est introduit dans la maison de Washington, il a violé la bonne, il a piqué tout ce qu'il pouvait et, maintenant, il n'a pas apporté mon flingue. Et toujours pas de nouvelles non plus de Lennie Golden.
— T'en fais pas, la rassura Maybelline très calme. Il s'occupe de lui ce soir.
— J'espère bien. Sinon, ça va barder. L'arme ? Mon avocat l'a attendue toute la journée. Il dit que si je l'avais eue plus tôt je me serais pas retrouvée bouclée comme ça.
— Bon, fit Maybelline, je vais parler à Duke.
— Je croyais que c'était déjà fait.
— Je ne savais pas que ce flingue était si important.
— Tu plaisantes ? fit Mila. Bien sûr que tu le savais.
— Je commence à regretter de t'avoir jamais rencontrée, lâcha Maybelline.
— Qu'est-ce que ça veut dire ?
— Mon frère n'est aux ordres de personne, surtout pas de toi.
— Je ne pige pas. C'est grâce à moi que ton frère a pu entrer chez Price Washington.
— Tu dis ça encore une fois et je hurle. Il va s'occuper de Lennie Golden ce soir. Alors, putain, boucle-la.
— C'est très gentil, tout ça, reprit Mila, mais il me faut mon flingue aussi. S'il ne bute pas Lennie Golden ce soir et si je n'ai toujours pas ma foutue preuve, mon avocat raconte tout à la police.

## 88.

D'après les estimations de Carlo, Brigette avait dû passer le plus dur. Il l'avait laissée seule parce que au fond la désintoxication, c'était son problème à elle ; il ne voulait pas de scandale à propos de sa femme : pas de témoins, pas de médecins ni d'infirmières pour raconter quel salaud il était. Dieu sait ce qu'elle leur aurait raconté ?

Peu importe qu'elle soit désintoxiquée ; désormais, il était le mari : il tenait les rênes. Il savait comment prendre Brigette et lui faire faire tout ce qu'il voulait. Pitoyable petite fille riche, délaissée par ses parents, elle avait tout simplement un besoin désespéré d'être aimée. En vérité, lui, le comte Carlo Vittorio Vitti, était son sauveur : le seul homme à lui avoir tracé les nécessaires limites d'une certaine discipline. Elle lui en voudrait sans doute quand il reviendrait au pavillon de chasse, mais quelle importance ? Que pouvait-elle faire ?

Retrouver Isabella avait fait de lui un autre homme, avec un but : utiliser l'argent de Brigette pour construire son union avec Isabella, la seule femme qui lui convienne.

Il pensait souvent à leur première rencontre. C'était dans une soirée, elle avec son vieux mari, lui avec une des femmes les plus désirables de Rome. Ils avaient fait l'amour dans la salle de bains. Frénétiquement, sans se connaître. Elle était partie en riant retrouver son vieillard, qu'elle avait embrassé sur la bouche tout en lançant un clin d'œil à Carlo. Il avait compris alors qu'ils étaient de la même race. Il l'avait donc aidée, quand elle le lui avait demandé, à se débarrasser du débris encombrant. Lorsqu'il lui avait reproché son ingratitude, sa fuite avec le ténor bedonnant, elle avait eu une réponse qui avait forcé son admiration :

— C'était pour détourner les soupçons. Si les gens nous avaient vus ensemble, ils auraient sûrement compris que c'était toi qui avais tué mon mari.

— Je ne l'ai pas tué, avait-il rectifié. Je t'ai aidée.

— Comme tu voudras, avait-elle concédé en riant.

Elle avait le rire le plus séduisant du monde.

Dès son retour à Rome, il sauta dans sa voiture et partit pour chercher Brigette. Il avait un nouveau plan : se rendre avec elle à New York et se faire virer dix millions de dollars sur un compte en Suisse à son nom à lui.

Et si elle refusait... Eh bien, elle le regretterait.

Brigette, épuisée, avait emprunté de multiples chemins de terre qui ne l'avaient menée nulle part. La pluie tombait dru maintenant ; elle était trempée et glacée. Elle se dit qu'il allait bientôt faire nuit et la panique la gagna.

C'est alors qu'elle heurta un tronc d'arbre. Sous le choc, elle tomba de sa bicyclette et se cogna la tête sur une pierre.

Elle gisait sur le bord du chemin, sans connaissance.

Et la pluie continuait de tomber à verse.

# 89.

Claudia courait dans la maison comme une gosse qui découvre Disneyland.

— C'est merveilleux, Lennie, murmura-t-elle. C'est bien trop somptueux pour Leonardo et moi. Nous ne pouvons pas vivre là.

— Mais si. Je l'ai louée pour un an. D'ici là, tu auras décidé ce que tu veux faire. Je pensais à une chose... tu parlais des tiens en Sicile... peut-être que quelqu'un pourrait venir te voir, une sœur ou une cousine.

— Dans ma famille, on ne me parle plus. À la naissance du bébé, je suis devenue une brebis galeuse... C'est comme ça qu'on dit en Amérique ?

— Oui, mais maintenant que tu es en Amérique, ce n'est plus pareil...

— Je ne sais pas. Lennie, j'aimerais bien que tu puisses habiter ici avec nous.

— Je te l'ai dit, c'est impossible. J'ai ma femme, mes enfants.

— Je comprends. Mais quelquefois, je rêve.

— Tu rencontreras quelqu'un d'autre, assura-t-il d'un ton persuasif. Tu es belle.

— Tu me trouves belle, Lennie ?

— Voyons, Claudia, tu le sais bien.

Elle vint se blottir contre lui, mais il la repoussa avec douceur. Lucky n'allait pas tarder.

Leonardo s'était dirigé droit vers la piscine et, assis sur le bord, il contemplait l'eau.

— J'espère qu'il va en profiter, dit Lennie.

— Il ne sait pas nager, déclara Claudia. Tu lui apprendras ?

— Bien sûr. Nous pourrons être bons amis. Tu verras, quand

tu connaîtras Lucky... et les enfants... Gino et Maria lui apprendront à nager en deux minutes.

— Il ne peut pas se trouver avec d'autres enfants, Lennie. Comme il ne les entend pas, ils le taquinent, ils se moquent de lui.

— J'ai parlé au docteur, lui apprit-il. Il pense qu'on pourra l'opérer.

— Oh ! Lennie, fit-elle en battant des mains. Ce serait merveilleux.

Il approuva, mais en croisant les doigts.

Duke avait garé sa voiture dans une rue voisine. Enfin, une voiture qu'il venait de voler. Une Mercedes, cette fois : ça faisait plus classe.

Il avait suivi Lennie, la femme et le gosse. Lorsqu'ils s'étaient garés dans une allée devant une maison qui semblait inhabitée avec un panneau « à louer », il avait été ravi. Il ferait ainsi coup double : il se débarrasserait de Lennie Golden et il s'enverrait la femme.

Évidemment, si elle le voyait abattre Lennie, il serait bien obligé de la liquider, elle aussi. Aucune importance ; on ne pourrait établir aucun lien entre eux et lui. On ne le prendrait jamais.

Il attendit cinq minutes puis se dirigea vers la maison dont les visiteurs avaient imprudemment laissé la porte entrouverte. Il la poussa et entra dans un spacieux vestibule qui débouchait sur un vaste salon ; celui-ci donnait sur une piscine.

Le gosse était assis au bord de l'eau. Duke l'avait oublié, celui-là. Il le regarda un moment, se demandant ce qu'il allait faire du morveux. Puis il décida de régler le problème le moment venu.

Il entendit des voix provenant d'une pièce du fond. Il prit son flingue.

Il commencerait par violer la fille. Ensuite il buterait Golden.

C'était plus marrant d'avoir un public.

# 90.

— Je ne peux rester qu'une minute, lança Lucky en déboulant dans les bureaux de la production.

— Pourquoi ? demanda Alex. Vous êtes si pressée ?

— Je vous l'ai dit, j'ai rendez-vous avec Lennie.

— Oh ! ce doit être bon signe. Vous m'appellerez plus tard ?

— Si je vous appellerai plus tard ? Je vous l'ai dit, j'ai rendez-vous avec Lennie. J'espère bien n'appeler personne dans l'immédiat. Où est Venus ?

— Elle est rentrée. Cooper trouve qu'elle passe trop de temps ici.

— Bah... chacun son tour. Il fut un temps où il passait tout son temps dans de drôles d'endroits... Bref, je passais juste pour régler certaines choses avec vous et vous dire que je suis tout à fait d'accord pour Billy Melina. Vous avez raison. Il est fantastique.

— N'est-ce pas ? Bon, vous voulez prendre un verre avant de partir ?

— Vous croyez que j'en ai besoin ?

— Ça ne peut pas vous faire de mal. Allons, accordez-moi quelques minutes.

— Je ne veux pas être en retard. Lennie me montre la maison qu'il loue pour la Sicilienne et le gosse.

— Tiens, cela ferait un bon titre de film : *La Sicilienne et le gosse.*

— Ne vous moquez pas de moi, Alex. Je suis fragile en ce moment. Avec tout ce qu'on raconte dans la presse.

— Qu'en dit Gino ?

— Oh ! vous le connaissez. Ça le fait mousser auprès de ses copains de Palm Springs.

Ils éclatèrent de rire.

— Allons dans mon bureau, reprit Alex. Je vais vous servir un scotch. Ça vous aidera à tenir le coup.

— Je crois que vous avez raison.

— Comment cela s'est-il passé cet après-midi ?

— Doucement. Ces deux ados sont là, comme deux petites superstars entourées de leurs avocats. Et Steven... oh, mon Dieu, j'ai oublié de le rappeler. Il voulait me parler de quelque chose... Je peux me servir de votre téléphone ? demanda-t-elle en le suivant dans son bureau.

Alex était terriblement désordonné. Partout des scripts et des CD, des cassettes et des livres. Au milieu de tout cela, un énorme bureau en bois sombre disparaissant sous les scénarios.

Il lui donna le combiné et elle composa le numéro de Steven. Une voix de femme lui répondit.

— Jen ?

— Non, qui est à l'appareil ?

— Lina ?

— Lucky, c'est toi ?

— Lina, qu'est-ce que tu fabriques chez Steven ?

— Oh, je crois que ça doit rester un secret.

— Quoi donc ?

— Moi et Steven.

— Je ne te suis pas. Tu veux dire que Steven et toi...

— Eh oui, fit Lina avec un petit rire gêné. Je n'aurais jamais cru. Figure-toi que je suis là à lui faire des œufs brouillés, à lui remonter le moral, à lui masser les pieds.

— Eh bien alors, toi et Steven ! C'est donc ça qu'il voulait m'annoncer ! En tout cas, je suis rudement contente pour vous deux. C'est formidable ! Et c'est sérieux ?

— Je me suis installée chez lui, déclara Lina. J'ai même abandonné les défilés pour l'instant.

— Dînons ensemble, il faut arroser cela. Veux-tu dire à Steven que j'ai appelé ?

— Non. Je suis sûre qu'il veut t'en parler lui-même. Il ne va pas tarder. Rappelle donc un peu plus tard.

— Entendu. Elle raccrocha, encore abasourdie. Vous savez quoi ? dit-elle à Alex, occupé à leur préparer deux whiskies bien tassés.

— Non.

— Mon frère a une petite amie.

— Steven ?

— Alex, je n'ai qu'un frère, oh ! doucement sur le scotch. Je ne voudrais pas arriver à mon rendez-vous en trébuchant.

— C'est bien pour Steven.

— Je ne pensais pas que cela arriverait si vite.

— Ce n'est pas si vite que cela. Je vous assure, un homme a besoin d'un corps tiède à côté de lui dans son lit. Surtout quand il n'a plus vingt ans.

— C'est pour cela que vous songez à épouser Pia ? Au fait, vous lui en avez parlé ?

— Je le ferai quand j'aurai la certitude que vous ne revenez pas.

— Très romantique.

— Alors, qui est la petite amie de Steven ?

— Lina, figurez-vous. Vous savez, le top model.

— Vingt dieux ! Steven... On ne croirait pas.

— Vous savez, avant de se marier, Steven était un sacré numéro. Il s'est rangé quand il a rencontré Mary Lou.

— C'est peut-être exactement ce qu'il lui faut maintenant, conclut Alex en lui tendant son verre.

Elle but une gorgée et faillit s'étrangler.

— Fichtre, que c'est fort. Vous ne mettez jamais de glace ni d'eau ?

— Où vous croyez-vous ? Dans un bar ?

— Merci pour le verre, Alex, mais il faut que j'y aille. Vous me raconterez pour Pia et vous.

— Non, Lucky. C'est vous qui me raconterez comment ça se passe pour Lennie et vous.

— Je vous appellerai demain. Que faites-vous pour dîner ?

— Pia me mijote un petit plat.

— Vous voyez... c'est vraiment la femme qu'il vous faut. Non seulement elle vous donne son corps tiède, mais en plus elle fait la cuisine.

# 91.

Il faisait presque nuit et la pluie tombait à verse. Boggie avait écouté la radio ; la météo annonçait un violent orage. Alors qu'il roulait au ralenti, il remarqua les feux d'une voiture devant lui, sur l'un des nombreux chemins de terre qu'il avait empruntés au cours de l'heure précédente. Une Maserati conduite par un homme seul. Il hésita à l'arrêter pour demander son chemin ; peut-être était-il plus judicieux de le suivre. Cet homme allait forcément quelque part, mais rien ne disait qu'il consentirait à s'arrêter sous la pluie battante.

Boogie s'en voulait. Il aurait dû payer Lorenzo pour l'accompagner ; jamais il n'aurait imaginé découvrir un pareil labyrinthe. Il avait pourtant été prévenu.

Il avait l'impression d'approcher du but. Devant lui la Maserati roulait toujours, avec assurance, un peu trop vite pour l'état de la chaussée. Sans doute le conducteur avait-il remarqué qu'il était suivi. Pourquoi ne s'arrêtait-il pas pour demander à Boogie ce qu'il voulait ? C'est vrai qu'on était en Italie ; on ne savait pas toujours qui pouvait être au volant. Boogie laissa la Maserati prendre un peu d'avance. Il n'avait pas envie de se retrouver devant un type pistolet au poing.

Tout d'un coup, la Maserati heurta quelque chose et fit une embardée sans pour autant ralentir. En approchant, Boogie aperçut un vieux vélo qui gisait au milieu de la chaussée.

Quelque chose lui disait de s'arrêter. Comme Lucky, il suivait toujours ses intuitions, et c'est pourquoi, malgré le risque de perdre de vue la voiture qui le guidait, il écouta son instinct. Il freina, coupa le contact, prit une torche électrique et descendit de voiture. La bicyclette était rouillée et en triste état – peut-être était-elle là depuis des mois. Peut-être pas. Boogie entreprit de l'écarter d'un coup de pied pour ne pas avoir à l'écraser en démarrant. C'est alors que le faisceau de sa torche éclaira une masse de cheveux blonds. Bon sang ! Il y avait quelqu'un d'allongé sur le sol.

Il se précipita. C'était une femme, à demi évanouie. Il lui tâta aussitôt le pouls. Dieu merci, elle était vivante. Il braqua sur son visage le faisceau de sa lampe et découvrit Brigette avec horreur. Presque méconnaissable, elle tremblait et frissonnait dans ses vêtements imprégnés de pluie et couverts de boue.

Il la prit dans ses bras et la porta jusqu'à sa voiture.

— Où... suis-je... ? murmura-t-elle. Où est mon bébé ? Il va être couvert de boue.

Il l'allongea sur la banquette arrière, la dépouilla de ses vêtements trempés, se défit de sa chemise et de sa veste et l'enveloppa tant bien que mal. Elle était secouée de frissons et claquait des dents ; ses lèvres étaient bleues de froid.

— Ne t'inquiète pas, ma petite Brigette, dit-il tandis que lui revenaient les souvenirs de la fillette qu'avait été le top model. Tiens bon, nous allons chercher du secours.

— J'ai perdu le bébé, sanglota-t-elle. J'ai perdu mon bébé.

— Calme-toi, dit-il. On va t'emmener à l'hôpital, mon chou. Tiens bon, ça ne va pas être long.

Il s'installa au volant, torse nu, et fit demi-tour.

Carlo avait remarqué avec agacement la voiture qui le suivait. Que pouvait-elle faire à cette heure de la nuit dans ce coin perdu ? Il n'avait aucune intention de s'arrêter pour le savoir. Il avait un désagréable pressentiment ; il voulait s'assurer au plus vite que Brigette était là où il l'avait laissée. Peut-être avait-elle réussi à appeler à l'aide... Peut-être la voiture inconnue venait-elle à son secours...

Si c'était le cas...

Il n'était pas très loin de la maison quand sa Maserati heurta quelque chose en travers de la route. Son suiveur fut obligé d'arrêter sa voiture. Carlo en profita pour accélérer. Ces gens, peu importe qui ils étaient, ne trouveraient jamais eux-mêmes le pavillon de chasse : personne n'y arrivait seul, la première fois.

Encore quelques kilomètres, un brusque virage à gauche, deux autres à droite, il était arrivé.

La maison était plongée dans une obscurité totale – il n'y avait pas d'électricité. Il avait laissé à Brigette des bougies et des allumettes, mais, de toute évidence, elle ne les utilisait pas. Il prit une torche électrique dans la boîte à gants, sauta à terre, ouvrit la porte de la maison et s'engouffra à l'intérieur.

— Brigette ! Brigette... tu es là ?

Pas de réponse. Il déboula dans le salon et aperçut du sang séché sur le plancher. Seigneur ! Qu'était-il arrivé ? Se serait-elle tuée ? Ce n'était pas dans ses projets ; il avait eu son compte de scandale, et si la police découvrait le corps de Brigette dans le pavillon de chasse, il serait le premier suspect.

Il se mit à fouiller fébrilement la maison. En bas, en haut. Partout. Elle n'était nulle part. Comment avait-elle pu s'échapper ? Elle n'avait pas de téléphone, pas de voiture, aucun moyen de communication. Pourtant... elle avait disparu.

Il fit une nouvelle fois le tour des pièces puis se précipita vers la Maserati.

Il allait retrouver sa femme. Et, quand il l'aurait fait, elle allait fichtrement regretter son escapade.

# 92.

Tandis qu'elle attendait que le feu passe au vert, Lucky songeait au rendez-vous qui l'attendait. Elle était heureuse. En même temps, elle se remémorait les paroles d'Alex ; était-il pensable qu'il se marie avec Pia ? Qu'est-ce que cela voulait dire ? Avait-il raconté ça pour l'agacer ?

*Dommage, Alex. Ça ne m'agace pas du tout. Ça m'ennuie simplement parce que je trouve que vous méritez mieux.*

Mais de quoi se mêlait-elle ? Peut-être Pia convenait-elle parfaitement à Alex. De toute façon, ce n'était pas son problème. Ce qui la préoccupait maintenant, c'était son rendez-vous avec Lenny. Elle appela Venus sur son portable.

— N'est-ce pas que j'avais raison ? lança Venus, triomphante.

— Absolument. Billy est formidable. Ça va être un film superbe. Mais, reprit Lucky en démarrant, je ne t'ai pas raconté la dernière.

— Quoi aonc ?

— Figure-toi que Steven s'est trouvé une nouvelle petite amie.

— Super ! s'exclama Venus. Gentille ?

— Gentille n'est peut-être pas le premier mot qui me viendrait à l'esprit.

— Jolie ?

— Spectaculaire.

— Spectaculaire ? répéta Venus. Voyons... Qui est-ce ?

— Lina.

— Lina ? Le mannequin dont on voit la photo dans tous les magazines de mode et le nom dans toutes les rubriques de potins ? Elle ne couche pas avec Charlie Dollar ?

— Sûrement pas en ce moment, dit Lucky. Elle habite chez Steven et, d'après ce qu'elle dit, c'est le grand bonheur.

— Tu plaisantes !

— Je trouve ça très bien, dit Lucky. Imagine qu'il soit tombé sur une minette toute timide, elle aurait été incapable de le débarrasser du fantôme de Mary Lou. Lina, au moins, a de la personnalité. Et quelle personnalité !

— Parfait, s'écria Venus. Charlie est au courant ?

— Ça lui est bien égal, il est fiancé.

— Oui, depuis sept ans !

— Bon, il faut que j'y aille, dit Lucky. Je te tiendrai au courant ; on se voit toujours demain pour déjeuner ?

Dans la voiture d'à côté, un type la dévisageait. Sans doute un journaliste... Depuis quelque temps, ils étaient sans cesse à ses trousses. Dès que le feu passa au vert, elle prit quelques brusques virages en accélérant et eut tôt fait de le semer. Puis elle fila vers Loma Vista, à l'adresse que Lennie lui avait indiquée.

— Bonsoir, fit Duke poliment.

Le soleil commençait à se coucher ; le moment lui parut tout à fait approprié.

Claudia explorait la chambre à coucher lorsque Lennie aperçut l'homme : de taille moyenne avec un visage poupin. Mais ce n'était pas le visage que Lennie remarqua tout d'abord, ce fut le pistolet.

— Vous devriez vraiment apprendre à fermer à clef derrière vous, dit calmement Duke, planté sur le pas de la porte. On est à Los Angeles ici. Il arrive des choses.

Lennie contempla le flingue et l'inconnu qui le menaçait. Tous les horribles souvenirs de la soirée avec Mary Lou lui revinrent.

— Doucement, dit-il. Nous ferons ce que vous voulez, mais pas de brutalités. J'ai une montre, quelques centaines de dollars, des cartes de crédit et vous pouvez prendre ma voiture. Elle est garée juste dehors.

— Voilà ce que j'aime, affirma Duke avec entrain. Un homme raisonnable. Alors continuez tous les deux à être raisonnables et déshabillez-vous.

— Quoi ? fit Lennie.

— Commencez par poser votre argent et votre montre ici, et ensuite ôtez vos vêtements, ordonna Duke, qui savourait chaque instant de la scène.

Claudia était pétrifiée. Elle se tourna vers Lennie.

Bon sang ! Qu'était-il censé faire ? Quel cauchemar ! C'était la seconde fois en quelques mois qu'il se retrouvait avec un pistolet sous le nez. Merde alors ! Au diable les idées larges ! Désormais, il porterait une arme sur lui et suivrait la devise de Lucky : riposter avant d'être attaqué.

Oh ! mon Dieu, Lucky ! Elle n'allait pas tarder à arriver. Si elle tombait sur cette scène... Il préférait ne pas y penser.

— Écoutez, mon vieux, reprit Lennie en jetant sur la table la montre et tout ce qu'il avait dans ses poches. Prenez tout ça et filez. Nous attendons du monde.

— Vraiment ? Vous n'allez pas faire ce que je vous demande ? reprit-il en brandissant son pistolet en direction de Claudia. Peut-être que je devrais la descendre. Qu'est-ce que vous en dites, monsieur Golden ?

— Claudia, ôte ta robe, dit Lennie d'une voix tendue.

Comment l'agresseur connaissait-il son nom ?

— Quoi ?

— Déshabille-toi, répéta-t-il. Il veut simplement éviter que nous cherchions du secours.

— Très bien, fit Duke d'un ton approbateur. Vous me comprenez. Ce n'est pas toujours le cas. Alors, les choses peuvent très mal tourner.

D'une main hésitante, Claudia commençait à déboutonner sa robe.

— Bien, très bien, fit Duke pour l'encourager.

Une nouvelle fois elle se tourna vers Lennie. Il acquiesça de la tête.

Elle retira sa robe.

— Le pantalon, dit Duke à Lennie.

— Vous avez eu ce que vous vouliez, répondit Lennie qui avait envie de le tuer. C'est inutile de nous humilier de cette façon.

— C'est bien d'être courageux, observa Duke. J'admire, mais vous feriez mieux de surveiller vos paroles parce que ici c'est moi qui commande. Maintenant ôtez votre pantalon et dites-lui d'ôter le reste.

— Fais ce qu'il dit, Claudia, dit Lennie.

— Mais, Lennie...

— Fais-le ! répéta-t-il, se rappelant avoir donné le même conseil à Mary Lou. Elle ne l'avait pas écouté et elle en était morte. Vite, Claudia.

Elle dégrafa son soutien-gorge.

Duke contempla les seins dénudés en se léchant les babines.

— Charmant, dit-il. Très joli. C'est du vrai. Vous n'êtes pas une de ces putes qui marchent au silicone.

Elle chercha maladroitement à cacher sa poitrine dans ses mains.

— Maintenant, la petite culotte.

— Lennie... je... je ne comprends pas, gémit-elle. Pourquoi il nous fait ça ?

— Parce que je le peux, répliqua Duke. Maintenant, pressons un peu !

Elle ôta sa culotte et resta là, fragile et vulnérable.

— Vous voyez ce lit là-bas ? Je veux que vous retiriez les draps et que vous les déchiriez en lanières et ensuite je veux que vous ligotiez votre petit copain. Compris ?

— Pourquoi ne vous contentez-vous pas de prendre le fric et de filer ? suggéra Lennie. Si vous restez, on vous arrêtera. Les gens vont arriver d'une minute à l'autre.

— Oh ! ricana Duke, vous me faites vraiment peur.

Claudia déchira les draps et Duke lui expliqua soigneusement comment ligoter Lennie. Lorsque celui-ci fut immobilisé, Duke découpa dans les draps d'autres liens avec lesquels il attacha Lennie à une poutre basse, les bras levés, si bien qu'il était presque suspendu, les pieds touchant à peine le plancher. Lorsqu'il fut certain que Lennie ne pouvait pas bouger, il reporta son attention sur Claudia. Elle était vraiment belle. Avec celle-là, il comptait prendre son temps.

En regardant autour de lui, il découvrit une chaîne stéréo installée dans le mur. Il chercha de la musique classique et mit le volume à fond. Puis il s'assit dans un fauteuil et ordonna à Claudia de danser pour lui.

Terrifiée, elle obéit.

Duke ne tarda pas à s'exciter. Elle avait un très beau corps avec des seins plantureux et de longues jambes. Il songeait déjà à ce qu'il allait lui faire et sourit.

— Je croyais que vous étiez un homme marié, observa-t-il. C'est votre extra, cette petite ? Elle baise bien ? Rencardez-moi un peu parce que j'ai l'intention de la sauter. Vous serez aux premières loges.

— Vous êtes vraiment un malade, marmonna Lennie. Un salopard de malade.

– Merci, répondit Duke. Je prends cela pour un compliment.

# 93.

En arrivant devant la maison de Loma Vista, Lucky s'arrêta pour se garer derrière la voiture de Lennie. Elle était contente qu'il fût arrivé le premier. Ils allaient visiter rapidement la maison, elle donnerait son avis et puis ils s'en iraient tous les deux bavarder quelque part. Elle avait vraiment besoin d'être avec lui : c'était absurde de vivre séparément. Elle était certaine maintenant que tout pourrait s'arranger.

Elle descendit de voiture et se dirigea vers la porte d'entrée. Fermée à clef. Elle essaya de sonner, mais on n'entendait rien ; alors, au bout de quelques minutes, elle fit le tour de la maison à la recherche d'un autre accès.

Il faisait presque nuit et elle fut étonnée de voir le petit garçon assis seul au bord de la piscine. Dès qu'il l'aperçut, il se précipita vers elle en essayant de parler.

— Bonjour, dit-elle sans chaleur. Ta maman est là ?

L'enfant secoua frénétiquement la tête en la tirant par la manche.

— Qu'y a-t-il ? dit-elle agacée.

Il l'entraîna vers l'arrière de la maison : toutes les lumières étaient allumées dans la chambre et on jouait de la musique classique à pleine puissance. En approchant, elle vit par les grandes baies vitrées Claudia dansant nue au milieu de la pièce.

— Oh ! mon Dieu ! dit-elle le souffle coupé.

*Espèce de salaud ! C'est ça ce que tu fais, Lennie. C'est fini !*

Sans réfléchir, elle tourna les talons pour fuir cette scène humiliante.

Le jeune garçon se cramponnait à sa veste, s'efforçant de la faire revenir sur ses pas tout en émettant des sons gutturaux, pour essayer désespérément de se faire comprendre.

Elle se retourna, avec l'intention d'envoyer balader le petit crétin quand elle aperçut Lennie. Il était ligoté, à demi suspendu à une poutre.

Puis elle vit l'homme assis dans un fauteuil, le pistolet sur ses genoux. Alors elle comprit. Elle eut peur. En même temps, elle prit sa décision.

Elle saisit le gamin par le bras en lui faisant signe de rester silencieux et l'entraîna vers le jardin. Arrivée à l'autre extrémité de la piscine, elle le poussa dans les buissons.

— Cache-toi là ! lui souffla-t-elle. Reste tranquille. *Muto ! Muto !*

Le jeune garçon s'accroupit : il avait compris.

Le cœur battant, Lucky regagna sa voiture. Elle appela Police Secours sur son téléphone mobile et prit son revolver dans la boîte à gants.

Mille pensées se bousculaient dans son esprit. Pourrait-elle attendre les flics ? Non. S'il arrivait quelque chose à Lennie, il lui faudrait agir aussitôt.

Elle chercha dans son sac une carte de crédit et s'approcha de la porte d'entrée. Autrefois, Boogie lui avait donné quelques leçons d'infraction discrète. En quelques secondes, elle eut libéré la serrure. Elle entra dans la maison et avança à pas de loup – de toute façon, le vacarme de la musique couvrait tout autre bruit.

Elle avait la gorge serrée. Ce n'était pas le genre d'histoire dont elle aimait se mêler – pas avec deux gosses à la maison et des responsabilités. Mais Lennie était dans le pétrin, il avait besoin d'elle. Et, bon sang, elle était là.

Duke commençait à se lasser. Elle n'était pas aussi gracieuse qu'il l'avait espéré. Pas du tout comme sa sœur, qui était légère comme l'air. Pauvre Maybelline bouclée dans une cellule avec cette fille au visage de rat et à l'air mauvais. Il avait hâte qu'elle sorte de là pour qu'ils puissent faire des choses ensemble. Quand il se serait occupé de Mémé Renée, ils pourraient même se réinstaller dans leur maison, former de nouveau une vraie famille.

— Cesse de danser, dit-il à la fille.

Elle s'arrêta, pétrifiée de terreur.

— Assieds-toi sur ce tabouret.

C'était le meilleur moment. Il pouvait leur faire faire tout ce dont il avait envie... Aujourd'hui, c'était encore meilleur parce qu'il avait un voyeur ; un pauvre type ficelé comme une dinde de Noël, obligé de regarder ce qu'il ne voulait pas voir.

— Bonté divine, cria Lennie, laissez-la tranquille.

— Pourquoi ? Vous vous la gardez pour vous ?

— Bougre de lâche, triste enfant de salaud.

— N'écoute pas ton petit ami, ma chérie, lança Duke. Installe-toi sur ce tabouret. MAINTENANT !

Claudia bondit pour obéir.

— Seigneur ! gémit Lennie, devinant ce qui allait se passer. Ne faites pas ça.

Duke se leva, ouvrit sa braguette et à pas lents s'approcha de Claudia, paralysée par la peur.

Lucky se glissait comme un chat dans le couloir menant à la chambre, son revolver braqué devant elle. Elle ne savait pas qui était le pervers, mais elle savait qu'elle allait lui régler son compte.

Elle arriva devant la porte de la chambre, légèrement entrebâillée et d'un mouvement rapide et souple l'ouvrit d'un coup de pied.

Ce fut Claudia que Lucky aperçut en premier. Elle était nue, penchée sur un tabouret, face à la porte. Planté derrière elle, Duke s'apprêtait à l'enfourcher. Lennie, impuissant, était suspendu au plafond par les poignets.

Comme au ralenti, Duke s'écarta pour ramasser son pistolet posé par terre à côté de lui.

— Lâche ça ! ordonna Lucky.

— Qui ça ? *Moi ?* lança Duke d'un ton de défi.

— Oui, toi.

— Désolé. Pas question.

Elle prit une profonde inspiration. Ça n'avait jamais été son passe-temps préféré de s'occuper de fous criminels.

— Obéis ! fit-elle. Ou je te fais gicler la cervelle dans toute la pièce.

Il braqua son arme vers Lennie.

— Si vous êtes assez rapide, ma petite dame, dit-il le doigt sur la détente.

Elle sut qu'elle devait tirer car, si elle hésitait, tout serait perdu.

Elle fit feu, et lui aussi.

Claudia s'était jetée devant Lennie ; ce fut elle qui reçut la balle.

Lucky toucha Duke en plein cœur. Il s'affala, un pâle sourire éclairant son visage enfantin.

C'était fini.

# 94.

Il était dix heures passées quand Maybelline fut convoquée chez le directeur de la prison.

— Qu'est-ce qu'il y a ? demanda Mila en s'éveillant.

— Sais pas.

Elle avait passé la nuit à se disputer avec Mila ; elle avait décidé qu'elle la détestait.

— Merde ! murmura Mila. J'espère qu'il ne s'agit pas de moi. Tu ferais bien de faire attention à ce que tu dis.

Maybelline sortit sans un mot. Vingt minutes plus tard, elle était de retour.

Mila sentit tout de suite que quelque chose n'allait pas.

— Qu'est-ce qu'il y a ? interrogea-t-elle. C'était bien à cause de moi ? Tu ne leur as rien dit, hein ? Parce que si tu as parlé, putain, je vais te tuer.

— Non. Il ne s'agissait pas de toi.

— Alors, c'était quoi ? On ne te tire pas de ta cellule au milieu de la nuit pour ne rien te dire.

— C'est à propos de mon frère, dit Maybelline d'une voix éteinte. Duke.

— Alors ? Il a buté Lennie Golden ? C'est ça ? Il l'a flingué, et ce connard s'est fait piquer ?

— Il s'est fait tuer... Voilà ce qu'il y a.

— Tué ? répéta Mila sans comprendre. Comment ça ?

— Il était dans une maison. Lennie Golden était là. Et quelqu'un a abattu Duke.

— Qui ça, les flics ?

— J'ai l'impression qu'on m'a arraché le cœur, dit Maybelline comme si elle se parlait à elle-même. Il n'y avait pas meilleur que Duke.

Elle se tourna vers Mila, folle de rage.

— Sans toi, il ne serait jamais allé là-bas.

— Je n'y suis pour rien.

— Depuis que tu es arrivée dans cette cellule, je n'ai eu que des merdes. Voilà maintenant que tu m'as pris ma seule raison de vivre.

— Que faisait-il avec mon flingue ?

— Ton flingue ? C'est mon frère qui est mort et tu me parles de ton flingue.

— Je vais dormir, annonça Mila. Je dois être au tribunal demain matin. Il faut que je sois là-bas pendant que ces abrutis d'avocats déclarent : « Nous allons vous prouver que Mila Kopistani a prémédité ce crime et qu'elle avait bien l'intention de descendre cette connasse de Mary Lou Berkeley. »

— Tu es une vraie salope, dit Maybelline. Si Duke était là, il te ferait expier tes péchés.

— Je suis navrée pour ton frère, mais il m'a laissée dans la merde. Comment vais-je récupérer mon flingue maintenant ?

— Si Duke ne peut pas te châtier, alors Dieu le fera, reprit Maybelline dont le ton montait. Tu n'es qu'une garce. Mon frère est mort à cause de toi !

Là-dessus, elle fouilla sous son matelas et en tira son bien le plus précieux : un redoutable éclat de verre. D'un geste précis, rapide et silencieux, elle se précipita sur Mila et lui ouvrit la gorge.

Mila n'avait même pas vu le coup arriver. Elle tomba sur le sol dans un horrible gargouillis.

— J'espère que ça t'a plu, lança Maybelline.

Elle s'installa sur sa couchette et pensa à Duke en essayant de dormir tandis que Mila se vidait de son sang sur le carrelage.

Price lisait le *Los Angeles Times* dans le salon quand Irena entra. Elle demandait à lui parler.

— Il faut que ce soit maintenant ? Je ne me sens pas très en forme.

— Je regrette, dit-elle, mais il faut que je vous explique une chose. Vous comprenez, j'ai l'impression que tout ce qui s'est passé ces derniers mois, c'est de ma faute.

Seigneur ! Il n'était pas d'humeur à l'écouter se confesser.

— Hein ? fit-il.

— Je n'ai jamais traité Mila comme elle l'attendait d'une mère. J'ai toujours été froide avec elle.

— Qu'est-ce que tu racontes ?

— Je l'ai détestée dès l'instant où je l'ai mise au monde, poursuivit Irena. Elle... elle a tout changé pour moi. Elle s'est interposée entre vous et moi.

— Interposée ? fit-il en haussant les sourcils. Écoute, Irena, je sais que nous avons eu de bons moments ensemble, mais je ne t'ai jamais menée en bateau, je ne t'ai jamais rien promis.

— Je dois vous dire une chose. Voilà, ce qui s'est passé...

Juste au moment où elle allait lui dire la vérité, le téléphone sonna.

Soulagé, il décrocha.

— Oui ? Bon, bon.

Il écouta avec attention quelques minutes, puis s'exclama :

— Oh ! merde ! Alors, qu'est-ce qui va se passer ? Je... je vais lui dire. Oui, oui, je le ferai.

Il reposa le combiné, se leva et lui ouvrit les bras.

— Approche.

— Quoi ?

— J'ai... j'ai une mauvaise nouvelle, dit-il en la serrant dans ses bras.

— Quoi ?

— C'est Mila. Une autre détenue l'a attaquée. Je suis désolé de t'apprendre cela, Irena... elle est... morte.

# ÉPILOGUE

## Six mois plus tard

— Bonjour ! dit Lucky à Lennie qui déboulait de la plage flanqué du petit Gino, de Maria et de Leonardo.

Elle avait pris son petit déjeuner sur la terrasse qui dominait l'océan. Muffins, fruits, yogourt, toasts et bacon.

— Qui a faim ?

— Moi, s'il te plaît, lança Leonardo.

Depuis la réussite de l'opération, il apprenait à parler à un rythme affolant.

— Alors, tu peux présider, déclara-t-elle en lui donnant un gros baiser.

Leonardo adorait Lucky. Inconsolable depuis la mort de sa mère, c'était à elle qu'il s'était accroché. Elle s'était occupée de lui comme de son propre enfant – ce qui était un peu le cas.

Après la tragédie, Lucky avait redouté de voir Lennie replonger dans la dépression. Mais il avait réagi en prenant des leçons de tir et de karaté. À présent, il avait retrouvé toute son énergie et sa joie de vivre.

— Moi, je veux présider, protesta Maria.

— Eh bien, ce ne sera pas pour aujourd'hui, répondit Lucky. Peut-être demain si tu es très très sage.

Lennie se glissa derrière elle et la serra contre lui.

— Comment va mon épouse préférée aujourd'hui ?

— Elle va très bien. Et mon mari ?

— En pleine forme.

— Tu sais, chéri, reprit-elle, à midi nous devons tous être habillés de pied en cap et prêts à partir. Alors ne reste pas collé devant ton ordinateur.

— Midi tapant, déclara-t-il en lui mordillant le cou. Pas de problème.

— Bon. Ce n'est pas tous les jours que nous allons à un mariage.

— Il faut que tu la mettes ! insista Brigette.

— Pas question ! répliqua Lina.

— Mais si.

Lina saisit la jarretière bleue et la lança à travers la pièce. Elle retomba dans un seau à champagne.

— Oh ! pardon, fit-elle. Je ne peux plus la porter maintenant, elle est toute mouillée.

— C'est malin. Tu n'as jamais entendu parler de « quelque chose d'emprunté, quelque chose de bleu, quelque chose de neuf » ?

— Bah, je m'en passerai.

— Tu es impossible !

— C'est ce que dit Steven.

Elles avaient pris une suite au Bel Air Hotel et s'amusaient comme des folles. La veille au soir, Lina avait enterré sa vie de « garçon » avec Kyra, Suzi et Annik, qui devaient être ses demoiselles d'honneur. Elle avait deux événements à fêter : d'abord son mariage, et aussi la couverture de *Sports World International*, qu'elle avait enfin décrochée. Et puis elle était si heureuse de voir Brigette revenue à la vie. Celle-ci avait maintenant les cheveux courts et le teint hâlé. Sa silhouette avait rapidement retrouvé toute sa beauté.

Elle semblait parfaitement satisfaite de sa nouvelle oisiveté, malgré les appels répétés de son agent, qui la pressait de se remettre au travail. Il lui fallait du temps pour oublier l'épreuve qu'elle avait traversée. Elle avait passé trois semaines dans un hôpital italien avec une pneumonie avant qu'on autorise Lucky à la ramener en Amérique. Durant ce laps de temps, Boogie avait fait surveiller sa chambre vingt-quatre heures sur vingt-quatre par des gardes du corps qui en interdisaient l'accès à Carlo.

Le comte Vitti avait tout tenté pour forcer le blocus jusqu'au jour où un policier italien était venu le voir au palais : « La signora Santangelo a des amis haut placés, avait dit l'inspecteur. Dans votre propre intérêt, laissez l'Américaine tranquille. »

Carlo était furieux. « L'Américaine » était sa femme. Il n'avait aucune intention de la laisser tranquille. Il comptait bien lui soutirer dix millions de dollars. Alors seulement, il la laisserait en paix.

Cela ne se passa pas vraiment de cette façon. Lucky Santangelo prit un avion et le rencontra au bar de l'Excelsior. Il croyait qu'elle avait fait le voyage pour discuter d'un accord. Il était bien décidé à ne pas transiger au-dessous de dix millions de dollars. Après tout, Brigette était une très riche héritière.

Lucky but une coupe de champagne, parla de tout et de rien et finit par poser sur la table dix billets d'un dollar tout neufs.

— Pour solde de tout compte, annonça-t-elle.

— Quoi ?

— Et si vous tenez à votre chère petite queue d'Italien, vous ne chercherez jamais plus à contacter Brigette. Le mariage va être annulé.

En la regardant, il comprit qu'elle ne bluffait pas.

— Renseignez-vous, Carlo. Je ne fais jamais de menaces en l'air.

Il la crut. Il n'avait aucune envie de prendre de risques démesurés. Il préféra fuir en Sardaigne avec l'intention d'y trouver une consolation dans les bras d'Isabella, l'amour de sa vie.

Trop tard. Elle avait épousé un richissime industriel de soixante-dix ans avec lequel elle s'en était allée vivre à Buenos Aires.

Carlo était anéanti.

Maybelline Browning raconta aux autorités tout ce qu'elle savait sur Mila Kopistani. Elle dit que Mila s'était vantée d'avoir abattu Mary Lou Berkeley et de s'être arrangée pour qu'il y ait sur l'arme du crime les empreintes de Teddy.

Elle ajouta que Mila l'avait menacée et qu'elle l'avait tuée en état de légitime défense. Lorsqu'elle comparut devant les jurés, elle écopa de dix ans de prison. C'était un verdict clément.

Peu lui importait. Sans Duke, elle n'avait plus de raison de vivre.

Teddy Washington s'en tira avec dix-huit mois de mise à l'épreuve, à la grande satisfaction de son père, dont le film avait fini par se faire. Pour fêter cela, Price décida de l'emmener aux Bahamas. Sa première intention avait été de partir seul avec Teddy, au plus vite, pour échapper à l'image de Ginee étalée jusqu'à l'écœurement dans les médias.

Mais, au dernier moment, Price invita Irena à les accompagner. Il la plaignait. Il savait combien la perte de sa fille avait été dure. Teddy protestait, mais quelle importance ? Price avait besoin de la présence de cette femme calme et discrète, pour qui il comptait plus que tout au monde.

Les enfants s'engagèrent les premiers entre les travées. Maria, Carioca et Chyna, vêtues de petites robes roses et coiffées de marguerites. Puis Gino et Leonardo, superbes, en chemise blanche et pantalon de velours noir.

Les invités s'extasièrent.

— N'est-ce pas que Chyna est adorable ? chuchota Venus à Cooper.

— Il lui faudrait un petit frère ou une petite sœur, dit Cooper.

— Tu crois ? Ma foi, comme je suis entre deux films, il faudrait peut-être y réfléchir...

Derrière eux, Pia se penchait vers Alex :

— Et toi, tu aimes les enfants ?

— De loin, répondit-il en lançant un coup d'œil vers Lucky, sensationnelle dans sa robe rouge.

Pia lui prit la main. Il ne lui avait pas encore demandé de l'épouser, mais il y songeait sérieusement.

Gino donna un coup de coude à Paige.

— Pas mal, mes petits-enfants, hein ?

Arrivèrent ensuite les demoiselles d'honneur, Annik, Kyra et Suzi, jambes interminables, décolletés impressionnants, pour une fois intimidées.

Brigette, le témoin de Lina, suivait. D'une beauté si rayonnante que Lucky en eut les larmes aux yeux. Elle pensait à ce que sa filleule avait traversé – la drogue, la fausse couche, le sadisme de Carlo. C'était miraculeux qu'elle s'en soit si bien remise.

— Dis donc, maman, fit Bobby, elle est super, Brig !

— Du calme, Bobby. C'est ta nièce !

— Pas de panique, je regardais simplement. Hé, ajouta-t-il avec un clin d'œil, tu crois que je suis trop jeune pour une des demoiselles d'honneur ?

Lucky ne put s'empêcher de rire. Elle l'aurait à l'œil, celui-là.

Lennie, très fier, attendait sur le parvis en compagnie de Steven, dont il était le témoin. Le marié tentait de cacher sa nervosité. Ses sentiments étaient si confus ! Est-ce que Mary Lou le voyait de là-haut ? Est-ce qu'elle l'approuvait ?

Lorsque Lina fit son entrée, un frémissement parcourut la foule des invités. Coiffée d'une tiare de diamants, elle était éblouissante dans sa robe créée spécialement pour elle par Valentino.

Steven la regarda longuement : il ne douta plus d'avoir pris la bonne décision.

Le mariage fut célébré ; les invités applaudirent et Lennie se pencha vers sa femme :

— Tu sais, chérie, je t'aime. Et je viens d'avoir une idée géniale.

— Quelle idée ?

— Recommençons.

— Recommençons quoi ?

— Si on se remariait ?

— Oh ! oui, dit-elle en souriant.

Elle fut alors certaine que rien ne viendrait plus jamais les séparer.

*Cet ouvrage a été réalisé par la*
*SOCIÉTÉ NOUVELLE FIRMIN-DIDOT*
*Mesnil-sur-l'Estrée*
*pour le compte des Éditions Robert Laffont*
*en mai 2001*

Cet ouvrage a été composé par PCA – 44400 REZÉ

*Imprimé en France*
Dépôt légal : juin 2001
N° d'édition : 41726/01 – N° d'impression : 55807